BASTEI
LÜBBE

Marion Zimmer Bradley

DIE SPÄHER

Zwei Romane
in einem Band

Ins Deutsche übertragen
von Irmhild Seeland

BASTEI
LÜBBE

BASTEI LÜBBE TASCHENBUCH
Band 24 283

1. Auflage: Februar 2001

Vollständige Taschenbuchausgabe

Bastei Lübbe Taschenbücher
ist ein Imprint der
Verlagsgruppe Lübbe

Titel der englischen Originalausgaben:
The Endless Voyage / The Falcons of Narabedla

Lektorat: Mona Gabriel / Stefan Bauer
Titelillustration: Ron Walotsky / Agentur Schlück
Umschlaggestaltung: QuadroGrafik, Bensberg
Satz: Fotosatz Steckstor, Rösrath
Druck und Verarbeitung:
Brodard & Taupin, La Flèche, Frankreich
Printed in France

ISBN 3-404-24283-1

Die Späher

Gildoran ging in die Richtung, wo er den Kapitän zuletzt gesehen hatte, zu der Klippe, die mit hohen Büschen mit grünen, becherförmigen Blüten bewachsen war.

Er empfand ein seltsames Unbehagen, das fast greifbar war. Nachdem er ein paar hundert Meter über die Klippe gewandert war, verwandelte sich sein Unbehagen in ernsthafte Sorge; Gilhart hätte es besser wissen müssen, als allein auf einem Planeten umherzuwandern, der noch nicht gründlich erforscht war.

Dann sah Gildoran etwas aus dem Augenwinkel – ein bläulich-weißes Rechteck, zu regelmäßig, um in all diesem Grün natürlichen Ursprungs zu sein. Er schob die Zweige beiseite, und dort fand er Gilhart zusammengekrümmt.

Wütend und voller Angst beugte sich Gildoran über ihn, öffnete seine Tunika und suchte hastig nach dem Puls. Doch er wusste bereits, dass der Kapitän tot war.

Teil Eins

Planeten sagt man Lebewohl

Kapitel 1

Planeten sagt man Lebewohl.

Das ist ein alter Spruch unter Entdeckern. Ich habe noch nie daran geglaubt. Es hat mir nie so recht eingeleuchtet.

Niemals wieder. Man begreift niemals sonst, was niemals bedeutet. Es ist ein Wort, das man ständig benutzt, doch es bedeutet … es bedeutet niemals. NIEMALS. Nicht in Millionen Milliarden Trillionen Jahren …

Reiß dich zusammen, verdammt noch mal!

Alles auf diesem Planeten hatte sich verändert, außer dem Muster des Entdecker-Schiffes: Es war jetzt von innen her beleuchtet und zeigte silberne Umrisse, ein angeketteter Titan, der sich als Schatten vor der dunklen Masse des Berges hinter der neuen Stadt abzeichnete.

Die Stadt war noch immer im Rohbau, eine Ansammlung von Kränen und Gruben im aufgewühlten roten Lehm des Planeten. Gildoran hatte vor zwei Jahren zum ersten Mal die Umrisse des Schiffes vor dem Berg gesehen – bevor es die Stadt dort gegeben hatte, bevor es überhaupt irgendetwas dort gegeben hatte – und seitdem jeden Tag aufs Neue, aber jetzt hatte er das Gefühl, als ob er es noch nie gesehen hätte. Alles hatte merkwürdig scharfe Kanten, als ob sich die Luft aufgelöst hätte und er alles so scharf gezeichnet sah wie im All.

Niemals wieder. Ich war dumm zu glauben, es könnte anders sein.

Wie konnte Janni mir das antun?

Ich dachte, sie wäre anders. Jeder Schwachkopf glaubt das von der ersten Frau, die er liebt.

Gildoran ging durch die Tore. Sie waren noch immer bewacht, aber es war lediglich eine Formalität.

Auf jedem Planeten, den Gildoran kannte – er konnte sich an vier in zweiundzwanzig Jahren biologischer Zeit erinnern – hatten sich die Erdenwürmer von den Entdecker-Schiffen ferngehalten.

Ich habe Janni genommen. Ich dachte, sie müsse ebenso fühlen wie ich. Verwunderung, Ehrfurcht. Aber sie langweilte sich. Damals hätte ich es wissen müssen, doch stattdessen war ich geschmeichelt, ich dachte, es läge daran, dass sie lieber mit mir allein war. Vielleicht wollte sie das auch. Damals.

Das scheint jetzt alles so lange her zu sein.

Der Wachmann machte sich nicht die Mühe, die vorgezeigte IdentiCard zu prüfen. Es war ohnehin nur eine Formalität. Gildorans Identität stand ihm im Gesicht geschrieben, wie allen Entdeckern. Er wusste, was man sich über sie zuflüsterte, doch durch lebenslange Übung war es für Gildoran unter seiner Würde, das zu beachten oder sich auch nur daran zu erinnern.

Aber ich erinnere mich. Halt dich fern von ihnen, heißt es. Halt dich fern von den Entdeckern. Haltet eure Kinder von ihnen fern. Sie stehlen eure Kinder, sie stehlen eure Frauen.

Ich hätte Janni nicht gestohlen. Aber ich wäre vielleicht bei ihr geblieben.

Er ging mit dem arroganten Stolz aller Entdecker. Er war sich der Merkmale bewusst, die ihn vom Rest der summenden Menschheit in der Stadt, von den Mannschaften, die die Schiffe beluden, unterschieden – grausam unterschieden, hätte ein Planetenbewohner vielleicht gesagt –, und er war stolz darauf. Er war knapp zwei Meter dreißig groß, und das war selbst für einen Entdecker groß, dank der minimalen Schwerkraft, in der er Kindheit und Jugend verbracht hatte. Die weiße – papierweiße – Haut und das ausgeblichene weiße Haar waren farblos von vielen Jahren harter Strahlung. Er wusste, dass es noch andere Unterschiede gab, tief in den Knochen, im Mark, in den Zellen, in den Genen. Er dachte nie darüber nach. Aber er wusste von Kindesbeinen an, dass kein anderer sie je vergaß.

Janni hatte sie nicht vergessen.

Nicht für einen einzigen Augenblick.

Die Mannschaften am Schiff ließen ihn durch, wobei sie leicht vor ihm zurückwichen. Doch das registrierte er nur am Rande seines Bewusstseins. Es wäre ihm nur aufgefallen, wenn sie sich anders verhalten hätten.

Hatte sie nur einen Exoten gewollt? War es nur seine Fremdheit gewesen, die ihn attraktiv machte? Keine Gefühle, sondern ein perverser Drang nach dem Bizarren, dem Fremden, dem Ungewöhnlichen?

Prahlten Frauen wie Janni mit ihrem Entdecker-Liebhaber, wie sie vielleicht mit der romantischen Eroberung eines Gladiators von Vega 16 prahlten?

Bei dem Gedanken wurde Gildoran leicht übel, und er begab sich in die Zuflucht des Schiffes.

Es ist schön, schöner als irgendetwas, das sie hier je bauen werden. Aber es gehört nicht hierher, ebenso wenig wie ich, und jetzt weiß ich es auch.

Hinter ihm summte die neue Stadt vor Leben, vor vielfältigen Lebensformen, vor humanem, parahumanem und nicht-humanem Leben, dem Leben einer Galaxie, die den Transmitter erfunden hatte und nicht mehr durch Raum oder Zeit begrenzt war. Das Leben zeigte alle Größen, Formen und Farben. Isolation und Unterschiede waren verschwunden. Während aller Zeitalter, von der ersten Regung des Bewusstseins in Menschen und Nicht-Menschen, war der Transport – von Menschen, Waren, Dienstleistungen und Ideen – der entscheidende Engpass gewesen, der die Menschheit zu einer bescheidenen Wachstumsrate zwang. Doch mit der Erfindung des Transmitters hatte das Bewusstsein in der Galaxie diese Begrenzung hinter sich gelassen, und jetzt gab es keinerlei solche Einschränkungen mehr.

Nur noch eine Begrenzung. Die Geschwindigkeit der Entdecker.

Ohne uns wäre keine dieser Welten da.

Aber wir bleiben die Sonderlinge. Wir leben in Zeit und Entfernung. Sie sind frei davon.

Aber nur durch uns.

Die Nachricht von einem neuen Planeten, der erschlossen werden konnte, eine neue Welt, die entwickelt und erforscht werden wollte, die Schaffung neuer Arbeitsmärkte, neuer Projekte und Produkte, neue Arbeit jeder Art von der Bedienung von Maschinen, die Gräben aushoben, bis zum Verkauf von Frauen für Gebrauch oder Vergnügen, hatte sie hierher schwärmen lassen, von der ersten Minute an, da die Transmitter-Kabinen in das galaktische Netzwerk eingeklinkt wurden. Hier in der Stadt hinter ihm lebten große rote Menschen von Antares und kleine, bläuliche von Aldebaran, bepelzte von Corona Borealis Sechs und geschuppte von Vega 14, und es gab Frauen für jeden nach seinem Geschmack. Jede neue, gerade erschlossene Welt war so. Ein Karneval neuen Lebens für die Jungen, eine zweite – oder dritte oder zweiundzwanzigste – Chance für die Alten, für die Unangepassten, die Abenteuerlustigen, die Erfolgreichen, die neue Welten erobern wollten und die Versager, die die Hoffnung noch nicht verloren hatten, dass sie *dieses* Mal ganz groß rauskämen.

Für mich gibt es hier nichts mehr. Gab es nie etwas. Nur Janni, und jetzt weiß ich, dass sie niemals wirklich da war. Nicht für mich.

Er hatte keinen Anteil mehr an dieser Welt. Sobald der Transmitter auf einer Welt errichtet war, waren die Entdecker mit ihr fertig. Das Entdecker-Schiff, das die Welt gefunden, erforscht und genügend unterworfen hatte, um einen Transmitter dort zu bauen und ihn offiziell zu eröffnen, hatte nichts mehr zu tun. Nichts, außer ihr immenses Honorar von der Zentrale einzustreichen und abzuheben, um die nächste Welt zu suchen. Die *Wanderfalter* war seit eineinhalb Jahren hier.

Es war Zeit, weiter zu ziehen.

Da draußen warten noch andere Welten. Viele Welten.

Ja, verdammt noch mal, und auf allen gibt es Frauen.

Irgend jemand rief Gildorans Namen, und er sah sich um, bis er über den Köpfen der Menge das weiße, ausgeblichene Haar und die sternenbesetzten Stirnreifen zweier seiner Kameraden von der *Wanderfalter* sah. Er verlangsamte seinen Schritt, damit sie ihn einholen konnten.

Raban war doppelt so alt wie Gildoran, ein Mann in den Vierzigern – biologischer Zeit, selbstverständlich, wenn er wahrscheinlich auch nach Sternenzeit oder objektiver Schätzung ein paar hundert Jahre zuvor geboren war – mit den kleinen Sternen am Ärmel, die ihn als Offizier des Schiffes kennzeichneten. Ramie war ein kleines zartes Mädchen, dessen große dunkle Augen zeigten, dass sie zu einer der pigmentierten Rassen gehört hatte, ehe die Strahlung des Schiffes ihr Werk getan hatte. Jetzt waren ihre Haut und ihr Haar so leuchtend weiß wie Gildorans, doch die Augen hatten immer noch die eigenartige, leichte Schrägstellung, und ihre Stimme war zart und flötend.

»Jetzt dauert es nicht mehr lang, oder?«

»Um Mitternacht herum«, antwortete Raban. »Fällt dir der Abschied schwer?«

Schwer? Oh Gott, ein Abschied wie ein Tod, niemals wieder, niemals wieder … oh, Janni, Janni, Janni …

Gildoran grinste steif. »Du machst wohl Witze. Es war ein schöner Planet, aber sieh dir an, was sie damit gemacht haben.« Er deutete auf den Lärm und die Baustellen hinter ihnen. »Wie ein großer hässlicher Pilz, der über Nacht aus dem Boden schießt.«

Ramie deutete auf den Nachthimmel hinter sich. Hinter dem undeutlichen Schein der ersten Dampflampen, die bei Sonnenuntergang eingeschaltet wurden, waren hinter den Bergen die ersten blassen Sterne zu sehen.

»Da draußen sind noch viele andere Welten. Eine Sache, die im Universum niemals knapp wird, sind Planeten.« Sie lächelte Gildoran scheu an: »Warum bist du nicht bei der Offiziellen Abschiedsfeier?«

»Warum bist *du* nicht da?« Sie lachten. Raban sagte ernst: »Ich danke allen Göttern, von denen ich je gehört habe und ein paar, die ich eigens für diesen Zweck ersonnen habe, dass ich noch immer wichtig genug bin, um mich vor solchen Dingen drücken zu können.«

»Ich wäre fast hingegangen«, erzählte Ramie. »Schließlich war diese Welt für ein paar Jahre fast mein Zuhause. Ich bin hier tatsächlich aufgewachsen. Sie sollte mir irgendetwas bedeuten, auch wenn ich nicht genau weiß, *was*. Und es ist schon irgendwie komisch zu denken, dass wir sie niemals wieder sehen werden – oder zumindest niemanden, den wir hier kannten. Selbst wenn wir sechs Monate oder noch weniger im Raum verbrächten, auf einer anderen Welt mit Transmitter landeten und damit zurückkämen, wären auf diesem Planeten fünfzig oder sechzig Jahre vergangen und die Mädchen, mit denen ich gespielt habe, schon längst Großmütter.«

Niemals wieder …

Gildoran sagte langsam: »Ich weiß. Mir geht es genauso.«

Raban sagte: »Planeten sagt man Lebewohl. Jedenfalls Entdecker. Nach einer Weile …« Gildoran spürte, dass er versuchte, sie irgendwie zu trösten, obgleich seine Stimme hart und gefühllos war, »… sehen sie alle gleich aus.«

Sie überquerten schweigend die große, grasbewachsene, unerschlossene Ebene am Fuß des Berges in Richtung des Schiffes, und Gildoran dachte über Planeten nach. Vor diesem hier *waren* sie alle gleich gewesen, vielleicht würden sie es auch wieder sein. Er kannte vier. Nicht mitgerechnet natürlich die Welt, auf der er geboren war, wenn er sich an diese auch nicht erinnerte. Er wusste natürlich, wo sie war; jedermann schien das zu wissen, obwohl es als ungehörig galt, das zuzugeben. Wenn man ein Entdecker war, dann war das Schiff die Heimatwelt, und der Planet, auf dem man tatsächlich geboren, hergestellt, gezüchtet oder ausgebrütet worden war, war etwas, das man tunlichst zu vergessen hatte.

Er war Gildoran, und seine Welt war die *Wanderfalter.* Und das war alles. Für immer. Seine offizielle, legale Identität lautete G-M Gildoran, so wie Raban G-M Gilraban war und Ramie G-M Gilramie, und seine einzigen Landsleute waren die, die ebenfalls das *G-M Gil* vor ihrem Namen trugen.

Weil es keine andere Welt gab. Man konnte niemals zu einem Planeten zurück, den man einmal verlassen hatte.

Der unausweichliche Lauf der Zeit und die Zeitverschiebung außerhalb der Sonnensysteme bedeutete, hatte das Schiff erst einmal von dem Planeten abgehoben, den man besucht hatte, würde dieser Generationen weiter sein, nicht wiederzuerkennen, ehe man erneut landen und ihn besuchen konnte.

Während man auf einem Planeten lebte, war man natürlich frei von dem unausweichlichen Lauf der Zeit. Man konnte heute hier sein und morgen auf Vega 19 und drei Stunden später in eine Transmitter-Kabine treten und wieder zurück sein oder auf Aldebaran oder Antares, und es wären nur drei Stunden vergangen. (Oh, technisch gesehen gab es einen Verlust von einer dreiviertel Sekunde in der Kabine. Das hatte etwas mit dem Galaktischen Widerstand zu tun.) Doch außerhalb der planetarischen Magnetfelder war die Freiheit von der Zeit, die zeitgleiche Reise durch die ganze Galaxis, nicht mehr vorhanden. Man verbrachte sechs Wochen, sechs Monate, ein Jahr im All und alterte nur durch die biologische Uhr in seinem Inneren. Die Zellen alterten sechs Monate, ein Jahr. Doch das Leben in der Galaxis ging ohne einen weiter, das ganze Netzwerk der Planeten, die durch Transmitter miteinander verknüpft waren, huschte vorbei, und wenn man wieder auf einem Planeten landete, war es nach Sternenzeit achtzig oder hundert Jahre später.

Wenn man also abreiste, wenn man sich von einem Planeten verabschiedete, dann war es jedesmal für immer. Und die neuen Welten konnten schön sein oder schrecklich, aber sie waren auch immer neu und fremdartig, und die alten Welten waren – wenn man sich dem Schock stellte und zurückging – ebenso neu und fremdartig. Man war unsterblich, soweit es die Galaxis anbetraf, aber man wurde auch immer von dem losgerissen, was man gekannt hatte …

Gildoran wandte sich an Raban und fragte plötzlich: »Ist es immer so? Wird jede neue Welt so verschandelt – *jedes* Mal? Finden wir nur neue Welten, damit Menschen kommen und sie kaputt machen, sie verbrauchen?«

Raban lachte, doch die beiden Jüngeren konnten sehen, wie ernst seine Augen blickten. Er sagte: »Vergiss nicht, sie empfinden es nicht als Verschandelung, sondern als Entwicklung, Kultivierung. Die meisten Menschen finden es schön, wenn ihre Welt etwas zivilisiert wird. Urteile nicht zu hart über sie.«

Am Fuße des großen Schiffes schüttelte er sich geziert den Schlamm von den Füßen und sagte lachend: »Vielleicht ist Zivilisation gar nicht so schlecht. Ich habe mich schon oft gefragt, warum wir sie nicht die Zuwege zum Schiff pflastern lassen. Schließlich mussten wir diesen Weg zwei Jahre lang benutzen, und ich habe mir jedesmal die Schuhe ruiniert!«

Er deutete mit der Hand. »Seht mal, die Arbeiter bauen das Gerüst ab. Wahrscheinlich sind wir um Mitternacht startklar. Ich weiß, dass alle sich zur Zehnten Stunde zurückmelden sollten. Jetzt gibt es bestimmt für jeden noch einen Haufen Dinge in letzter Minute zu erledigen.«

Er schwang sich die Stufen hoch, Gildoran und Ramie folgten langsamer und drehten sich um, um den Arbeitern zuzuschauen, die Material und Vorräte durch die unteren Ladeklappen einluden. Kleine Hütten, die Pausenräume, wurden heruntergebracht und mit riesigen Rollkränen davongefahren. Zum Schluss würden auch die Treppen demontiert werden.

Mit dem Mädchen an seiner Seite erklomm Gildoran die Stufen und ging durch die vertrauten, blassvergoldeten, kühl beleuchteten Hallen der unteren Ebenen. Sie schwiegen beide, während sie durch die Korridore gingen und in einen Schwerkraft-Lift stiegen, der sie zu den Wohnebenen brachte. Raban war unterwegs zurückgeblieben, um etwas zu erledigen, aber die beiden jüngeren vermissten ihn nicht wirklich. Er war älter, und zumindest technisch betrachtet, ihnen noch immer vorgesetzt, sodass sie sich freier fühlten, als er fort war. Aber sie unterhielten sich nicht. Gildoran war in Abschiedsschmerz und Erinnerung versunken, und auch das Mädchen sagte nichts.

Ich frage mich, ob jeder etwas hat, das er nicht ertragen kann zurückzulassen, und dennoch weiß, dass er es muss?

Ramie hatte Freunde hier, sie hat von ihnen gesprochen, vielleicht hatte sie auch Liebhaber gehabt.

Ist es immer so? Für jeden?

Niemand spricht je davon. Aber es muss wohl so sein.

Auf Ebene Vier blieben sie an einem Schreibtisch mit einem Chronometer dahinter stehen und drückten ihre IdentiCards dagegen. Sie sahen zu, wie die Muster – individuell wie Daumenabdrücke – auf den Anzeigen aufleuchteten. Eine angenehme Stimme erklang aus dem Schreibtisch:

»Ramie, du wirst auf der Brücke erwartet, bitte. Gildoran, bitte melde dich auf der Kinderstation.«

»Heute Abend Dienst? Dann muss der Start schon näher sein, als ich dachte«, bemerkte Gildoran, und Ramie kicherte. »Sie haben das Ding neu programmiert. Es hat nicht immer so *bitte* gesagt. Rushka hat wohl eine Psycho-Lektion bekommen.« Sie trat in einen Lift, Gildoran nahm ein Gleitband in die andere Richtung. Verdammt, stand ihm etwa Dienst auf der Kinderstation bevor? Ihm sank ein wenig der Mut bei dem Gedanken. Er hatte Kinder wirklich gern, und die heranwachsenden Kleinen verhinderten, dass es auf dem Schiff auf den langen Strecken zwischen den Sternen langweilig wurde, aber trotzdem mochte er sie lieber, wenn sie erst aus den Windeln waren und sprechen konnten!

Trotzdem, wie jeder andere musste er wohl auch einmal drankommen.

Er hatte den schwachen, altmodischen Wunsch, dass sie das den Mädchen überlassen sollten – zumindest sollten die einen biologischen Instinkt dafür haben – aber er wusste, dass diese Vorstellung lächerlich war, vor allem auf einem Schiff.

Auf der Kinderstation herrschte im All der höchste Schwerkraftgrad auf dem Schiff und Licht, Luft, Ausstattung und Service waren optimal. Gildoran blieb einen Augenblick vor dem durchscheinenden Glas stehen, ehe er eintrat, und beobachtete eine kleine Gruppe von drei Kindern – eins neun, zwei fünf Jahre alt – die auf dem Fußboden saßen und Abendbrot aßen und dabei angespannt einer Geschichte lauschten, die von einem der großen, plüschigen braunen Humanoiden erzählt wurde, die – keiner auf den Schiffen wusste warum – Pu-Bären genannt wurden. Eins der großen Wesen sah Gildoran durch die Wand, bedeutete den Kindern, allein weiter zu essen und watschelte zur Tür. Trotz der zusätzlichen Sauerstoffrationen in der Kinderstation schnaufte es. So geschmeidig und frei sie sich unter der Niederschwerkraft des Raums auch bewegten, auf einem Planeten waren sie schwerfällig und schleppten sich langsam voran.

Pu-Bär sagte mit ihrer sanften, silbrigen Stimme: »Gildoran, Rae möchte dich im Kinderstations-Büro sprechen, könntest du direkt dorthin gehen, ohne die Kinder zu stören?«

»Natürlich. Danke, Pu«, antwortete er mit einem liebevollen Lächeln. Er nahm an, dass es eine Art ererbter Erinnerung war, doch die Pu-Bären waren das perfekte Mutterbild eines jeden. Vielleicht, dachte er, ist es einfach nur Prägung, schließlich sind sie die einzigen Mütter, die ein Entdecker je kennenlernt. Sie waren die einzige Rasse, die im Weltraum nicht ausbleichte, und ihr langer dunkler Pelz blieb ungerührt und hartnäckig dunkelbraun. Auf jedem Entdecker-Schiff waren sie die Spezialisten für die Kinder.

Im Kinderstations-Büro sah Gilrae – der diesjährige Biologie-Offizier – stirnrunzelnd eine Reihe von Akten durch. Sie hatte bereits die Planeten-Kleidung abgelegt und trug die Schiffskleidung eines Entdeckers – ein schmales Stützband um ihre Brüste und einen kurzen Kilt um die Hüften, dünne Sandalen mit Riemchen um die Fesseln. Es war schwer, ihr Alter zu schätzen, sie hatte sich nicht verändert, solange Gildoran zurückdenken konnte. Sie war seine erste Lehrerin gewesen, als er acht Jahre alt war, aber sie sah kaum älter aus als Ramie. Jetzt war ihr Gesicht angespannt, und Gildoran stellte erstaunt fest, dass sie geweint hatte.

Hat sie hier etwas gefunden – oder jemanden – den sie nicht ertragen kann zurückzulassen?

Sie hob den Kopf und sagte: »Doran, du bist früh zurück. Ich dachte, du wärst bei der Offiziellen Abschiedsfeier.«

»Das wollte ich auch, aber im letzten Moment habe ich mich dagegen entschieden.«

Sie tippte auf das Lesegerät vor ihr. Sie sagte: »Wir werden personell unterbesetzt sein, Doran. Ich habe gerade Nachricht bekommen. Gilmarin ist per Transmitter zur Zentrale gereist – sie hatten uns über neue galaktische Karten informiert – und er muss einen Fehler gemacht haben, denn wir haben nichts mehr von ihm gehört. Und Giltallen ist ...« sie brach ab und schluckte mühsam. »Er hat eine Nachricht hinterlassen. Er kommt nicht mehr zurück.«

Gildoran musste ebenfalls nach Luft ringen.

»Tallen? Wir konnte er? Er ist seit – wie alt ist er? – bei uns. Er ist alt …«

»Es kommt vor.« Jetzt verstand Gildoran Raes Tränen. In einem plötzlichen, heftigen Anfall von Loyalität ging er hin und legte seine Arme um die Schultern der älteren Frau. »Rae, weine nicht. Vielleicht ändert er seine Meinung noch, wir haben noch immer ein paar Stunden …«

»Nein. Er spricht schon seit Jahren davon, und wenn dich ein Planet einmal packt …« Rae schluchzte einmal auf, dann kämpfte sie um ihre Selbstbeherrschung. Sie sagte gefasst: »Wir können ihn nicht verurteilen.«

Aber ich kann es. Und ich tue es. Ich war auch in Versuchung. Aber ich bin hier …

Rae sagte: »Ich dachte, wir würden dich auch verlieren, Gildoran.«

Schweigend schüttelte er den Kopf. Jetzt, da er wieder an Bord war, wieder unter den vertrauten Dingen seines Lebens, erschien ihm Janni wie ein kurzer Wahn.

Anders, kein Teil meiner Welt …

»Planeten sagt man Lebewohl«, sagte er.

Ihr Lächeln war zaghaft. »Bist du sicher? Weil ich dich noch ein letztes Mal losschicken muss, alle anderen brauchen wir für den letzten Check-up vor dem Start. Warst du schon einmal in der Brutanstalt auf Antares Vier?«

»Haben wir so wenig Leute?«

Rae nickte und sah zu einem kleinen Mädchen von etwa zwölf Jahren hinüber, das an den Akten arbeitete und sagte: »Gillori, ich bin völlig ausgetrocknet, sei so lieb und hol mir etwas zu trinken, Liebes.« Das Kind rannte los, und Rae sagte: »Wir haben furchtbar wenig Leute, Doran. Vergiss nicht, von dem letzten Schwung haben nur zwei überlebt und davor nur eins. Lori ist zwölf, das heißt, sie kann in einem Jahr mit der Ausbildung anfangen, aber wir hatten Pech. Unsere Besatzungsstärke ist auf vierzig gesunken, und wir haben nur vier Kinder unter fünfzehn. Und … du weißt ebenso gut wie ich, dass ein paar der Älteren nicht mehr in der Lage sind, noch einmal volle fünfzehn Jahre ganze Schichten zu arbeiten. Wir müssen vier oder fünf Junge haben, die übernehmen können.«

Doran nickte. Seit seiner Kindheit hatte er gelernt, in Zeiträumen von fünf, acht, zehn Jahren zu denken.

»Du musst den Sprung zu der Brutanstalt machen.«

Gildoran fuhr vor Überraschung zusammen. Normalerweise wurden nur die älteren Mitglieder der Schiffsbesatzung auf längere Transmitterreisen geschickt. Doch Gilrae redete, als ob dies ein einfacher Ein-Planeten-Sprung wäre, um Obst zum Abendessen zu holen.

»Die *Wanderfalter* hat von der Zentrale besonderen, erweiterten Kredit«, erklärte sie, »und die Brutanstalt von Antares arbeitet mit uns zusammen. Wir müssten mindestens sechs Babys haben, versuch welche zu kriegen, die sechs Wochen alt sind und einen ganzen Monat von ihren biologischen Müttern gestillt wurden. Und sie müssen geboren sein, nicht ausgebrütet.«

Gildoran schluckte. Er sagte: »Wie bei allen sechzehn Galaxien soll ich sechs plärrende Babys über vier Transmitter-Sprünge schleppen?«

Gilrae lachte. »Du mietest natürlich einen Baby-Karren. Und nimm Ramie mit.« Plötzlich wurde ihr Gesicht sehr ernst. »Doran. Lass dir von der Zentrale eine Bereinigte Entdecker-Route geben. Wir glauben, Gilmarin hat versucht, seine Route selbst festzulegen und ist auf einer der Welten gelandet, wo sie Entdecker noch immer nicht … mögen. Vergiss niemals, ein Steinwurf, eine Verzögerung von sechs Stunden – und du bist weg. Vielleicht für hundert Jahre.«

Ihre Worte ernüchterten Gildoran wie ein Eimer kaltes Wasser ins Gesicht. Sein Leben lang hatte er es gewusst ... *wenn du einen Start verpasst, bist du für immer weg.* Aber Gilmarin war sein Spielgefährte gewesen – stammte von derselben Welt wie Gildoran, hatte mit ihm zusammen die weitreichenden Operationen überlebt, die den Entdeckern ein Überleben im All ermöglichten, war sein Kindergartenfreund gewesen, bis sie zehn waren und seitdem sein Kamerad – und jetzt war er fort, unwiderbringlich fort, irgendwo in den Tausenden von bewohnten Welten im All verloren ...

»Rae, können wir nicht einen Sender auf seine Spur setzen, oder jemanden hinter ihm herschicken? Die Zentrale könnte seine Transmitter-Koordinaten verfolgen ...«

Raes blasses, schmales Gesicht spannte sich. Wie alle Entdecker hatte sie keine Farbe, doch ihre Augen waren dunkel und violett und schienen jetzt ihr ganzes Gesicht auszufüllen. Sie sagte fast flüsternd: »Wir haben es versucht, Doran. Ohne Erfolg. Wir sind den Koordinaten über drei Planeten gefolgt und in einen Aufstand auf Lassellis Welt geraten. Er muss mittendrin sein. Gilhart und mir blieb nichts anderes übrig, als zu verschwinden. Hart beantragte, dass Lassellis Welt für Entdecker gesperrt wird, aber das ist so, als ob man einen Schutzschild errichtet, wenn der Meteorhagel vorbei ist.« Sie griff nach seiner Hand. Ihre Finger waren schlank und fest und schienen leicht zu zittern. Sie sagte: »Halte dich von Lassellis Welt fern, Doran. Und gehe ohne Umwege zur Brutanstalt und sofort wieder zurück. Wir können dich nicht auch noch verlieren.«

Gildoran war leicht übel, als er zur Brücke hinaufging, um Ramie zu holen, die ihm bei seiner Mission helfen sollte.

Und er hatte wirklich daran gedacht, seine Leute zu verlassen, wenn sie so knapp an Personal waren?

Wenn Gilmarin fort war und Giltallen desertiert?

Entsetzen und Wut kämpften in ihm …

Auf einigen Welten hasst man uns, nur weil wir früher ihre ungewollten, überzähligen Kinder mit uns zu nehmen pflegten. Wir selbst können keine Kinder bekommen. Der Weltraum macht uns unfruchtbar, wir würden nur Ungeheuer hervorbringen. Ohne Nachschub von den Planeten, die wir erschließen, müssten wir aufhören, zwischen den Sternen zu reisen …

Und dann würden keine neuen Welten mehr erschlossen, niemals wieder.

Und die Menschheit braucht neue Ziele. Ohne neue Herausforderungen, selbst wenn die bekannten Welten eine ganze Galaxis umspannten, würde die Menschheit psychologisch stagnieren und verrückt werden. Es war dieses Wissen, das den Menschen von der Alten Erde in den Raum trieb, vor Tausenden von Jahren. Dieses Wissen war es, das ihn aus den übervölkerten, sterbenden, hungernden, überfüllten Welten des Ersten Sonnensystems trieb, weiter in den interstellaren Raum in den Tagen der alten Generationenschiffe, lange vor der Erfindung des Einstein-Antriebs, das ihn weiter trieb, immer weiter. Dieses Wissen trieb den Menschen dazu, den Transmitter zu erfinden, das verzweifelte Bedürfnis nach Neuem, zu wissen, dass es immer noch möglich war, noch weiter vorzudringen.

Aber niemand konnte per Transmitter zu einer neuen Welt gelangen, ehe der *erste* Transmitter dort errichtet war. Es gab keine Möglichkeit, einen Transmitter per Transmitter zu schicken. Sobald der erste Transmitter auf einem Planeten aufgestellt war, konnte man alles hindurchschicken, Menschen, Lebensmittel, Baumaterial, alles nur mögliche von jeder beliebigen Welt, die bereits über einen Transmitter verfügte.

Aber die neuen Welten mussten erst einmal gefunden werden.

Und die Entdecker fanden sie. Nur die Entdecker reisten noch immer zwischen den Sternen, mit der Geschwindigkeit des Einstein-Antriebs, der die Zeit für sie zusammenschob, und sie errichteten neue Transmitter für den unendlichen Ausbreitungsdrang der menschlichen Rasse.

Und weil wir ihre Kinder rauben mussten, hassen sie uns.

Wir müssen sie rauben, erbetteln oder kaufen.

Und wenn sie mit uns kommen, sind sie für immer fort.

FÜR IMMER.

Auf der Brücke trat er aus dem Lift. Dort arbeitete ein halbes Dutzend Besatzungsmitglieder an den Computern. Gildoran überbrachte seine Nachricht, und der Jahres-Kapitän, Gilharrad (der so alt war, dass selbst Gildoran sich nicht vorstellen konnte, wieviel Jahre das in planetarischer Zeit sein mochten) entließ Ramie, um ihn zu begleiten. Seine Augen, fast verschwunden unter Falten, spiegelten unergründliche Tiefen der Erinnerung.

»Als ich in deinem Alter war, wurde ich auf einer Kinderraub-Expedition beinahe getötet«, sagte er und streckte eine verwitterte Hand aus, die leicht zitterte. »Seht mal, ich habe durch einen Messerstich einen Finger verloren, und das ist so lange her, nach Planeten-Zeit, dass es damals noch nicht einmal Regenerationsmöglichkeiten gab, sodass mir kein neuer wachsen konnte. Wir haben bei diesem Überfall neunzehn Babys mitgenommen, von drei Welten. Das war natürlich noch zu einer Zeit, als acht von zehn beim ersten Start starben und nur eins von dreißig den ersten Monat überlebte. Wir gaben ihnen nicht einmal Namen, bis wir sicher waren, dass sie es schafften. Die Menschen haben sich seither allerdings nicht sehr verändert. Sie würden uns am liebsten umbringen, auf den meisten Welten, wenn wir um ihre Kinder bitten. Selbst wenn es um die zusätzlichen Kinder geht, diejenigen, die sie selbst nicht wollen. Auf den meisten Welten sind wir nur eine Legende. Aber eine Legende, die sie hassen.« Er schwieg, sein Blick glitt wieder in die Ferne. Gildoran, der ein undeutliches Bedürfnis verspürte, den uralten Mann zu trösten, sagte: »Wir verhandeln diesmal mit lizenzierten Brutanstalten. Wir können einfach kaufen, was wir brauchen, von Leuten, die das Recht haben, es uns zu verkaufen.«

Harrad sagte bitter: »Auch das ist Sklaverei. Warte es ab. Auf dieser einen Welt machen sie vielleicht eine Periode der Erleuchtung durch – oder des Zynismus. Geht bei der nächsten Landung dorthin – sechzig, achtzig Planetenjahre später – und ich wette mit dir um einen planetengroßen Sack voll Geld, dass sie in ihrer Lizenz stehen haben: *Kein Verkauf an Entdecker.*« Er deutete mit schwacher Hand auf die Tür. »Ihr macht euch am besten auf den Weg, ihr zwei. Wahrscheinlich müsst ihr einen weiten Umweg machen, und wir heben um Mitternacht ab.«

Kapitel 2

Gildoran und Gilramie traten auf die Treppe hinaus, eingehüllt in ihre Allzweck-Reisemäntel. Die Vorstellungen von anständiger Kleidung variierten von Welt zu Welt, sodass jeder psychologische Typus eine Welt finden konnte, auf der er sich wohlfühlte. Auf einigen Planeten war Nacktheit die Norm, und Kleidung galt als leicht beleidigend, als ob man sich verbergen wollte; auf anderen galt der Glaube, dass zu viel körperliche Entblößung die sexuellen Triebe abstumpfe und den Spaß verringere und dass die Verhüllung während der Tagesarbeit die Wirkung der Nacktheit in intimen Situationen steigerte. Doch die Reisemäntel wurden überall akzeptiert als Zeichen, dass man auf der Durchreise war und nicht absichtlich lokale Sitten verletzte.

Als sie sich auf den Weg zu den hohen, dunklen Pfeilern der Transmitter-Station machten, betrachtete Gildoran die vielen Baustellen der Stadt. War Janni noch immer dort? Es war ihm inzwischen gleichgültig, ihr Abschied war zu endgültig gewesen, als dass er noch Hoffnung auf ein Wiedersehen hegte. Außerdem konnte sie jetzt schon vierzehn Planeten weit weg sein oder am anderen Ende der Galaxis. Wenn Reisen ins Unendliche für alle verfügbar sind, kann nur Begehren Liebende zusammenhalten, und für Janni hatte das nicht genügt. Unbarmherzig kehrte Gildoran der Stadt den Rücken und wandte seine Aufmerksamkeit wieder Ramie zu, die klein und lächelnd an seiner Seite stand.

»Hat Rae gesagt, ob wir Mädchen oder Jungen holen sollen, Doran?«

»Was macht das schon für einen Unterschied?« Gildoran lächelte sie an. »Es ist ohnehin Glückssache.« An Bord der Entdecker-Schiffe übernahmen beide Geschlechter der Reihe nach sämtliche Aufgaben, von der Navigation bis zur Kinderbetreuung, außerdem wusste man nie vorher, wie viele überlebten. Gildoran und Gilmarin waren Teil einer Gruppe von sieben gewesen, vier Mädchen und drei Jungen: zwei Jungen hatten überlebt. Sie würden wahrscheinlich drei Jungen und drei Mädchen nehmen. Wenn sie Glück hatten, würden je zwei den ersten Monat im All überleben, statistisch standen die Überlebensquoten derzeit bei zwei von dreien. Allerdings stimmte die Statistik nicht immer. In zwölf Jahren würden die Überlebenden die Lehrlinge in jedem Bereich an Bord des Schiffes sein. Egal ob Junge oder Mädchen, sie würden Entdecker sein.

Die beiden Entdecker, groß und blass, eingehüllt in ihre Reisemäntel, gingen unter den Bogengängen der Transmitter-Station hindurch. So spät am Abend war es nicht mehr so voll, die Schlangen vor den Kabinen waren kürzer als gewöhnlich. Ein paar fröhliche Pärchen auf dem Weg zu – oder von – einem vergnügten Abend irgendwo. Ein vereinzelter Springer oder zwei, die auftauchten, um einen Blick auf den Planeten zu werfen, mit dem üblichen verblüfften Gesichtsausdruck – Springer gingen den riskanten Weg und tippten die Koordinaten aufs Geratewohl ein – für den Nervenkitzel, unbekannte Welten zu sehen. Eine Gruppe müde wirkender Jugendliche, unter der Führung zweier großer, grünhäutiger Gouvernanten, wahrscheinlich eine Gruppe junger Abenteurer, die ein Überlebenstraining auf dieser neuen Welt absolvieren wollten.

Gildoran trat an den Informationsschalter, legte seine IdentiCard an den Streckenplaner und tippte die

Bitte um Planungshilfe ein. Nach der erwarteten dreiviertel Sekunde verlangte eine körperlose Stimme auf Universal: »Art der Streckenhilfe, bitte.«

»Eine bereinigte Route für Entdecker nach Antares Vier, bitte.«

Wieder die kurze Verzögerung, dann begann der Computer die gewünschte Information auszuspucken, die Reihen von Transmitter-Koordinaten. Gildoran steckte eine kleine Münze in den Schlitz – die Information war kostenlos, doch ein Ausdruck kostete eine kleine Gebühr –, denn er wollte nicht das Risiko eingehen, einen entscheidenden Punkt in den Koordinaten zu vergessen und auf einem Planeten zu landen, der sechshundert Lichtjahre von ihrem Ziel entfernt war!

Sie traten in die gläserne, von grünem Licht erhellte Transmitter-Kabine und betrachteten ohne großes Interesse die Vorschriften, die in den beiden offiziellen Sprachen der Galaktischen Zivilisation dort geschrieben standen:

Bleiben Sie ruhig stehen.

Vergessen Sie nicht, beim Verlassen des Transmitters Ihre IdentiCard mitzunehmen.

Babys unter einem Jahr und nicht-ausgebildete Tiere müssen in genehmigten Skinner-Boxen reisen.

Ältere oder kranke Personen sollten eine Erste-Hilfe-Ausrüstung bereithalten, um auch in ungewohnten Atmosphären ihren Bedarf an Sauerstoff decken zu können.

Pro Kabine dürfen nicht mehr als drei Erwachsene reisen.

Diese Kabine ist nur für Passagier-Transport zulässig. Für den Transport von Frachtgut oder Haushaltsgegenständen über dem zulässigen Gesamtgewicht von achtzig Universalen Kilos

Benutzen Sie bitte die Kabinen am anderen Ende der Station.

Atombetriebene Geräte dürfen nur mit besonderer Genehmigung des Zielplaneten mitgeführt werden.

Er tippte sorgfältig die Tasten für die erste Reihe von Koordinaten. Ein Warnlicht glühte auf, und die Kabine wurde einen Augenblick dunkel.

Jedesmal, wenn er einen Transmitter benutzte, war sich Gildoran ganz kurz des erweiterten Raumes bewusst. Er hatte sich gelegentlich gefragt, ob das etwas mit den mentalen Fähigkeiten der Entdecker zu tun hatte oder seiner Vertrautheit mit dem Gefühl der Zeitdehnung innerhalb der Schiffe, oder ob es einfach Halluzination, Fantasie oder eine verrückte Stimulierung der Hirnzellen durch den Transmitter war. Schließlich arbeiteten die Transmitter mit der Energie, die sie aus dem All selbst zogen, der Materie, die frei zwischen den Sonnensystemen trieb. Er wusste nicht, was diese Empfindung verursachte, er wusste auch nicht, ob andere Entdecker es ebenfalls spürten oder ob es jedem vertraut war, der einen Transmitter benutzte. Er wusste nur, dass immer in dem Augenblick, in dem die Kabine dunkel wurde, in dieser winzigen Verzögerung, die die exakte Gleichzeitigkeit verhinderte …

Die Kabine wurde dunkel. Ein heftiger Schwindelanfall, ein Stechen in der Nasenwurzel, ein Flechtwerk von Farben flackerte in seinem Hirn, eine leuchtender Wirbel hinter den Augen, ähnlich den Nebenwirkungen der Drogen, die sie während der Zeitdehnung bei Verstand hielten, und wieder das merkwürdige Gefühl, inmitten wirbelnder Atome – oder Galaxien – zu stehen …

Ein scharfer Klick wie ein kurzer, nicht unangenehmer elektrischer Schock, dann kam er zur Ruhe (hatte er sich überhaupt bewegt?), wissend, dass eine dreiviertel Sekunde vergangen war und er in einer anderen Transmitter-Kabine stand mit denselben Vorschriften an der Wand, diesmal mit leuchtend-blauen Neonlichtern, außerdem waren hier die Wände eher glasig-grün als glasig-blau, und er war vier Lichtjahre von dem Planeten entfernt, den er gerade verlassen hatte. Er schüttelte leicht den Kopf, warf einen Blick auf Gilramie – sah sie auch ein wenig benommen aus? – und studierte den Ausdruck, um die nächste Koordinatenreihe auf ihrem Weg zu finden. Streng genommen hatte ein Transmitter keine Grenzen, aber für die meisten Leute war es angenehmer, nicht mehr als vier Lichtjahre in einem Transmitter-Sprung hinter sich zu bringen. Außerdem stieg der Energieverbrauch aus irgendeinem unbekannten Grund jenseits dieser Entfernung exponential an, sodass längere Sprünge nicht empfohlen wurden außer für Reisen mit allerhöchster Priorität. Ein zu langer Sprung schien, aus psychologischen Gründen, die noch niemand erforscht hatte, eine Wirkung ähnlich der zu schneller Flugbewegung zu haben. Also wurden lange Reisen in kurze Sprünge von etwa vier Lichtjahren eingeteilt, wann immer es möglich war. Vielleicht, dachte Gildoran, kann der menschliche Verstand die Vorstellung nicht verarbeiten, mehr als vier Lichtjahre auf einmal zu springen.

Noch vier weitere Sprünge mit kurzen Wirbeln von Dunkelheit dazwischen, und sie erreichten den Planeten Antares Vier, wo sich die Brutanstalt befand. Eine Karte des Planeten und ein Sprung mit einem Kurzstrecken-Transmitter brachte sie in die Nähe, nur ein paar Straßen entfernt.

Es war ein großes Gebäude aus Glas und Stahl, mit drumherum schwebenden Werbetafeln mit laufender Schrift und 3D-Abbildungen von wohl Hunderten pausbäckigen, lächelnden Babys aller Größen, Farben und menschlicher Phänotypen. Ramie lächelte die substanzlosen Kinder an und sagte: »Ob sie wohl alle so süß sind? Haben sie denn gar keine gewöhnlichen, launischen oder brüllenden?«

Gildoran kicherte. »Bestimmt nicht auf den Werbetafeln.«

Ein gesichtsloser Dienstroboter winkte sie herein und sagte mit sanfter, kultivierter Stimme: »Willkommen, geehrte Besucher und zukünftige Eltern. Wenn sie bitte hier warten wollen, einer unserer Verkäufer wird gleich bei ihnen sein. Vielleicht wollen Sie inzwischen etwas über unsere neuesten Angebote lesen.« Die flexiblen Stahlarme des Robots hielten ihnen ein paar Broschüren hin, dann glitt er davon. Gildoran warf einen Blick darauf.

> JETZT bietet ihnen ihre beliebte BRUTANSTALT einen neuen Service. Sind sie es Leid, sechs Monate auf ein Baby nach ihrer Vorstellung zu warten? Frauen, jetzt könnt ihr euch neun Monate entgangener Vergnügungen, mühselige Geburt, selbstmörderische Anwandlungen und gefährliche postnatale Depressionen sparen! Sie haben sich gegen eine Adoption entschieden, also was tun? Kommen Sie auf einen kurzen, schmerzlosen Besuch vorbei, lassen Sie Ihren ein bis vier Wochen alten befruchteten Fötus bei uns – und gegen eine geringe Aufwandsentschädigung sind Sie hundertprozentig gegen Geburtsfehler, Missbildungen und anderes versichert. Ist Ihr Baby aus irgendwelchen Gründen nicht absolut perfekt, brüten wir Ihnen KOSTENLOS ein neues aus!

Darunter stand in kleineren Buchstaben.

> Chirurgische Eingriffe in die DNS, garantierte Talente oder sexuelle Vorlieben gegen Aufpreis. Fragen Sie nach Sonderangeboten bei nicht abgeholten oder zurückgewiesenen Brutlingen.

Ramie blätterte durch die gleiche Broschüre. »Das nützt uns gar nichts. Wir brauchen geborene, nicht ausgebrütete, und sie müssen einen Monat lang von ihrer biologischen Mutter genährt worden sein.«

Gildoran nickte. »Rae hat mir die Anforderungen gegeben. Ramie, frag nach musikalischem Talent. Wenn Tallen wirklich weg ist ...« Er beendete den Satz nicht, das war auch nicht nötig. Giltallen war der beste Musiker – mit Ausnahme von Rae selbst – an Bord der *Wanderfalter* gewesen. Er sah sich im Wartezimmer um, in dem ebenfalls viele 3D-Abbildungen von pausbäckigen Kleinkindern in der Luft schwebten.

Ein dicklicher, geschäftiger kleiner Mann huschte herein. »Ah, ja, zukünftige Eltern, was können wir heute für Sie tun – oh, Entdecker. Ich nehme an, Sie brauchen ein gewisses Quantum?«

Gildoran fragte nach musikalischem Talent, und das Gesicht des kleinen Mannes hellte sich auf.

»Was für ein Zufall, ich habe genau das, was Sie suchen. Die Mutter war eine erstklassige Harfenistin, die ihr Studium auf Capella Neun bei Ligettini selbst damit finanzierte, dass sie fünf Kinder für mich austrug – jedes Jahr eins. Sie hat das ganze Jahr studiert, kam dann her und brachte sie zur Welt und stillte sie einen Monat lang – absolute Top-Qualität – ließ sich mit Sperma von musikalischen Genies mit einem Vererbungsfaktor von Neun befruchten und widmete sich während ihrer Schwangerschaft wieder dem Studium. Alle bis auf eins waren schon im Voraus verkauft, einige schon Jahre zuvor bestellt. Aber das letzte Paar hatte sich auf ein Mädchen versteift, und sie bekam einen Jungen, und das Paar stammte von einem dieser fanatisch religiösen Planeten, auf denen geschlechtsverändernde Operationen nicht erlaubt sind. Herzzerreißend, wirklich, aber dafür kann ich Ihnen dieses großartige Angebot machen ...« Er nannte eine Summe in Stellaren, die Gildoran nicht überhöht fand. Er sah Ramie an.

»Lass uns den nehmen«, sagte sie, »das würde Rae sehr gefallen.«

Der kleine Mann blätterte durch einen Ordner, und sein Gesicht wurde lang. »Es tut mir Leid, Werteste«, sagte er reumütig, »hier steht eine Bedingung für den Kleinen. Er darf nur an ein ›stabiles Paar‹ verkauft werden – nicht an die Unterhaltungsbranche oder Vergnügungswelten oder – verzeihen Sie – an Entdeckerschiffe. Aber sehen Sie, Ihr Leute von den Schiffen wollt doch eine ganze Truppe. Ich kann euch großartige Jungen geben, zehn geklonte Bruten mit Spitzen-IQ. Absolut garantierte Qualität, wir gehören nicht zu den Unternehmen, die an Leute wie Sie unseren Ausschuss verkaufen, nur weil wir wissen, dass Sie nicht zurückkommen und sich darüber beschweren können!«

Gildoran wurde leicht übel. *Ausschuss*! Und wollte er geklonte Identitäten, selbst wenn sie Spitzen-IQs hatten? Er glaubte nicht. Die zwischenmenschlichen Beziehungen auf dem Schiff waren lockere Bindungen, die oft wechselten, aber identische Wesen – und auch noch gleich zehn Stück, wie grässlich! – könnten eine eigene Clique bilden oder schlimmer noch, sich in ihrer Persönlichkeit so ähneln, dass sie völlig uninteressant waren. Man stelle sich vor, zehnmal dieselbe Person, und das macht ein Fünftel der Schiffsbesatzung aus? Angenommen, sie wuchsen heran und zeigten eine unangenehme Eigenschaft?

»Nein, danke«, sagte er. Er suchte nach einer Entschuldigung und fand rasch eine. »Wir brauchen sie geboren, nicht ausgebrütet. Und Einzelwesen, keine Klone.«

»Ach, kommen Sie«, bat der kleine Mann missbilligend, »erzählen Sie mir nicht, dass ausgerechnet Sie, mit Ihren wissenschaftlichen Kenntnissen, noch dem alten Aberglauben anhängen, dass geborene Babys besser sind als ausgebrütete?«

»Für unsere Zwecke sind sie besser«, antwortete Gilramie mit ihrer sanften Stimme. »Wenn sie die enge Bindung einer Schwangerschaft erlebt haben, lassen sie sich besser prägen und können besser zwischenmenschliche Beziehungen eingehen. Und es stärkt ihren Lebenswillen, ausgebrütete Babys sterben im All meist schnell, weil sie nicht unmittelbar eine Bindung an eine Mutterfigur eingehen und weniger den Drang zu überleben haben.«

»Nun, Sie müssen es ja wissen, denke ich«, sagte der kleine Mann. »Warum spazieren Sie nicht einfach durch unser Lager und sehen sich um, während ich mich um eine andere Kundin kümmere? Es wird nicht lange dauern, ich habe sie schon früher bedient, und vielleicht finden Sie etwas, das Ihnen gefällt.« Er öffnete die Tür zu einem riesigen Raum, der sich in der Ferne verlor, angefüllt mit Kisten aus einseitig durchsichtigem Glas, die moderne Version der ›Skinner Box‹, in der ein Kind bis zu zwanzig Stunden am Stück gefüttert, gewickelt und unterhalten wurde, ohne dass menschliches Eingreifen erforderlich war. Der Raum war erfüllt vom sanft pochenden Klang von Herzschlägen, was Kinder bekanntermaßen beruhigen sollte. Hinter den Glaswänden gurgelten, strampelten, weinten oder saugten die Babys. Sie wirkten zufrieden, wenn Gildoran sich auch wunderte, ob sie wirklich so glücklich sein konnten wie die Babys an Bord der *Wanderfalter*, die rund um die Uhr von den Pu-Bären bemuttert und versorgt wurden.

»Nähere Angaben finden Sie auf der Vorderseite jedes Kastens«, erklärte der Verkäufer. »Ich bin in ein paar Minuten wieder bei Ihnen, es wird nicht lange dauern.«

Er ging zu einer unglaublich großen, fahlen, aber trotzdem irgendwie reizvollen Frau in einem Reisemantel mit herrlichem, wallendem Haar und einem Gang, von dem Gildoran die Augen nicht abwenden konnte.

»Ja, Verehrteste?«

Die Stimme der Frau, zart und hervorragend geschult, trug bis zu ihnen:

»Ich brauche sechs erstklassige Weibchen mit großem Einfühlungsvermögen, musikalischer Begabung und starkem sexuellem Potential. Sie sollen zu Vergnügungsmädchen der Spitzenklasse ausgebildet werden, also stellen Sie sicher, dass sie hübsch sind.«

Der Verkäufer huschte umher und füllte ein Auftragsformular aus, während Gildoran mit seinem anfänglichen Abscheu kämpfte. Sklaverei! Und doch ... diese ›erstklassigen Weibchen‹ würden ihr Leben lang verwöhnt werden, waren schön und glücklich ...

Der Verkäufer versuchte, den Verkauf weiter zu treiben.

»Ich habe noch ein Schnäppchen für Sie: abgelaufene Ware – nicht abgeholte Bruten, wundervoller Zustand, aber bereits sechs Monate alt, also zu alt zum Prägen. Aber sie werden prima Arbeiter oder

Diener abgeben, sind gesund und garantiert gutmütig, ohne genetische Defekte! Ich lasse Ihnen alle drei für nur zweitausend Stellare, wenn Sie sie mir nur abnehmen!«

Als der Verkäufer zurückkam, hatten Gildoran und Ramie sechs Kinder nach den Merkmalen auf den Kisten ausgewählt, alle hatten einen garantiert hohen IQ mit mathematischen und technischen Fähigkeiten, zwei kamen aus Ärztefamilien, und zwei hatten Vorfahren mit musikalischen Talenten. Phänotypus oder Hautfarbe spielten natürlich keine Rolle, nach zwei Jahren waren sie ohnehin Entdecker. Die starke Strahlung bei Überlichtgeschwindigkeit würde schon dafür sorgen.

Er sah den Robotern zu, die die Kinder für die Vergnügungswelt auf ein hohes, fahrbares Gestell stapelten, das aussah, als wären mehrere Stapel Skinner-Boxen aufeinandergeschichtet, ein normaler Baby-Karren, um Kinder auf Transmitter-Sprünge mit nehmen zu können. Abrupt fragte er: »Wie können Sie es nur übers Herz bringen, sie in lebenslange Prostitution zu verkaufen?«

Der kleine Mann zuckte die Achseln und antwortete: »Auf manchen Welten sind Roboter verboten, einfach so – um Platz für Menschen zu schaffen, die ihren Lebensunterhalt durch manuelle Arbeiten verdienen. Zum Kuckuck, einige Planeten würden *Ihnen* nichts verkaufen, weil Sie und ich wissen, dass etwa ein Drittel der Kinder sterben wird. Ich, ich verkaufe sie für alles, außer als Nahrung – *da* ziehe selbst ich die Grenze. Ein paar exklusive Firmen versorgen den Equipage-Handel ...«

»Was ist denn das?«

»Verzeihung, alter Verkäufer-Ausdruck – ich glaube, eine Equipage war früher eine Art Luxus-

Transmitter, das bedeutet, nur Luxusware zu verkaufen, alles Einzelwesen, und nur zum Verkauf an Familien bestimmt. Aber ich, ich verkaufe sie an jeden, der für sie bezahlen kann, und ich stelle keine Fragen. Es ist schließlich eine gute Sache – wo wollten Leute wie *Sie* sonst Babys herbekommen, wenn wir alle so wählerisch wären?«

Eine Legende. Aber eine Legende, die sie hassen.

Der kleine Verkäufer hatte sich jetzt richtig in Fahrt geredet. »Immerhin gibt es Millionen von überzähligen Babys – die meisten holen wir billig auf Welten mit einem Bevölkerungsproblem und einer verrückten Religion, die keine andere Regelung der Sache zulässt, auf seltsamen Welten, auf denen Abtreibung illegal ist oder auf Welten mit Fruchtbarkeitskulten. Besser als sie en gros in die Sklaverei zu verkaufen.«

»Vermutlich«, stimmte Gildoran entschuldigend zu. »Hier, ich glaube, wir nehmen diese sechs.« Er hatte die Nummern der Kisten aufgeschrieben. »Und wir müssen einen Baby-Karren mieten, wir können ihn in weniger als einer Stunde zurückschicken, sobald sie an Bord sind.«

Er sah zu, wie die Roboter die Babys verluden. Eins war dabei mit dunklen, schrägstehenden Augen wie Ramies und weicher, goldener Haut. Am liebsten hätte er es auf den Arm genommen und geknuddelt. Auch Ramie sah angespannt zu. Er sah sie fragend an, und sie murmelte: »Ach, nichts. Ich habe mich nur gerade gefragt, wie es wäre, wenn ich selbst eins zur Welt brächte …«

»Schrecklich, nehme ich an, außerdem würde es die Routine an Bord stören«, bemerkte Gildoran, um das Thema ins Lächerliche zu ziehen.

Manche Fragen darf man niemals stellen. Das würde Ramie auch noch lernen …

Während Ramie die Miete des Baby-Karrens und der Roboter beglich, die sich auf der langen, komplizierten Route durch die Transmitter zurück zu ihrer Ausgangswelt darum kümmern sollten, begleitete Gildoran den Verkäufer zu einer öffentlichen Computer-Station, wo er die Überweisung von der Zentrale an die Brutanstalt regelte. Er überlegte kurz, ob sie noch irgendwo eine letzte Mahlzeit auf einem Planten einnehmen sollten, ehe sie zum Schiff zurückkehrten. Nein, sie hatten eine lange Transmitter-Reise vor sich – mindestens eine dreiviertel Stunde, dazu die notwendige Jagd nach Kabinen, die groß genug waren für einen Sechser-Baby-Karren – und je eher die Babys an Bord der *Wanderfalter* verladen waren, desto eher waren ihre Sorgen vorbei.

Er begann schon langsam, sich zu ihrer erfolgreichen Mission zu gratulieren. Mit Hilfe der Roboter, die vorprogrammiert vermietet wurden, war es einfach, Transmitter-Kabinen zu finden, die für ihre Fracht geeignet waren. Er ließ sich am Informationsschalter eine bereinigte Rückroute bestätigen und beobachtete, wie die Roboter den Baby-Karren in die Kabine schoben. Ramie und er standen zu beiden Seiten des hohen Nestes aus durchsichtigen Kisten, die selbstverständlich alle ihr eigenes Luftsystem und eine optimale Temperatur im Innern hatten.

Er hoffte, dass das kleine Mädchen mit der goldenen Haut, dem glatten dunklen Haar und den schrägstehenden dunklen Augen am Leben bleiben würde. Es würde Spaß machen, sie aufwachsen zu sehen. Man wagte nicht, sie gern zu haben, ehe man nicht sicher war, dass sie am Leben blieben …

Die Kabine wurde dunkel, die Orientierungslosigkeit und die leuchtendbunten Wirbel vor seiner Netzhaut – Atome? Sternen-Galaxien? – rasten durch sein

Hirn. *Klick*! Sie waren in der Transmitter-Kabine. Seine Finger tippten die Koordinaten des zweiten Sprunges, gleichzeitig überlegte er, wie die Babys die Transmitter-Reise wohl empfanden. Weinten sie oder hatten sie Angst bei der plötzlichen Dunkelheit? Hatten sie ein Gefühl für die komprimierte Zeit?

Hat ein Baby überhaupt ein Zeitempfinden, möchte ich wissen? Oder kennt es nur seinen eigenen biologischen Rhythmus?

Er tippte die Koordinaten, wieder Dunkelheit, die wirbelnden Farben. *Klick*. Er dachte, ich muss herausfinden, ob andere, Ramie, Harrad, Rae, im Transmitter auch dieses Wirbeln spüren.

Es war ihm nie in den Sinn gekommen, Janni zu fragen.

Und doch – wir standen uns so nahe, wenigstens für eine kurze Zeit. Aber wir hatten einander andere Dinge zu fragen.

Der dritte Sprung, die dritte Dunkelheit-Wirbel-*Klick*-Folge. Da durchzuckte es ihn mit einem Gefühl unwiederbringlichen Verlustes, dass er Gilmarin nie danach würde fragen können – seinen Spielkameraden, den verlorenen, verschwundenen. NIEMALS. Wieder dieses Wort. Gilmarin, sein Kindergartengefährte-Bruder-Freund, er würde niemals herausfinden, ob Gilmarin diese individuelle Desorientierung im Transmitter ebenso gespürt hatte. Plötzlich empfand er dies als größere Tragödie als den jetzt sehr klein erscheinenden Verlust Jannis.

Janni und ich teilten – einen Planeten. Gilmarin und ich teilten ein Leben, und ich habe sie beide verloren. Als Janni mich verließ, hatte ich das Gefühl, etwas Wunderbares verloren zu haben, und das habe ich auch, nämlich meine Träume von ihr.

Aber mit Gilmarin habe ich einen Teil meiner Selbst ver-

loren, das für immer umherirrt, so wie er verloren ist und irgendwo in Tausenden und Tausenden von Welten umherirrt, wohin ich nie gelangen kann …

»Doran …« Ramies helle Stimme bebte und klang verängstigt. »Bist du sicher, dass die Koordinaten richtig waren? Irgendetwas stimmt nicht.«

Ruckartig wieder ganz bei der Sache, prüfte Gildoran die Koordinaten der Kabine, ein Überlast-Signal blinkte, und die Koordinaten auf der Anzeige stimmten nicht mit denen auf dem Ausdruck in seiner Hand überein. Er tippte noch einmal sorgfältig die richtigen Koordinaten und überprüfte sie auf der Anzeigentafel, ehe er den START-Knopf drückte … eine der vielen Sicherheitsvorkehrungen, die verhindern sollten, dass nachlässige Reisende nicht-existierende Koordinaten drückten und an einem unbekannten Ort wieder materialisierten. Die Kabine wurde nicht aktiviert, und über ihnen begann ein Licht zu blinken und eine Schrift erschien:

WEGEN EXTREM STARKEN VERKEHRSAUFKOMMENS WERDEN ALLE REISENDEN IN DIESEM SEKTOR ÜBER ANDERE STATIONEN ZU IHREM BESTIMMUNGSZIEL UMGELEITET. BITTE MELDEN SIE SICH AM ÖFFENTLICHEN INFORMATIONSSCHALTER AM ANDEREN ENDE DER STATION. DORT ERHALTEN SIE EINEN KOSTENLOSEN AUSDRUCK IHRER UMLEITUNG. WIR BITTEN UM ENTSCHULDIGUNG FÜR DIE UNANNEHMLICHKEITEN UND VERSICHERN ALLEN REISENDEN, DASS JEDER, DER UNGEBETEN AUF DIESER WELT LANDET, DEN EINFUHRGESETZEN NICHT UNTERLIEGT. WIR WIEDERHOLEN, ALLE EINFUHRGESETZE SIND VORÜBERGEHEND AUSSER KRAFT, SOLANGE DIESE NOTFALLSITUATION BESTEHT, VORAUSGESETZT, SIE VERLAS-

SEN DEN PLANETEN INNERHALB EINER PLANETARISCHEN STUNDE NACH IHRER ANKUNFT.

Gildoran murmelte eine uralte Verwünschung. »Das hat uns gerade noch gefehlt.«

Ramie fragte: »Was heißt Einfuhrgesetze?«

»Das hier muss einer dieser verrückten Planeten sein – die die Einfuhr von Robotern oder Sklaven oder Drogen oder Spaltmaterial verbieten. Es bedeutet, dass bestimmte Dinge per Gesetz auf diesem bestimmten Planeten verboten sind. Aber keine Aufregung, für uns trifft das ohnehin nicht zu, weil wir auf der Durchreise sind und wir hier unbeabsichtigt gelandet sind. Wir müssen gehen und uns den Ausdruck für die Umleitung holen.«

Sie traten aus der Kabine, Gildoran beugte sich hinab, um durch das Fenster des Baby-Karrens zu spähen. Die durchscheinenden Fenster zeigten nur, dass zwei schliefen und die anderen sich bewegten. Die schalldichte Kiste machte es unmöglich zu erkennen, ob sie weinten oder nicht, aber Gildoran wusste, wenn sie Hunger hatten, würden sie gefüttert, und wenn sie wach waren, würden sie beschäftigt, so dass er sich zumindest für eine Weile keine Sorgen um sie machen musste. Er sah sich um, um sich in der Transmitter-Station zu orientieren, sie waren alle nach einem bestimmten Muster gebaut (damit der Reisende mit möglichst wenig Mühe Nahrung oder Kleidung, sanitäre Anlagen oder Informations- und Dienstleistungsschalter finden konnte).

»Auf welchem Planeten sind wir?«, fragte Gilramie.

Gildoran zuckte die Achseln. »Wie in aller Zeit soll ich das wissen? Offensichtlich irgendwo zwischen Antares Vier und dem Planeten, auf dem wir die *Wanderfalter* verlassen haben, was es auf ein paar hundert beschränkt. Bleib hier bei der Kabine, Ramie. Es bringt nichts, den Baby-Karren durch die ganze Station zu schieben.«

Sie betrachtete unbehaglich die Menschenmenge. Sie sagte: »Gildoran, mir gefällt es hier nicht. Vielleicht liegt es nur an diesen Einfuhrbestimmungen, aber offensichtlich ist es nicht gerade eine sehr freie Welt. Können wir nicht gleich bis zur *Wanderfalter* springen? Ich kenne die Koordinaten auswendig, und du auch. Würde es den Babys wirklich schaden?«

»Ich weiß es nicht. Wahrscheinlich nicht, aber ich weiß es einfach nicht«, antwortete Gildoran. »Das Risiko soll angeblich eher psychologischer Natur sein, und so weit ich weiß, hat noch niemand die Wirkung langer Sprünge auf Babys untersucht. Trotzdem, wahrscheinlich wird es ziemlich unangenehm. Ich habe einmal einen Zwanzig-Lichtjahre-Sprung gemacht, und es war wirklich kein Vergnügen. Nach einer Stunde war mir immer noch schwindlig, und ich konnte kaum sehen. Warum sollen wir den armen Bälgern ein Trauma verursachen, wo wir sie erst eine halbe Stunde haben? Es dauert keine drei Minuten, bis wir die Umleitung haben.«

»Also schön ...«, gab sie unsicher nach. Er ging zum anderen Ende der Station, durch eine Menschenmenge, die von hier nur halb zu sehen war.

Sie wichen zurück. Das taten sie immer. Er hätte es nur gemerkt, wenn sie es nicht getan hätten ... man sah nie auf die Menge oder die Blicke, man lernte früh, niemals davon Notiz zu nehmen ...

»Dreckiger Kinderräuber!«, schrie jemand, »He, seht mal, da ist noch einer! Die haben vielleicht Nerven!«

»Schnappen wir sie uns!«

Gildoran, aus seiner gewohnheitsmäßigen, arroganten Haltung der Nicht-Beachtung herausgerissen, schaute um sich wie ein gefangenes Tier. Irgendjemand schubste ihn, ein anderer trat ihn, er war von einer Menge umzingelt, die immer näher rückte, ihn angriff:

Er brüllte, in der Schiffs-Sprache der Entdecker, damit ihn niemand sonst verstand: »Ramie! Nimm die Kleinen und spring! Zurück zur *Wanderfalter* – in einem Satz! Beeil dich!« Er machte kehrt und lenkte die Menge instinktiv von ihr weg … sie hatten sie noch nicht gesehen. Er stieß den Arm vor, dann trat er einem Mann gegen die Kniescheibe, der aufheulte und zu Boden ging. Er boxte sich durch die Menge. Ein rascher Blick zurück. Ramie und der Baby-Karren waren verschwunden.

Plötzlich fiel ihm etwas ein. *Lassellis Welt!* Nur eine Reihe von Koordinaten auf einer Transmitter-Reise-Karte, aber er wusste genug darüber, um sich davon fernzuhalten – das war also falsch gewesen. Gilmarin wäre niemals wissentlich hierher gekommen, doch das Pech der computergesteuerten Umleitung hatte ihn hierher geschickt, genauso wie ihn selbst und Ramie …

Nun, die Babys und Ramie waren in Sicherheit, in der Kabine verschwunden, inzwischen Lichtjahre entfernt. Er trat und hieb mit Ellbogen um sich, boxte sich durch einen Hagel von Schlägen und Beschimpfungen und kämpfte darum, auf den Beinen zu bleiben. Wenn er zu Boden ging, war er am Ende, dann würden sie ihn tottrampeln …

»Bringt den dreckigen Entdecker um! Er soll hier keine Kinder mehr klauen und auf seinen Schiffen umbringen!«

»Zurück!« Plötzlich knisterte ein Hitzegewehr. Gildoran spürte, wie die Menge zurückwich. Er stand auf einem freien Fleck vor einem dunkelhäutigen jungen Mann. Er trug so etwas wie eine Uniform mit Epauletten und ein Schulterhalfter mit einem unbekannten Emblem. Er hielt das Hitzegewehr in der Hand, die Drohung war deutlich. Der Pöbel, der sein Vorhaben vereitelt sah, brummte und drängelte, ließ den jungen Mann jedoch zu Gildoran durch.

Der Fremde sagte in Universal: »Sie kommen mit mir, Entdecker. Wir werden das gesetzmäßig regeln.« Seine Stimme krächzte wie das Klicken und Zischen seiner Waffe. »Haltet euch von ihm fern! Ich regle das!«

Gildoran richtete sich auf und schaffte es, die Reste seiner üblichen Arroganz zusammenzukratzen, obwohl er merkte, dass seine Kleidung zerrissen war und er im Gesicht von einem Schlag blutete. Er sagte zu dem dunkelhäutigen Mann: »Ich protestiere. Sie haben keinerlei Autorität über mich. Ich wurde durch eine Computer-Überlastung hierher umgeleitet, und alle Einfuhrbestimmungen sind gesetzmäßig außer Kraft gesetzt. Ich verlange einen sofortigen Anruf bei der Zentrale.«

»Sie verlangen hier überhaupt nichts«, antwortete der Fremde tonlos. »Sie kommen mit mir.«

»Sie haben keine Autorität …«

»Das hier ist meine Autorität«, bellte der junge Mann und machte eine winzige Bewegung mit seinem Hitzegewehr. »Ich würde das lieber nicht hier benutzen. Kommen Sie.« Dann stieß er leise zwischen den Zähnen hervor: »Verdammt, Mann, kommen Sie schon, ich kann sie nicht mehr lange hinhalten, wollen Sie denn gelyncht werden? Sie haben heute schon einen von euch umgebracht!«

Gildoran ging los. Er hörte, wie das Murmeln der Menge anschwoll und wusste, dass der junge Fremde die Wahrheit sagte. Gilmarin! War er hier gestorben?

Gildoran spürte, wie ein erstickender Schluchzer in seine Kehle stieg, und presste die Lippen zusammen. Stirb wie ein Entdecker. Marin hätte genau das getan. Das konnte er auch, wenn es sein musste. Mit hocherhobenem Kopf verließ er die Transmitter-Station.

Sie traten in das blendende Licht einer blauweißen Doppelsonne. Gildoran kniff die Augen zusammen und betrachtete durch einen Lidspalt seinen Häscher. Der merkwürdig uniformierte Mann war mehr als einen Kopf kleiner als er selbst. Haut und Haar waren glänzend schwarz, doch seine Augen hatten ein warmes, strahlendes Braun. Er ließ den Hitzestrahler leicht sinken und sagte: »Ich dachte schon, ich würde Sie nie da rauskriegen. Warum haben Sie versucht, gegen mich zu kämpfen? In Gewahrsam sind Sie sicherer als in einer aufgebrachten Menschenmenge. Ich werde Ihnen nichts tun.« Seine dicken Lippen verzogen sich zu einem breiten Grinsen. »Ich habe auch gar keine Autorität in dieser Hinsicht. Mein Job ist es, Schlangen zu erschiessen, die aus dem Naturpark entkommen sind – daher auch die Uniform und die Waffe. Glücklicherweise hat der Pöbel das noch nicht gemerkt. Ein Glück, dass ich in der Station war. Sind Sie gekommen, um den armen Teufel zu retten, der ihnen heute in die Hände gefallen ist?«

Gildoran schüttelte den Kopf, und sein Gesicht musste etwas verraten haben, denn der Mann sagte mitfühlend: »Ein Freund von Ihnen?«

»Schiffskamerad. Bester Freund«, antwortete Gildoran knapp.

Auf jeden Fall war Ramie mit den Babys entkommen, selbst wenn er verloren war, würde das Schiff nicht gefährlich unterbesetzt sein.

Er sagte mit all der Autorität, die ihm zur Verfügung stand, als ob er auf dem Navigationsposten der

Brücke der *Wanderfalter* stünde: »Ich bin Ihnen dankbar, dass Sie mich von diesem Mob weg gebracht haben. Aber jetzt muss ich wirklich darauf bestehen, dass Sie mich ohne Verzögerung zur Zentrale durchstellen. Ich muss sofort zu meinem Schiff.«

Selbst wenn sie mich nicht umbringen ... wenn sie mich vier Stunden aufhalten, bin ich für die einzige Welt, die etwas zählt, so gut wie tot ...

Der junge Mann sah ihn besorgt an. Er steckte seine Waffe ins Halfter und sagte: »Das stimmt, ihr Entdecker dürft nie euer Schiff verpassen, nicht wahr? Ich habe alles gelesen, was ich über euch finden konnte. Es ... es interessiert mich. Sehen Sie, wir dürfen nicht hier bleiben, wenn einer von dem Pöbel da rauskommt und sieht, dass wir hier schwatzen wie alte Bekannte, lynchen sie mich mit Ihnen zusammen, und mein Hitzestrahler nützt uns auch nicht viel – ich habe nicht einmal eine für Menschen tödliche Einstellung drauf. Also kommen Sie – schnell!«

Er zog ihn rasch durch eine gewundene Nebenstraße, und Gildoran ging für einen Augenblick ohne Widerstand mit, doch dann blieb er stehen.

»Nein! Ich kann nicht riskieren, mich hier zu verlaufen, den Transmitter aus den Augen zu verlieren auf einer fremden Welt –«

»Sie müssen mir schon trauen«, bat der junge Mann flehentlich und zog ihn in den Schatten einer Mauer.

»Sehen Sie, Sie verstehen offenbar die politische Situation hier auf Lassellis Welt nicht, und ich habe keine Zeit, es Ihnen zu erklären. Belassen wir es dabei: Wenn Sie zu den offiziellen Stellen gingen mit der Bitte, direkt zur Zentrale geschickt zu werden, Sie würden es nie schaffen. Und die Leute erwarten, dass Sie versuchen werden, sich zur Transmitter-Station zurückzuschleichen – ich wette hundert Stellare, wenn ich sie denn hätte, dass jeder Ausgang von der Menge beobachtet wird, alle bereit, einen Aufstand anzuzetteln. Es gibt hier eine Bande, die versucht, die Transmitter-Reisen zu kontrollieren – ja, ich weiß, dass die Zentrale das als illegal eingestuft hat, aber wir sind hier weit weg von der Zentrale. Tatsache ist, dass jeder, dem eine bestimmte politische Haltung nicht gefällt, in den Transmitter steigen kann, und er im nächsten Moment am anderen Ende der Galaxis ist. Daher wird die Bevölkerung an den wichtigsten Transmitter-Stationen stichprobenartig kontrolliert, und Fremdweltler werden gewöhnlich bedrängt und verjagt, damit sie nicht mit unseren Leuten reden und sie unzufrieden machen. Unglückliche Menschen brauchen etwas, das sie hassen können – und im Augenblick seid Ihr es.«

Gildoran sagte: »Und was soll ich jetzt tun?«

Der Mann erwiderte: »Ich habe eine Idee. Es wird nicht leicht sein, aber vielleicht schaffen wir es. Ich heiße übrigens Merrik, und Sie?«

»Gildoran von der *Wanderfalter*.«

»Also, Gildoran, sie erwarten bestimmt, dass du genauso reagierst, wie du es getan hast – dass du Angst hast, dich von dem Transmitter zu entfernen, Angst, dich zu verlaufen, also warten sie und glauben, dass du alles riskieren wirst, um dich wieder hineinzuschleichen, vielleicht verkleidet. Das einzige, was sie *nicht* erwarten, ist dass du es schaffst, eine andere Transmitter-Station zu erreichen, die etwa fünfzig Kilometer entfernt ist. Oh, sie behalten vielleicht den öffentlichen Verkehr halb im Auge, aber sie erwarten nicht, dass du Hilfe hast. Also können wir sie vielleicht zum Narren halten. Wie viel Zeit hast du tatsächlich? Es ist doch keine Angelegenheit von Minuten, oder?«

Gildoran sah auf den Chronometer an seinem Handgelenk, der auf die Zeit des Planeten der *Wanderfalter* eingestellt war, gleichgültig, welche Ortszeit herrschen mochte. Es war ein komisches Gefühl zu sehen, dass es für ihn früher Abend war, während es hier offensichtlich heller Vormittag war. »Nein, ich habe noch ungefähr drei planetarische Stunden, objektiver Zeit.«

Merrik stieß einen erleichterten Seufzer aus. »Gut. Das schaffen wir leicht. Hier, wir gehen durch diese Gasse, ich bringe dich in meine Wohnung. Wir müssen etwas mit deiner Haut und deinem Haar machen, ehe du dich wieder auf die Straße wagen kannst.«

Gildoran, verblüfft und erleichtert, folgte ihm. In dem kleinen Aufzug, der zu Merriks Wohnung in einem Kaninchenbau von Gebäude führte, sagte er: »Warum tust du das?«

Merrik zuckte ein wenig verlegen die Achseln. Er antwortete: »Ich interessiere mich für die Entdecker. Sie faszinieren mich. Manchmal glaube ich, ihr seid die einzigen wahren Abenteurer, die es noch gibt. Die Vorstellung, frei von der Zeit zu sein, wie ihr …«

Gildoran blinzelte, das war ein seltsamer Blickwinkel. Er selbst sah die Erdenwürmer, die Planetenbewohner, als außerhalb des Zeitsogs lebend, anders als er, der – ganz wörtlich genommen – mit einem Lidschlag von Stern zu Stern reisen konnte, während die Entdecker mit ihrem Einstein-Antrieb zwischen den Sternen nur umherkrochen. Er versuchte, das zu erklären, doch Merrik, der nach einem vorsichtigen Blick den Flur entlang die Aufzugtür öffnete und Gildoran über den Flur in seine Wohnung schob, meinte: »Sieh es mal so. Wir leben unsere ganze biologische Lebensspanne innerhalb absoluter, objektiver Zeit. Ich wurde vor neunzehn Jahren geboren, und in etwa achtzig Jahren werde ich sterben, nachdem ich ungefähr das Jahrhundert gelebt habe, das Menschen erreichen können, und ich habe keine Ahnung, außer durch meine Bücher, wie das Universum vor hundert Jahren war, und ich werde niemals – niemals – niemals wissen, wie das Universum in fünfhundert Jahren sein wird. Aber du wurdest vielleicht vor fünfhundert Jahren geboren, du hast in einer Zeit gelebt, die für mich Geschichte ist, und deine Lebensspanne kann noch Tausende von Jahren in die Zukunft reichen, in denselben hundert Jahren, die einem Menschen zustehen!«

So hatte Gildoran das noch nie gesehen. Merrik suchte in Wandschränken und zog ein paar Kleidungsstücke heraus. »Du bist zu groß, um Hosen zu tragen, aber ich habe einen Reisemantel, den ich auf Rigel III gekauft habe. Tausch ihn mit deinem. Hier, das ist für deine Haut und die Haare.« Er setzte Gildoran auf einen niedrigen Sessel und begann, ihn gründlich mit einer grünlichen Paste einzureiben, die überraschenderweise auf seiner Haut dunkel-violett bis schwarz antrocknete. Er besprühte sein Haar mit einem Zeug aus einem Zerstäuber.

»Jetzt siehst du aus wie ein zu groß geratener Lasselli. Hier, reib es dir auf die Hände, bis zu den Ellbogen und auf die Füße bis hoch zum Knie, den Rest deckt der Reisemantel zu. Von welcher Rasse seid ihr ursprünglich, von welcher Welt kommen die Entdecker?«

Gildoran sah ihn erstaunt an. Er dachte, jedermann wüsste das. »Von allen Welten«, sagte er. »Wir haben Männer von überall her, ebenso Frauen.«

»Du machst sicher Spaß? Ihr habt alle denselben Teint, dieselben körperlichen Merkmale ...«

»Das macht die Strahlung im Weltraum und die niedrige Schwerkraft an Bord der Schiffe. Als Baby war ich vielleicht genauso schwarz wie du.«

Merrik grinste unbehaglich. Er fragte: »Versuchst du mir zu sagen, dass wir unter der Haut Brüder sind? Na, jetzt sehen wir tatsächlich fast so aus, außer, dass deine Augen blau sind. Also kommt es von der Strahlung, was? Wirkt sie sich denn nicht auf die Kinder aus? Oder ist es eine echte Mutation, die sich vererbt?«

Voller Verwunderung antwortete Gildoran: »Aber wir können keine Kinder bekommen, alle Entdecker sind steril. Mann, warum glaubst du wohl, kaufen wir Kinder oder rauben sie manchmal?«

Merrik saß mit offenem Mund da. Er sagte: »Aber niemand scheint das zu wissen, die meisten Leute glauben, ihr braucht sie für irgendeinen religiösen Ritus …«

»Nein«, beharrte Gildoran ungeduldig, »sie werden einfach … unsere Kinder. Die einzigen Kinder, die wir haben. Wir hatten sechs aus einer Brutanstalt dabei, meine Freundin und ich. Vielleicht wird eins von ihnen in dreißig Jahren unser Kapitän sein.«

Merrik sah ihn voller Mitgefühl an. »Warum erklärt ihr das den Leuten nicht?«

»Wir haben es ihnen erklärt«, erzählte Gildoran müde, »immer und immer wieder. Aber wir können es nicht Tausenden und Abertausenden von Welten mit je einer Million Leuten darauf erklären, und offensichtlich halten sich Legenden ohnehin länger als Tatsachen.«

»Bei uns gibt es ein Sprichwort«, sagte Merrik. »Die Wahrheit kriecht mit Lichtgeschwindigkeit, Lügen reisen per Transmitter.« Er lächelte und stand auf. »Lass mich dir etwas zu trinken holen, mein Freund. Und dann, wenn wir schon von Geschwindigkeit reden, sollten wir uns wirklich beeilen. Ich habe einen Oberflächen-Schlitten, ein kleines Fluggerät, es gehört meiner Schwester, aber sie ist auf Hochzeitsreise auf einem anderen Planeten und hat ihn mir zur Verfügung gestellt. Ich kann dich zu der Transmitter-Station bringen, die etwa fünfzig Kilometer entfernt ist. Da werden sie nie nach dir suchen – und wenn, dann würden sie dich nicht erkennen. Ich bezweifle, dass deine eigene Mutter dich erkennen würde – nein, ihr habt ja keine Mütter, nicht wahr? Deine eigenen Schiffskameraden würden dich nicht erkennen. So wie du jetzt verkleidet bist, könntest du wahrscheinlich ohne weiteres wieder in die Transmitter-Station gehen, wo wir herkommen, aber es könnte sein, dass ihnen ein besonders großer Mann dennoch auffällt.«

Gildoran trank die sprudelnde Flüssigkeit, die Merrik ihm reichte, sie machte ihn leicht euphorisch und erfrischte ihn. Sie fuhren mit dem Lift zur Garage hinunter, wo Merriks Fahrzeug geparkt war. In der Garage hielten sich etwa ein Dutzend Männer und Frauen auf, doch keiner von ihnen schenkte Gildoran mehr als nur einen flüchtigen Blick, er zog seinen Reisemantel fest um sich, damit er nicht auseinander klaffte und ungefärbte Haut sehen ließ. Merrik half ihm, sich anzuschnallen, dann waren sie unterwegs, dicht über der Oberfläche des Planeten.

Oberflächen-Reisen waren etwas fast gänzlich Neues für Gildoran. Er lehnte sich zurück, spürte den Wind in den Haaren und im Gesicht und kniff die Augen vor der blendenden Helligkeit der Doppelsonne zusammen. Der Himmel war strahlend weiß, mit Wolken, die beinahe neon-blau wirkten.

Dass eine so schöne Welt solche Hässlichkeit bergen kann. Und solche Freundlichkeit.

Merrik sagte, und seine Stimme kam Gildoran sehnsüchtig vor: »Näher werde ich einer Weltraumreise niemals kommen. Als die Menschheit den Transmitter entdeckte, gewannen wir die Fähigkeit, zwischen den Sternen zu reisen, aber wir haben die Sterne selbst verloren. Manchmal träume ich von ihnen – von den Sternen.«

»Du hast die Freiheit von tausend mal tausend Planeten, Merrik. Jedesmal, wenn ich einen Planeten verlasse, kann ich nie wieder zurück.«

»Aber es sind alles … Planeten«, flüsterte Merrik, und in seinen Augen stand Sehnsucht. »Der Weltraum ist verloren. Niemand außer euch Entdeckern hat ihn heute noch.«

Sie brachten das Luftgefährt vor einer anderen Transmitter-Station zum Stehen. Diese war beinahe leer, sie gingen hinein, ohne dass jemand die leiseste Notiz von Gildoran mit seiner dunklen Haut und dem langen Mantel nahm. Gildoran ging zu einer Kabine. Er sagte: »Ich werde direkt zur *Wanderfalter* springen. Merrik – wie kann ich dir je danken?« Er nahm die Hand des jungen Mannes.

Auf dieser Welt hatte er einen Freund verloren. Auf dieser Welt hatte er einen Freund gefunden, und jetzt würde er auch ihn verlieren …

Merrik bat: »Lass mich mit dir gehen. Ich möchte gern eins von euren Schiffen sehen. Von nahem.«

Gildoran legte ihm eine Hand auf die Schulter. »Dann komm mit.«

In der Kabine tippte er die vertrauten Koordination und wappnete sich für den langen Sprung.

Dunkelheit. Ein Wirbel von schwindelerregenden Lichtern, wie das Treiben der Sterne im All … ein komischer Schmerz an der Nasenwurzel und in den Ohren … wirbelnde Galaxien, orientierungslos, kreiselnd …

Klick!

Erleichtert sah er, dass sie wieder auf der vertrauten Welt der *Wanderfalter* waren. Merrik stand neben ihm, er wirkte noch immer leicht betäubt. Er sagte: »Das war der längste Sprung, den ich je auf einmal gemacht habe.«

Gildorans Kopf schmerzte. Er sagte: »Es tut mir Leid, ehrlich. Aber ich habe nicht mehr viel Zeit, und meine ... meine Schiffskameraden werden sich schon um mich sorgen.«

Rae. Sie musste wirklich in Panik sein. Marin fort, Tallen desertiert. Hoffentlich haben die Götter Ramie mit den Kindern sicher zurückkehren lassen.

Er zog Merrik mit sich und sagte: »Ich habe aber noch so viel Zeit, dass du dir das Schiff mal ansehen kannst. Das ist das Mindeste, was ich für dich tun kann.«

Der Wachposten am Tor, ein Entdecker mittleren Alters mit einem freundlichen, faltigen Gesicht, hielt sie an und sagte: »Tut mir Leid. Zu kurz vor Startzeit. Nur noch Schiffsbesatzungen, Jungs, keine Besucher mehr.«

»Gilroth, erkennst du mich denn nicht?«, lachte Gildoran, hielt seine IdentiCard hoch und streifte den Reisemantel ab.

Roth umklammerte ihn mit einer bärenhaften Umarmung.

»Doran«, stieß er hervor, »Doran, du hast es geschafft, Harrad und Rae drehen bald durch, wir konnten sie kaum davon abhalten, hinter euch her zu springen, und es ist schon so spät, so spät ...«

»Ich hatte ein bisschen Ärger«, sagte Gildoran bewusst beiläufig. »Ist Ramie mit den Kindern gut angekommen?«

»Oh ja, die Arme, sie hat seitdem nicht mehr aufgehört zu weinen, aber die Babys sind alle an Bord, wahrscheinlich stecken sie schon für den Start in den Beuteln der Pu-Bären. « Die Beutel der großen beuteltierartigen Humanoiden hatten sich beim Start als sicherer herausgestellt als jeder künstliche Mutterleib und jedes Lebensrettungssystem für Säuglinge unter drei Monaten. Roth setzte hinzu: »Du gehst besser an Bord und erzählst Rae und den anderen, dass du in Ordnung bist. Und vergiss auch nicht, dich auf der Kinderstation zu melden.«

»Nur einen Moment. Merrik hat mir bei der Flucht geholfen – ohne ihn wäre ich jetzt nicht hier. Ich habe ihm versprochen, dass er sich kurz umsehen darf.«

»Na schön, aber macht schnell und melde dich sofort auf der Brücke«, willigte Roth ein, »und dein Freund muss in zehn Minuten wieder draußen sein, dann werden die Treppen abmontiert.«

Gildoran ging mit Merrik die Treppen hoch. Er schüttelte den Kopf, der noch immer schmerzte, und Merrik, der ihn beobachtete, fragte: »Du auch?« Nach einem Moment sagte er: »Manchmal, wenn ich einen langen Sprung mache, kommt es mir so vor, als ob das, was ich sehe – hinter meinen Augen – so ähnlich sein muss wie das, was ich vom Weltraum aus sehen würde. Kann es sein, dass wir das wirklich tun, irgendwie den ganzen Raum durchmessen, ohne uns dessen bewusst zu sein?«

»Ich weiß es nicht. Ich bin mir überhaupt nicht mehr sicher, was Zeit und Raum bedeuten«, antwortete Gildoran aufrichtig. Er legte seine IdentiCard an die Anzeige. Die angenehme Computerstimme sagte: »Du meldest dich spät zurück, Gildoran, bitte melde dich sofort bei Rae auf der Kinderstation. Man hat mich gebeten, dich darüber zu informieren, dass Gilramie bereits ihren Posten auf der Brücke eingenommen hat. Ich möchte den Fremden bei dir auch davon in Kenntnis setzen, dass noch exakt neun Minuten und achtzehn Sekunden verbleiben, bis das Schiff versiegelt wird.«

Gildoran sagte: »Ich zeige dir schnell die Brücke.« Er schwieg, während der Lift sie nach oben trug, die Tür aufglitt und Merrik endlich mit sehnsüchtigem Blick die verwirrenden Kontrollen und Anzeigen betrachtete. Die Mannschaft der Entdecker ging mit flinken Fingern den ihm unbekannten und für ihn undurchschaubaren Pflichten nach. Schließlich tippte Gildoran ihm auf die Schulter, zog ihn mit sich fort und brachte ihn schweigend zurück zur Treppe.

Wieder ein Abschied. Für immer.

Er legte beide Hände auf Merriks Schultern. Er fühlte sich zerrissen, verloren, verzweifelt.

»Gildoran«, bat Merrik plötzlich, »nimm mich mit. Als Besatzungsmitglied. Ich würde alles tun.«

Tief bewegt schüttelte Gildoran den Kopf. Über ihnen war der Himmel inzwischen dunkel, und die halbfertige neue Stadt glänzte mit tausend Lichtern, doch darüber strahlten tausend Sterne. »Ich wünschte, ich könnte es. Aber im All würdest du sterben, Merrik. Man muss als Baby aufgenommen werden. Mit einem Jahr oder noch weniger. Auf den Schiffen, wie wir sie heutzutage kennen, muss man aufwachsen. Du würdest nicht einmal einen Monat überleben, und es ist ein schrecklicher Tod.«

In Merriks dunklem Gesicht arbeitete es, aber er sagte nichts. Er setzte nur einen Fuß auf die oberste Stufe und wandte sich noch einmal um: »Gildoran. Wenn ihr die nächste Welt erreicht habt … komm zurück. Du kennst meine Welt. Ich weiß, es wird lange dauern, aber ich werde es nicht vergessen. Ich schwöre, ich werde dich nicht vergessen.«

Heiser erwiderte Gildoran: »Nein, Merrik. Nein, mein Freund. Du vergisst vielleicht nicht. Aber du würdest mich hassen. Du wärst ein alter Mann, und ich wäre noch immer jung, immer noch so alt wie jetzt. Lebwohl, Merrik.« Er blinzelte die Tränen zurück, während Merrik ihm die Hände drückte, dann ließ er ihn hilflos los. Er sah ihm nicht nach, wie er blindlings über den roten Schlamm am Fuß der Treppe stolperte. Benommen wandte er sich um und ging nach drinnen, zur Brücke.

Das sind die Nachwirkungen des langen Sprungs, dachte er und umfasste seinen schmerzenden Kopf, aber er wusste, es war noch etwas anderes.

Das Tempo auf der *Wanderfalter* nahm zu, Alarmsignale schrillten, Besatzungsmitglieder – seine Brüder und Freunde, seine einzige Welt – hasteten auf ihre Posten, die sanfte Stimme des Computers erteilte hier und dort Befehle. Gildoran ging zur Kinderstation. Er fürchtete sich davor, wie Rae sich auf ihn stürzen und weinen würde, glücklich, dass er wieder da war, aber auf eine gewisse Art sehnte er sich auch nach diesem Trost. Eines Tages würde er ihr die ganze Geschichte erzählen, aber noch nicht, noch lange nicht …

Das Schiff war versiegelt, Gilroth, der als letzter an Bord kam, holte Gildoran im Korridor ein. »Jetzt geht es wieder los, mein Freund. Tut dir der Abschied Leid?«

Seine Liebe. Sein ältester Freund. Sein neuester Freund, der einzige, der je verstanden hatte …

Der letzte seiner Jugend.

»Ob es mir Leid tut? Himmel, nein«, sagte Gildoran, »Planeten sagt man Lebewohl.«

Etwas Verborgenes, geh und suche es
Etwas Verlorenes, jenseits aller Grenzen …
verloren, wartet es auf dich. Geh!

Kipling

Teil Zwei
HÖLLENWELT

Kapitel 1

Er lag tausend Meilen unter ihnen, blau und schön auf ihren Bildschirmen, eingehüllt in eine flauschige Decke aus hellen Wolken, die endlos über seine Oberfläche zogen. Es gab Kontinente und Meere und Polkappen.

»Sieht aus, als ob er alles hätte, was ein Planet braucht«, meinte Raban und drehte an den Schaltern, die die Welt unter ihnen auf den Schirmen hielten. »Was meinst du dazu, Doran?«

Gildoran las die Computerdaten und fasste sie gleichzeitig zusammen. »Reichlich Schwermetalle. Nickel-Eisen-Kern. Niedrige Bodenstrahlung, keine nennenswerten Van-Allen-Ringe. Ich glaube, der hier ist es, Raban.«

Der ältere Mann nickte. »Wir brauchen ihn«, stimmte er zu. »Unsere Eisenvorräte werden langsam knapp. Pu Drei sagt, dass ein paar der Babys einen niedrigen Hämoglobinspiegel haben – nicht gerade lebensbedrohlich niedrig, aber doch so niedrig, dass wir nicht an einem Planeten mit chemischer Struktur auf Eisenbasis vorbeifliegen sollten. Die endgültige Entscheidung liegt natürlich bei Rae und dem Kapitän, aber ich denke, wir gehen runter.« Er stand auf und streckte sich. »Wir wollen ihnen die Neuigkeit mitteilen.«

Gildoran sprach das fünfzehnjährige Mädchen an den Kommunikationskonsolen förmlich an: »Du übernimmst die Brücke, Lori.« Es kam ihm noch immer komisch vor, sie hier allein zu lassen. Er hatte das vergangene Jahr damit verbracht, sie die Aufgaben für ihren ersten Posten zu lehren, und es steckte so tief in ihm drin – ein Auszubildender der C-Klasse darf niemals allein auf Posten gelassen werden, nicht einmal für zwanzig Sekunden, unter keinen Umständen und in keinem Sektor, ohne dass ein Offizier der A-Klasse dabei ist – dass er immer noch das Gefühl hatte, er müsse jemanden rufen, der ihn ablöste. Er wollte sie gerade fragen, ob sie glaubte, es allein zu schaffen, als ihm glücklicherweise noch einfiel, wie er sich auf seinem ersten Posten gefühlt hatte. Also wartete er auf ihre förmliche Bestätigung »Ich übernehme die Brücke«, dann drehte er sich ohne ein weiteres Wort um und verließ neben Raban die Brücke.

Als sie im Lift hinunterfuhren, sagte Raban: »War auch Zeit, dass wir einen guten finden. Noch mehr solche wie die letzten paar, und wir hätten uns dem Zentrum des Nebels genähert. Nichts als Eisriesen und dunkle Sterne in einem System nach dem anderen – und als Rae einen geeignet scheinenden Stern fand, sucht sich sein Begleiter ausgerechnet diesen Zeitpunkt aus, um zur Nova zu werden. Wir hatten Glück, dass wir noch außerhalb von Barricinis Grenze waren, sonst wären wir hineingezogen worden.« Er blickte ernst. »Ich habe immer geglaubt, dass das der *Goldadler* damals passiert ist. Es ist schon achtzig Jahre her, Schiffszeit, und wir haben nie wieder etwas gehört, außer dass sie seit zweitausend Jahren ihrer Zeit auf keiner der bekannten Welten gesehen wurde. Das letzte Mal als ich mit einem Freund von dem Schiff sprach, berichtete er, sie seien unterwegs in Richtung der Großen Magellanschen Wolke, und damals wurden ein halbes Dutzend Sterne in dieser Gegend zur Nova.«

Gildoran war zu jung, nach Schiffszeit, um sich an die *Goldadler* zu erinnern. Es war nichts weiter als ein Name, den er manchmal irgendwo hörte und wusste, dass das einer der alten Kähne der Entdeckerschiffe war.

Früher einmal gab es Hunderte von ihnen. Wie viele sind jetzt noch übrig, möchte ich wissen?

Aber das war auch eine der Fragen, die man lernte, niemals zu stellen.

Raban sagte: »Das ist dein Planet, Gildoran. Möchtest du das Vorrecht, dem Kapitän davon zu erzählen?«

Das war großzügig von Raban, er hätte den Ruhm auch für sich selbst beanspruchen können. »Nicht nötig. Wir haben ihn gemeinsam gefunden. Aber ehe wir es offiziell verkünden, kann ich in die Kinderstation runtergehen und Ramie davon erzählen? Ich weiß, dass sie sich Sorgen macht.«

Raban lächelte wissend und sagte: »Klar, erzähl du es ihr zuerst.« Und plötzlich wurde Gildoran wütend.

»Verdammt! Ich bin das leid – pass auf, Ramie arbeitet auf der Kinderstation. Sie macht sich Sorgen um die Babys und die Hämoglobinspiegel. Ich habe versprochen, ihr sofort davon zu erzählen, wenn es etwas Neues gäbe. Das ist alles. *Alles.*«

Raban blinzelte und starrte ihn an. »Habt ihr beide euch gestritten, Doran?«

Er antwortete steif: »Es gibt keine ›ihr beiden‹, die streiten könnten. Nein, Ramie und ich waren immer gute Freunde. Und ich hoffe, wir bleiben es auch.«

Das ist keine Lüge. Wir werden es wieder sein, wenn Ramie über diesen Unsinn hinweg ist …

»Hör mal, Gildoran, es tut mir Leid«, sagte Raban langsam. »Ich wollte dich nicht ärgern – oder mich in deine Angelegenheiten mischen. Es ist nur so, dass alle an dich und Ramie im gleichen Atemzug denken. Jeder an Bord der *Wanderfalter* hat erwartet, dass ihr zwei euch endlich gefunden habt.«

»Jeder denkt! Jeder erwartet!«, fuhr Gildoran auf. »Vielleicht ist das der Fehler! Alle haben mich und

Ramie im Geiste miteinander im Bett gesehen, seit wir zwölf sind!«

Sogar Ramie selbst. Verdammt, kann sie nicht ein bisschen unabhängiger sein, ein bisschen mehr Selbstachtung zeigen? Kann sie nicht für sich selbst denken, anstatt einfach das zu übernehmen, was andere Leute ihr vorbeten?

Nachdenklich erwiderte Raban: »Es tut mir Leid, dass es dich ärgert, Doran. Aber betrachte es mal aus unserem Blickwinkel, ja? Ihr seid fast gleich alt … genau genommen seid ihr die einzigen beiden Menschen auf dem Schiff, die im gleichen Alter sind, seit wir Gilmarin verloren haben. Wenn es nicht Ramie ist, die du willst, wen dann?«

»Das ist genau die Denkweise, die ich meine«, beharrte Gildoran verzweifelt, »was für eine Rolle spielt schon das Alter? Es ist ja schließlich nicht so, dass wir daran denken könnten, eine Familie zu gründen!« Raban wirkte schockiert und beleidigt, als ob Gildoran eine Blasphemie geäußert hätte.

Ich habe schon wieder ein Tabu gebrochen!

»Alle Leute machen ein Pärchen aus uns, nur weil wir zufällig im selben Wurf groß geworden sind! Ich dachte, an Bord wären wir alle gleich, sobald wir der Kinderstation entwachsen sind, und der einzige Unterschied bestünde darin, welchen Posten wir jeweils innehaben! Stimmt das nicht? Ist das nicht Entdecker-Sitte? Oder sind das nur ein paar gefällige Lügen, und die Wahrheit ist, dass ihr alle Kinder zusammen in ihren Laufställchen haltet?«

Raban blinzelte und schüttelte den Kopf. »Nein«, sagte er. »Nein, so ist es nicht. Ihr seid uns gleichberechtigt. Du oder Ramie, ihr könntet nächstes Jahr Kapitän der *Wanderfalter* sein, und jede Seele auf diesem Schiff wäre eurem Befehl unterstellt. Nein, Doran. Es ist nur … hm … ich weiß nicht, warum sich das so schwer sagen lässt, aber so ist es nun mal. Wir sind … wir sind halt gefühlsduselig, was dich und Ramie angeht, Doran. Vielleicht ist es schwer für euch. Vielleicht gibt es dir das Gefühl, wir würden uns in deine Privatangelegenheiten einmischen. Aber das ist es nicht, einfach nur Zuneigung. Schließlich …« Er wandte den Blick von dem jüngeren Mann ab, »schließlich seid ihr … unsere Kinder.«

Jetzt war es an Gildoran, schockiert zu schweigen, als sie aus dem Lift stiegen und den Korridor entlang gingen.

Sie waren jetzt hoch oben im Schiff, draußen am Rand, wo die Schwerkraft niedrig war und für die Schiffsältesten auf einem Minimum gehalten wurde. Dort waren die wenigen alten Offiziere der *Wanderfalter,* die zu alt zum Arbeiten waren, zu alt, um die Schwerkraft oder den Stress eines Planeten zu ertragen. Selbst wenn sie auf der Oberfläche eines Planeten landeten, blieben sie zu ihrer eigenen Sicherheit in einem Antischwerkraft-Feld. Gilharrad, der auf der letzten Welt Jahreskapitän gewesen war, hatte sich ihnen auf eigenen Wunsch erst vor wenigen Wochen Schiffszeit angeschlossen. Er würde nie mehr einen offiziellen Posten an Bord der *Wanderfalter* einnehmen.

Sie fanden Gilhart, den Jahreskapitän, und Gilrae, die dieses Jahr als Koordinator Dienst tat, in den Räumen des alten Gilharrad. Als Raban eintrat, war es der Älteste, nicht der Kapitän, der sofort erriet, was sie wollten.

»Der neue Planet ist gut.«

»Sieht so aus«, antwortete Raban. »Der junge Doran war es, der ihn gefunden und überprüft hat, also gebührt der Ruhm ihm.«

Der Kapitän, Gilhart, sah aus wie ein Mann in den

besten Jahren, kurz und untersetzt für einen Entdecker, mit breiten, schweren Wangenknochen und eigenartig tiefliegenden Augen. Er lächelte freundlich und sagte: »Gute Arbeit, junger Mann. Es wird auch Zeit.«

»Ich habe schon immer gedacht, dass Doran einen Instinkt hat, Planeten zu finden«, sagte Gilrae mit warmem Lächeln. Sie kam herüber und legte ihren Arm leicht um Gildorans Schulter.

Gilhart spottete: »Weibliche Intuition, Rae?« Es klang wie ein alter Scherz zwischen ihnen, und Gildoran versteifte sich unter Raes Berührung.

»Es ist kein Scherz«, antwortete der alte Gilharrad. »Ich habe oft gedacht, dass es ein Instinkt ist, Planeten zu finden. Eine Überlebenskunst für Entdecker vielleicht. Eine Gabe, die manche Menschen haben, wie zum Beispiel das absolute Gehör. Oh ja, ihr jungen Leute könnt spotten, soviel ihr wollt, aber zu meiner Zeit wurden mehr Planeten durch Instinkt und Ahnung gefunden als mit all euren wissenschaftlichen Berechnungen, Hart.«

»Dafür muss ich dein Wort nehmen«, kicherte Gilhart, »denn wenn es eine Gabe ist, bin ich offenbar stocktaub. Ich vertraue lieber meinen Instrumenten.«

»Und sie haben dir auch genützt«, sagte Gilrae liebevoll. »Drei Jahre seit dem letzten guten Planeten – ich habe schon angefangen von Methanplaneten zu träumen!«

Gildoran beobachtete die Frau eifersüchtig.

Sie und Giltallen haben sich zusammengetan, ehe ich geboren wurde. Jetzt hat sie ihn vergessen und ist die ganze Zeit mit Gilhart zusammen.

Er wandte den Blick ab, verwirrt und wütend, als ob sie seine Gedanken lesen könnte.

Gilharrad sagte: »Vielleicht wollte der Planet sich einfach noch nicht finden lassen.«

Gildoran sah den alten Mann an. Sein verwittertes Gesicht war friedlich, die Augen halb geschlossen, der Körper, zerbrechlich und abgemagert, bis die alten Knochen kaum noch von Fleisch umhüllt waren, lag in einer Schwebeliege. Er lächelte leicht. Der junge Mann meinte unsicher: »Du machst wohl Spaß.«

»Nein. Vielleicht rief der Planet uns unbewusst zu, und wir reagierten, ohne es zu wissen. Schließlich, was wissen wir schon von Welten, und unsere Hirne sind auch nichts anderes als magnetische Felder, und Planeten haben enorme Magnetfelder. Warum sollte sich ein Magnetfeld nicht auf ein anderes ausrichten?«

Das ergab einen seltsamen Sinn. Wer weiß schon, was er von dort, wo er jetzt ist, sieht?

Gilrae murmelte: »Planeten haben einen Ruf. Hin und wieder vernimmt jemand diesen Ruf und verlässt sein Schiff für eine ganz bestimmte Welt … wie Giltallen …«

Gilhart antwortete leise: »Es gibt ein Sprichwort: ›Für jeden Entdecker gibt es irgendwo eine Welt mit seinem Namen drauf!‹«

Gutmütig stimmte Gilharrad ein: »Wenn das stimmt, dann muss meine außerhalb des Kosmos sein, denn jetzt werde ich sterben wie ich gelebt habe, hier auf der *Wanderfalter*.«

Der Kapitän schnitt eine Grimasse.

»Na ja, diese hier wartet jedenfalls. Hoffen wir, dass niemandes Name darauf steht, wir sind ohnehin zu wenige.«

Der Älteste lächelte, ein Lächeln voller Zufriedenheit und Frieden. Er sagte: »Dann mal los, Kinder, und schaut euch eure neue Welt an. Ihr jungen Leute seid immer so aufgeregt bei jedem neuen Planeten!«

»Das ist ja unser Job«, antwortete Gilhart.

Gilharrad tat das achselzuckend ab. »Planeten! Planeten sind nur Löcher im Weltraum! Sie sind nichts weiter als Unterbrechungen des wahren Kosmos!«

»Sie sind das, wofür Entdecker da sind«, meinte Gilhart, und Gilharrad schüttelte den hageren Kopf. »Glaubst du? Macht nichts, eines Tages kommt der Tag, an dem du die Wahrheit erkennen wirst. Unser wahrer Sinn liegt in der Suche, der Reise. Die Planeten sind nur ein Vorwand.« Seine Augen verschwanden erschöpft hinter den Lidern. »Ich werde über diese neue Welt meditieren und sehen, welchen Platz sie in der Vollständigkeit des Kosmos hat«, seufzte er und war auf der Stelle eingeschlafen.

Die anderen verließen leise den Niederschwerkraft-Raum und erst, als sie draußen im Lift waren, sagte Gilhart: »Ich frage mich, ob er all das Zeug wirklich ernst meint, oder erlaubt er sich einen Scherz mit uns? Ich fände es schrecklich, wenn sein Verstand nachließe.«

Gilrae zuckte die Achseln. »Wer kann schon sagen, was wahr ist?«

Gilhart meinte: »Für mich ist das alles zu mystisch. Ich nehme an, du bist immer noch ganz wild aufs Landen, Rae?«

Die Frau lächelte. »Nicht wirklich. Ich verfange mich nur in wieder subjektiver Zeit und Meditation, und außerdem muss ich wieder in Schwerkraft arbeiten. Ich kann nie richtig meditieren, wenn wir auf einem Planeten sind.«

Raban sagte mürrisch: »Soll ich dir einen Platz auf der Schwebe-Station einrichten, Rae? Aber nicht dieses Jahr, bitte. Wir sind zu knapp dran.«

Sie schüttelte den Kopf, und ihr ausgeblichenes Haar flog in der niedrigen Schwerkraft. Wieder kam es Gildoran so vor, als ob sie sich kein bisschen verändert hatte, seit er auf der Kinderstation war. Er fragte sich, wie alt sie wohl war, und fühlte einen schmerzlichen Stich bei dem Gedanken, sie könnte sich verändern, und sei es auch noch so wenig.

Wie alt ist sie überhaupt? Man wusste es nie, es sei denn, jemand war jünger als man selbst.

»Keine Sorge«, antwortete Gilrae, »es dauert noch hundert Jahre Schiffszeit, bis ich reif bin für den Schwebe-Status. Mindestens. Vielleicht auch dreihundert. Nur ... ach, das Leben wäre vollkommen, wenn wir nicht für unseren Lebensunterhalt arbeiten müssten. Ich habe früher immer gedacht, der Weltraum ist einfach etwas, wo wir zwischen zwei Planeten durch müssten. Jetzt ist es anders herum. Also bringen wir's hinter uns, und das schaffen wir nie, wenn wir nicht anfangen.«

Unten auf der Kinderstation wurden die Kinder von den großen, tapsigen Pu-Bären in ihre Kojen gebracht. Als Gildoran hereinkam, machte sich einer von ihnen los und ging ihm entgegen.

»Gibt es etwas Neues, Gildoran?«

»Ja. Einen Planeten«, antwortete er, »mit Nickel-Eisen-Kern, also gehen wir morgen in eine Umlaufbahn.«

Das große, braun bepelzte Wesen lächelte erleichtert. »Ich hatte schon Angst, wir müssten versuchen, es zu synthetisieren«, sagte sie. »Drei der Kinder zeigen inzwischen Anzeichen von beginnender Anämie. Jetzt besteht natürlich kein Grund zur Eile mehr. Möchtest du hereinkommen und gute Nacht sagen, Gildoran?«

Er trat in den großen Raum, wo die vier Dreijährigen, die nach dem letzten Start überlebt hatten, zu Bett gebracht wurden und eine kleine Gruppe von Sechsjährigen zu Abend aß. Die Sechsjährigen waren bereits ausgeblichen wie Entdecker, die Haut durchscheinend weiß, das Haar silbrig hell, aber die vier kleinen Köpfe der Dreijährigen auf den Kissen waren noch immer dunkelbraun, rotbraun, blond. Eins strampelte sich frei und kam nackt zu Gildoran gerannt und rief ihn. Er bückte sich, hob es hoch und drückte das kleine Mädchen fest an sich. Sie war die Kleine mit den großen mandelförmigen Augen und runden, rosigen Wangen. In der Hand hielt sie ein winziges Paar Kastagnetten, die sie mit rhythmischer Beharrlichkeit klappern ließ.

»Ich möchte dir etwas vorspielen«, verlangte sie.

»Aber es ist Zeit fürs Bett, Kleines«, antwortete er geduldig, »ein anderes Mal vielleicht.«

»Dann sollst *du* mich zudecken. Nein, geh weg, unartiger Pu-Bär«, sagte das Kind, runzelte die Stirn und schlug nach Pu, die kam, um sie Gildoran abzunehmen. »Mag dich nicht. Mag Gildoran.«

Ramie, die den Sechsjährigen beim Essen half, sah auf und lachte unterdrückt. »Du hast einen fatalen Charme, Gildoran.«

Der Pu-Bär sagte gelassen: »Du musst dich nicht mit ihr abgeben, wenn du nicht willst, Gildoran.«

»Nein, ich bringe sie schon ins Bett«, erwiderte er, bückte sich und legte die Kleine geschickt in ihre Koje. Das war sein besonderer Schützling gewesen aus jenem längst vergangenen Jahr seines Kinderstation-Dienstes, eins der sechs Kinder, die er aus der Brutanstalt geholt hatte. Während der langen, bangen Zeit nach der DNS-Operation, die den Babys das Überleben im All ermöglichte, war er derjenige gewesen, der nachts über sie gewacht hatte, auf ihren Atem gelauscht und mit ihr die Erschöpfung ihrer langen Erholungszeit durchlitten hatte. Zwei der sechs waren gestorben, doch dieses Kind hatte überlebt. Gildorans Gesicht war das erste gewesen, das sie mit sechs

Monaten erkannte, und er war es, der um Erlaubnis gebeten und sie erhalten hatte, sie Gilmarina zu nennen, nach seinem alten Spielkameraden, der in den Unruhen auf Lassellis Welt umgekommen war. Er bückte sich, küsste das kleine rosige, bezaubernde Gesichtchen und sagte so ernst wie er konnte: »Schlaf jetzt, Marina, dann kannst du ein andermal für mich deine Kastagnetten spielen.«

Ich habe geahnt, dass sie musikalisch sein würde.

Tief in seinem Innern, denn niemand würde so etwas laut sagen, dachte er, er könnte sich ein klein wenig vorstellen, was es hieße, Vater zu sein.

Ich frage mich, ob das der Grund ist, weshalb jeder von uns – vom Kapitän bis hinunter zu den Zwölfjährigen – im jährlichen Wechsel einmal Dienst auf der Kinderstation hat? Damit wir das nicht vergessen?

Ramie war mit den Sechsjährigen fertig. Sie rief ihm leichthin zu: »Warte einen Augenblick, Gildoran, ich habe jetzt dienstfrei, dann können wir zusammen nach oben gehen.«

Ihr Lächeln verriet Gildoran, wie sehr sie sich auf diese Aussicht freute. Er wand sich. Doch was konnte er tun? Sie mussten zusammen auf der *Wanderfalter* leben, vielleicht noch Hunderte von Jahren. Er war nicht in sie verliebt. Er liebte sie, aber nur so, wie er sie alle liebte, alle Menschen, die immer da gewesen waren. Er konnte sie nicht zurückweisen, verärgern, sie unglücklich machen. Er wartete.

Während er die Pu-Bären beobachtete, empfand er – zum hundertsten Mal – Neugier über diese Wesen, die mit den Entdeckern lebten, ohne zu ihnen zu gehören. Sie waren immer da gewesen. Aber warum? Was zogen sie aus ihrem Zusammensein mit den Entdeckern?

Es ist notwendig, natürlich. Jeder einzelne von uns – wir

leben so lange – ist ein potentieller Sexualpartner für jeden anderen Entdecker. Weil wir die Pu-Bären als Mütter haben, gibt es nie eine Beziehung zu einer Mutter. Deswegen gibt es auch nie einen Hauch von Inzest.

Aber woher kamen die Pu-Bären? Wusste das überhaupt jemand? Er starrte das rätselhafte, pelzige, geliebte Gesicht von Pu an, die gekommen war, um Gilmarinas Decken um ihren nackten, schmalen Schultern festzustecken, mit einer Geste langjähriger Liebe und Zuneigung. Aber er stellte fest, dass er nicht einmal den Namen der Pu-Bärin kannte oder wusste, ob sie überhaupt einen hatte. Oder, dachte er plötzlich schockiert, ob es überhaupt eine *sie* war! Irgendwie fühlte sich der Gedanke falsch an, und er dachte, man stellt eben keine Vermutungen über das Geschlecht seiner Mutter an.

Aber Pu-Bär ist nicht einmal von meiner eigenen Spezies! Und doch ist sie meine Mutter. Verrückt!

Ramie kam zu ihm und nahm fröhlich seinen Arm. »Ich bin fertig. Gehen wir zur Brücke, Gildoran, ich möchte den neuen Planeten sehen. Ich werde wohl die meiste Zeit, die wir hier sind, auf die Kinder aufpassen, aber ich kann ihn mir wenigstens ansehen und hoffen, dass es genug Sonnenschein gibt, dass die Babys sonnenbaden können.«

»Bist du enttäuscht, dass du gerade Kinderdienst hast, wenn wir auf einem Planeten landen?«

»Ich weiß nicht«, antwortete sie, »vielleicht habe ich gehofft, auf Transmitter-Dienst zu sein. Es ist aufregend, ihn zum ersten Mal aufzustellen und zu spüren, wie man damit eine neue Welt in ein Netz von hunderttausend Welten einbindet. Aber es gibt noch andere Planeten, und ich bin sicher, dass ich früher oder später einmal den Transmitter-Job ziehe. Wir haben noch viel Zeit.«

»Ich wünschte, ich könnte mit den Dingen so zufrieden sein.«

Verdammt. Ramie hat so viele gute Seiten. Ich hasse es, mich mit ihr so uneins zu fühlen.

Sie warf ihm aus ihren seltsam schrägstehenden dunklen Augen einen Blick zu und sagte ruhig: »Ich bin nicht immer so zufrieden, Gildoran. Ich werde nur nicht gern hysterisch über Dinge, die ich nicht ändern kann. Das heißt nicht, dass ich sie einfach so ... hinnehme. Ich nehme nicht an, dass du deine Ansicht geändert hast?«

»Nein«, erwiderte er, »ich habe meine Ansicht nicht geändert, Ramie.«

Ihre Stimme klang etwas bitter. Sie sagte: »Nun, ich nehme an, auch dafür gibt es eine Zeit.«

Er sagte mit harter Stimme: »Verlass dich nicht drauf.«

Sie packte kurz sein Handgelenk und sagte: »Gildoran, ich schwöre, ich werde nicht wütend oder mache dir Eifersuchtsszenen, aber ... ist es Lori, die du willst?«

Er brauste in echter Wut auf. »Das ist deiner nicht würdig! Lori ist nur ein Kind! Wofür hältst du mich?«

»Wenn ich mich recht erinnere, ist sie vor ein paar Wochen Schiffszeit B-Klasse-Offizier geworden. Ich meine mich zu erinnern, dass du und der arme Gilmarin sehr beleidigt reagiert habt, wenn jemand *unsere* Gruppe in dem Alter als Kinder bezeichnet hat. Und du hast das vergangene Jahr deine gesamte Zeit mit ihr verbracht.«

Gildoran erklärte nachdrücklich, dass er Gillori darin unterrichtet hatte, während der Dienststunden die Kommunikationsanlagen zu bedienen und dass er nicht daran interessiert war, seine Freizeit mit kleinen Kindern zu verbringen, wenn er nicht gerade Dienst auf der Kinderstation hatte. »Du könntest ebensogut eifersüchtig auf Gilmarina sein – ich verbringe mehr Zeit mit ihr als mit Lori, abgesehen vom Dienst.«

Gilramie seufzte. Sie sagte: »Es ist eigentlich keine Eifersucht, Doran. Es ist nur ...« Sie machte eine hilflose Geste, »ach, nenn es Gewohnheit, ich bin an dich gewöhnt, vielleicht habe ich einfach nicht ... die innere Kraft, es mit jemand anderem zu versuchen. Vielleicht gehe ich nur den Weg des geringsten Widerstandes. Wenn ich definitiv wüsste, dass du eine andere liebst, wäre es für mich vielleicht einfacher.«

Gildoran empfand starkes Mitleid mit ihr, aber sein Unmut saß so tief, dass er sich ohne Antwort von ihr abwandte. Ramie seufzte. »Oh, vergiss, dass ich etwas gesagt habe. Pure Genusssucht meinerseits. Gehen wir und sehen uns den neuen Planeten an.«

Kapitel 2

Sie waren zwölf in der kleinen Landefähre, die immer als erste landete. Das war das Minimum an Personen, die die grundlegenden, vorbereitenden Arbeiten leisten konnten, ohne dass das Schiff unterbesetzt zurückblieb. Dies war immer der einzig wirkliche Gefahrenpunkt, das erste Eindringen in einen vollkommen unbekannten Planeten. Als sie durch die dicke Wolkenschicht sanken, fühlte Gildoran, wie sich seine Muskeln in einer eigenartigen, kalten, seltsam prickelnden Angst spannten. Es war das erste Mal, das er den Dienst bei einem Landetrupp gezogen hatte, aber er hatte genug darüber gehört, was man auf einem wirklich fremdartigen Planeten finden konnte. Als er noch in der Kinderstation war, waren einmal vier Mitglieder eines Landetrupps in einen unschuldig aussehenden, leeren Sumpf gegangen, innerhalb von zwei Minuten wurden alle vier von schnellfliegenden, fleischfressenden Vögeln angefallen und förmlich aufgefressen. Es blieb nicht einmal genug von ihnen übrig, um sie zu begraben.

Die Tradition verlangte, dass der Jahreskapitän jeden Landetrupp leitete. Es war die einzige Möglichkeit, diese gefährliche Pflicht mit absoluter Gerechtigkeit zu teilen, und jeder an Bord über einundzwanzig war wählbar, es sei denn, er oder sie war innerhalb der vergangenen zehn Jahre Jahreskapitän gewesen. Gilhart saß vorn neben dem alten Gildorric, der navigierte. Die anderen Mitglieder des Landetrupps waren entweder ausgesucht worden wegen des Fachgebietes, das sie dieses Jahr ausübten, oder weil sie jung genug und damit notfalls entbehrlich waren. Gildoran wusste, dass er immer noch in diese Kategorie fiel, ebenso wie Gillori, die im Sitz neben im saß und aus reiner Nervosität ohne Unterbrechung schwatzte. Einer der Pu-Bären gehörte zur Besatzung, um die Zuträglichkeit des Klimas für die Kinder zu untersuchen. War es zweifelhaft, blieben sie in der *Wanderfalter*, war es gesund, würde sofort ein Bodenlager aufgeschlagen, sodass die Kinder sich wieder an Schwerkraft und Sonnenschein gewöhnen konnten.

Lori sagte: »Was würde passieren, wenn da unten schon ein Entdecker-Schiff wäre?«

Gilrae drehte sich nach dem Mädchen um und antwortete: »Das ist schon vorgekommen. Vor etwa dreißig Jahren taten wir uns mit der *Guten Fee* zusammen und erschlossen ein großes System mit drei bewohnbaren Planeten. Aber diesmal wurde keins unserer Signale aus dem All beantwortet, also keine

Entdecker. Er gehört uns allein.« Sie runzelte leicht die Stirn, und Gilhart, der über ihre Schulter auf die Instrumente sah, fragte: »Was ist los, Rae? Sieht irgendetwas nicht gut aus?«

Sie schüttelte den Kopf. »Nichts Bestimmtes. Vielleicht sieht es einfach *zu* gut aus, vielleicht frage ich mich, warum noch keiner diesen Planeten ausgewählt hat.«

»Zufall«, erwiderte Gilhart mit seinem gewinnenden Grinsen. »Wir müssen einfach ein bisschen Glück haben. Werd hier nicht hellseherisch, Liebling. Wenn du dich hellseherisch fühlst, heb es dir auf für … sagen wir mal … eine persönlichere Gelegenheit.« Er legte eine Hand in ihren Nacken, und die Frau lächelte zu ihm auf. Noch immer über ihre Anzeigen gebeugt, griff sie mit ihrer freien Hand nach der seinen.

Gildoran wandte den Blick ab.

Das Schlimme daran ist, dass ich nicht mal die Genugtuung habe, Gilhart nicht leiden zu können. Er ist so ein verdammt netter Kerl. Man kann schon verstehen, was Rae in ihm sieht. Jeder mag ihn.

Es war eine Erleichterung, Lori wieder schwatzen zu hören. »Was passiert, wenn wir eines Tages keine Planeten mehr finden?«

»Dann haben wir ein Problem«, antwortete Gildoran leichthin, und dann ernsthafter: »Aber das ist unmöglich. Das da draußen ist ein sehr, sehr großes Universum, Gillori. Selbst wenn nur eine Sonne von tausend Planeten umkreist wird und nur ein Planet von tausend bewohnbar wäre, könnten wir noch über eine Milliarde Jahre weitermachen, ohne die Galaxis zu erschöpfen, und das ist nur *eine* Galaxis.«

»Das ist wie die alte Geschichte von den Marschierenden Chinesen«, sagte Gilhart, »und frag mich bitte nicht, was Chinesen waren, weil ich keine Ahnung habe. Aber es gibt eine alte Geschichte, dass man sie nie in einer Reihe aufstellen und zählen konnte, weil es so viele Milliarden waren, dass wenn man am Ende der Reihe angelangt wäre, schon eine ganze neue Generation geboren und aufgewachsen wäre und wieder Kinder gehabt hätte. Vielleicht waren sie so etwas wie Kaninchen. Jedenfalls, wenn wir – theoretisch – zum Ende aller Planeten kämen, die *jetzt* existieren, hätten sich inzwischen neue Sonnen und Planeten entwickelt und abgekühlt und neue Spiralnebel hätten sich abgespalten und so weiter. Natürlich würde keiner von uns so lange leben – wahrscheinlich nicht einmal das älteste noch lebende Schiff der ganzen Flotte – aber theoretisch könnten die Entdecker bis in alle Ewigkeit weitermachen.«

»Wer wird denn jetzt philosophisch?« Gilrae lachte. »Dorric, hast du schon die meteorologischen Daten? Wo wollen wir landen?«

»Nicht weit vom Äquator«, antwortete der Navigator. »Auf der südlichen Halbkugel, nicht weit von der Küste, aber weit genug im Landesinneren, damit wir küstennahe Regengebiete meiden. Die Windverhältnisse auf der nördlichen Halbkugel wollen mir nicht recht gefallen, dort ist die Gefahr zu groß, dass wir in einem Wirbelsturm-Gebiet landen, sofern wir nicht eine ganze Jahreszeit abwarten und genau beobachten. Ich kann für nichts garantieren, aber dieses Gebiet sollte ein so gutes Klima haben, wie wir nur finden können.«

»Nicht zu kalt, hoffe ich für die Kinder«, bemerkte Pu mit ihrer sanften Stimme.

»Ich nehme das ins Anforderungsprofil auf«, sagte Gilrae.

Allmählich sank das kleine Landegefährt zu der

Wolkendecke hinunter. Sie hatten das ungewohnte Gefühl, schwerer zu werden, als sie in die Anziehungskraft des Planeten gerieten und die Geschwindigkeit verringerten, sodass sie kein Objekt in freier Umlaufbahn mehr waren, sondern ein Fluggerät mit einer festgeschriebenen Route über dem Planeten. Das strahlende Sonnenlicht wurde gedämpft, neblig und milchig, als sie in die dicke Wolkenschicht eintraten.

»Bei dieser Wolkendichte könnte es eine Art Treibhaus-Effekt geben«, sagte die zweite Botanikerin, Gilmerritt. »Wenn wir diesen Planeten erst erschlossen haben, wird er vielleicht zu einem Erholungsgebiet.«

»Herzlichen Glückwunsch«, bemerkte Gilhart abwesend, »du hast gerade den Preis für für die voreiligste Schlussfolgerung gewonnen. Wir sind noch nicht einmal gelandet, aber du baust schon ein Kurzentrum.«

»Ich bin doch nicht abergläubisch«, rechtfertigte sich Gilmerritt. »Wir haben ausreichend vorläufige Untersuchungen vom Weltraum aus vorgenommen, um zu wissen, dass er bewohnbar ist, und das andere war eine wohlbegründete Vermutung, die auf meiner Erfahrung in meinem Fachgebiet beruht.«

Gilhart drehte sich um und sah sie an. Sein Gesicht war sehr ernst. Er sagte: »Wir können uns nur ein bestimmtes Maß an Untersuchungen vom All aus leisten. Selbst wenn die letzten fünfzehn Planeten vollkommen waren – oder sogar die letzten *hundert* – vergiss niemals, kein einziger Planet im Universum ist wie ein anderer. Vielleicht neunundneunzig von hundert, die gut genug aussehen, um darauf zu landen, könnten Spielplätze, Erholungsorte werden oder was du willst. Aber früher oder später wirst du auf einem landen, der zurückbeißt.«

»Negatives Denken betreibst du wirklich mit Nachdruck, was, Kapitän?«, meinte Merritt etwas irritiert.

Er schüttelte den Kopf. »Hoffe immer das Beste«, erwiderte er, »aber erwarte es nicht. Denn dann ist ein Entdecker nicht mehr auf der Hut. Und manchmal kommt er dabei um. Also, los, alle Mann, Ende der Vorlesung. Zwölf von uns landen. Ich möchte gern, dass auch zwölf von uns heute Abend wieder nach Hause kommen, also passt gut auf ... Dorric, bereit zur Landung?«

»Bereit, Kapitän«, bestätigte er.

»Schalt die Atmosphärischen ein und bring uns runter.«

Der atmosphärische Antrieb lief dröhnend an und machte eine Unterhaltung in der Kabine unmöglich. Gildoran, der gähnte, um den Druck auf den Ohren zu lindern, fühlte die Anspannung, die durch das gutmütige Geplänkel ausgesetzt hatte, wieder anwachsen.

Sein Planet.

Er hatte ihn entdeckt. Bis zu einem gewissen Grad würde er in den Köpfen der Besatzung der *Wanderfalter* immer mit dieser Welt in Verbindung gebracht werden. Das war so eine Sache. Sie stand natürlich nicht in den Vorschriften. Danach fiel es in den Verantwortungsbereich des Kapitäns und des Wissenschaftsoffiziers zu entscheiden, ob es eine gute Welt war oder nicht, eine die man erschließen und in die Kette der Transmitter einreihen konnte. In den Augen der Galaxis gehörte der Erfolg oder Misserfolg dieser Welt nicht zu einem einzigen Menschen, sondern zu den Entdeckern allgemein und der *Wanderfalter* im Besonderen.

Rechtlich und nach den Regeln des Schiffes wäre es nicht Gildorans Verdienst, wenn sich der Planet als gut herausstellte, und auch nicht sein Fehler, wenn er sich als schlecht entpuppte.

Aber das war eben so eine Sache. In den Köpfen der Besatzung der *Wanderfalter* war es Gildorans Welt, und wenn es eine gute Welt war, würde das irgendwie seinen Ruf und sein Ansehen vergrößern. Und wenn sie sich als Katastrophe erwies – nun, rechtlich konnte man ihm nichts vorwerfen, man konnte ihn nicht bestrafen, es war einfach nur Pech, aber sie würden es nicht vergessen. Nicht in dreißig Jahren Schiffszeit, nicht in hundert Jahren, sie würden es nie vergessen.

Er hob den Kopf, blinzelte unter der Last des Sinkfluges und starrte auf die rasch größer werdende grüne Welt unter ihnen.

Seine Welt.

Das Heulen des Antriebs steigerte sich zu einem Kreischen, dann verebbte es. Statt im Sturzflug durch die Atmosphäre zu sinken, schwebten sie ruhig in ihrem Landegefährt über einem scheinbar flachen und konturenlosen Meer aus Grün.

Gildorric fragte: »Sollen wir ein Gelände als Landeplatz freibrennen, Kapitän?«

Gilhart schüttelte den Kopf. »Nicht gleich. Wenn es sein muss, ja, aber geh erst mal auf ein paar hundert Meter hinunter. Finde eine freie Fläche, wenn du kannst. Wäre doch schade, etwas von dem schönen Wald zu verbrennen, und dann müssten wir auch sofort anfangen, die Feuer unter Kontrolle zu bekommen. Ganz zu schweigen von dem Schaden für die Tierwelt. Feuer sollte der letzte Ausweg sein. Abgesehen davon, wenn wir mitten in einem Dschungel landen, ist das wohl kaum ein guter Platz für einen Transmitter.«

Rae kicherte. »Ich erinnere mich noch, dass wir einmal sechs Wochen lang rund um die Uhr Wache für unsere Ausrüstung schieben mussten. Wenn man sich eine halbe Sekunde umdrehte, waren die kleinen Werkzeuge und Draht einfach verschwunden. So etwas wie Äffchen im Wald schnappten sie sich, und dann fanden wir sie Stunden später irgendwo im Schlamm wieder – ich glaube, die kleinen Biester haben damit gespielt. Es war zum Verrücktwerden.«

Gildorric grinste. »Ich glaube, *du* warst noch auf der Kinderstation, Rae, als wir auf einer Welt landeten, wo Insekten unseren Draht schnappten und ihn auffraßen – und auch verdauten. Das war vielleicht ein Vergnügen, bis wir auf dieser Welt den ersten Transmitter stehen hatten!«

Lori fragte: »Aber ihr *habt* ihn aufgebaut? Schafft ihr das *immer*?«

Gilhart schüttelte langsam den Kopf. »Nein. Wie ich schon sagte, manchmal trifft man auf eine Welt, die zurückbeißt, und dann kann man nur noch die Beine in die Hand nehmen. Falls du noch Beine hast, mit denen du laufen kannst.«

»Nun jag den Kindern keine Angst ein«, sagte Gildorric freundlich, »das kommt nicht zweimal im Leben vor. Komm her, Hart, und wirf einen Blick durch den Sichtschirm. Wie gefällt dir dieses Fleckchen am Rande des Sees? Dort hätten wir Wasser für das Lager, und es ist grasbewachsen – ausreichend fester Untergrund.«

Gilhart beugte sich über den großen, flachen, tischähnlichen Schirm, auf dem eine Projektion der Planetenoberfläche zu sehen war. »Du meinst die Stelle im Schatten dieser Klippen?«

»Mehr oder weniger. Etwas weiter auf der Wiese, wo es nicht so viel Gebüsch zu geben scheint«, antwortete Gildorric. »Diese dunkle Masse sind irgendwelche Pflanzen, aber nicht so groß, dass wir nicht durchkämen. Wir können den Untergrund testen, und wenn er fest genug ist, den Transmitter irgendwo unter den Klippen aufstellen.«

Gilhart nickte langsam. »Ich denke schon. Und wenn nicht, können wir dort unser Lager aufschlagen, während wir eine bessere Stelle suchen. Also schön, bring uns runter. Und versuch, nicht in einem Sumpf zu landen.«

Das Landegefährt sank langsam nach unten und kam mit einem leichten Ruck auf dem Boden auf. Gilhart und ein paar der älteren Besatzungsmitglieder scherzten mit Gildorric über die Landung – »Du warst zu lange im All, du hast das Gefühl für Planeten verloren, wenn du uns so runterkrachen lässt!« Gildoran schnallte sich langsam ab.

Er empfand eine unbezähmbare Ungeduld, hinauszukommen, tatsächlich auf der Oberfläche dieser neuen Welt zu stehen, aber er musste noch etwas warten, während Gilmerritt Proben und Sensoren überprüfte.

»Die Atmosphäre sah aus ein paar hundert Metern Höhe gut aus. Aber wir wollen ganz sichergehen, was uns hier unten erwartet.« Ein paar Minuten später nickte sie. »Reichlich Sauerstoff, und, wie man bei diesen dichten Wolken und dem ganzen Grünzeug erwarten kann, reichlich Wasserdampf in der Luft. Aber die Temperatur ist in Ordnung, nichts Schädliches in der Atmosphäre, nur die üblichen Edelgase. Ein bisschen viel Ozon, aber nicht so viel, dass man sich Sorgen machen müsste.«

Gildorric warf Gilhart einen Blick zu, und der Kapitän nickte.

»Förmlicher Befehl«, sagte er. »Entriegelt die Türen. Vollzieht die Landung.«

Raban stand auf und ging zur Tür. Gildoran wäre

am liebsten hinter ihm hergestürzt. Gilrae sah Gildoran in die Augen und lächelte. Sie sagte: »Es ist immer wieder spannend. Egal, wie oft man es tut. Das ist es, Gildoran. Sie gehört dir. Viel Spaß.«

Er wollte sagen, oh Rae, ich liebe dich, und sie küssen, aber er tat es nicht. Er grinste sie einfach an und kam sich töricht vor. Sie legte ihm liebevoll die Hand auf die Schulter.

Sie hält mich immer noch für ein Kind.

»Es ist Gildorans Welt. Lasst ihn zuerst aussteigen.«

Kapitel 3

Quietschend öffneten sich die Türen, und ein Schwall kühler, scharf duftender Luft drang herein, ein überwältigender Eindruck von Grün. Überall Grün, selbst der Himmel schien unter seiner dichten Wolkendecke das helle grüne Licht von unten widerzuspiegeln. Gildoran stieg langsam die Stufen hinunter und empfand erstmals wieder sein Gewicht und einen seltsam nachgiebigen Boden unter den Füßen. Es fühlte sich komisch an nach Jahren mit verringertem Gewicht und superglatten Böden aus Metall oder Kunststoff. Jetzt stand er auf schwammartigem, grünem Moos oder Gras, grün in einem Gürtel aus dickem, üppigem Grün jeder Schattierung. Eine grüne Welt, ein grünlicher Himmel, das Glitzern von grünem Wasser irgendwo in der Ferne.

Er hörte die anderen hinter sich die Treppe herunterkommen. Gilmerritt schnüffelte vernehmlich und sagte: »Was habe ich noch über den Treibhaus-Effekt gesagt?«

Es roch merkwürdig. War es der Geruch der unbekannten Vegetation überall, oder war es einfach so, dass jede frische Luft nach der chemisch reinen, recycelten Luft an Bord der *Wanderfalter* merkwürdig gerochen hätte?

Die kleine Landefähre stand vor einer niedrigen Klippe aus rötlichem Stein, die einzige Abwechslung für die Augen von all dem überall vorherrschenden Grün. Die Klippe erstreckte sich über gut einen Kilometer und fiel allmählich zu einem kleinen grünen See ab, dessen Oberfläche von einem leichten Wind gekräuselt wurde. Auf dem gegenüberliegenden Ufer des Sees wuchs ein Wald aus hohen Bäumen. Zwischen der Landefähre und dem diesseitigen Seeufer zog sich ausgedehntes, grasbewachsenes Gelände hin, hier und da mit dichten Flecken von einem buschähnlichen Gewächs gesprenkelt, auch die Klippe war damit bewachsen. Die Büsche in der Nähe waren etwa anderthalb Meter hoch, mit dicken, grauen Zweigen und breiten, becherförmigen Blättern. An den Enden der Zweige saßen becherförmige, glitzernde Blüten.

Es war sehr still bis auf das sanfte Summen und Zirpen von Insekten, die im Gras umherhüpften und über den Blumen und den becherförmigen Blüten schwebten. Bislang hatten sie noch nichts gesehen, das größer war als wenige Zentimeter, außer einem hellen Schmetterling, der offenbar von den großen Blüten angezogen wurde. Gilmerritt ging auf die Büsche zu, als ausgebildete Biologin berührte sie sie nicht und würde das auch nicht tun, ehe sie nicht dicke Plastikhandschuhe trug – jeder Biologe unter den Entdeckern kannte Planeten, auf denen Blumen wuchsen, die Fluorverbindungen absonderten –, aber sie betrachtete die becherförmigen Blüten und den Schmetterling mit einem erfreuten Lächeln.

»Nach dem Aussehen zu urteilen, sieht es immer noch wie ein guter Platz für einen Erholungsort aus«, meinte sie. »Lasst uns mit den Untersuchungen anfangen. Ich kann es kaum erwarten, hier ein Luxushotel zu sehen und Menschen, die aus der ganzen Galaxis per Transmitter herkommen.«

Sie lachte, um zu zeigen, dass sie dieses Mal nicht *wirklich* voreilige Schlussfolgerungen zog. Gildoran dachte, nichts was hier gebaut würde, könnte je so schön sein wie das ausgedehnte grüne Gebüsch vor dem roten Granit und Sandstein der Klippe, aber er wandte sich an Gilhart, um seine Befehle entgegenzunehmen.

»Erster Schritt«, sagte Gilhart, »Wache einteilen. Raban?«

Der untersetzte ältere Mann nickte.

»Nimm dir jemanden in besonders guter körperlicher Verfassung – Gilbarni, würdest du vielleicht mitgehen? –, holt euch zwei Handwaffen aus dem Lager und steigt auf die Klippe und haltet Ausschau nach Raubtieren. Es gelten die üblichen Vorschriften, es wird nicht geschossen, es sei denn, ein offensichtlich nicht-intelligentes Lebewesen macht den Eindruck, als wolle es einen von den hier unten Arbeitenden angreifen. Stellt je einen Posten unten am See und zwischen euch auf, dann könnt ihr den gesamten Landetrupp decken.«

»In Ordnung.« Raban und der junge Barni kletterten in die Landefähre, kehrten mit Handwaffen und Handschuhen zurück und begannen, am Fuß der Klippe entlang zu wandern, um einen Weg nach oben zu suchen.

»Rae, sagtest du, das hier sei eine Gletschermoräne?«, fragte Gilhart.

»Stimmt«, antwortete Rae und beschattete ihre

Augen vor dem Licht. »Der Untergrund hier sollte festes Gestein sein, vielleicht ein möglicher Standort für den ersten Transmitter. Es wird allerdings ein paar Wochen dauern, bis die Untersuchungen so weit sind, dass wir sicher sein können. Zuerst müssen wir Bodenproben sammeln – hier und unten am See.«

Der Kapitän nickte. »Gildoran, du und Lori, ihr könnt mit dem Probensammler arbeiten. Gilmerritt, du und alle anderen außer Gilrae, ihr sammelt Bodenproben, Wasser und Lebensformen. Passt auf, dass jeder ständig Handschuhe trägt. Und Gilrae, du arbeitest mit Pu und suchst nach einem geeigneten Platz für einen Lagerplatz für die Kinder. Du weißt, was für ein Gelände wir dafür brauchen.«

Sie nickte. »Ja. Und darf ich noch etwas sagen, Kapitän?« Sie waren jetzt alle förmlich, denn sie waren bei der Arbeit. Gilhart nickte, und Rae sagte: »Das gilt für euch alle. Vergesst nicht, dass wir einen guten, festen Untergrund brauchen, um die *Wanderfalter* zu landen, also überseht keine Möglichkeit. Der Platz, den wir auf der letzten Welt hatten – außer Lori erinnern sich sicher alle daran – war fast vollkommen. Wir hatten einen Berghang im Hintergrund, und wir mussten das Schiff nicht bewegen, bis wir wieder starten konnten. Aber ich bin sicher, jeder von euch erinnert sich noch an den Ärger mit dem Schlamm, also sucht nach einem Fleckchen, wo wir stabile Laufstege auslegen können, ohne dass es uns zuviele Arbeitsstunden kostet. Das ist alles. Kapitän? Noch etwas?«

»Nur dass wir in vier Stunden Schiffszeit eine Pause machen, um zu essen. Wir haben hier achtzehn Stunden Tageslicht, sodass wir vielleicht Schwierigkeiten haben werden, uns nach dem Sonnenstand zu orientieren.«

Sie verteilten sich auf ihre verschiedenen Aufgaben. Gildoran und Lori brauchten fast eine Stunde, um das Gerät auszuladen, das Proben sammelte, und es mit dem kompakten Generator und dem fahrbaren Untersatz zusammenzubauen, um es bewegen zu können.

»Schwerfälliges Ding«, brummte Lori, und Gildoran lachte. »Rae hat mir erzählt, als sie noch ein Kind war, mussten Probebohrer auf einem Handkarren herumgefahren werden. Es ist noch nicht einmal zweihundert Jahre her, dass jemand auf Vega 14 einen mit Kurbelrad erfand. Wir können in drei Tagen ebensoviel schaffen, wie Gilharrad früher in sechs Wochen Schiffszeit, der Arme. Und wir müssen nicht warten und das ganze Zeug zur *Wanderfalter* hinauf bringen, um es zu untersuchen, weil wir jetzt in der Landefähre Untersuchungsmöglichkeiten haben. Ein komplettes biologisches und geologisches Labor – nun vielleicht nicht ganz komplett, aber immerhin vollständig genug für vorläufige Untersuchungen – und das hier in der Landefähre.«

Das Mädchen beschattete mit der Hand die Augen. »Doran, gibt es auch so etwas wie Augenschutz oder Brillen?«

»Ich weiß nicht. Das Licht ist doch nicht so schlimm, oder? Was ist los, Lori?«

»Vielleicht weil es so grell ist oder so. Ich kriege eklige Kopfschmerzen.«

Jetzt, wo er darüber nachdachte, merkte Gildoran, dass er selbst auch Kopfschmerzen hatte. »Vielleicht ist es nur die Schwerkraft«, mutmaßte er, »und wir sind es nicht mehr gewohnt. Du könntest aber danach fragen, wenn du willst.«

»Nein, kein Grund, Umstände zu machen. Ich frage Pu, wenn wir Mittagspause machen.« Sie zog einen Schraubenbolzen an dem Sammelkarren an und gab ihm einen leichten Schubs mit der Hand. »Hier, ich denke, er wird laufen, wenn das Gras nicht allzu hoch ist oder diese kleinen Grashüpfer hineinkommen und die Räder blockieren.«

»Es gibt jedenfalls reichlich Insekten«, meinte Gildoran zustimmend. Er pflückte sorgfältig eins von seiner Uniform.

»Und jetzt?«

»Fahren wir es runter zum See, denke ich, und warten, bis jemand genügend Wasserproben hat, um sicherzugehen, dass erstens das im See auch wirklich Wasser ist, und zweitens, dass es in unserer Bohrflüssigkeit auch gut funktioniert – und nicht zu viele Chemikalien aufweist, die die Schneide auflösen oder das Gewinde verstopfen.«

Lori sah ihn fragend an. »Und was, wenn es *kein* Wasser ist oder es voll von gelöstem Natriumborat ist?«

»Dann«, antwortete Gildoran, »hast du persönlich das Vergnügen, ein paar tausend Liter für uns zu destillieren, Liebes. Glücklicherweise muss es um den Bohrer zu kühlen keine Trinkwasserqualität haben. Hin und wieder trifft man halt auf einen See voller Schwefelsäure oder so was.«

Lori verzog ihr kindliches Gesicht voller Abscheu. »Wenn der See da voll Schwefelsäure ist, ist das kein Platz für ein Bodenlager … ich glaube, du verkohlst mich, Gildoran.«

»Vielleicht ein bisschen. Wir haben von der *Wanderfalter* aus bereits eine ganze Menge vorläufiger Untersuchungen durchgeführt. Und das meiste, was in der Atmosphäre ist, ist einfacher Wasserdampf. Punkt. Also werden wir wahrscheinlich genau das auch in den Seen und Meeren und Flüssen finden.«

»Also gehen wir zum See runter?«

»Wozu die Mühe? Gilmerritt oder einer aus ihrer Gruppe wird bald mit den ersten Proben hier sein, und sie weiß, dass wir Wasser für die Bohrflüssigkeit brauchen. Wir wollen hoffen, dass wir Glück haben. Wenn es Wasser ist und halbwegs sauber, dann müssen wir nur noch einen schönen langen Schlauch anschließen, eine Mischpumpe, und wir sind startklar.«

Es dauerte nicht lange, bis Gildorric mit den ersten Proben vom See heraufkam und berichtete, dass das Wasser nichts als Wasser war und außergewöhnlich rein. »Es wachsen viele Wasserpflanzen drin, also taugt er nicht besonders als Schwimmbad«, erzählte er, »aber er kann eure Bohrer versorgen, und es lässt sich gut trinken – sehr gut sogar. Spurenelemente, aber nicht viel, außer Kalkstein und davon jede Menge, aber das ist ja gesund. Ihr Kinder könnt also eure Schläuche und Pumpen anschließen und mit den Proben beginnen.«

Die Maschine arbeitete automatisch, und sobald Gildoran und Lori sie aufgebaut und eine Stelle für die erste Bohrung ausgesucht hatten, hatten sie nichts weiter zu tun, als alle paar Minuten die Anzeigen zu prüfen, um sicherzustellen, dass der Bohrer senkrecht blieb und die Schläuche mit der Bohrflüssigkeit nicht verstopften. Dann konnten sie sich zurücklehnen und den anderen zuschauen, die am Ufer des Sees herum gingen, Proben sammelten und sie zur Untersuchung zur Landefähre brachten. Als die ersten Bodenproben aus dem Bohrer kamen, untersuchte Gildoran sie rasch auf Porosität und offensichtliche Gesteinstypen, dann legte er sie beiseite – sie würden an Bord der *Wanderfalter* ausführlich untersucht werden.

Lori sagte: »Ich verstehe noch immer nicht, warum wir keinen Transmitter in der Landefähre haben können, mit dem wir die Proben hinaufschicken können. Die *Wanderfalter* ist doch da oben, und wir könnten einen Transmitter herunterholen …«

»Zurück in die erste Klasse, Lori. Die *Wanderfalter* ist im Orbit – sie hängt nicht einfach da. Wir können nicht auf ein bewegliches Objekt transmitten.«

»Aber alles im Universum bewegt sich doch, oder? Trotzdem hat jeder Planet neun oder zehn Transmitter …«

»Ja. Aber eins der Dinge, die wir hier tun, ist die regelmäßige Umlaufbahn dieses Planeten um seine Sonne aufzuzeichnen, und die Bahn dieser Sonne auf ihrem Weg durch die Galaxis, und all das wird in den Transmitter einprogrammiert, damit er *genau* weiß, wo in der Galaxis wir in jeder beliebigen Mikrosekunde für die nächste Million Jahre sind. Diese Information geht an die Zentrale und die neunzehn oder zwanzig Sicherheitszentren, falls der Kontakt zur Zentrale abbricht oder ihr Stern zur Nova wird, was hoffentlich nie eintritt.«

Als Gildorans Chronometer zeigte, dass es Zeit für die Mittagspause war, hatten sie schon eine ansehnliche Zahl an Proben zusammen. Nahrungsrationen waren heruntergebracht worden, und sie versammelten sich im Schatten der Landefähre, um zu essen. Der Boden unter ihnen war weich und nachgiebig.

Gilmerritt zog ihre Sandalen aus und spielte mit den Zehen im Gras. Gildoran streichelte die weiche Haut ihres Fußes, er war klein und glatt und hübsch. Gilmerritt lehnte sich an ihn und murmelte: »War das eine Einladung, Gildoran?«

»Es war, was immer du darin sehen willst.«

Sie sagte neckend: »Ich dachte, du hättest das schon alles mit Ramie geklärt.«

»Das denkt jeder, und das bin ich allmählich leid«,

antwortete Gildoran. Er sah zu ihrem Kapitän und Rae hinüber, die etwas von den anderen entfernt saßen und die Köpfe zusammensteckten.

Rae ist für mich unerreichbar, und ich will verdammt sein, wenn ich mich mit Ramie zusammentue, nur weil das alle von uns erwarten.

Merritt sah zu ihm auf. Sie war eine hübsche Frau mit rundem Gesicht und strahlenden grünen Augen und hatte tiefe Grübchen im Kinn. »Ein Planet hat etwas an sich«, murmelte sie neckisch. »Ich kann im All monatelang allein leben, aber sobald wir auf einen Planeten kommen, erinnere ich mich wieder daran, dass ich eine Frau bin, und werfe euch allen begehrliche Blicke zu.«

Er liebkoste die kurzen Zehen, die glatten, manikürten Nägel. Dann sagte er zögernd: »Ich glaube, du solltest deine Schuhe wieder anziehen, Merritt. Die Erde ist noch nicht untersucht ...«

»Und sie könnte voller mikroskopisch kleiner Hakenwürmer oder Parasiten sein, die eine Vorliebe für menschliche Haut haben. Du hast sicher recht«, gab Merritt widerstrebend zu und zog ihre silbernen Sandalen wieder an. Als sie die Riemchen befestigte, murmelte sie: »Sieh nicht hin, aber die kleine Gillori wirft mir ausgesprochen böse Blicke zu. Das ist dein fataler Charme, Gildoran.«

Gildoran empfand plötzlich Wut. Lori wurde entschieden zu besitzergreifend. Da er wusste, dass die Augen des Kindes auf ihm ruhten, beugte er sich vor und küsste Merritt, lange und langsam und sehr gründlich.

Als sie sich trennten, seufzte sie. »Das wollte ich schon lange. Aber auf dem letzten Planeten warst du ganz und gar von einem Erdenwurm-Mädchen beansprucht ...«

Mit einem Ruck erkannte Gildoran, dass er seit Jahren nicht mehr an Janni gedacht hatte. »Das war eine rein planetengebundene Geschichte«, sagte er leichthin und küsste sie wieder, ehe Gilhart und Rae aus dem Schatten der Klippe heranspaziert kamen.

»Soll ich Raban zum Essen rufen?«, fragte einer der Besatzung. »Sie könnten ja nacheinander kommen.«

»Nein, sie sollen auf Posten bleiben, aber bring ihnen etwas zu essen«, befahl Gilhart. Er fuhr sich mit der Hand über die Stirn und guckte finster. »Seid ihr sicher, dass ihr die Luft vor der Landung untersucht habt, Rae? Nein, nein, nichts zu essen, Gildorric. Ich fühle mich, als hätte man mich vergiftet.«

Gilrae sagte langsam: »Die Luft ist gut. Etwas viel Ozon, bis wir uns daran gewöhnt haben, aber nichts, an das wir uns nicht anpassen könnten ...« Sie brach ab. »Lori! Liebes, was ist los?«

Das junge Mädchen sagte mit bebender Stimme: »Es tut mir Leid, ich ... ich glaube, ich muss mich übergeben ...« Was sie auch prompt tat. Gilmerritt sprang auf und eilte ihr zu Hilfe, Lori versuchte kurz, sie wegzuschieben, dann war sie jedoch dankbar, sich gegen die Schulter der Älteren zu lehnen. Rae beugte sich über sie. Gildoran sagte: »Sie hat schon vorhin über Kopfschmerzen geklagt, sie meinte, es wäre das grelle Licht.«

Rae fand: »So hell scheint es mir gar nicht. Wie fühlt ihr anderen euch?«

»Kopfschmerzen«, antwortete Gildoran, und der Kapitän nickte. »Ich auch – wie verrückt.«

»Das ist auch kein Wunder«, sagte Pu plötzlich heftig. »Diese Welt ist so verdammt laut!«

Elf Gesichter wandten sich ihr erstaunt zu, Lori hob ihren Kopf nicht, sondern lag schlaf an Merritts Brust gelehnt. Gilhart sagte: »Bring sie in die Landefähre,

Merritt. Kannst du gehen, Lori, oder soll Doran dich tragen?«

»Ich kann gehen«, antwortete sie, kam mühsam auf die Beine, ließ aber zu, dass Gilmerritt stützend einen Arm um ihre Taille legte. Gilhart wandte sich an Pu: »Das überrascht mich, Pu. Laut? Mir kommt es ganz still vor. Ich höre überhaupt nichts, außer dem Summen der Insekten. Ihr anderen?«

»Ich nehme an, es könnten die Insekten sein«, bestätigte das braunbepelzte Wesen mit einem missbilligenden Lächeln. Ihre Augen blickten besorgt. »Summen, Zirpen, Brummen, es gefällt mir einfach nicht.«

»Und ein paar von uns haben Kopfschmerzen«, stellte Gilhart fest. »Die Luft kann es nicht sein, wir haben sehr sorgfältig Proben genommen und auf alle bekannten Krankheitskeime untersucht.«

Rae meinte: »Die Kopfschmerzen könnten natürlich auch durch das Ozon verursacht werden. Wahrscheinlich ist das sogar der Fall. Wir werden uns daran gewöhnen, aber es dauert eben ein paar Tage. Wie sehen die Proben aus?«

»Bislang gut«, antwortete Gildorric. »Merritt ist bei Lori, also werde ich berichten. Das Wasser ist gut, der Boden scheint ebenfalls gut und fruchtbar zu sein – wenn all das Zeug hier wächst, wachsen sicherlich auch essbare Pflanzen. Es gibt Nüsse und Beeren, die sich vielleicht als essbares pflanzliches Protein erweisen – und die Pflanzen sind sicherlich robust. Bis jetzt hat sich auch noch keine als giftig erwiesen, und keins der Insekten ist größer als ein Grashüpfer.«

»Tierisches Leben?«, fragte Gilhart.

»Bis jetzt nichts. Wir sollten die anderen Kontinente überprüfen, wenn wir den Planeten erkunden, aber so weit, so gut. Nach dem, was wir wissen, könnten wir den Transmitter schon heute Abend aufbauen, aber natürlich müssen wir noch umfassendere Tests machen. Nur um sicherzustellen, dass der Planet keine Joker im Ärmel hat wie z.B. Viren.«

So weit, so gut, dachte Gildoran. Seine Welt stellte sich als fast zu gut heraus, um wahr zu sein. Warum fühlte er sich dann so schlapp, so enttäuscht, so elend? Waren seine Erwartungen zu hoch gewesen? War es nur eine Reaktion auf die Erregung über die neue Welt? Es war eine gute Welt, sogar eine schöne.

Gilrae fragte: »Wann können wir die Kinder herunterholen, Pu? Wir haben einen perfekten Platz für das Kinderlager gefunden.«

Pu-Bär sah erschöpft aus, beinahe abgehärmt.

»Es gefällt mir nicht«, antwortete sie langsam. »Ich weiß, das ist irrational, aber irgendwie fühlt es sich nicht richtig an, die Kinder an einen solchen Ort zu bringen.«

»Es ist natürlich deine Entscheidung«, erklärte Gilrae. »Du und die anderen Pu-Bären, ihr habt die Verantwortung für die Kinder. Aber schließlich warst du es, Pu, die mich darauf hingewiesen hat, dass ein paar von ihnen Eisenmangel hätten und möglichst schnell auf den Planeten gebracht werden sollten.«

»Ich weiß. Wie gesagt, ich weiß, dass ich unvernünftig bin«, sagte Pu, »aber ich sehe es noch nicht. Könnten wir ihnen nicht noch ein paar Tage lang Trinkwasser von hier unten geben – es hat einen guten Eisengehalt –, bis ihr eure Untersuchungen abgeschlossen habt?«

Gilhart runzelte die Stirn. »Ich neige dazu, deinem Instinkt zu vertrauen, Pu«, sagte er. »Belassen wir es dabei. Holt Süßwasser, das Seewasser wird ausreichen, und möglicherweise etwas Eisenerz für die chemischen Vorräte des Schiffes. Die Kinder bleiben an Bord, bis wir sicher sind.«

Sie lächelte ihn erleichtert an. »Danke, Hart. Das nimmt mir wirklich eine Last von den Schultern.« Gildoran dachte, dass Pu wahrscheinlich die einzige Person an Bord des Entdeckerschiffes war, die den Kapitän einfach ›Hart‹ nannte. Außer vielleicht Rae, wenn sie allein waren.

Pu sagte: »Wenn das geregelt ist, dann gehe ich vielleicht in die Landefähre und kümmere mich um Lori. Meine Ohren können den Lärm nicht ertragen, und ich kann Merritt ablösen, damit sie mit ihren Proben für heute fertig wird.«

Ein leichter Wind kam auf, als Pu-Bär ihren schweren, pelzigen Körper zur Landefähre bewegte. Gildorric meinte: »Worüber sie sich wohl Sorgen macht?«

»Wer kann das schon sagen?« Gilhart hatte Mühe, seine losen Notizzettel zusammenzuhalten. »Wahrscheinlich hören sie in einem anderen Frequenzbereich als wir. Das menschliche Ohr ist ziemlich taub – es reicht nur von etwa 15 Hz bis 20 000 Hz oder so. Aber man hat schon Geräusche bis zu 2 Mio. Hz gemessen.«

Wieder dachte Gildoran, wie wenig sie doch über die Pu-Bären wussten. Nun, vielleicht brauchte jeder etwas Geheimnisvolles. Als ob dieser neue Planet nicht geheimnisvoll genug war!

Gilmerritt kam zurück und berichtete, dass Lori sich noch immer sterbenselend fühlte und dass Pu sich um sie kümmerte. Ehe sie wieder an die Arbeit ging, warf sie Gildoran ein langes Lächeln zu, das er erwiderte.

Der Kapitän fragte: »Da Lori dienstunfähig ist, brauchst du jemanden, der dir hilft, Doran. Gildorric?«

»Jeder, der einen Probensammler bedienen kann.«

Gildorric kicherte. »Ich habe schon einen Probensammler bedient, als der Planet, von dem du kommst, noch in der Steinzeit lebte, Doran. Packen wir's.«

Gilhart schimpfte gereizt. »Dieser verdammte Wind! Ich gehe mit meinen Sachen in den Windschatten der Klippe. Diese Büsche sollten den Wind abhalten, dann kann ich die Vermessungskarten für dieses Gebiet ausbreiten. Kann mir mal jemand helfen, ehe ihr zurück an die Arbeit geht? Rae, schick den Männern auf der Klippe was zu essen. Und achte darauf, dass sie keinen Sonnenbrand bekommen, da oben gibt es nicht viel Schatten.«

Das bedeutet es, Kapitän zu sein, dachte Gildoran. Er selbst hätte die Wachen auf der Klippe vergessen, aber Gilhart hatte daran gedacht. Er musste an alles denken.

Den ganzen Nachmittag über arbeitete Gildoran an Gildorrics Seite mit dem Probebohrer. Sie nahmen Proben unter der Klippe, nahe am Ufer des Sees, maßen die Tiefe des Bodens und die Tiefe des darunterliegenden Gesteins. Endlich, als das Tageslicht schwächer wurde, rollten sie die Schläuche zusammen und trockneten die Pumpe. Dann rollten sie ihr Gerät zurück zur Landefähre.

»Überall in der Nähe gutes, festes Bodengestein«, stellte Gildorric fest. »Wir können die *Wanderfalter* wahrscheinlich unter der Klippe landen und hier unser Basislager aufschlagen, vorausgesetzt, alle anderen Tests verlaufen positiv. Wir müssen mit dem Graben nach Erz beginnen, aber in den Bergen da hinten sollte es reichlich Metalle geben. Es ist ein guter, reicher Planet. Merritt ist dumm, diese Welt ist zu gut, um sie als Erholungswelt zu vergeuden.«

»Für sie ist es nur natürlich, an ihr eigenes Fachgebiet zu denken«, verteidigte Gildoran sie.

Gildorric lachte. »Und sie ist hübsch – ich habe gesehen, wie du mit ihr geflirtet hast.«

Gildoran hatte Verstand genug, freundlich zu fragen »Du bist doch nicht eifersüchtig, oder?«, anstatt wütend aufzubrausen.

»Eifersüchtig? Benimm dich deinem Alter entsprechend, Junge«, sagte Gildorric. »Ich kenne Merritt fast mein ganzes Leben lang, und wir haben so viele Jahre zusammengearbeitet, dass du es nicht glauben würdest. Aber ich glaube, wir kennen einander zu gut. Seien wir doch mal ehrlich: wenn man in meinem Alter ist, kennt man *alle* Frauen an Bord der *Wanderfalter* zu gut. Deswegen …« Er kicherte wieder, »bin ich wirklich aufgeregt, wenn wir den Transmitter aufbauen und wieder in Kontakt mit der Galaxis sind. Allein, um mal wieder ein paar neue Gesichter zu sehen. Versteh mich nicht falsch«, warnte er, »ich will damit nicht sagen, dass ich Merritt nicht liebe. Ich würde für sie sterben – wie für jeden anderen von euch«, setzte er in einem Augenblick vollkommener Aufrichtigkeit hinzu. »Aber sie erregt mich einfach nicht mehr. Es war eine lange Reise. Du bist wahrscheinlich zu jung, um zu verstehen, was ich meine, aber wenn du mindestens dreimal mit jeder Frau der Besatzung zusammen warst und sogar ein paar Seitensprünge mit den Männern gemacht hast, dann weißt du, warum die meisten von uns unsere Romantik – und unseren Sex – für die Planeten aufbewahren.«

Ist das der Grund, warum Ramie mich nicht erregt – dass ich sie zu gut kenne?

Sie waren jetzt in der Nähe der Landefähre, und andere Mitglieder der Gruppe brachten ihre Ausrüstung und ihre Proben mit und bereiteten sich vor, um an Bord zu gehen. Es war Gilmerritt, die bemerkte, dass der Kapitän noch nicht zurück war. Sie ging zu Rae, die zweiter Offizier war, und fragte:

»Sind die Wachen schon zurückgerufen worden? Gilraban und Barni müssen ja nicht da oben in der glühenden Sonne bleiben, wenn wir alle hier sind.«

»Das muss Gilhart entscheiden«, erwiderte Rae, »aber ich glaube nicht, dass es schadet, wenn jemand sie jetzt ruft. Kümmere du dich darum, Merritt. Gildoran, hast du den Kapitän gesehen?«

Es war Gildorric, der antwortete: »Nein, keiner von uns hat ihn seit dem Mittagessen gesehen, aber er hat seine Karten und Papiere in den Windschatten der Klippe gebracht, wo der Wind sie nicht immer wegwehen konnte. Soll ich ihm dort helfen?«

»Du musst dich um den Antrieb kümmern«, antwortete Rae. »Lass Gildoran gehen. Doran – und sag ihm, ich hätte die Wachen zurückbeordert, ja?«

Gildoran ging in die Richtung, wo er Gilhart zuletzt gesehen hatte, auf die Klippe zu, die mit den hohen Büschen und ihren grünen, becherförmigen Blüten gesäumt war. Die Sonne sank allmählich, und die Wolken wurden dichter, sodass das Licht etwas nachgelassen hatte, aber die großen Blüten schienen noch immer von innen her zu schimmern. Gildoran fand keine Spur von Gilhart und begann verwirrt am unteren Rand der Klippe entlang zu wandern. Aufmerksam schaute er nach links und rechts, um eine Spur des Kapitäns zu finden. Er empfand ein seltsames Unbehagen, das beinahe greifbar war, wie ein scheußlicher Geschmack im Mund. Nachdem er ein paar hundert Meter an der Klippe entlang gegangen war und nichts außer den grau-grünen Zweigen und durchscheinenden Becherblumen entdecken konnte, begann er sich ernsthaft Sorgen zu machen. Wenn es jemand anders von der *Wanderfalter* gewesen wäre als der Kapitän, hätte er seinen Namen gerufen. Und nicht besonders zartfühlend. In sein Unbehagen und seine Sorge mischte sich bald Verärgerung, er konnte sich vorstellen, was Gilhart sagen würde, wenn einer aus der Besatzung sich derart entfernt hätte.

Entgegen der Schiffsetikette begann er zu rufen.

»Gilhart! Gilhart! Kapitän!«

Keine Antwort, überhaupt kein Geräusch, außer dem beständigen Summen der Insekten im Gebüsch – wie er dieses Geräusch langsam hasste! – und das sanfte Rascheln des Windes in den Zweigen.

Gildoran rief, dieses Mal mit allem, was seine beträchtlichen Lungen hergaben:

»Kapitän! Kapitän!«

Weiter Stille, durchbrochen nur vom Rauschen des Windes. Dann sah Gildoran etwas, was sofort seine Aufmerksamkeit auf sich zog: ein blau-weißes Rechteck inmitten der Becherblüten, zu regelmäßig, zu leuchtend, um in all diesem Grün natürlichen Ursprungs zu sein. Er stieß die Zweige beiseite. Dornen stachen seine Hände und zerfetzten seine Uniform, er steckte die Hand in den Mund und saugte an seinen blutenden Fingern, dennoch drängte er weiter. Sein Herz klopfte plötzlich vor Angst.

Er fand Gilhart zusammengesunken in einer kleinen Mulde zwischen den Pflanzen und dem roten Kalkstein der Klippe. Gildoran beugte sich über ihn, zornig und ängstlich. Lori war übel gewesen, und der Kapitän hätte wissen müssen, dass auch ihm schlecht werden konnte, er hätte nicht allein weggehen sollen. Wie hätte ihn jemand hören sollen, wenn er um Hilfe rief? Doch gegen diesen wütenden inneren Monolog kniete Gildoran neben dem Gestürzten nieder, öffnete seine Tunika und schob seine Hand hinein, hilflos nach dem Herzschlag tastend. Doch er wusste bereits, dass der Kapitän tot war.

Kapitel 4

»... und deswegen können wir nicht eher wieder runter, bis wir wissen, was ihn getötet hat«, schloss Gildoran, und Ramies sanfte Mandelaugen blickten zärtlich und unglücklich. »Oh, arme, arme Gilrae! Sie standen sich so nahe, Gildoran, sie waren sich immer so nahe. Geht es ihr gut?«

»So weit das geht, denke ich«, antwortete Gildoran ernst. Das Bild von Raes angespanntem, abgehärmtem Gesicht, blutleer und elend, verfolgte ihn, während sie darum kämpfte, sich zusammenzunehmen. Als zweiter Offizier hatte sie das Kommando auf der *Wanderfalter*, bis ein neuer Kapitän gewählt war, und obwohl die Gesetze der Entdecker vorschrieben, dass dies innerhalb von drei Tagen Schiffszeit geschehen sollte, blieben noch immer diese drei Tage, die sie durchstehen musste.

Er schwieg und dachte an die letzte anstrengende halbe Stunde ihres Aufenthaltes auf der grünen Welt, die schmerzliche Aufgabe, Gilhart an Bord zu tragen, die noch schwerer wurde, weil sie ihn entkleiden mussten, um seine Sachen nach einer möglichen Ursache zu durchsuchen – ein giftiges Insekt oder Tier, das ihn vielleicht gebissen hatte und dort versteckt war. Es war Gildoran zugefallen, dabei zu helfen, den Kapitän in eine Decke zu rollen und das eine Ende des schweren Klumpens, der einst Gilhart gewesen war, an Bord der Landefähre zu tragen. Es war eine stille, traurige Reise durch die Wolkendecke hinauf zur *Wanderfalter* geworden. Gilrae hatte darauf bestanden, neben dem eingewickelten Leichnam zu knien und ihn zu halten, damit er nicht grotesk herumrollte. Sie hatten ihr ihren Willen gelassen. Sie alle waren wie gelähmt von

Gilraes Kummer gewesen, und sie alle hatten ihn geteilt. Lori schluchzte, den Kopf in Pu-Bärs Schoß gelegt, Gilmerritt klammerte sich an Gildorans Hand, bedrückt, die fröhlichen grünen Augen niedergeschlagen, und Gildoran wusste, dass sie daran dachte, wie Gilhart sie gutmütig auf ihrem Flug nach unten geneckt und getadelt hatte. Wie beschwingt waren sie da alle gewesen, und wie anders verlief ihre Rückkehr!

Verdammt sei diese Welt! Verdammt!

Gildoran ersparte Ramie all dies bis auf einen knappen Kommentar, denn er wusste, dass auch sie traurig war. »Meinen ersten Dienst als B-Klasse auf der Brücke hatte ich, als er Navigator war«, sagte sie, »und er war so gutmütig und freundlich, neckte mich immer und war allzeit zu einem Scherz aufgelegt. Und letztes Jahr habe ich im Ärzteteam mit ihm gearbeitet. Ich kann einfach nicht glauben, dass er tot ist. Aber er war schon ziemlich alt, Doran, könnte es nicht ein natürlicher Tod gewesen sein?«

»Natürlich kann es das gewesen sein. War es wahrscheinlich auch. Aber wir müssen Gewissheit haben.«

Während sie auf Neuigkeiten warteten, gingen sie hinauf zu den Schwebern, um dem alten Gilharrad die Nachricht zu überbringen. Der uralte Entdecker hörte von Gilharts Tod mit einem Anflug von Traurigkeit, doch er weinte nicht. Er seufzte tief und sagte: »Nun, das kann man nicht ändern. Der Planet hielt einfach das vorgesehene Ende seines Schicksals bereit, das ist alles. Ich weiß, er wäre lieber im All gestorben, aber schließlich sind All und Planeten nur Teil des gesamten großen Kosmos.«

Vor seiner ätherischen Ruhe brachte Gildoran nur zögernd seine Bitte vor.

»Wir sind verzweifelt knapp an Personal, Harrad.

Rae fragt, ob du für eine Zeitlang wieder den Dienst aufnehmen kannst.«

Der alte Mann seufzte. »Muss ich?«, fragte er klagend. »Ich habe mir meine Ruhe verdient, oder nicht? Es gefällt mir hier oben, nichts anderes zu tun zu haben, als über den Ultimativen Kosmos nachzusinnen.«

Gildoran sagte sanft: »Gewiss hast du dir deine Ruhe verdient, Harrad, aber wir brauchen dich. Und schließlich – «, setzte er mit einer gewissen Arglist hinzu, »hatte Gilhart nie eine Chance auf *seine* Ruhe.«

Wieder seufzte Gilharrad tief. »Also gut, also gut, ich muss wohl«, sagte er, »aber nur, bis die Kleinen die B-Klasse erreichen, vergesst das nicht. Und ich weigere mich, auf die Liste der Schiffsoffiziere zu kommen, ich weigere mich entschieden. Ich werde Rat erteilen, ich werde arbeiten, ich werde verwalten, aber ich werde kein höheres Offiziersamt übernehmen, nie wieder.«

»Ich bin sicher, damit sind sie einverstanden«, stimmte Ramie zu und nahm die dünne Hand des alten Mannes für einen Augenblick in die ihre. Gilharrads Fleisch wirkte fast durchsichtig, so gebleicht und dünn, dass die rosige Farbe des pulsierenden Blutes in den Adern deutlich zu erkennen war, und Gildoran wurde von Mitgefühl ergriffen, aber sie waren wirklich verzweifelt unterbesetzt. Gilhart zu verlieren! Und das so bald, nachdem sie Giltallen und Gilmarin verloren hatten! Und noch gut drei Jahre, bevor die Kleinen alt genug waren, um ihre Plätze einzunehmen!

»Armer Hart«, murmelte Gilharrad und hob sich aus der schwerkraftfreien Hängematte. Widerwillig stand er auf und seufzte, als er sich wieder in den Sog der Schwerkraft begab. »Ich denke, wir gehen besser hinunter und finden heraus, was ihn getötet hat.«

Nur zu solchen Gelegenheiten wie dieser versammelte sich die gesamte Besatzung der *Wanderfalter* – jedermann, mit Ausnahme der Babys in der Kinderstation und den alleräItesten Schwebern oben in den Etagen ohne Schwerkraft – an einem Ort. Gildoran nahm seinen Platz ein und stellte fest, dass die große Versammlungshalle fast halb leer war. Was war die normale Stärke auf einem Entdeckerschiff? Die ideale Zahl lag angeblich um die hundert. Verstohlen zählte Gildoran. Dreiundsechzig. Und drei Sechsjährige und vier Dreijährige in der Kinderstation. Und sieben Pu-Bären.

Was ist wohl die geringste Anzahl, mit der wir das Schiff arbeitsfähig halten können? Was passiert, wenn wir unter diese Zahl sinken?

Gildoran sah, wie andere sich umschauten, und vermutete, dass auch sie heimlich zählten.

Gilrae kam langsam durch die Menge nach vorne. Sie war blass und sah aus, als ob sie seit Gilharts Tod nicht geschlafen hätte. Gildoran hoffte inbrünstig, dass sie nicht die Autopsie hatte durchführen müssen. Dann wandte sie sich an den zweiten Mediziner, ein Mädchen namens Gilnosta, und nahm einen Bericht von ihr entgegen. Gildoran erkannte erleichtert, dass Rae wenigstens das erspart geblieben war. Das war aber auch ungefähr alles. Es wäre für jeden schlimm genug gewesen. Aber am allerschlimmsten für Rae.

Rae, Rae, was kann ich tun, um dir zu helfen? Was kann ich tun, damit du weißt, wie sehr ich dich liebe, wie sehr ich mich um dich sorge, dir helfen möchte?

Sie warteten nicht darauf, dass Gilrae um Ruhe bat. Bei ihrem ersten Atemzug herrschte völlige Stille im Raum. Ihre Stimme war leise und gepresst.

»Der Autopsiebericht über Gilhart zeigt, dass er eines natürlichen Todes gestorben ist.«

Natürlich, dachte Gildoran. Das musste es sein. Er war nicht von irgendetwas angegriffen worden. Es gab keine giftigen Insekten oder Reptilien in der Nähe. Ozon ist nicht giftig genug, um tödlich zu sein.

Gilrae fuhr fort: »Die Umstände sind zugegebenermaßen etwas verwirrend. Er hatte keine sichtbaren Anzeichen einer Herzkrankheit oder Arteriosklerose. Atemwege und Gefäßsystem waren offenbar in guter Verfassung. Trotzdem gibt es absolut keinen Hinweis darauf, dass sein Tod nicht natürlich war. Er hatte keinerlei giftige Substanzen gegessen oder eingeatmet – und glaubt mir, wir haben sehr gründlich danach gesucht. In keinem lebenswichtigen Organ fanden sich Spuren von Parasiten, Krankheitskeimen oder Viren – ein weiterer Aspekt, den wir sehr sorgfältig geprüft haben. Gilhart war offensichtlich in ausgezeichneter körperlicher Verfassung.«

»Woran ist er dann gestorben?«, nörgelte der alte Gilharrad. »Doch sicher nicht an einem Übermaß an guter Gesundheit!«

Gilrae antwortete geduldig: »Soweit wir es sagen können, muss er einen Hirninfarkt erlitten haben – mit anderen Worten, einen Schlaganfall, ein tief im Gehirn geplatztes Blutgefäß. So etwas kann selbst bei einer sorgfältigen Autopsie übersehen werden, aber wenn alle anderen Möglichkeiten ausgeschlossen sind, scheint das die einzige zu sein, die noch bleibt.«

Eines natürlichen Todes. Gildoran wusste, dass er erleichtert sein sollte, aber noch immer lastete etwas schwer auf ihm.

Vielleicht, weil es meine Welt ist – und sie so schnell Unglück bringt.

Gilban, der Chefmediziner – einer der wenigen Posten, die nicht per Los alle paar Jahre rotierten – stand auf und sagte: »Das heißt dann wohl, dass wir wieder auf den Planeten hinuntergehen können? Ich möchte die Kinder so schnell wie möglich hinunter bringen. Sie brauchen Erfahrung mit der Schwerkraft.«

»Ja, Pu sprach davon«, sagte Gilrae. »Wir können jederzeit wieder zurück, nachdem wir einen neuen Kapitän gewählt haben.« Sie sah unsagbar müde aus und klang auch so. Doran fragte sich, ob sie seit Gilharts Tod überhaupt gegessen oder geschlafen hatte. »Und das ist unser nächster Tagesordnungspunkt: einen Kapitän zu wählen. Wer hat Dienst auf der Kinderstation? Gilramie? Geh runter in die Kinderstation, Liebes, und bring uns eins der Babys für die Wahl herauf. Und dann sollten wir überlegen, wer freigestellt ist. Ihr alle kennt die Regeln. Die Jahres-Kapitäne der letzten sieben Jahre sind automatisch freigestellt. Lori und Gilbarni haben noch nicht drei A-Klasse-Posten innegehabt, ihr seid nicht qualifiziert. Bittet jemand um Freistellung?«

Gilban sagte knapp: »Ich kann nicht die ganze Medizinische Abteilung leiten und gleichzeitig Kapitän sein. Freigestellt?«

Gilrae sah sich um. »Irgendwelche Einwände? Gut, Ban, du bist freigestellt. Noch jemand?«

Gilharrad sagte, ohne aufzustehen: »Ich bin zu alt, Rae. Kann ich auch freigestellt werden?«

»Ich wünschte, du würdest nicht darum bitten«, antwortete die Frau, »wir brauchen deine Erfahrung, Harrad. Kannst du dich nicht auf eine Fünfzig-zu-eins-Chance einlassen?«

»Ich hätte überhaupt nicht wieder zu den Aktiven zurückkehren müssen«, betonte der alte Mann, und Gilrae seufzte und meinte: »Trotzdem …«

Sie waren beide erregt, dachte Gildoran, sonst hätten sie sich erinnert, und taktvoll brach er das Schweigen. »Gilharrad war vor weniger als sieben Jahren Jahres-Kapitän, Rae.«

Die Frau schüttelte verwirrt den Kopf. »Natürlich. Noch jemand?«

Gilraban erhob sich. »Ich habe alle Hände voll mit der Arbeit am Transmitter. Freigestellt?«

»Einwände?«

»Ja«, sagte Gilmarti, eine große, dünne, schon ältere Frau. »Am Transmitter arbeiten acht von uns, und wir können es schaffen, wenn es sein muss. Raban kann seine Chance mit den anderen haben.«

»Freistellung abgelehnt«, sagte Gilrae seufzend. »Noch jemand? Gut, dann legt alle eure IdentiCards in das Glas, und wir ziehen, sobald Ramie uns eins von den Kindern bringt.«

Sie standen auf und marschierten der Reihe nach an dem großen Glaszylinder vorbei und legten ihre kleinen Metallplättchen hinein. Raban brummte noch immer vor sich hin. Gildoran blieb neben Rae stehen, denn er wollte ihr gern zeigen, was er empfand, aber sie sah nicht auf, und er spürte, dass ein beiläufiges freundliches Wort, ein Augenblick des Gefühls ausreichen würde, dass sie zusammenbrach. Er legte seine Karte in den Behälter und fand Gilmerritt an seiner Seite. Sie ging mit ihm zu dem Platz zurück, den Ramie leer gelassen hatte. Sie sah traurig und angespannt aus. »Wer der neue Kapitän auch sein wird, es wird schwer, für uns – und für ihn oder sie. Alle mochten Gilhart. Und wenn wir jemanden kriegen, der nicht Kapitän sein will, wird es hart. Ich finde, jeder der darum bittet, sollte freigestellt werden.«

»Aber die meisten von uns würden lieber in ihrem eigenen Fach bleiben«, erinnerte Doran sie. »Es gibt nur etwa acht von uns an Bord, die bereit wären, den Job zu übernehmen, und das sind nicht unbedingt die,

die am besten geeignet sind. Es ist schon der beste Weg, dass jeder früher oder später einmal drankommt.«

»Wahrscheinlich hast du recht«, antwortete sie, aber sie klang nicht überzeugt. Gildoran lachte. »Vielleicht wirst du es ja. Dann kannst du den Erholungsort bauen, von dem du gesprochen hast.«

Sie schüttelte den Kopf und sagte ernsthaft: »Der Himmel möge dem Schiff helfen, wenn ich Kapitän werde. Ich glaube nicht, dass ich auch nur das geringste Talent zur Personalführung habe.«

Gildoran dachte, ich auch nicht. Dies war erst das zweite Jahr, in dem er für die Liste qualifiziert war. Er sah sich um und fragte sich, wie viele Besatzungsmitglieder der *Wanderfalter* ebenso empfanden.

Vielleicht sollten wir Leute zum Kapitän ebenso auswählen wie als Mediziner, Kinderpfleger oder Techniker – nach Talent, Erfahrung, Interesse, Führungsqualitäten – wenn jemand stocktaub ist, machen wir ihn ja auch nicht zum Orchesterchef!

Gilramie kam herein, mit Gilmarina auf dem Arm. Alle lächelten beim Anblick des knuddeligen Kindes in dem rosa-weißen Schlafanzug. Ihr dunkles Haar und die rosigen Wangen unterschieden sie noch deutlich von den anderen.

Sie wird furchtbar verwöhnt werden, alle sind in sie vernarrt. Die Pu-Bären ziehen ihr immer die hübschesten Kleider an, oder ist es einfach so, dass sie an ihr besonders hübsch wirken?

Als er Ramies dunkle Mandelaugen betrachtete, kam ihm plötzlich in den Sinn, dass sie, ehe der Weltraum sie gebleicht hatte, Gilmarina sehr ähnlich gesehen haben musste. Er konnte sich nicht so weit zurück erinnern, aber schließlich waren er und Ramie Gefährten auf der Kinderstation gewesen, er *sollte* sich also an eine bezaubernde, dunkelhaarige Ramie mit rosigen Wangen erinnern können, ehe sie sechs Jahre alt war.

Ramie legte Marina in Gilraes Arme, und die Frau knuddelte sie einen Augenblick, während Ramie ihre IdentiCard in den Glaszylinder warf. Gilrae ließ ihn kurz rotieren, Ramie ging zu dem Platz, auf dem sie gesessen hatte, sah Gilmerritt dort sitzen, zuckte leicht die Achseln und setzte sich auf den nächsten freien Platz. Ihre Miene war gelassen, trotzdem fühlte sich Gildoran schuldbewusst.

Gilrae streckte die Hand aus und hielt den kreiselnden Zylinder an. Das leise Klingen der Plättchen erstarb langsam. Sie hielt Gilmarina dicht an das Glas.

»Gib mir eins der Plättchen, Marina.« Das Kind steckte seine pummelige Hand hinein. »Nur eine, so ist es richtig. Hier, kann sie mal jemand nehmen …« Rae drückte Gilmarina noch einmal, dann legte sie sie dem nächsten Besatzungsmitglied in die Arme. Sie drehte die IdentiCard um, und ein seltsamer Ausdruck flog über ihr Gesicht.

Wenn sie Kapitän wäre, wäre das gut für das Schiff, aber es könnte sie zerstören. Nein, sie war vor sechs Jahren Kapitän, sie ist freigestellt.

Immer noch mit diesem seltsamen Ausdruck hob Gilrae die Karte hoch, damit alle sie sehen konnten.

»Gildoran«, sagte sie.

Gildoran platzte ungläubig heraus: »Oh nein!«

Sie nickte langsam, dann kam sie und drückte ihm die kleine Scheibe in die Hand. »Herzlichen Glückwunsch.«

Gildoran war entsetzt über die Ironie, die darin steckte.

Seine Welt. Seine Verantwortung.

Und jetzt seine Probleme.

Gilrae berührte seine Hand und nahm sie in die ihre. Sie sagte: »Nun schau nicht so erschreckt, Gildoran. Früher oder später passiert es jedem einmal.« Trotzdem hatte er das Gefühl, sie dachte, er sei kein Ersatz für Gilhart.

Plötzlich verzog sich ihr Gesicht, als ob sie weinen wollte, und Gildoran nahm sie aus einem Impuls heraus in den Arm. Er war so viel größer als sie, dass sie ihm kaum bis zur Schulter reichte, und sie wirkte hilflos und verletzlich, als er sie zitternd an sich gedrückt hielt. Er hatte das Gefühl, als würde er unter der Kraft seiner Liebe zerbrechen, und doch … und doch, sich selbst, seine Probleme und Sorgen Gilrae aufzuzwingen, das wäre das Grausamste, was er tun konnte.

Und dann, mit dem ersten fast angenehmen Gedanken, seit Gilharts Tod, stellte er fest, dass es *eine* Sache gab, die er tun konnte, dass es genau genommen seine Verantwortung war und dass niemand anders es tun würde, falls er es nicht tat.

Er hielt seine geliebte Gilrae sanft ein Stückchen von sich, und während er zärtlich auf sie hinunterblickte, gab er seinen ersten Befehl als Kapitän der *Wanderfalter*.

»Du bist völlig erledigt, Rae, und das ist auch kein Wunder. Es ist Zeit, dass du ein bisschen zur Ruhe kommst. Gilban, bring sie in die Krankenstation und gib ihr ein Beruhigungsmittel. Ich möchte, dass du vierundzwanzig Stunden lang schläfst, Rae. Wir alle werden dich brauchen, und ich kann nicht zulassen, dass du vor Überarbeitung und Anstrengung krank wirst.«

Sie sah überrascht und dankbar zu ihm auf, und fast sichtbar ließ die Anspannung in ihrem Gesicht nach.

»In Ordnung … Kapitän«, sagte sie leise und ging mit dem Arzt davon.

Kapitel 5

Vier Tage später sah die Lichtung unter der roten Klippe völlig verändert aus. Zwischen der Klippe und dem Seeufer waren vier tragbare Bodenlaboreinheiten verteilt. Im Flug mit der Landefähre hatten sie eine Fläche in der Nähe der Klippe freigebrannt. Dafür mussten sie ein paar hundert Quadratmeter dichtes Buschwerk opfern, vor allem die großen Büsche mit den becherförmigen, glitzernden Blüten, doch entweder das oder der Wald. Büsche waren leichter zu verbrennen und wuchsen auch schneller nach, wenn sie im Ökosystem des Planeten einen stabilen Platz hatten. Durch die freigebrannte Fläche wurde das Risiko eines versehentlichen Brandes in der Nähe des Lagers verringert, wenn die *Wanderfalter* landete.

Gildoran hatte ein vorläufiges Lager für die Bodencrew und die etwa ein Dutzend Experten errichten lassen, die jetzt jeden Tag Vermessungen für den Standort des Transmitters durchführten. Obwohl man einen Transmitter theoretisch an jeder beliebigen Stelle auf trockenem Gelände aufstellen konnte, gab es doch ein paar praktische Gesichtspunkte zu berücksichtigen. Er sollte nicht auf einer gefährdeten Bruchkante oder geologischen Verwerfung stehen, es war besser, wenn die Möglichkeit eines Schadens durch Erdbeben ausgeschlossen war. Das war natürlich auch besser für die Städte, die unvermeidlich um einen Transmitter herum entstanden.

Jeder an Bord war – wie sowohl die Etikette als auch die Tradition auf der *Wanderfalter* es verlangte – bereit, mit dem neuen Kapitän zusammenzuarbeiten. Gildoran wusste natürlich, dass mindestens die Hälfte der Besatzung entsetzt war, als ausgerechnet er, der jüngste der qualifizierten Mitglieder, durch das unbarmherzige Los ausgewählt wurde: Dennoch sorgten gute Umgangsformen und Anstand dafür, dass niemand Gildoran das spüren ließ. Trotzdem hatte er gehört, wie Gilnadir von der Transmittergruppe verärgert sagte, als er Gildoran außer Hörweite wähnte: »Dieser Knabe – anstelle von Gilhart?« Gildoran war so verlegen gewesen, als hätte er heimlich gelauscht, das war für ihn schlimmer, als dass Gilnadir so etwas überhaupt gesagt hatte. Er hätte Nadir am liebsten angeschrien: »Meinst du etwa, ich empfinde anders? Glaubst du vielleicht, ich wollte es mit Gilhart aufnehmen?« Stattdessen hatte er sich verstohlen aus dem Korridor geschlichen, in der Hoffnung, dass Nadir ihn nicht gesehen hatte.

Nichtsdestotrotz konnte er einer Konfrontation bald nicht mehr aus dem Weg gehen.

Am Tag, nachdem Gilhart in einer feierlichen Zeremonie dem All als letzte Ruhestätte übergeben worden war, kam Gilban von der Medizinischen Abteilung zu ihm. Gildoran hatte gefragt: »Wie geht es Gilrae?«

»Sie schafft es schon. Du hattest allerdings recht damit, ihr Ruhe zu verordnen, sie stand kurz vor einem Kollaps. Trotzdem, Kapitän, ich möchte gern wissen, wann du vorhast, wieder hinunterzugehen. Wir müssen die Kinder auf den Planeten bringen. Sie müssen in einer eisenreichen Umgebung leben, sie brauchen Sonnenlicht, sie brauchen Schwerkraft. Kann ich sie heute mit der Landefähre hinunterschicken?«

Er klang und wirkte kampflustig, ein mürrischer Mann, der als einer der wenigen Besatzungsmitglieder größer war als Gildoran, der ihn schon immer ein wenig gefürchtet hatte. Seit Dorans Kindheit war er bereits Chefmediziner.

Um Zeit zu gewinnen, fragte er: »Hast du mit den Pu-Bären darüber gesprochen?«

Gilban wischte den Einwand beiseite. »Ich weiß, was sie darüber denken, aber sie sind keine medizinischen Fachkräfte. Ich finde, das ist wichtiger als die vagen Gefühle von irgendwem.« Er drängte: »Kann ich heute das Kinderlager unten aufschlagen lassen?«

Er kam nicht darum herum. Gildoran sagte: »Ich würde mich in dieser Sache lieber auf die Gefühle der Pu-Bären verlassen, zumindest noch für ein paar Tage, Gilban. Sie sind schließlich die Experten für das Wohlergehen der Kinder.« Er suchte nach einer annehmbaren Entschuldigung. »Vielleicht ist es diplomatischer, wenn wir sie uns nicht gleich zum Feind machen.«

Gilban fixierte den jungen Kapitän mit einem kalten Blick aus gelben Augen. Ein Blick, der deutlicher als Worte sagte, dass Gildoran sich entscheiden musste, ob er sich die Pu-Bären oder ihn zum Feind machte. Er sagte knapp: »Ich habe dir meine Meinung als Mediziner mitgeteilt. Nimmst du sie an oder nicht?«

Gildoran erwiderte: »Gilhart war damit einverstanden, es noch hinauszuschieben, bis weitere Untersuchungen durchgeführt worden sind. Außerdem bekommen sie planetarisches Trinkwasser, was das Eisenproblem lösen dürfte. Was Schwerkraft und Sonnenlicht anbetrifft, ist das nach Ansicht der Pu-Bären nicht so dringend. Ich denke, wir sollten noch ein paar Tage auf dem Planeten verbringen, um herauszufinden, was den Pu-Bären ein solches Unbehagen einflößt.«

Gepresst erwiderte Gilban: »Gildoran, du bist der

Kapitän, aber ich möchte dich daran erinnern, dass ich schon Chefarzt auf diesem Schiff war, als du noch auf der Kinderstation warst. Zweifelst du etwa an meiner Kompetenz?«

Das ist schlimm. Sehr schlimm sogar. Ich werde alle Hilfe brauchen, die ich von den Spezialisten bekommen kann, und schon habe ich Gilban wütend gemacht. Glaubt er vielleicht, mir steigt die Macht zu Kopfe?

Er sagte, verzweifelt bemüht, den älteren Mann zu besänftigen: »Die würde ich nie anzweifeln, Gilban. Aber es ist nicht meine eigene Entscheidung, es ist Gilharts. Ich möchte auch *seine* Kompetenz nicht anzweifeln. Ich fühle mich nicht frei, seine Entscheidung zu übergehen, bis ich nicht den Rat aller, auch der, die wirklich auf dem Planeten waren, gehört habe.« Er vermied sorgfältig den Hinweis darauf, dass Gilban das nicht gewesen war.

Steif antwortete Gilban: »Dann kann ich dich offenbar nicht davon überzeugen, meiner Ansicht zu vertrauen.«

Verdammt, er wollte es wohl unverblümt hören, und Gildoran sah keinen Weg, es zu vermeiden. »Ich bin immer bereit, deinen Rat zu hören, Gilban, nachdem du unten warst und dort deine Untersuchungen durchgeführt hast.«

Gilban ballte die Fäuste. Seine dünnen Haare schienen vor Zorn zu beben. »Es ist natürlich deine Entscheidung«, sagte er und ging davon. Und Gildoran hatte zum ersten Mal in seinem Leben einen Feind auf der *Wanderfalter*. Nur wenige Stunden, nachdem er das Kommando übernommen hatte, hatte er sich einen der Offiziere, deren Unterstützung er am meisten brauchte, zum Feind gemacht.

Gildoran hatte keine Wachen aufgestellt – ausführliche Erkundungen mit der Landefähre hatten weder Landtiere noch Vögel aufgespürt, tatsächlich gar keine Lebensform, die größer war als die schimmernden, zwanzig Zentimeter großen Schmetterlinge, die um die transportablen Unterkünfte aus Dymaxion flatterten. Ramie, die mit Gildoran über die abgebrannte Fläche wanderte, lächelte vor Freude über die schillernden Wesen und sagte: »Ich frage mich, ob sie nach den Büschen suchen, die wir niedergebrannt haben? Ich hasse die Vorstellung, dass wir diese schönen Lebewesen dadurch umbringen, dass wir ihre Nahrungsquellen vernichtet haben.«

»Von diesen Büschen gibt es kilometerweit jede Menge auf diesen Anhöhen«, erwiderte Gildoran, »und wenn sie wie die meisten Schmetterlinge sind, leben die Einzelwesen ohnehin nur wenige Tage. Eine Brandrodung dieser Größe richtet keinen ernstlichen Schaden an, aber es hält die Insekten fern, bis wir sicher sind, ob tödlich giftige unter ihnen sind. Sobald wir das wissen, können wir Kontrollmechanismen in Gang setzen.«

»Aber die hier sind nicht giftig, oder?«

Gildoran antwortete: »Ich bin kein Biologe, aber Gilmerritt glaubt es nicht.«

»Was lässt ihre Flügel so glitzern? Sie sehen aus wie Edelsteine.«

»Nach unserem biologischen Bericht sind sie das auch beinahe«, sagte Gildoran. »Viele Lebensformen basieren auf Kohlenwasserstoffen, und Edelsteine sind nichts weiter als kristalliner Kohlenstoff. Ihre Flügeloberflächen sind im Prinzip mit Diamantenstaub bedeckt – kristallisierten Schuppen aus mikroskopisch kleinem Kohlenstoff. Diamantbesetzte Schmetterlinge!«

Gilramie lächelte. »Ich sehe schon vor mir, wie sie bei den Frauen in Mode kommen. Weißt du noch, wie die Leucht-Echsen an kleinen Goldkettchen Mode wurden? Man könnte einen lebendigen, diamantbesetzten Schmetterlings-Edelstein tragen. Bestimmt bekommen wir einen guten Finderlohn für diese Welt – sie ist wirklich schön!«

Gildoran lächelte über diesen Einfall und dachte wieder einmal, wie angenehm es war, mit ihr zusammen zu sein, wenn sie ihn einfach als Kameraden akzeptieren konnte. Sie musste inzwischen erfahren haben, dass er, als er in die Kapitänsräume umgezogen war, die angrenzende Kabine Gilmerritt zugewiesen hatte und sie zusammen waren, aber sie hatte kein Wort darüber verloren, und dafür war er dankbar.

Er sagte: »Ich nehme an, du bist als Kinder-Beauftragte hier unten? Ich halte dich nicht von deiner Arbeit ab?«

»Nein, Gilban hat mich gebeten, loszuziehen und einen guten Platz für die Kinder zu suchen: mit Trinkwasser, Schatten, weit genug entfernt von dem Lärm des Bodenlabors und der Ausrüstung. Ich hatte schon mal an die Kuppe dieser kleinen Anhöhe gedacht, der See wäre auch schön, aber noch wissen wir nicht, welche Lebensformen das Wasser beherbergt.«

»Ramie, glaubst du, es war falsch von mir, dass ich die Kinder noch nicht heruntergelassen habe?«

»Woher soll ich das wissen, Gildoran? Ich glaube, es war klug, den Weg der größten Vorsicht zu gehen. Irgendjemand wird immer etwas an dem auszusetzen haben, was du tust«, erinnerte sie ihn. »Gilban glaubt, du bist übervorsichtig, ein anderer würde meckern, wenn du zu wagemutig wärst. Du bist auf jeden Fall schuld, also kannst du ruhig deine Entscheidungen so treffen, dass du damit leben kannst.«

Aber sie sah noch immer besorgt aus, und so fragte er: »Was macht dir Sorgen, Ramie?«

Ihr Blick wanderte zum Rand der Lichtung, wo das Vermessungsteam Linien zog. »Gilharrad«, antwortete sie langsam. »Ich glaube, ich hätte ihm verboten, herunterzukommen. An Bord der *Wanderfalter* gibt es genug für ihn zu tun. Bist du sicher, dass er mit der Schwerkraft zurechtkommt?«

»Er wollte kommen, und Gilrae hat um ihn gebeten«, sagte Gildoran. »Das ist das Schwierige daran, Ramie. Ich fühle mich nicht wohl dabei, Leuten Befehle zu erteilen, die die *Wanderfalter* schon befehligten, als ich gerade lernte, einen Rechenschieber zu halten – oder auch nur einen Löffel. Was die Kinder angeht, hatte ich Gilharts Entscheidung, auf die ich mich stützen konnte.«

»Aber Gilrae kannst du nichts abschlagen«, meinte Ramie scharfsinnig.

»Verdammt, Ramie …«

»Oh, Doran – nicht! Ich kann es auch nicht, wie könnte ich auch? Aber ich mache mir Sorgen um Gilharrad. Kannst du ihn nicht nach der nächsten Pause hochschicken? Er sieht nicht gut aus, finde ich.«

Als sie sich zum Mittagessen auf der Lichtung versammelten, beobachtete Gildoran den alten Mann scharf, doch wenn er sich auch langsam bewegte und zerbrechlich wirkte, erklärte er doch gereizt, dass er sich nie besser gefühlt habe, dass die Luft ihm gut tue, und solange auf diesem Planeten nicht ohnehin sein Name stand, nichts hier unten ihm schaden könne. »Du selbst siehst auch nicht gerade blendend aus, junger Mann«, endete er, und Gildoran gab es auf. Es stimmte, er hatte Kopfschmerzen. Sie alle hatten Kopfschmerzen, und Gildoran vermutete, wenn es nicht das Ozon war, waren zumindest seine Kopfschmerzen rein psychosomatisch, das Ergebnis davon, dass das Gewicht der *Wanderfalter* – wenn nicht des ganzen Planeten – allein auf seinen Schultern lastete.

Ich mag diese Welt nicht. Es ist albern, aber ich habe ständig die Vorahnung kommender Katastrophen, es gefällt mir einfach nicht.

Später am Tag brachte ihm Gilmerritt eine große Kiste mit Lebewesen. »Hast du schon mal ein Insekt gesehen, das aussieht wie ein Frosch?«, fragte sie. »Guck dir diesen Burschen an – ein amphibisches Insekt. Und schau dir bloß die großen Luftblasen in seiner Brust an!«

Gildoran betrachtete das große rotgestreifte Wesen. Es ähnelte tatsächlich einem Monster-Frosch und war fast fünfundzwanzig Zentimeter lang. »Ist es denn wirklich ein Insekt?«

»Ohne jeden Zweifel.«

Der gewaltige Brustkorb war aufgebläht wie ein Blasebalg. »Er muss ja gewaltig quaken«, meinte Gildoran.

»Aber das ist das Reizende daran«, grinste Gilmerritt. »Hör mal. Du hörst keinen Laut, oder?«

»Nein. Aber ich habe solche Kopfschmerzen, dass ich nicht richtig sehen kann, und ich bin heilfroh, dass er keinen Krach macht, der seiner Größe entspricht.«

»Das ist es«, sagte Gilmerritt leise. »Deshalb finden die Pu-Bären diesen Planeten so laut, deshalb ist Lori krank geworden, deshalb haben wir alle Kopfschmerzen. Die Pu-Bären hören offensichtlich besser als wir. Das menschliche Ohr nimmt nur Schwingungen von etwa 16 bis 20 000 Hertz war. Dieser Bursche hier sendet Infraschall aus – etwa neun Schwingungen pro Sekunde. Und jeder weiß, dass Infraschallwellen krank machen können, Kopfschmerzen, Angst und allgemeines Unbehagen können Folgen davon sein. Wir reagieren auf den lautlosen Krach vom Quaken eines Riesenfrosches.«

Gildoran verspürte plötzlich eine überwältigende Erleichterung. Das steckte also hinter seinem vagen Unbehagen, hinter Loris plötzlicher Übelkeit, hinter den Kopfschmerzen und den seltsamen, namenlosen Ängsten. Eine rein körperliche Reaktion auf Schallwellen! »Können wir die Frösche im Gebiet des Kinderlagers loswerden?«, fragte er. Gilmerritt nickte. »Es wird ein paar Tage dauern, sie alle aufzustöbern, aber ich kann einen Infraschall-Detektor herunterholen, um sie zu lokalisieren. Ich hätte schon eher an Infraschall denken sollen – wir müssen sie auch im Umkreis von einem Kilometer um den Transmitter entfernen. Damit haben wir eins unserer Probleme so gut wie gelöst, Doran.« Sie berührte ihn kurz am Ärmel seiner Uniform, eine seltsam intime Geste, und er lächelte erleichtert.

»Die Infraschallwellen richten aber keinen körperlichen Schaden an?«

Gilmerritt schüttelte den Kopf. »Nur wenn sie in sehr viel größerem Ausmaß auftreten, als etwas von dieser Größe von sich geben könnte. Wenn dieses Froschding die Größe eines Elefanten hätte, dann wäre es vielleicht gefährlich, so ist es nur lästig. Ich dachte, das würdest du gern wissen.«

Gildoran nickte, schlug vor, dass sie Gilban davon erzählte, und sah ihr nach, als sie ging. Wenigstens eins ihrer Probleme war nun gelöst, dachte er. Sobald sie wussten, dass ihre Übelkeit und die Kopfschmerzen einen einfachen, physikalischen Grund hatten, der sich beheben ließ, sobald die Froschkäfer aufgespürt und außer Hörweite wieder freigelassen waren, würde das Lager wieder lebenswert, und diese schöne Welt konnte anfangen, ihre Versprechen einzulösen.

In diesem Augenblick vernahm er laute Stimmen in der Ferne. Zuerst dachte er, es wären nur wortlose Aufschreie aus der Richtung der Vermessungsgruppe, dann erkannte er, dass jemand seinen Namen rief. Er begann an der verbrannten Kante der Klippe entlang zu laufen.

Seine Befürchtungen schwollen wieder an, bis sie fast an Panik grenzten.

Was jetzt? Was jetzt wieder, verdammt noch mal?

Es war nicht weit genug, um die Landefähre zu nehmen, aber zu weit, um zu hören.

Muss hier unten eine Transportmöglichkeit organisieren.

Auf halbem Wege begegnete er ihnen, einem dichten Knoten aus Männern und Frauen der Besatzung, eng zusammen, die etwas trugen, das blass und erschreckend schlaff war, und mit einem grauenhaften Gefühl der Wiederholung, wusste er, dass nicht all seine Befürchtungen dem Infraschall zuzuschreiben waren.

Gilrae, die noch weißer und schockierter aussah als bei Gilharts Begräbnis, teilte ihm wie betäubt die schlimme Nachricht mit.

»Es ist Gilharrad«, sagte sie leise. »Ich sah ihn stürzen. Es war nichts in seiner Nähe. Er folgte einer Verwerfungslinie mit dem tragbaren Sonar. Er hat nicht einmal aufgeschrien. Er fasste sich nur an den Kopf und fiel zu Boden. Ich war keine drei Schritte von ihm entfernt, und er war tot, ehe ich seinen Puls fühlen konnte. Es kam so plötzlich. So plötzlich!«

Über ihren gebeugten Kopf hinweg begegnete Gildoran Ramies anklagendem Blick. Und Gildoran hatte nichts, mit dem er sich vor diesen dunklen Augen rechtfertigen konnte.

»Holt Gilban«, sagte er müde, »und lasst ihn für die Autopsie nach oben bringen.«

Armer alter Mann, er wollte im All sterben, er hatte es verdient, ich konnte ihn nicht in Ruhe lassen.

Er stellte die üblichen Fragen, und hasste sich dafür, weil er wusste, was er Gilrae damit antat. Nein, es war nichts in der Nähe gewesen, nichts hatte ihn berührt. Gab es irgendwelche Ähnlichkeiten mit Gilharts Tod? Nur dass er auch sehr plötzlich eingetreten sein musste, als er unterhalb der Klippe entlangging. »Gleich hier, hinter diesem Gebüsch, bei dem großen grau-rot-gestreiften Felsen unter diesen Becherpflanzen«, beschrieb Gilbarni die Stelle.

Beide Todesfälle ereigneten sich in der Nähe der Becherpflanzen. Aber das war lächerlich, Gilmerritt hatte jede Pflanze auf organische Gifte untersucht, und in keinem Fall gab es eine Spur von Vergiftung.

Als er um eine Autopsie bat, schnaubte Gilban hörbar, doch er willigte ein, mit der offenkundigen Haltung, dass er einem machthungrigen Diktator einen Gefallen tat. Nachdem sie in der Nacht Gilharrads Leichnam dem All übergeben hatten, teilte Gilban ihm müde, aber geduldig die Ergebnisse mit.

»Unmittelbare Todesursache ist offensichtlich eine Hirnblutung.«

»Genau wie bei Gilhart?«

»Nein«, erwiderte der große Mann gereizt, »*nicht* genau wie bei Gilhart. Gilhart war ein kräftiger Mann in den besten Jahren, und obwohl er – wie jeder andere – plötzliche Störungen der Hirnströme erleiden konnte, war es bei ihm offensichtlich ein plötzlicher Schlag oder Anfall. Das Gleiche könnte morgen dir oder mir zustoßen. Gilharrads wirkliche Todesursache war einfach, dass er schon sehr alt war. Er war fünfhundertundsiebzig Jahre alt, Schiffszeit. In planetarischer Zeit – weiß Gott – Hunderte von Jahren, tausend Jahre, mindestens ein paar tausend Jahre. Er hätte an der gleichen Ursache jederzeit in den letzten dreißig oder vierzig Jahren sterben können. Die Blutzellen in seinem Gehirn müssen so hauchdünn gewesen sein wie Spinnweben, und eins ist einfach geplatzt. Du oder ich sollten mal so lange leben!«

Gildoran wusste, dass das vernünftig klang, aber er konnte sich eine weitere Frage nicht verkneifen.

»Dann glaubst du nicht, dass es irgendeinen Zusammenhang zwischen den beiden plötzlichen Todesfällen durch dieselbe unmittelbare Todesursache innerhalb nur weniger Tage gibt?«

Gilban sah ihn angewidert an. »Ich sagte doch, dass es sich im Endeffekt eben *keineswegs* um die gleiche Ursache handelt«, sagte er. »Du oder ich oder eins der Kinder von der Kinderstation, wir könnten morgen an einer Hirnblutung sterben, jeder könnte das. Versuch nicht, aus dem Nichts eine finstere Tragödie aufzubauschen, Gildoran, nur um deine eigenen Ängste vor diesem Planeten zu rechtfertigen. Und übrigens, morgen lasse ich die Kinder herunterkommen. Gilmerritt versicherte mir, dass sie bis dann die Infraschall-Frösche aus dem Gebiet entfernt hat.«

Gildoran fragte: »Was sagen die Pu-Bären?«

»Ich habe sie nicht gefragt.« Gilbans Stimme war kalt. »Ich möchte dich nicht schon in den ersten Tagen deines Kommandos daran erinnern müssen, Gildoran, aber in Notfällen habe ich die Autorität, in rein medizinischen Angelegenheiten sogar den Kapitän zu überstimmen. Ich will diese Kinder in Schwerkraft und Sonnenschein haben, Pu-Bären hin oder her – wenn sie den Lärm nicht ertragen können, kannst du jemanden aus der Besatzung zum Kinderdienst einteilen. Die Babys werden den Infraschall nicht hören, selbst wenn sich ein einzelner Frosch wieder ins Lager verirrt. Ich poche nicht gern auf meine Stellung, Gildoran, aber so wie die Dinge liegen, lässt du mir keine Wahl.«

Gildoran, der selbst keine Wahl hatte, gab so anständig nach, wie er konnte. Am Abend in seiner Koje, ließ er seinen geheimen Gedanken und Ängsten freien Lauf.

»Was konnte ich schon sagen, Merritt? Ich kann doch nicht hellsehen. Ich finde nur, es ist einfach zu viel verlangt zu glauben, dass beide an derselben Ursache starben, zufällig an fast derselben Stelle, innerhalb wenige Tage, aber wie soll ich das beweisen? Soll ich auf den nächsten Todesfall warten, um ihn zu überzeugen? Hast du die Becherpflanzen analysiert?«

»Nur oberflächlich«, antwortete sie. »Sie scheinen seltsame innere Organe zu besitzen, ich komme nicht dahinter, was sie sein sollen – ich nehme an, sie dienen der Vermehrung. Ich kann dir sagen, dass die Becher diesen Glitzer aufweisen, weil sie wie die Froschkäfer mit Kohlenstoffkristallen besetzt sind – winzigen Fragmenten von Rubinen, Saphiren und Diamanten. Im Innern finden sich noch weitere Kristalle, und ich vermute, sie ›verdauen‹ lebende Insekten, indem sie sie im Becherboden zersetzen. Ich fand einen halb aufgelösten Schmetterling in einem der inneren Organe, sodass die Becher wohl ähnlich arbeiten wie eine Venusfliegenfalle. Aber sie verfügen über keinerlei chemisches Gift – ich bezweifle zwar, dass man die Becherblüten essen kann, ohne heftige Bauchschmerzen zu bekommen, aber kein Gift, kein Gas – das war das erste, was ich untersucht habe.« Sie zögerte und setzte hinzu: »Auf jeden Fall sind alle Becherpflanzen in der Nähe des Lagers abgebrannt.

Soll ich sie auf alle Fälle auch rund um das Kinderlager niederbrennen lassen?«

Es war eine Versuchung. Gildoran empfand entschieden Abscheu vor den Becherpflanzen, seit er Gilhart unter einem dieser Gebüsche tot hatte liegen sehen. Aber er war Wissenschaftler, kein Kind. »Nein«, sagte er langsam, »sicher nicht, wenn sie harmlos sind. Es macht keinen Sinn, die Ökologie mehr als notwendig zu stören. Wir müssen noch genug Flächen brandroden, wenn wir die *Wanderfalter* herunterholen und mit dem Transmitter beginnen.« Er dachte, morgen früh – wenn sie auf einer Umlaufbahn um einen Planeten war, hielt die *Wanderfalter* Tag- und Nachtzyklen ein – muss ich als erstes mit Raban und Marti über einen Standort für den Transmitter sprechen.

»Ich hatte so auf Gilharrads Rat gesetzt«, sagte er. »Ich habe ihn gezwungen zurückzukommen. Und das hat ihn umgebracht.«

Gilmerritt zog ihn zu sich hinunter. Sie sagte leise an seinen Lippen: »Schsch, Doran. Du weißt, was er dazu gesagt hätte: Planeten und All gehören alle zu einem Kosmos. Und du weißt, was er glaubte: dass es für jeden irgendwo einen Planeten gibt, auf dem sein Name steht. Wir können nichts weiter tun, als unser Bestes geben, bis der richtige unseren Weg kreuzt. Ich will dir nicht sagen, du sollst nicht trauern, Doran. Ich habe ihn auch geliebt. Wir alle haben das. Aber wir können nichts mehr für ihn tun, und wir müssen weiterleben.«

Ihr Mund fand den seinen, sanft versuchte er zu trösten und ihm Kraft zu verleihen. »Wir können nichts weiter tun als leben, Gildoran. Und ich bin hier bei dir.«

Warum musste er in diesem Augenblick, als er Merritt in einer Woge plötzlichen Begehrens in die Arme nahm, an Ramies dunkle, anklagende Augen denken?

Ich sollte bei ihr sein, sie und Gilharrad mochten einander so sehr, sie fühlt sich so, wie Gilmarina sich fühlen würde, wenn ich stürbe …

Er hatte genug Probleme an Bord der *Wanderfalter*. Er würde sie durch Ramie nicht noch vergrößern.

Kapitel 6

»Wenn der Test-Transmitter morgen funktioniert, können wir die *Wanderfalter* herunterholen und mit dem eigentlichen Transmitter anfangen«, begann Gilmarti und legte einen Stapel Ausdrucke auf Gildorans improvisierten Schreibtisch in der kleinen Kuppel. Er reichte sie zurück, nachdem er kaum einen Blick darauf geworfen hatte.

»Ich verstehe nicht viel von Transmittern, Marti«, sagte er, »das überlasse ich dir und Raban.« Die Miene der alten Frau verzog sich fragend, und er versteifte sich dagegen. Viel zu viele der Besatzung hatten, wie er wusste, etwas gegen seine Jugend. Zum hundertsten Mal hatte er das Bedürfnis, sie daran zu erinnern, dass er nicht darum gebeten hatte, Kapitän zu werden. Aber das wussten sie alle. Unerwartet lächelte Gilmarti.

»Weißt du, es gibt zwei Arten von Wissen«, sagte sie, »zu wissen, was du selbst tun musst, und zu wissen, wie man jemanden findet, der es für dich tut. Wir machen unseren Teil, Gildoran. Wir haben den Test-Transmitter in ein paar Stunden fertig.«

Er folgte ihr zur Tür der Kuppel, blieb in dem durch

die Wolken gedämpften Sonnenschein stehen und blickte zum See hinüber. Er fragte: »Wo stellt ihr ihn auf?«

»Mit der Klippe im Rücken. Ein paar Leute brennen dort das Unterholz ab, um Fußwege zu schaffen, und die Empfangskabine des Transmitters wird unten am See stehen. Wenn der Test klappt, haben wir eine feste Erdschicht mit Granit darunter, und so weit wir sehen können, keinerlei Verwerfungslinien oder Bruchkanten. Also können wir dann den großen bauen. Test-Transmitter sind selbstverständlich nur für ein paar Gramm Sendung vorgesehen – mausgroße Tiere und leichte Gegenstände – damit wir die Vorberechnungen für Schwerkraft und Abdrift machen können. Aber wenn wir sie richtig geeicht haben, können wir dieselben Berechnungen für den ersten großen Transmitter nehmen, der uns mit der Zentrale verknüpft.«

Er sah, dass die alte Frau immer noch aufgeregt war, und sagte das auch. Sie lächelte ihn an. »Es ist immer wieder aufregend«, gestand sie. »Selbst nach all diesen Jahrhunderten. Eine neue Welt, die mit der Galaxis vernetzt wird. Und eine Chance zu sehen, was geschehen ist, während wir an die Schiffszeit gebunden waren.«

»Wie viele Jahre waren es diesmal?«, fragte Gildoran.

Sein Freund auf Lassellis Welt – konnte er noch am Leben sein?«

Marti runzelte leicht die Stirn. »Ohne Computer und Rechenschieber kann ich dir das nicht sagen«, antwortete sie, »aber wahrscheinlich etwa siebenundneunzig Jahre Planetenzeit. Spielt das eine Rolle?«

Er schüttelte den Kopf. »Ich dachte nur gerade, dass die Kinder in der Brutanstalt, aus der wir Marina und Taro und die anderen geholt haben, jetzt alte Leute wären, und sie sind gerade erst aus den Windeln heraus«, sagte er. Er sah, dass sie unruhig wurde, und plötzlich fiel ihm wieder ein, dass es ja an ihm war – auch wenn sie vier- oder fünfmal so alt war wie er – sie zu entlassen. »Es tut mir Leid, Marti, ich halte dich von deiner Arbeit ab. Lass mich gleich wissen, wenn ihr soweit seid, dann komme ich und schaue mir den Probelauf an.«

Er blieb noch einen Augenblick vor der Kuppel stehen und versuchte, seine Gedanken zu ordnen. Er hatte es sich zur Gewohnheit gemacht, jeden Morgen eine Runde durch das Lager zu drehen. Einer oder zwei der älteren Offiziellen taten so, als ob er versuchte, sich einzumischen, doch die meisten Gruppen schätzten es. Als Gildoran gearbeitet hatte, ob auf der Brücke, in den Medizin-Laboren oder auf der Kinderstation, hätte er es gern gehabt, wenn der Kapitän wusste, was sie taten, und wenn sie ihn ab und zu zu Gesicht bekommen hätten und notwendige Fragen hätten stellen können. Die Pu-Bären hießen ihn immer im Kinderlager willkommen, Gilrae freute sich stets, ihn in der Datenverarbeitungs-Kuppel zu sehen, und Gilmerritt zeigte ihm immer gern, was für biologische Studien sie gerade machten. Bei Gilban musste er vorsichtig sein, aber bislang hatte es keine medizinischen Notfälle gegeben, außer dass einer der Sechsjährigen sich das Knie beim Rutschen auf einem Felshang aufgeschlagen hatte, ein Kratzen im Hals bei einem, der beim Sammeln von Proben aus dem See nass geworden war, und ein paar verstauchter Knöchel und Handgelenke bei denen, die sich nach all dieser Zeit noch nicht wieder an das Gehen in Schwerkraft gewöhnt hatten. Die üblichen Alltagsdinge.

Schließlich beschloss er, das biologische Bodenlabor heute zuerst zu besuchen. In den zehn Tagen seit Gilharrads Tod hatte er ein paar faszinierende Dinge über diese Welt gelernt. Ihr erster Eindruck, dass es keine größeren Tiere gab, stimmte – tatsächlich gab es überhaupt keine warmblütigen Tiere, nur die komplexen Symbiosen zwischen Pflanzen und Insekten. Gilmerritt verbrachte viel Zeit damit, draußen im Gelände nach Exemplaren zu suchen, aber sie gab zu, dass es Jahre dauern würde, ehe die Vielfalt der Symbiosen und Abhängigkeiten zwischen Pflanzen und Insekten untersucht war.

Ihre Hauptarbeit bestand darin, gefährliche Pflanzen oder Insekten aufzuspüren, die die Teams meiden mussten, die bald aus der ganzen Galaxis herbei geströmt kommen würden, um die Erschließung des Planeten fortzusetzen.

Sie war mit ihrem Team im Gelände, als er am Bodenlabor vorbeikam, also ging er weiter. Gilrae war mit ihren Wetterkarten beschäftigt, grüßte ihn jedoch mit einem liebevollen Lächeln.

»Ob es hier wohl jemals regnet, möchte ich wissen?«, fragte sie.

»Gibt es einen Grund, dass es regnen sollte? Ich denke, mit dieser Wolkendecke müsste es reichlich Wasserdampf in der Luft geben«, meinte Gildoran, doch sie deutete auf ein kleines, klappbares Elektroskop und sagte: »In der Luft ist genügend statische Elektrizität, dass ich mit ein paar wahrhaft monströsen Gewittern rechne. Wo sollte sie sonst herkommen, und wo sollte sie hin?«

»Ich bin sicher, früher oder später findest du es schon heraus«, antwortete er, und sie nickte. »Eines Tages. Oder eines der Teams, die nach uns kommen, wird es herausfinden. Ich versuche, mich nie an einen Planeten zu binden oder ihn zu mögen, Gildoran. Planeten sagt man Lebewohl.«

Ich bin jetzt der Kapitän, kein grüner Junge mehr, sie kann mich ruhig ernst nehmen …

Aber er wusste, dass sie noch immer vor Gefühlen zurückscheute. Gilhart war erst zu kurze Zeit tot. Er konnte sie lieben, er konnte sie trösten, aber etwas Ernsthaftes – nein, das stand jetzt nicht zur Debatte. Vielleicht noch für Jahre nicht, für Jahre … Trotzdem, weil er diesen Moment der Nähe festhalten und ausdehnen wollte, fragte er: »Findest du es noch immer schwer, dich nicht an Planeten zu binden, Rae? Nach dem, was du damals zu Gilharrad gesagt hast …«

Sie antwortete langsam, offenbar bemüht, Gedanken zu formulieren, die sie schlecht in Worte fassen konnte: »Vielleicht ist es für den *homo sapiens* natürlich – sich nach einem bestimmten Horizont zu sehnen, einem eigenen Himmel und einem eigenen Meer. Selbst Entdecker wurden in Schwerkraft geboren, wir sind eine Planetenspezies, auch wenn wir versuchen, *homo cosmos* zu sein. Wir haben unsere eigenen Tabus entwickelt, aber das sind Gebräuche, keine Instinkte. Es gibt ein uraltes Volkslied, manche glauben sogar, es stammt aus der Vor-Weltraum-Zeit, aus der Vor-Entdecker-Zeit. Ich bin sicher, du hast es auch im Kindergarten gesungen, ich weiß, dass ich es tat, und neulich habe ich gehört, wie Ramie es Gilrita und Gilmarina vorgesungen hat.« Mit ihrer leisen, heiseren Stimme summte sie die Melodie:

»Ich rufe dich aus großer Ferne,
irgendwo im weiten Meer,
bin deine Insel,
komm zu mir,
bin dein Traum und deine Heimat,
dein Land unter der Sonne,
wie schön ist es hier.«

Sie brach ab. »Es heißt, für jeden gibt es eine besondere Insel. Eine Welt, der du nicht widerstehen kannst, ein Planet, der deinen Namen trägt, der dich ruft … deswegen konnte ich auch Giltallen nicht hassen, als er seine gefunden hatte und uns verließ …«

»Ich dachte auch einmal, ich hätte meine gefunden«, begann Gildoran zögernd. Er hatte einen Kloß im Hals, als ihn eine Welle von Nostalgie überspülte, fast wie Heimweh, jedoch nach etwas, das er nie gekannt hatte. »Ich dachte, es war meine Welt, aber es war nur ein Mädchen, und es war das falsche Mädchen. Hast du denn niemals deine gefunden, Rae?«

Sie lächelte leicht. »Ach, das ist eine Frage, die du niemals stellen solltest, Gildoran. Aber soviel will ich dir sagen – dieses ist nicht die eine, die *mich* zum Bleiben bewegt. Absolut nicht.«

Sie beugte sich wieder kurz über ihr Elektroskop, und Gildoran sagte mit einem Ruck: »Ich sollte meine Runde beenden. Wenn ich mit dir ins Reden komme, Rae, rinnt die Zeit einfach davon.«

Sie hob eine schmale Hand, um seine Wange zu berühren, es war fast eine Geste der Liebe. Zum ersten Mal in seinem Leben sah er, dass ihre schönen Hände faltig und vernarbt waren. Sie sagte sanft: »Dein Rang bringt immer noch Privilegien mit sich, Doran. Entspann dich. Du kannst ohne weiteres hier stehen und dich ein paar Minuten unterhalten, ohne dass jemand das Recht hat, dich deswegen zu kritisieren.« Ihr Lächeln wurde schelmisch. »Aber Gilmerritt wird mir die Augen auskratzen, wenn du zuviel Zeit mit tiefschürfender, seelenvoller Unterhaltung mit mir verbringst, also geh lieber, Kapitän.«

Gildoran lachte etwas verlegen, hob eine Hand zum Gruß und ging weiter.

Das ist nicht die Welt, die mich zum Bleiben bewegt.

Mich auch nicht, Rae. Ich weiß nicht warum, aber mich auch nicht.

Oh Hölle, hier muss irgendwo ein Froschkäfer sein, ich habe so eine düstere Vorahnung.

Andererseits stellte er fest, als er sich dem medizinischen Hauptquartier näherte, dass er keinen Froschkäfer brauchte, um sich elend zu fühlen. Gilban machte kein Geheimnis aus seinen Gefühlen, und so hielt er seinen Besuch kurz.

»Alles in Ordnung?«

Gilban fragte knapp: »Warum auch nicht?«, und Gildoran fragte nicht weiter.

»Ich mache nur meine Runde, Gilban. Lass mich wissen, wenn du etwas brauchst oder es etwas zu berichten gibt. Mach weiter«, und damit ging er.

Danach brauche ich etwas, das mich aufmuntert. Wie er mich hasst!

Es war nicht notwendig, den Transmitter-Standort aufzusuchen. Gilmarti hatte ihm bereits berichtet, und sie würden ihn benachrichtigen, wenn der Test beginnen konnte. Er hätte gerne Raban gesehen, den er gut leiden mochte, aber das war kein zwingender Grund. Gilnadir, der die Vermessungsgruppe leitete, glaubte offensichtlich, er sei zu jung für das Amt des Kapitäns und dass er es nur pro forma ausübte. Gildoran vermutete, dass Gilnadir der Ansicht war, es gehöre zu seiner Arbeit, dem Kapitän *seine* Aufgaben beizubringen. Er neigte zu übertriebenen Erklärungen, aber er war wenigstens höflich. Also lauschte Gildoran höflich Gilnadirs Erläuterungen über Verwerfungslinien, die man meiden musste, Stellen, an denen Erdrutsch- und Steinschlaggefahr bestand, gute Bauplätze für Städte, Wasserversorgung.

»Weißt du, Kapitän, dieser Planet hat noch keinen

Namen. Wir haben ihn mit einer Nummer versehen, aber er sollte einen Namen haben.«

»Vorschläge?«, fragte Gildoran.

Wenn ich es mir recht überlege, wusste ich gar nicht, wer Planeten benennt. Ich dachte wohl, sie hätten von vornherein einen Namen.

Gilnadir sagte mit zur Schau getragener Geduld: »Es ist das Vorrecht des Kapitäns, die Welt zu benennen, die unter seinem Kommando entdeckt wurde. Gilhart war noch nicht dazu gekommen. Aber es eilt nicht. Nicht, bis wir sie bei der Zentrale eintragen lassen.«

»Ich verstehe. Dann schaue ich in der Bordbibliothek nach, ich möchte nicht, dass wir einen Namen wählen, den es schon gibt«, sagte er.

Nicht, dass ich mir ernstlich wünsche, dass diese Welt meinen Namen trägt. Es ist meine Welt, aber nicht gerade ein Hauptgewinn.

»Vergiss nicht, Rae Kopien von all diesen Berichten zukommen zu lassen«, erinnerte Gildoran ihn, und erst den Bruchteil einer Sekunde zu spät fiel ihm ein, dass diese Erinnerung überflüssig war, und Nadir reagierte etwas beleidigt. Er machte die Kränkung so gut wie möglich wieder wett und ging weiter zur Kinderstation.

Sie befand sich an dem schönsten Fleckchen, das sie bislang auf diesem Planeten gesehen hatten, auf einer kleinen Anhöhe ein paar hundert Meter vom See entfernt, hoffentlich außer Hörweite der Froschkäfer, von hohen farnartigen Bäumen beschattet mit schönen Zapfen, die wie Juwelen strahlten. Die beiden Kuppeln – eine zum Schlafen, die andere für die Pu-Bären – trugen leuchtende Farben, die dreieckigen Segmente waren jeweils in kräftigen Primärfarben gehalten. Auf dem grasbewachsenen Hang vor den Kuppeln saß eine Gruppe von Sechsjährigen bei einer Unterrichtsstunde in elementarer Mathematik, wobei Ramie den Stoff mit unterteilten Stäben und Formen veranschaulichte. Sie alle sprangen auf die Füße, um den Kapitän zu begrüßen, dann rannten sie ungeordnet auf ihn zu und überhäuften ihn mit Fragen. Er verbrachte ein paar Minuten mit den Kindern, entschuldigte sich bei Ramie für die Störung des Unterrichts und fragte, wo die Pu-Bären mit den Kleinen waren.

»Gilrita und Gildando machen ein Schläfchen«, antwortete Ramie. »Ich glaube, Pu hat Marina und Taro zu einem Waldspaziergang mitgenommen. Sie haben mehr Spaß daran, Schmetterlinge zu jagen. Du hättest Marina heute morgen sehen sollen, sie hat sich mit den Juwelen-Zapfen behängt und dann versucht, einen Schmetterling dazu zu bewegen, als Schmuck auf ihrer Schulter sitzen zu bleiben, das eitle kleine Äffchen!«

»Hat Gilmerritt ihr Einverständnis für einen Spaziergang im Wald gegeben?«, fragte Gildoran stirnrunzelnd. »Wir sind noch nicht absolut sicher, dass es keine giftigen Pflanzen oder Insekten gibt. Diese Welt könnte noch immer ein paar fiese Überraschungen wie die Froschkäfer bereithalten.«

»Ich dachte, ich hätte es dir gesagt: Merritt ist bei ihnen«, erwiderte Ramie, »sie wollte Blätter sammeln. Sie wollten nur zum Waldrand.«

»Ich glaube, ich gehe ihnen nach«, meinte Gildoran mit vagem Unbehagen. Ramie warf ihm einen leicht zynischen Blick zu und sagte: »Merritt freut sich bestimmt, wenn du kommst ...«, dann fuhr sie sanfter fort: »Und ich weiß, dass Gilmarina sich auch freut, sie fragt andauernd: ›Warum kommt Doran uns nicht besuchen, liebt er mich nicht mehr?‹«

Gildoran kicherte. »Ich habe sie auch vermisst.

Wenn sich alles eingespielt hat, komme ich zur Kinderstation und gebe ihnen ein paar Stunden.« Die Sechsjährigen begannen zu rufen, sie wollten Gildoran begleiten, doch er sagte ernst: »Nein, ihr setzt euch jetzt alle wieder mit Ramie hin und beendet eure Stunde.«

Als er davonging, dachte er, verdammt, jetzt glaubt Ramie, ich suchte nach einer Ausrede, um mit Gilmerritt allein zu sein. Himmel, wir leben zusammen, wir brauchen keine Ausreden, außerdem haben wir einen Pu-Bären und zwei der Babys als Anstandsdamen!

Der Pfad, den sie genommen hatten, war deutlich zu erkennen, eine natürliche Trennung zwischen farnwedelartigen Büschen und niedrig wachsenden Blumen. Er sah ein rosa Band auf dem Pfad liegen und hob es auf. Das war ein Beweis, dass Marina hier entlang gegangen war, sie liebte rosa und verstreute ihre Habseligkeiten überall. Nun, er würde es ihr wieder umbinden, wenn er sie fand.

Ein paar hundert Meter weiter im Wald begann er Stimmen zu hören und wandte sich in die Richtung. Oder waren es nur die Insekten mit ihren seltsamen, hohen, summenden Tönen? Der Wald war laut, und er fragte sich, wie die Pu-Bären mit ihrem außergewöhnlich guten Gehör – wie weit reichte ihr Klangspektrum wohl? – das aushielten. Er selbst hätte am liebsten die Hände über die Ohren gelegt. Es schien ungewöhnlich laut zu sein …

Kosmos! Wer schrie da? Gildoran begann in Richtung der Geräusche zu laufen, sein Herz klopfte in plötzlichem, wildem Schrecken. Ein hoher Schrei, der nach Marina klang … ein heiseres, schreckliches Heulen, das nichts ähnelte, was er jemals gehört hatte … Schreie … Schreie … Er brach durch das Unterholz, und sein Herz blieb beinahe stehen.

Ein verheerender Anblick bot sich ihm: Gilmerritt lag besinnungslos am Boden. Der große braunbepelzte Pu-Bär wand sich in Qualen, eins der Kinder in den Armen haltend. Dahinter ein schreiendes, um sich tretendes Bündel in rosa Fetzen – *Gilmarina*! Gildoran hörte sich selbst rufen, während er rannte, riss das kreischende, sich windende Kind in seine Arme. Sie schrie in wildem Schmerz weiter, und es dauerte eine Minute oder zwei, ehe er sah, dass sie ihren kleinen Fuß mit der rosa Sandale umklammerte. Dann wurde sie mit einem letzten Schrei in seinen Armen schlaff.

Sie atmete, aber die rosa Sandale war geschwärzt, mit einem großen Loch darin. Gildoran wurde übel. Er richtete sich auf und brüllte um Hilfe. Marina noch immer in den Armen – er wollte sie an sich pressen, wie verrückt mit ihr zu den Ärzten rennen, doch die anderen gehörten auch zu seiner Besatzung, er konnte sie nicht zurücklassen – und beugte sich über die verkrampfte, stöhnende Pu. Ihre pelzigen Wangen waren vor Schmerz verzerrt, die Lippen zurückgezogen, so dass die langen, gelben Zähne sichtbar waren. Nur schwach konnte er verstehen, was sie stöhnte. »Mein Kopf, mein Kopf …«

Ramie stürmte auf die Lichtung und starrte sie entsetzt an. Gildoran rief: »Bring die Kinder in die Kuppel! Dann hol Gilban her und Tragen und ein Ärzteteam – sofort! Beeil dich!«

Ramie verlor nicht einmal Zeit damit, Fragen zu stellen oder ihre Hilfe anzubieten. Sie rannte los. Gildoran löste behutsam das andere Kind, Giltaro, aus den Armen von Pu. Er war schlaff und leblos. Gildoran konnte nicht feststellen, ob er noch atmete. Er kniete neben Gilmerritt und sah, dass ihre Lider flatterten. Sie starrte ihn mit vor Schmerz verschleierten

Augen an und bewegte leicht den Kopf. »Meine Hand ...« flüsterte sie, »es brennt ...«

Die ganze Hand war schwarz wie Gilmarinas Sandale. Sie hatte offensichtlich einen Schock, aber er konnte nichts für sie tun. Gilmarina atmete, war aber bewusstlos, und Gildoran war froh, dass ihr die Schmerzen erspart blieben.

Giltaro atmete jetzt definitiv nicht mehr, und Gildoran konnte nicht den leisesten Pulsschlag in der Brust des kleinen Jungen fühlen. Wenn sie in wenigen Sekunden ein Beatmungsgerät oder einen Neurostimulator gehabt hätten ... Das Gesicht hatte denselben bläulichen, verzerrten Ausdruck, den er damals am ersten Tag auf Gilharts Gesicht gesehen hatte. *Hirnblutung.* Gildoran merkte, wie er vor Wut zitterte. Verdammter Gilban. Nicht einmal er konnte das noch Zufall nennen!

Das Sanitäterteam war in wenigen Minuten zur Stelle, und Minuten später lagen Gilmerritt und Pu auf Tragen und wurden bergab getragen. Gilban hatte Giltaro für tot erklärt und sich erboten, Gilmarina aus Dorans Armen zu nehmen, doch er sagte: »Ich kann sie ebenso schnell dorthin bringen wie du«, und marschierte die Anhöhe hinunter zum Sanitätszelt.

Gilban beugte sich unverzüglich über Pu, während Gilnosta Marinas kleine Sandale abstreifte und voller Entsetzen auf den von Blasen bedeckten, schwarzen Fuß starrte. »Kosmos!«, keuchte sie, »das sieht aus wie eine Laser-Verbrennung! Ich habe so etwas nicht mehr gesehen seit dem Krieg auf Martexi!« Sie verband die scheußliche Brandwunde, gab ihr eine schmerzstillende Sprüh-Injektion und wandte sich Gilmerritt zu.

»Werden sie am Leben bleiben?«, fragte Gildoran.

»Gilmarina wird durchkommen«, antwortete Nosta. »Aber der Himmel allein weiß, wie gut dieser

Fuß wieder werden wird, doch sie wird überleben. Merritt – sie hat einen Schock. Wenn wir sie da herausholen können, kann sie uns innerhalb einer Stunde sagen, was geschehen ist.« Aber sie schüttelte den Kopf über Pu, und Gilban sah ernst aus.

»Sie hat einen erheblichen Hirnschaden davongetragen. Selbst wenn sie am Leben bleibt, wird sie nicht viel mehr als Gemüse sein«, sagte er. »Ich kann die Zuckungen nicht stoppen. Sie fällt von einem Krampf in den nächsten. Ich fürchte, sie wird das Bewusstsein nie wiedererlangen. Was ist passiert, Kapitän?«

Gildoran brauchte einen Augenblick, um zu begreifen, dass er gemeint war. »Ich weiß es nicht«, antwortete er, »ich hörte Schreie und fand sie so vor. Ich glaube, Taro war schon tot.«

»Aber was war in ihrer Umgebung? Hatten sie irgendetwas berührt?«

Gildoran wollte schreien, dass er, Gilban, dafür verantwortlich war, dass er den Planeten für sicher erklärt hatte, dass Gilban allein die Verantwortung trug für Taros und Pus Tod, für Gilmarinas verkrüppelnde Verletzung, Gilmerrits schreckliche Wunde. Aber ein Blick in Gilbans gequältes Gesicht sagte ihm, dass es nicht nötig war, dem Arzt irgendetwas zu sagen. In diesem Augenblick begriff Gildoran das Schlimmste an der Befehlsgewalt – letzten Endes trägt der Kapitän die Verantwortung für *alles*. Es würde den Toten und Verwundeten nicht helfen, Gilban die Schuld zu geben. Er hatte aufrichtig sein Bestes getan. Alles, was er, Gildoran, jetzt tun konnte, war Gilban zu *helfen*, weil sie ihn brauchten.

Er sagte schwerfällig: »Ich weiß es nicht, Gilban. Niemand weiß es. Wenn Gilmerritt zu sich kommt, kann sie es dir vielleicht sagen. Inzwischen schicke ich ein Biologen-Team, in Raumanzügen, dort hinauf, um zu erforschen und wenn möglich zu finden, was sie angegriffen hat. Offensichtlich gibt es da etwas, von dem niemand etwas weiß.« Mit einem letzten sehnsüchtigen Blick auf Gilmerritt ging er, um seine Anordnungen zu treffen.

Er zögerte keine Sekunde, alle Kinder wieder hinauf zur *Wanderfalter* zu beordern, bis der Unfall aufgeklärt war. Die Kinder waren ihre Zukunft. Man durfte mit ihnen kein Risiko eingehen. Und jetzt war die *Wanderfalter* entschieden unterbesetzt, vor allem, weil jemand Tag und Nacht die Verletzten pflegen musste. Sein Kummer um Giltaro ging tief. Er war eins seiner eigenen Kinder gewesen. Er war mit ihnen von der Brutanstalt durch die ganze Galaxis gesprungen. Er hatte sie nach den Operationen gepflegt, hatte gesehen, wie zwei von ihnen starben, noch ehe sie einen Namen bekommen hatten. Jetzt war Taro tot und die kleine Gilmarina, deren Leben verschont geblieben war, vielleicht für ihr Leben behindert. Er befahl, dass die Pu-Bären mit ihnen zurück auf die *Wanderfalter* gehen sollten. Er hatte keinen Zweifel daran, dass das, was Gilhart und Gilharrad getötet hatte, auch Pu niedergestreckt hatte. Sie lag wahrscheinlich im Sterben. Er würde die anderen keinem Risiko aussetzen.

Er wartete noch immer darauf, dass die angeforderten Raumanzüge geschickt wurden – Transmitter-Transporte vom Schiff zum Planeten wären hier tatsächlich hilfreich gewesen – als Gilraban kam, um ihm zu sagen, dass der Test-Transmitter aufgestellt war und ihn einlud, beim ersten Test dabeizusein.

»Verschieb das noch eine Weile«, sagte er müde, »wir können ohnehin nicht landen, ehe wir nicht wissen, was sie angegriffen hat. Wir können nicht riskieren, noch jemanden zu verlieren.«

Raban brummte, war aber einverstanden. Er erklärte sich auch bereit, jeden aus dem Wald zurückzurufen und dafür zu sorgen, dass alle sich auf dem niedergebrannten Gelände aufhielten, bis sie sicher waren, welche Lebensform die Besatzung angegriffen hatte.

Den ganzen Tag über hing eine Art betäubter, elender Stille über der Lichtung. Die Arbeit wurde unterbrochen, bis auf das Biologenteam in seinen Raumanzügen, das die Lichtung hinter dem Kinderlager erforschte, wo sich der Unfall ereignet hatte. Gildoran hätte am liebsten selbst einen Anzug angezogen und wäre mit ihnen gegangen, um das Gelände in seine Einzelteile zu zerlegen und herauszufinden, was dort geschehen war. Aber ihm war nicht einmal diese Befriedigung vergönnt. Er war der Kapitän. Er gehörte dahin, wo die Menschen ihn finden und ihm berichten konnten.

Immer wieder trieb es ihn in das Hospitalzelt, wo Gilmerritt und Marina noch immer betäubt lagen und Pu zuckte, brummte und stöhnte und alle paar Sekunden in neuen wilden Zuckungen explodierte. Gilban sah abgehärmt aus, sein Gesicht war fast grau.

»Du kannst die Krämpfe nicht stoppen?« Gildoran hob die Hand. »Ich stelle nicht deine Kompetenz in Frage, Ban, ich bitte nur um Information.«

Der Mann schüttelte schwer den Kopf. »Wir wissen so wenig über die Pu-Bären, selbst nach all diesen Jahrhunderten. Sie werden nie krank. Sie haben uns das meiste von dem gelehrt, was *wir* über Medizin wissen, aber wir wissen fast gar nichts über *ihre* Biologie. Wenn ich ihr genügend Beruhigungsmittel gebe, um die Zuckungen zu stillen, dann fällt sie in die Cheyne-Stokes-Atmung – ihr Herz hat zweimal ausgesetzt, und ich musste mit Stromstößen stimulieren.

Ich kann nur versuchen, die normalen Lebenserhaltungsmaßnahmen durchzuführen, und sie wirken nicht. Es wird nicht mehr lange dauern. Höchstens ein paar Stunden, vielleicht aber auch nur noch Minuten.«

Gildoran sagte ernst: »Sollten wir nicht die anderen Pu-Bären herunterholen? Sollten sie nicht wissen, dass sie im Sterben liegt?«

»Wozu sollte das gut sein? Sie sollten bei den Kindern bleiben.«

Gildoran sagte langsam: »Ich finde, sie haben ein Recht, sich zu verabschieden. Bitte jemanden von der Besatzung auf der *Wanderfalter*, sich vorläufig um die Kinder zu kümmern. Und schick eine Fähre für die Pu-Bären hinauf, oder hältst du es für besser, Pu mit der Landefähre hinaufzubringen?«

Gilban schüttelte den Kopf. »Wenn wir versuchen, sie zu bewegen, ist das ihr Tod. Kommt nicht in Frage.«

Gildoran ging zu dem großen, sterbenden Lebewesen hinüber. Kummer und Wut tobten in ihm. Er sah hinunter in das pelzige, liebe Gesicht, das jetzt verzerrt und unkenntlich war. Ein Gesicht wie dieses war das erste gewesen, das er nach seinen verschwommenen Erinnerungen als Baby auf der *Wanderfalter* wahrgenommen hatte.

Unsere Mütter. Meine Mutter stirbt, und ich kann nichts für sie tun. Verdammt sei diese Welt!

Er sah Gilbans gebeugte Schultern und dachte mit einem Stich, dass sie auch seine Mutter war. Aus einem tiefen Impuls aus Schmerz, Mitgefühl und den Erinnerungen eines Lebens legte er dem älteren Mann den Arm um die Schultern, und für einen Augenblick standen sie so zusammen.

Er hasst mich. Aber wir sind auch Brüder. Das werden

wir immer sein. Niemand von uns hat irgendeine andere Welt als diese oder andere Menschen als einander.

Er hätte gern weiter so dagestanden, geweint wie ein Kind, getobt und den Kosmos gefragt, warum das geschehen musste. Aber er hatte noch Arbeit vor sich. Er seufzte schwer und machte sich daran.

Der Pu-Bär, der auf der Lichtung gewesen war, starb ein paar Stunden später. Gildoran war nicht dabei, er schaute in das Hospitalzelt und sah ihren großen braunen Körper umringt von einem undurchdringlichen Kreis von fünf anderen großen braunen pelzigen Rücken, die sich eng um die Sterbende herum scharten, so dass selbst Gildoran ausgeschlossen wurde. Sie sangen leise in einer unbekannten Sprache.

Sie sind seit Jahrhunderten Teil von uns. Und wir wissen nichts, absolut nichts über sie. Sie schienen so ewig zu sein wie der Kosmos, so unsterblich wie die Sterne.

Gilmarina war mit den anderen Kindern zum Schiff hinaufgeschickt worden, sie stand unter schwerer Betäubung. Gildoran ging ruhelos zurück in sein Büro in einem der Bodenlabore, und dort fand ihn Gilraban.

»Wir können für die Verletzten nichts tun, Kapitän. Ist es in Ordnung, wenn wir mit dem Transmitter-Test weitermachen?«

Gildoran hatte etwas früher angeordnet, dass sie den Test einstellen sollten, aber jetzt zuckte er die Achseln. »Macht weiter. Bringt es hinter euch. Dann gibt es wenigstens eine Sache weniger, die uns aufhält, wenn wir endlich herausfinden, wo der Haken ist. Aber sei vorsichtig, Raban, wir dürfen nicht noch jemanden verlieren. Was brauchst du?«

»Ein paar Gewichte und Versuchstiere. Das ist so weit in Ordnung, wir haben sie schon früher angefordert, aber die Versuchstiere, die wir hier freilassen, verhalten sich alle recht merkwürdig.«

Gildoran sagte abwesend: »Vielleicht hätten wir Versuchstiere freilassen sollen, ehe wir selbst herunterkamen. Fahr mit deiner Probe-Transmission fort, Raban.«

Gilraban zögerte. »Wie geht es Merritt? Wird sie wieder?«

»Ich weiß es nicht. Ich gehe gleich wieder zu ihr, um mich zu erkundigen. Gilban sagt, sie bleibt am Leben, aber ihre Hand ist vollkommen zerstört, und als ich das letzte Mal bei ihr war, stand sie immer noch unter Schock.«

Raban sagte: »Ich würde sie auch besuchen, aber ich könnte gar nichts für sie tun, ich wäre nur Gilban im Weg. Grüße sie von mir, wenn sie zu sich kommt, Doran.«

»Mache ich.« Als der untersetzte Mann gegangen war, wanderte Gildoran zurück zur Sanitätskuppel. Das durch die Wolken dringende Sonnenlicht unter dem ständigen Dunst wurde schwächer, und es kam Gildoran so vor, als ob dieser Tag endlos gewesen war. Es schien ihm, als habe er den ganzen langen Nachmittag damit verbracht, ziellos zwischen seinem Büro und dem Krankenzelt hin und her zu pendeln, unfähig an einem der beiden Orte etwas Vernünftiges zu tun.

Er wünschte, Gilmerritt würde das Bewusstsein wiedererlangen, dass sie die grünen Augen aufschlug und ihn ansah und er sicher sein konnte, dass er nicht auch sie auf dieser Welt in den Tod geschickt hatte. Er wünschte, er könnte zur *Wanderfalter* hoch und auf der Krankenstation sitzen, um Gilmarina in seinen Armen zu halten, wie er es getan hatte, als sie noch ein winziges Baby gewesen war, und versuchen, ihre

Schmerzen mit der Wärme seiner Liebe zu lindern. Er wünschte, er könnte Gilrae von ihrer Arbeit rufen und sie an seiner Seite halten und seinen ganzen Kummer und sein Elend in ihre mitfühlenden Ohren ergießen. Er wünschte, er könnte um den kleinen Taro trauern, einen Teil der Zukunft, den sie nie kennenlernen würden. Und er konnte nichts von alldem tun. Er war der Kapitän der *Wanderfalter*, und er war verantwortlich für seinen eigenen Planeten, der sich als eine Welt herausgestellt hatte, die zurückbiss. Er konnte nichts weiter tun, als hilflos dagegen ankämpfen.

Kapitel 7

Mit einem schmerzhaften, wiederholten Déja-vu-Gefühl – wie oft war er heute schon ins Krankenzelt gekommen? – schob Gildoran den Vorhang beiseite und trat ein. Dann schrak er zurück, denn eine tiefe Dunkelheit blockierte jegliches Licht und hielt ihn zurück. Mit einem leichten Schock erkannte er blitzartig, dass die fünf lebenden Pu-Bären sich vor ihm zusammendrängten, über ihm aufragten und ihm den Zutritt ins Zelt verwehrten.

»Darf ich bitte hereinkommen?«

»Nein«, antwortete eine von ihnen, »das darfst du nicht. *E-te-ragh-o-mana*, unsere Schwester, ist von uns gegangen, sie hat uns auf dieser Höllenwelt der Dunkelheit zurückgelassen, und wir sind verloren, wir sind allein und verlassen.«

Er blickte auf in die undeutbaren tierhaften Gesichter. Mit einem Ruck wurde er sich schockiert bewusst, dass er sich nach all diesen Jahren unter Fremden befand, er hatte immer jede einzelne von ihnen wechselweise Pu genannt. Jetzt hörte er zum ersten Mal den seltsamen, fremden Namen, den sie getragen hatte, und er fragte sich, ob sie zu den Völkern gehörten, die ihre wahren Namen erst nach ihrem Tod bekannt werden lassen.

Seit Menschengedenken war keine von ihnen gestorben.

Er sagte hilflos, bemüht, sie zu beschwichtigen: »Pu, ihr alle, auch wir haben unsere Brüder verloren. Gilhart hat uns führerlos zurückgelassen. Gilharrad ist mit seiner Weisheit in den Kosmos gegangen, Giltaro ist tot, und niemand wird wissen, was die Zukunft für ihn barg. Wir teilen euren Kummer, ihr wisst, dass wir alle mit euch trauern, wir sind alle zusammen in unserem Unglück.«

Die undeutbaren braunen Gesichter verrieten keine sichtbaren Gefühle, doch Gildoran kam es so vor, als ob in der leisen Stimme, die ihm antwortete, gleichzeitig Wut und Verachtung lag.

»Ihr Menschen habt ein kurzes Leben und ein noch kürzeres Gedächtnis. Alle paar Jahre nehmt ihr ein paar Kinder von eurem Volk, und ihr könnt es ertragen, die Hälfte von ihnen sterben zu sehen wie Blüten, die sich nie öffnen. Jedesmal nach einem kurzen Jahrhundert wisst ihr, dass ihr eure Brüder und Schwestern verlieren werdet. Für euch ist der Tod nur ein Augenblick, jemand anders nimmt den Platz des Toten ein, und es ist, als ob er oder sie nie gelebt hätte. Ich habe hundert von euch kommen und gehen sehen, sterben und vergessen sein. Bilde dir nicht ein, du könntest eure Trauer mit der unseren vergleichen, die unendlich und ewig ist. Wir haben einen Teil unserer Selbst verloren und werden nie wieder sein wie zuvor.«

Vor diesen Worten, wie aus einem beschwörenden,

fremdartigen Trauergesang, senkte Gildoran den Kopf. Was konnte er darauf sagen?«

Der Mensch, der vom Weibe geboren wird, lebt nur wenige Tage voller Kummer …

Wie konnte er tatsächlich ihre Trauer ermessen? Hassten die Planetenbewohner die Entdecker deshalb, weil sie in der menschlichen Erinnerung fast unsterblich wirkten? Glaubten die Planetarier, dass sie immun gegen Kummer waren, weil kein Planetarier sie je altern und sterben sah?

Er hob den Kopf und sah die Pu-Bären an.

»Die Trauer ist nicht geringer, weil wir ihr öfter begegnen und wir lernen müssen, jeden Tag unseres Lebens damit zu leben«, erklärte er ruhig. »In eurer Trauer versteht ihr das vielleicht nicht, Pu. Trauert, wie ihr müsst. Wie wir alle trauern müssen. Vielleicht werdet ihr in eurer Trauer lernen, uns besser zu verstehen und wir euch. Was können wir jetzt für euch tun? Möchtet ihr, dass wir sie hier begraben? Oder sollen wir sie dem Kosmos übergeben, wie wir es mit unseren Leuten tun?«

Einen langen Augenblick herrschte Schweigen, und die Pu-Bären schienen sich noch enger um ihn zu scharen. Gildoran dachte schon, sie wollten ihn töten, doch dann machten sie ihm einen Weg frei. Eine dritte sagte, noch immer in diesem kalten, verächtlich-wütenden Ton: »Unsere Verstorbene hat euren Leuten gesagt, dass wir nicht hier sein sollten, ebensowenig wie eure Kinder. Der Verlust eurer Kinder ist der Preis, den ihr zahlen müsst für eure Dummheit, nicht auf unsere Weisheit gehört zu haben. Wir werden für sie tun, was sich geziemt. Lass uns sie hinaustragen.«

Gildoran entgegnete entschieden: »Keine von euch geht irgendwohin auf diesem Planeten, wenn ihr alle nicht genauso enden wollt wie sie. Es tut mir Leid. Ich mache so viele Zugeständnisse, wie ich kann, an eure Riten für die Tote, aber ich kann euch nicht da hinauslassen, wo ihr vielleicht getötet werdet. Ich kann eine unserer Kuppeln oder ein Labor räumen lassen, sodass ihr es für euch allein habt. Oder ich kann dafür sorgen, dass ihr alle zur *Wanderfalter* hinauffliegt. Was ihr wollt. Aber niemand von der *Wanderfalter* begibt sich auf dieser Welt außer Sichtweite, bis wir genau wissen, warum diese Todesfälle passiert sind und was wir tun können, damit es keine weiteren mehr gibt.«

Wieder schienen sich die riesenhaften Gestalten enger um ihn zu scharen, ließen ihn zwergenhaft wirken, und Gildoran fühlte sich verschlungen und verängstigt. Dann wichen die großen pelzigen Körper zurück und machten einen Weg frei, und eine von ihnen sagte: »Es sei, wie du willst, aber wir müssen allein sein. Wir gehen hinauf zum Schiff, und dort werden wir lernen, mit unserer nie endenden Trauer zu leben.«

Wie eins wandten sie ihm wieder ihre Rücken zu, nahmen den Körper ihrer Toten auf und trugen sie aus der Kuppel. Gildoran setzte sich vom nächsten Labor aus mit der Kommunikationsabteilung in Verbindung, damit eine Landefähre sie nach oben brachte, und während er gerade dabei war, stellte er vier oder fünf der geschrumpften Besatzung, die noch an Bord der *Wanderfalter* war, ab, um den Dienst auf der Kinderstation zu übernehmen. Irgendwie wusste er, wusste er mit Gewissheit, ohne dass es ihm jemand sagen musste, dass die Kinderstation für lange, lange Zeit nichts mehr von den Pu-Bären sehen würde.

Als er schließlich den Kommunikator beiseite legte, stützte er den schmerzenden Kopf in die Hände. Was kam als nächstes? Er hob den Kopf und sah Gilmarti vor sich stehen. Er sagte müde: »Was jetzt?«

»Erste Transmitter-Testergebnisse«, antwortete sie förmlich.

Er zuckte die Achseln. »Jetzt nicht. Ich nehme an, es lief so wie immer, oder?«

»Nein«, antwortete sie grimmig. »Oh, es funktioniert schon. Aber die Endergebnisse waren alle ein herber Schlag. Die Gewichte haben ein paar Mikrogramm verloren. Und alle Versuchstiere sind gestorben.«

Gildoran presste die Finger an seinen schmerzenden Kopf. Natürlich. Murphys Gesetz – das Gesetz, das älter als die Raumfahrt war: alles, was schiefgehen kann, geht auch schief.

Ein Transmitterversagen. Er hatte noch nie erlebt, dass ein Transmitter versagte. Er hatte sie immer benutzt, ohne zu überlegen, seit er laufen konnte, wann immer er auf einem Planeten war, der ins Weltennetz eingebunden war. Er wusste, dass wenn ein Transmitter versagte, seine Atome über den ganzen Kosmos verstreut würden, aber sie versagten nie. Aber schließlich, auch die Pu-Bären starben nie. Nichts war auf dieser Welt so, wie es sein sollte, und er konnte genausogut gleich damit aufhören, das zu erwarten.

»Hast du eine Ahnung, warum, Gilmarti?«

»Wahrscheinlich funktionieren unsere Instrumente nicht richtig. Wir müssen das Magnetfeld des Planeten noch einmal überprüfen, doppelt und dreifach. Es ist keine Strahlung, das konnten wir ausschließen. Eine so starke Strahlung, dass sie einen Transmitter versagen lässt, hätte uns inzwischen längst alle umgebracht. Schließlich arbeiten sie auch in vollen kosmischen Strahlenfeldern.«

Aber Gildoran dachte an den versengten Pelz des Pu-Bären, die verbrannte, schwarze Sandale an Gilmarinas Füßchen, Gilmerritts nutzlose Hand. Strahlungsschäden? Er fragte Gilmarti danach, doch sie schüttelte den Kopf.

»Strahlungsschäden sehen nicht so aus oder verhalten sich nicht so«, erklärte sie. »Ich habe keine Zeit, dir das jetzt genauer zu erläutern, Gildoran, du hast das schon im Kindergarten gelernt.«

»Du hast Recht, natürlich. Aber wenn es keine Strahlung ist, was dann? In Kosmos' Namen, was *ist* mit diesem Planeten, Gilmarti?«

Die Frau sagte grimmig: »Sag du es mir, dann wissen wir es beide. Du bist der Kapitän, das ist *dein* Job. Meiner besteht darin, einen funktionierenden Transmitter zu bauen. Deiner besteht darin, die Dinge so zu richten, dass ich meinen tun kann.«

Sie hat natürlich Recht. Aber was kann ich tun? Ich kann nicht sagen, dass irgendjemand Schuld hat. Letztendlich fällt alles, was auf der *Wanderfalter* – oder irgendeiner Welt, auf der wir sind – passiert, auf mich zurück. Kein Wunder, dass wir die Kapitäne jedes Jahr wechseln! Wer könnte mit einem solchen Job länger leben? Kein Wunder, dass die Leute sich verzweifelt um Freistellung bemühen!

Er sagte: »Also, Gilmarti, ich kann nicht mehr tun, als dir freie Hand zu geben, alles an Ausrüstung zu nehmen, was ihr braucht, um die Ursache zu finden. Aber nicht mehr heute Abend. Du siehst völlig erledigt aus. Ruh dich aus, und fang morgen wieder frisch an. Raban auch. Der Transmitter kann warten.«

»In Ordnung, Kapitän«, erwiderte sie, »obwohl – je eher wir uns wieder ins Weltnetz einklinken, sodass wir ein paar Kinder und Vorräte aufnehmen können, wo wir doch so unterbesetzt sind, desto besser.«

Sie wollte schon gehen, aber er winkte sie noch für einen Moment zurück. »Gilmarti. Rein hypothetisch, was wäre, wenn wir diese Welt aufgeben müssten – also sie überhaupt nicht anbinden? Angenommen, wir schaffen es nicht, dass der Transmitter hier funktioniert? Was dann?«

Sie dachte darüber nach. »Das ist natürlich schon vorgekommen«, antwortete sie. »Normalerweise stellen wir fest, dass eine Welt nicht geeignet ist, ehe wir überhaupt darauf landen. Wir bräuchten allerdings natürlich mehr Brennstoff für unsere Konverter, ehe wir abreisen. Irgendwas – Steine, wenn es nichts anderes gibt. Alles, was sich durch Kernverschmelzung in Wasserstoffatome spalten lässt. Aber wenn wir zu knapp besetzt sind, einen Transmitter zu errichten, könnten wir auch zu knapp besetzt sein, um das Schiff zu fliegen.«

Er erklärte ihr nicht, dass die Pu-Bären, was praktische Belange anging, streikten und ein paar Leute des kostbaren Personals dafür abgestellt werden mussten, sich um die Kinder zu kümmern. Er sagte: »Denk dran, Marti, es könnte passieren. Nimm dir, was du brauchst, um den Fehler bei dem Transmitter aufzuspüren.«

»Es wäre einfacher, wenn wir die *Wanderfalter* hier landen könnten, anstatt die Geräte auseinanderzunehmen und mit den Landefähren hier herunterzuschaffen.«

Er nickte. »Ich weiß, aber das können wir noch nicht machen. So lange ein paar von uns da oben sind, können wir wenigstens nicht alle merkwürdigen Unfälle erleben. Tu dein Bestes, Marti. Stell eine Computerverbindung her, wenn du sie brauchst. Aber ich kann die *Wanderfalter* nicht herunter beordern, ehe ich mir nicht sicher bin. Vielleicht überhaupt nicht.«

Sie schien zu merken, dass das sein letztes Wort in dieser Angelegenheit war, und wandte sich zum Gehen. Abrupt drehte sie sich noch einmal um.

»Kapitän«, fragte sie, »Gildoran, hast du heute überhaupt schon etwas gegessen?«

Nein, wie er feststellte. Kein Wunder, dass er sich leicht benommen fühlte.

»Ich habe nicht das Recht, dich daran zu erinnern«, sagte Gilmarti, »es ist nicht meine Aufgabe. Aber zu deiner Aufgabe gehört auch, dich so fit zu halten, dass du sie erfüllen kannst.«

»Ich dachte, ich könnte mir die Zeit nicht nehmen ...«

Sie sagte ruhig: »Wenn du es nicht tust, geht es alle etwas an. Wenn du nichts dagegen hast, hätte ich einen Vorschlag ...«

»Bitte.« Ich brauche alle Hilfe, die ich bekommen kann, dachte er, sagte es aber nicht laut. Ein Teil der Hilfe, die die *anderen* brauchten, war etwas, das er ihnen nicht geben konnte: Zutrauen zu ihrem Kapitän. Irgendwie *musste* er es ihnen einflößen.

»Unterbesetzt oder nicht, stell jemanden ab, der sich um dich kümmert und für deine täglichen Bedürfnisse sorgt«, erklärte Gilmarti. »Kein Entdecker soll einem anderen dienen – das weiß ich auch. Aber deine Zeit gehört der Besatzung, und du hast kein Recht, sie damit zu verbringen, dass du dir selbst deine Mahlzeiten suchst und deine Uniform ausbürstest. Das ist keine Frage von Privilegien. Ich weiß, du wirst das genauso hassen wie jeder andere von uns auch. Aber wenn du dir für solche Sachen Zeit nimmst, vernachlässigst du deine Arbeit – und stiehlst uns die Zeit. Nimm jemanden wie Gillori oder Gilbarni, deren Arbeit von den anderen mitgemacht werden kann, und teile sie dafür ein.«

Sie ging davon, nachdem sie ihre Meinung gesagt hatte, und Gildoran setzte sich wieder an den Kommunikator und bat Rae, die Zugang zu den Personalakten hatte, ihm jemanden mit etwas zu essen zu schicken.

Er lernte ständig mehr darüber, was es hieß, Befehlshaber zu sein. Vielleicht bekam man deshalb keine spezielle Ausbildung für dieses Amt. Man lernte durch Erfahrung – und zwar schnell – oder man hielt es nicht durch.

Als er gegessen und sich ein kurzes Nickerchen gegönnt hatte, ging er – er wusste nicht, zum wievielten Male – zum Hospitalzelt. Der Leichnam des Pu-Bären war fort. Gilban schlief, zu Tode erschöpft, auf einem Klappbett, Giltaros Leichnam war ebenfalls fort. Nur Gilnosta saß, weiß und müde, neben der schlafenden Gilmerritt. Draußen war es jetzt völlig dunkel, und schwaches Licht fiel auf das Gesicht der Frau.

»Wie geht es ihr, Nosta? Hat sie das Bewusstsein wiedererlangt?«

»Nicht wirklich, aber ich denke, dass sie jeden Augenblick zu sich kommt. Ich dachte mir schon, dass du sie sehen willst.« Für einen Augenblick dachte Gildoran, dass Nosta von der Beziehung zwischen ihnen sprach, doch die junge Ärztin setzte hinzu: »Du musst sie fragen, was sie über den Unfall weiß, sie ist die einzige, die uns vielleicht etwas sagen kann.«

Also durfte er nicht einmal normale Besorgnis äußern, Sorge um seine Partnerin, nur Information über den Unfall von Besatzungsmitgliedern! Er ging zu der bewusstlosen Frau hinüber. Vor wenigen Tagen war sie noch einfach ein anderes Besatzungsmitglied gewesen, und jedermann hatte erwartet, dass er sich mit Ramie zusammentat. Dann war Gilmerritt plötzlich aus der Besatzung aufgetaucht als Teil seiner eng begrenzten Welt, war ihm deutlich zu Bewusstsein gekommen, war in den Mittelpunkt seines Lebens getreten. Er sah mit einer seltsamen Mischung aus Zärtlichkeit und Sorge auf sie hinunter.

Diese Frau ist meine Partnerin, wir haben uns geschworen, unser Leben miteinander zu teilen, unsere Körper, unsere Liebe, und doch … und doch …

Jetzt gerade war alles, was sie wirklich für ihn war, der Schlüssel zu dem Rätsel, was seine Besatzung umbrachte. Er presste die Hände an den Kopf und wünschte, er könnte seine verworrenen Gedanken klären.

Das Schiff ist in Verwirrung und Chaos, und ich mache mir Sorgen um mein Liebesleben?

Auf dem Kissen rührte sich Gilmerritt, und er beugte sich vor und hielt ihre nicht verbundene Hand. Sie schlug die grünen Augen auf, die vor Schmerz dunkel waren.

»Gildoran?«, wisperte sie, und er sah, wie sie sich langsam in der Kuppel umschaute, um sich in Raum und Zeit zu orientieren.

»Ich bin hier, Merritt. Wie fühlst du dich?«

Er sah, wie Schmerz über ihr Gesicht zuckte. »Meine Hand. Sie tut weh. Sie tut schrecklich weh. Die Kinder – wie geht es den Kindern? Ich hörte Gilmarina schreien …«

»Gilmarinas Fuß ist genau so übel dran wie deine Hand. Giltaro muss auf der Stelle tot gewesen sein«, sagte er und sah, wie sich ihr Gesicht gequält verzog. »Pu ist heute Abend gestorben.«

Ihre freie Hand umklammerte krampfhaft die seine, aber sie weinte nicht.

»Merritt, Liebling, kannst du uns sagen, was passiert ist?«

Langsam schüttelte sie den Kopf. »Ich bin mir nicht sicher«, sagte sie, und ihre Züge verzerrten sich wieder, wie in Erinnerung. »Die Kinder pflückten Blumen, und eine der Blumen ... verbrannte sie? Verbrannte mich? Da war so etwas wie Licht – nein, ich habe nichts gesehen. Aber die Pflanze ... sie schrie. Sie schrie wie Gilmarina und peitschte nach mir. Und dann ... ich erinnere mich an nichts mehr, nur dass Pu über mich fiel, und dann roch ich etwas wie verbranntes Fleisch.« Sie runzelte die Stirn und fügte verwirrt hinzu: »Das muss meine Hand gewesen sein, und dann dachte ich, ich hörte dich ein- oder zweimal rufen, und dann ... danach erinnere ich mich an nichts mehr.«

Ihre Augen fielen wieder zu.

Die Pflanze – schrie?

Also stellten die Pflanzen die Gefahr dar. Gildoran merkte, dass er das die ganze Zeit vermutet hatte, ohne sich dessen bewusst zu sein. Gilhart war in einem Gebüsch von Becherpflanzen gestorben. Gilharrad auch. Hatte das tragbare Sonargerät sie irgendwie erschreckt? Aber Pflanzen, die brennende Strahlen ausschicken konnten? Wie? Verdammt noch mal, wie?

Gilmerritt schlug die Augen wieder auf.

»Werde ich meine Hand wieder gebrauchen können?«

Gildoran warf einen Blick zu Gilnosta. Die Ärztin sagte aufrichtig: »Es ist zu früh, um das beurteilen zu können. Wenn wir dich für ein Jahr entbehren könnten, um dich in einen Regenerations-Tank zu legen und dir eine neue Hand wachsen zu lassen, ja natürlich. Aber bis dahin – nein, Merritt. Ich glaube nicht.

Und wir sind zu knapp an Besatzung – verzeih mir, Liebes – um dich ein Jahr freizustellen.«

Die Frau schloss wieder die Augen. Die Finger ihrer guten Hand schlossen sich krampfhaft um Gildorans, doch sie protestierte nicht. Es gab nichts, was er sagen konnte. So wie die Dinge lagen, konnte er Gilmerritt nicht entbehren. Ob mit oder ohne Hände, sie brauchten ihren Verstand, ihre Intelligenz, ihre leitende Kraft in den Biologie-Laboren. Gildoran wusste, dass es lange dauern konnte, bis sie Gilmerritt für das eine Jahr entbehren konnten, das sie im künstlichen Koma brauchte, um sich eine neue Hand wachsen zu lassen, die die alte ersetzte, die praktisch verbrannt war. Da eins der Kinder tot und eins verkrüppelt war – wenn auch Gilmarina in einen der Regenerations-Tanks konnte, sobald es jemanden gab, der ihn überwachte – würden Jahre um Jahre vergehen, ehe sie ein einziges Besatzungsmitglied entbehren konnten, selbst ein einhändiges. Sie konnten auch Gilharrad nicht entbehren, er war zu ihnen zurückgekommen, und jetzt war selbst seine gebrechliche Hilfe nicht mehr.

Gilmerritt entzog ihm ihre Hand, drehte den Kopf weg in dickköpfiger, in sich zurückgezogener Isolation. Und Gildoran verstand auch das. Jetzt musste er die Last von Merritts Behinderung ebenso tragen wie alles andere. Auf einmal fühlte er sich zerbrochen, überwältigt. Den ganzen Tag lang hatte er, ohne es zu wissen, darauf gewartet, dass Merrit wieder zu sich kam, dass er den verlorenen Teil seiner Selbst wiederfand. Niedergedrückt, überwältigt von seinen eigenen Verlusten und Trauer, hatte er trotzdem irgendwie gehofft, dass bei all diesen Verlusten zumindest Merritts Liebe zu ihm unverändert blieb, dass er eine kleine Weile in der Gewissheit ruhen konnte, dass sie ein Paar waren. Jetzt hatte er auch das verloren.

Dann entsetzte sich Gildoran vor seiner Selbstsucht. Hatte er etwa erwartet, dass Merritt, in ihrem Schmerz und Kummer, ihn tröstete? Alles, was er jetzt für sie tun konnte, war, sie zu lieben und sie zu akzeptieren, auch wenn sie wütend war und sich zurückzog. Ohne ihr abgewandtes Gesicht zu beachten, hielt er ihre gute Hand weiter, bis sie sich entspannte und wieder einschlief. Vielleicht war das, was zwischen ihnen gewesen war, nicht tief genug gegangen, um diesen Schock zu überstehen. Aber es war auch kein oberflächliches Abenteuer gewesen, und er würde bei ihr bleiben und für sie tun, was er konnte, selbst wenn sie sich von ihm abwandte.

Dieser verdammenswerte Planet! Diese Höllenwelt! Es kam ihm so vor, als ob sie ohne Atempause von einer Krise in die nächste gestolpert wären, seit sie den Planeten zum ersten Mal betreten hatten!

Gildorans Welt!

Gerechter Kosmos, was für ein verdrehter, ironischer Witz das war!

Kapitel 8

Gildoran schlief eine Weile in seiner Bodenstation, bis die Gruppe, die in den Raumanzügen arbeitete, ihm Bericht erstatten kam. Sie hatten die Lichtung und die Pflanzen untersucht, eine nach der anderen, und hatten keine Spur von giftigen Pflanzen gefunden, auch keine Pflanzen, die sich bei Berührung bewegten oder Chemikalien absonderten, die solche Verbrennungen hervorriefen, wie sie Gilmerritt und Gilmarina erlitten hatten. »Wir können die Pflanzen Abschnitt für

Abschnitt und Organ für Organ untersuchen«, bot Gildorric an, »aber Gilmerritt hat das bereits getan.«

»Wollt ihr damit sagen, dass die Unfälle gar nicht passiert sind?«

»Nein«, erwiderte Gildorric, »aber wir wissen noch immer nicht, *wie* sie passiert sind oder welcher Mechanismus dahintersteckt.« Er lächelte grimmig, sein kahler Schädel ragte aus dem Raumanzug. »Vielleicht haben sich die Pflanzen jetzt gut benommen. Wir haben nicht einmal Kopfschmerzen.« Er setzte hinzu: »Vielleicht liegt es aber auch daran, dass die Helme schalldicht sind. Die verdammten Froschkäfer konnte ich auch nicht hören.«

»Schall ...« Gildoran brach ab. Die Pu-Bären verfügten über ein außergewöhnlich gutes Gehör. Das menschliche Hörvermögen lag zwischen etwa 16 und 20.000 Hertz. Die Froschkäfer stießen Schallwellen von etwa 9 Hertz aus, also Infraschall. Aber es gab noch andere Geräusche, die Menschen nicht hören konnten. Ein ganzes Spektrum sogar, alles oberhalb von 20.000 Hertz. Und wenn die Froschkäfer Infraschall ausstießen, gaben vielleicht andere Insekten oder sogar Pflanzen andere Schallwellen von sich.

»Ich kann Gilmerritt nicht noch einmal stören«, sagte er, »wer ist sonst noch vom Bio-Bodenlabor hier?«

»Ich kenne mich darin aus«, sagte die junge Gilbarni.

»Ihr habt Versuchstiere mitgebracht und sie freigelassen. Sind da auch Fledermäuse dabei?«

»Fledermäuse?« Gilbarni starrte ihn an, als habe er den Verstand verloren. »Ich glaube, es gibt ein paar Fledermäuse in der Kühlstation, in der Abteilung für ökologische Nischen. Wenn du wirklich eine haben willst, Kapitän, dann frage ich auf der *Wanderfalter* an und bitte Gilmarlo, ein paar aufzutauen und herunterzuschicken. Du meinst wirklich Fledermäuse? Diese Viecher, die fliegen –«

»Und im Dunklen sehen können und ihren Weg finden, indem sie Ultraschallrufe ausstoßen«, bestätigte Gildoran. »Ja, lass dir ein paar schicken. Und lasst ein paar Oszilloskope und ein Messgerät für normale Schallwellen mit einem Verstärker für Ultrakurzwellen mitschicken. In der Zwischenzeit sollten alle etwas essen, es wird ein arbeitsreicher Tag.«

Gilraban sagte: »Wir haben die Ausrüstung, um den Transmitter zu überprüfen, Kapitän. Sollen wir damit weitermachen?«

Gildoran schüttelte den Kopf. »Niemand verlässt die Lichtung, außer in Raumanzügen«, sagte er, »bis wir meine Theorie überprüft haben. Niemand nähert sich irgendeiner Pflanze, die auf dieser Welt wächst, und auch keinem Insekt.«

Gildorric runzelte die Stirn, während er versuchte, ihm zu folgen. »Du denkst an Ultraschall? Aber … Marina und Merritt wurden verbrannt, Doran. Gilhart und Harrad starben an Hirnblutungen, ebenso wie Giltaro. Willst du damit sagen …«

»Ich will noch gar nichts sagen«, erklärte Gildoran, »lasst es uns erst untersuchen. Aber es hätte mir auffallen müssen, als ich hörte, dass Gilharrad den tragbaren Sonar benutzte – er schickt Ultraschallwellen aus, die von massivem Gestein zurückgeworfen werden. Ich vermute, dass er damit irgend etwas in Angst versetzt hat, das dann zurückschlug. Wenn ich recht habe, könnte das alles erklären. In ein paar Stunden werden wir mehr wissen.«

Es war bereits wieder dämmrig, als sie in ihren Raumanzügen zu der Lichtung hinter dem verlassenen Kinderlager wanderten. Andere Arbeiter in

Raumanzügen bauten die leuchtend bunte Konstruktion ab, und nur das skelettartige Gerüst blieb stehen, durch dessen leere dreieckige Segmente grüne Büsche und Bäume deutlich zu erkennen waren. Die Helme der Raumanzüge schlossen jeden Laut aus, selbst die unheimlichen Schreie der Fledermäuse in ihren Käfigen. Auf der Lichtung blieb Gildoran stehen und bedeutete den anderen, die Tiere freizulassen. Eins nach dem anderen flatterte in den dunklen Himmel empor und begann dort zu kreisen, und Gildoran stellte sich vor, wie sie ihre hohen Ultraschallrufe ausstießen …

Und dann verwandelte sich bei einer nach der anderen das Kreisen in ziellosen, verwirrten Flug. Eine nach der anderen fiel wie ein Stein den Entdeckern vor die Füße, einige bewegten sich noch schwach, andere waren bereits tot. Gildorric, der sich über ein Oszilloskop beugte, nickte grimmig.

»Dachte ich mir doch. Als sie anfingen, ihre Ultraschallrufe auszustoßen, kamen von überall her Schallwellen zurück – sie wurden davon regelrecht erschlagen. Offensichtlich senden die Pflanzen hier – vor allem die Becherpflanzen, aber auch andere – und auch einige der Insekten Schallwellen zwischen 30.000 und 100.000 Hertz aus. Die meisten sind ziemlich schwach, aber diese diamantartigen Kristalle in den Becherpflanzen und wahrscheinlich noch in ein paar anderen wirken wie piezoelektrische Kristalle in normalen elektrischen Geräten.«

Gilraban meinte: »Dann hat das auch den Transmitter-Test gestört.«

»Richtig. Zu viel streuende Energie, von der wir nichts wussten und die wir deshalb nicht in Betracht gezogen haben«, sagte Gilmarti. »Es erklärt die Todesfälle …«

»Genau. Und die Hirnschäden. Und die Verbrennungen. Schallwellen in bestimmten Frequenzen sind tödlich – und diese hier müssen ziemlich stark gebündelt gewesen sein – und sie können so üble Verbrennungen hervorrufen wie ein Laser«, bestätigte Gildoran.

Gilraban sagte mit tiefem Abscheu und voller Verzweiflung: »Warum hat keiner von uns daran gedacht?«

Gildoran antwortete: »Weil wir nicht danach gesucht haben. Ich vermute, es ist eine einzigartige Evolution auf diesem Planeten – Ultraschall wird normalerweise nur mit Technologie in Verbindung gebracht. Wenigstens klärt das die Dinge ein für allemal. Niemand geht ohne Raumanzug wieder hinaus, außer auf den abgebrannten Flächen, wo kein pflanzliches Leben mehr existiert. Besorgt sofort alles, was wir an Brennstoff brauchen. Wir müssen entscheiden, was wir tun sollen.«

Doch er wusste, als er die Fähre an diesem Abend zur *Wanderfalter* hinaufnahm, dass das *wir*, die entscheiden würden, letztendlich er selbst war. Gildoran. Das bedeutete es, Kapitän zu sein.

Er hatte die erfahrensten Offiziere der *Wanderfalter* zusammengerufen: Gilrae, Gilban, Gilraban für die Transmitter-Gruppe, ein halbes Dutzend der älteren. Er dachte mit tiefer Bitterkeit an Gilhart und Gilharrad. Sie wurden so sehr gebraucht. Und Gilmerritt, die unter Betäubungsmitteln verkrüppelt auf der Krankenstation lag, und an Gilnosta, die von all ihren anderen Pflichten entbunden worden war, um sie und Gilmarina zu pflegen, bis sie außer Lebensgefahr waren.

»Die Crux der Angelegenheit ist«, sagte er, nachdem er alle informiert hatte, »dass wir verzweifelt knapp an Personal sind. Wir waren vorher schon knapp besetzt, jetzt könnte man fast sagen, dass die *Wanderfalter* verkrüppelt ist. Gibt es einen Weg, diese Welt zu retten? Ich gebe offen zu, ich weiß es nicht, mir fehlt die Erfahrung. Raban, könnten wir einen Transmitter bauen und uns mit der Zentrale in Verbindung setzen? Mit einem kompletten Landschaftsgestaltungs-Team könnten wir diese Welt wahrscheinlich in eine einigermaßen sichere verwandeln.«

Gilraban antwortete: »Ich weiß es nicht. Ich glaube nicht. Es würde Monate dauern, um die Ultraschallwellen auf dem ganzen Planeten auszumerzen, es sei denn, wir wollten einen großen Teil der Pflanzenwelt niederbrennen – den Planeten praktisch kahl machen. In der Zwischenzeit müssten wir an Bord der *Wanderfalter* leben und ständig zu den Bodenstationen pendeln – wir könnten nicht landen. Und müssten in Raumanzügen arbeiten. Außerdem, wenn der Planet kahl ist …« Er zuckte die Achseln, »wozu sollte man dann hier einen Transmitter wollen?«

Gildoran hatte das befürchtet, aber er stellte trotzdem seine nächste Frage. »Gilmerritt könnte das besser beantworten, aber … Marlo, können wir möglicherweise genug der *tödlichen* Pflanzen ausrotten, um hier arbeiten zu können?«

Gilmarlo, die zweite Biologin, antwortete: »Nicht ohne eine größere ökologische Studie, wahrscheinlich nicht einmal damit. Sagen wir so: wenn du die meisten gefährlichen Pflanzen abtötest, dann vermehren sich ihre natürlichen Feinde – die tödlichsten Insekten –, und dann hast du eine Insektenplage. Anschließend vermehren sich die Insekten im Übermaß und töten selbst die harmlosen Pflanzen. Dann haben wir nur noch nackten Fels. Selbst wenn wir alle in Dreifach-Schichten arbeiten, würde es neun oder zehn Jahre Schiffszeit dauern, um alles durch einen stabilen ökologischen Kreislauf an harmlosen Pflanzen und Tieren zu ersetzen. Nein, Gildoran. Ich fürchte, ich muss Raban zustimmen. Wir müssen diesen Planeten abschreiben. Wir haben nicht die Leute, wir haben nicht das biologische Material, wir haben nicht die *Zeit*. Und ...« setzte sie bitter hinzu, »wir haben nicht Gilmerritt.«

Gilban sagte rau: »Tadle nicht den Kapitän, Marlo. Ich habe mich über ihn hinweggesetzt. Glaubst du nicht, ich wüsste, dass es meine Schuld ist, dass wir so viele verloren haben ...«

»Nein, Ban, das führt nirgendwohin«, unterbrach Gildoran ihn. »Wir können uns gegenseitig Tag und Nacht die Schuld zuschieben. Wenn ich mich auf Fakten anstatt auf meinen Instinkt verlassen hätte, wenn jeder von uns bereit gewesen wäre, die Pu-Bären zu befragen und herauszufinden, was ihnen nicht geheuer war ... Du hast nach den verfügbaren Informationen dein Bestes getan, belassen wir es dabei. Deine Aufgabe ist es jetzt, die Verletzten wieder in Form zu bringen.«

Er wandte sich an Gilrae. Wenn irgendjemand es schaffen konnte, aus einer scheinbar völligen Niederlage noch so etwas wie einen Sieg zu machen, dann war sie es. »Rae, du hast eine Menge Erfahrung mit Planeten, die hoffnungslos aussahen. Da Harrad und Hart nicht mehr bei uns sind, bist du fast unser dienstältester Offizier. Kannst du dir einen Ausweg vorstellen, außer den Planeten einfach zu verlassen?«

Gilban murmelte: »Ich wüsste nicht, warum man auch nur darüber nachdenken sollte.«

Rae sah zuerst den Arzt an und sagte: »Ich weiß,

was Doran denkt, Ban, und er hat absolut Recht. Wir haben schon zuviel in diesen Planeten gesteckt, um ihn zu verlassen, ohne zu versuchen, wenigstens einen Teil unserer Verluste wieder wettzumachen. Wir sind verzweifelt unterbesetzt, wir sind verkrüppelt. Wenn die Pu-Bären streiken, sind wir noch schlimmer dran als verkrüppelt. Es wird hart werden, das Schiff in Gang zu halten, es wird noch härter sein, auszuhalten, bis wir eine andere nutzbare Welt finden oder bis die Kinder herangewachsen sind. Wenn wir einen Weg finden könnten, etwas aus dieser Katastrophe zu gewinnen, dann sollten wir es tun.« Aber sie hatte gesagt *wenn wir könnten* und nicht *wenn wir können*, und Gildoran wusste, es war hoffnungslos, auch wenn sie fortfuhr: »Aber ich denke immer noch daran, was Gilhart gesagt hat, kurz bevor wir landeten: ›Hin und wieder trifft man auf eine Welt, die zurückbeißt, und dann kann man nichts weiter tun als davonrennen – solange man noch etwas hat, mit dem man rennen kann.‹ Wenn wir hier bleiben, gehen wir das Risiko ein, noch weitere Verluste zu erleiden, und es besteht keine echte Hoffnung darauf, etwas zu gewinnen, das das rechtfertigt. Ich stimme Raban zu, Gildoran. Wir sollten die Finger davon lassen.«

Gildoran nickte langsam. Sie hatte Recht. Es bestand nicht die leiseste Chance, dass irgendetwas die Katastrophe seines ersten Kommandos retten würde. Er konnte genauso gut hingehen und es offiziell machen.

Als er langsam den Gang zur Brücke hinunterging, folgte ihm Rae und berührte ihn leicht an der Schulter.

»Gildoran –«

»Ich habe es wirklich vermasselt, nicht wahr, Rae? Mein erster Planet, mein erstes Kommando …«

Er hatte halb mit Trost gerechnet, doch sie runzelte

die Stirn. »Das ist reines Selbstmitleid, und das weißt du auch«, sagte sie. »Schmeichel dir nicht, indem du denkst, *du* hättest einen Ausweg finden können. Es gab einfach keinen. Manchmal gibt es eben kein Happyend, Gildoran. Es liegt in der menschlichen Natur, sich eins zu wünschen. Wenn es dich tröstet, ich glaube nicht, dass Gilhart es besser gemacht hätte. Aber das werden wir nie wissen. Wir haben getan, was wir konnten, jetzt bleibt uns nichts weiter übrig, als es hinter uns zu lassen und weiter zu gehen. Wenn du eine Schulter zum Ausweinen brauchst, versuch es bei Ramie!«

Das war wie eine Dusche mit eiskaltem Wasser. Er fühlte den Adrenalinstoß wie einen metallischen Geschmack im Mund, zu wütend, um zu sprechen, machte er auf dem Absatz kehrt und marschierte zur Brücke.

Er sah nicht, wie Gilraes Gesicht hinter ihm weicher wurde und sie mit den Tränen kämpfte. Wütend stapfte er auf das Brückendeck und ging, ohne nachzudenken, zu dem Platz, an dem er Gilhart zuletzt hatte sitzen sehen.

Langsam zog er den Schiff-Boden-Kommunikator zu sich. Lori am Scanner sah ihn erwartungsvoll an, doch er beachtete das Kind nicht.

»An alle an Bord und in den Bodenstationen, hier spricht der Kapitän«, sagte er. Er wusste, dass seine Stimme überall auf der *Wanderfalter* zu hören war, ein seltenes Ereignis und nur bei offiziellen Ankündigungen wie dieser üblich. »Durch gemeinschaftlichen Beschluss wurde entschieden, diesen Planeten zu verlassen. Vermessungsteam, alle Erforschungstätigkeiten werden eingestellt, stattdessen geht ein Team in Raumanzügen los und sammelt Brennstoffe und Metalle für die Schiffsreserven und Rohstoffe für den

Konverter. Alle Bodenstationen werden abgebaut ebenso wie der Test-Transmitter und zurück zur *Wanderfalter* gebracht, alle anderen Tätigkeiten werden eingestellt. Wir verlassen den Planeten in einem Tag Schiffszeit von diesem Augenblick an.«

Jetzt war es offiziell. Er hatte die Befehle gegeben, die ein dauerhaftes Fiasko aus seinem ersten Kommando machten. Langsam legte er das Sprechgerät zurück und betrachtete den großen Bildschirm. Es war ein schöner Planet, der unter ihnen lag, eingehüllt in blaugrüne Schleier, schwach glänzend wie ein leuchtendes Juwel in seiner eigenen Sonne, aber er war tödlich wie Gift.

Er dachte an Gilmerritt, die hier einen schönen Erholungsort hatte bauen wollen, an Marina mit dem kristallenen Schmetterling auf der Schulter. Den Planeten hinter sich zu lassen würde ihre Probleme nicht lösen. Wir müssen Gilmerritt bald Zeit einräumen, sie in den Tank lassen, damit sie eine neue Hand bekommt, dachte er. Aber wann? Mit den streikenden Pu-Bären – und drei Todesfällen – brauchen wir jeden einzelnen. Die Probleme hatten gerade erst begonnen, und sein Jahr als Befehlshaber hatte ebenfalls gerade erst angefangen. Es gab zwei schwer verwundete Besatzungsmitglieder, die geheilt werden mussten. Gilbans Selbstvertrauen musste wiederhergestellt werden. Er würde einige der älteren Schweber überreden müssen, wieder eingeschränkt Dienst zu tun. Die Pu-Bären mussten irgendwie zurückgelockt werden. Ramie arbeitete ganz allein auf der Kinderstation … Er blickte auf den großen blau-grünen Planeten hinunter.

Du hast uns trotzdem nicht gekriegt. Du bist einfach nur ein Planet, und dir sagt man Lebewohl, wie allen anderen.

»Kapitän …«, fragte Lori zaghaft. Er seufzte, riss

sich vom fesselnden Anblick des blau-grünen Balles unter ihnen los und fragte: »Was gibt es, Gillori?«

»Wie soll ich das eintragen? Der Planet hat noch keinen verzeichneten Namen, und wir sollten es der Zentrale mitteilen, wenn wir können.«

Schockiert fiel Gildoran ein, dass es sein Vorrecht war, den Planeten zu taufen.

Gilhart, dachte er. Ein dauerndes Andenken an die Welt, die schließlich – in der Ausdrucksweise der Entdecker – seinen Namen trug.

Abscheu überfiel ihn. Er konnte sich Gilraes anklagenden Blick vorstellen, wenn er dieser Höllenwelt den Namen ihres Liebhabers gab. Besser, er nahm die Schande auf sich. Gildorans Welt? Gerechter Kosmos, nein!

»Trag ihn als Höllenwelt ein«, sagte er, schob seinen Sitz zurück und warf einen letzten Blick auf den Planeten. »Ich gehe hinunter auf die Kinderstation, um zu sehen, wie es Marina geht und was die Pu-Bären machen.«

Die anderen konnten die Einzelheiten regeln, wie die Besatzung und die Bodenstationen wieder an Bord bringen, Brenn- und Rohstoffe für die Konverter und Reserven einladen und vorbereiten, die Umlaufbahn und den Planeten zu verlassen.

Seine Welt war jetzt die *Wanderfalter*, und jede Seele an Bord war seine persönliche Verantwortung. Ramie, die versuchte, mit acht Kindern fertig zu werden, von denen eines schwer verletzt war, musste Hilfe bekommen, und er sollte sie fragen, was sie brauchte und wollte. Sie würde keine überflüssigen Fragen stellen, und sie würde verstehen, dass er sein Bestes getan hatte, wie sie immer alles verstand. Gilraes vorwurfsvoller Satz: ›Wenn du eine Schulter zum Ausweinen brauchst, versuch es mit Ramie‹ kam ihm wieder in den Sinn. Vielleicht mache ich das irgendwann doch einmal, dachte er.

Er sagte förmlich: »Lori, du übernimmst die Brücke«, und wandte dem Schauplatz seines ersten Kommandos den Rücken zu.

Teil 3

Eine Welt, die deinen Namen trägt

»Ich rufe dich aus großer Ferne,
irgendwo im weiten Meer,
bin deine Insel,
komm zu mir,
bin dein Traum und deine Heimat,
dein Land unter der Sonne,
wie schön ist es hier.«

Kapitel 1

»Niemand redet hier von *Schuld*«, sagte Gilrae müde. »Wir haben einfach Pech, das ist alles. Zwei unmögliche Planeten hintereinander. Ich rede hier von Tatsachen, Gilban. Der Tatsache, dass wir verkrüppelt sind. Der Tatsache, dass wir jetzt keinen arbeitsfähigen Biologie-Offizier haben, wo Marlo auf *Tornado* umgekommen ist und Merritt nur Anweisungen geben kann. Der Tatsache, dass wir schlichtweg nicht genug Hände haben, um das Schiff zu bedienen, selbst wenn Rita und Gilmarina und die anderen Kinder zwei Stunden täglich Botengänge und kleine Arbeiten machen anstelle ihres Unterrichts.«

Gildorric lächelte freudlos und sagte: »Ich habe mal gesagt, es passiert nie zweimal in einem Leben. Jetzt ist es zweimal in sieben Jahren passiert. Wenn es noch einmal passiert, sind wir tot.«

Gildoran sah sich im Rat des Schiffes um. Er nahm jetzt als Senior-Offizier daran teil, seit dem Tode von Gilraban in der Katastrophe auf Tornado. Er sagte: »Wir waren schon nach *Höllenwelt* unterbesetzt. Damals war es schlimm, als die Pu-Bären im Streik waren und jeder von uns nach einer vollen Arbeitsschicht noch eine Stunde täglich Gilmarinas Regenerations-Tank pflegen musste.«

»Was bedeutet, dass wir jetzt wenigstens Gilmarina haben, die mitarbeiten kann«, bemerkte Merritt mit einem prüfenden Blick auf ihre eigene verkrüppelte Hand.

Kosmos, wir müssen es irgendwie einrichten, dass wir Merritt ein Jahr frei geben, sonst ist sie unser nächster Todesfall.

Gilban folgte seinem Blick. »Also hatte ich mal wieder Unrecht«, sagte er bitter, »glaub mir, Merritt, ich hatte gehofft ...«

»Ach, lass das«, unterbrach sie ihn schroff. »Das habe ich alles schon gehört. Du wusstest auch nicht, dass Marlo auf *Tornado* umkommen würde. Immer zu sagen: Hab ich doch gesagt, führt nirgendwo hin. Du hast etwas riskiert und verloren, aber leider war ich der Wetteinsatz und muss es jetzt ausbaden. Soll ich darüber auch noch glücklich sein?«

Gilrae sagte: »Das alles gehört nicht zur Sache. Gilban zu tadeln ist albern. Ich darf euch daran erinnern, wenn er nicht eine Lösung gefunden hätte, die Kontaminierung von *Tornado* zu entfernen, hätten wir mehr als nur das Lande-Team verloren – wir alle wären inzwischen den Kälte-Tod gestorben.«

Gilmerritt antwortete nicht, und Gildoran vermutete, dass sie dachte, es wäre vielleicht besser so gewesen. Er streckte die Hand aus und fasste liebevoll ihren Arm.

Kurz überlegte er, ob es Loyalität oder Liebe war, was ihn bei ihr hielt. Schon seit sechs Jahren stand nur er zwischen ihr selbst und ihren bitteren und verzweifelten Stimmungen, ihren beinahe selbstmörderischen Anfällen. Spielte es eine Rolle? Irgendwie brauchte sie ihn, und er konnte sie nicht verlassen.

Er fragte sich, ob er noch immer Schuld empfand oder Verantwortung für das Unglück auf *Höllenwelt,* das ihr den Verlust des Gebrauchs ihrer Hand eingetragen hatte. Egal, er war da gewesen. Und niemand anders fühlte sich imstande, die Verantwortung für Merritts Lebenswillen zu übernehmen. Aber so konnte es nicht viel länger weitergehen.

Er hätte sich energisch dafür einsetzen sollen, in jenem ersten Jahr, als er Kapitän war und über die Autorität verfügt hatte. Er hätte Gilban widersprechen und darauf bestehen können, dass es nicht schwieriger war, sich um zwei Regenerations-Tanks zu kümmern als um einen. Dann hätten sie nach der Katastrophe auf *Tornado,* durch die sie eine vierzehn Mann starke Landetruppe und noch drei weitere Leute verloren hatten, wenigstens Merritt gesund und arbeitsfähig gehabt. Aber er hatte auf seine Argumente gehört, dass die Pu-Bären streikten, dass sie Merritt nicht entbehren konnten, dass sie sie brauchten, auch mit nur einer Hand.

Und dann *Tornado*. Das war eine schlimme Welt gewesen – vierzehn Mitglieder des Landeteams, einschließlich Marlo und Raban, waren zurück an Bord gekommen ohne offensichtliche Verseuchung, aber langsam, im Verlauf der nächsten acht Tage, hatten sie sich zu Tode gezittert an irgendeinem unbekannten, nicht zu diagnostizierenden Etwas, das ihnen die Wärme aus den Körpern saugte und schließlich das Leben. Drei andere, in Raumanzügen, kehrten aufs Schiff zurück und erlitten das gleiche Schicksal. Es war Gilban gewesen, der den Hitze-Tropus entdeckte, einen submikroskopischen Virus, er hatte die zweite Dreiergruppe infiziert, als sie ihre Raumanzüge auszogen. Die *Wanderfalter* hatte keinen Brennstoff mehr, sie brauchten Rohstoffe für die Konverter, oder sie würden in der Umlaufbahn um *Tornado* sterben. Wieder war es Gilban gewesen, der die Lösung gefunden hatte. Das Brennstoff-Sammelteam war in Raumanzügen hinuntergegangen, und als sie zurückkehrten, blieben sie in der Luftschleuse und in ihren Anzügen, bis die *Wanderfalter* die Umlaufbahn verlassen hatte. In der Tiefe des interstellaren Raumes waren sie dann nach draußen geschickt worden, auf einen Raumspaziergang, dessen totale Kälte im absoluten Nullpunkt die Hitze-Tropus-Viren auf ihren

Anzügen getötet hatte, sodass sie wieder auf die *Wanderfalter* konnten, ohne die Besatzung zu infizieren.

Jetzt hatte die *Wanderfalter* genügend Brennmaterial für ein paar weitere Reisemonate – vielleicht ein Jahr Schiffszeit, höchstens.

Rae sagte: »Wir können einfach nicht noch einmal das Risiko eingehen, auf einem Planeten zu landen, der sich nicht für eine Erschließung eignet. Wir brauchen Kinder. Wir brauchen Brennstoff, wir brauchen Vorräte. Wir brauchen Neuigkeiten aus dem Kosmos und dem Weltennetz …«

»Warum?«, fragte Gildorric verächtlich. »Was bedeuten sie uns Entdeckern schon?«

Gilrae antwortete: »Glaubst du denn, wir existieren unabhängig vom Weltennetz? Dass wir immer so weitermachen können ohne Kontakt mit ihnen?«

»Wenn es sein muss«, erwiderte Gildorric. »Wir sind Entdecker. Es ist unsere Reise und unsere Aufgabe, die uns zu Entdeckern macht – nicht die Welten, die wir finden.«

»Er hat Recht«, meinte Gilnosta. »Wir können nicht derart verkrüppelt auf irgendeine Welt kriechen, die uns aufnimmt, und die Zentrale um Vorräte und Hilfe anbetteln, damit wir weitermachen können, bis wir eine andere Welt finden! Wir sind Entdecker«, wiederholte sie stolz. »Wir kommen als Eroberer – oder gar nicht!«

»Eine reizvolle Mär« sagte Gilrae, »leider ist es aber auch nur ein Märchen. Und wie alle solche Märchen weit weg von der Wahrheit. Von anderen Dingen abgesehen, brauchen wir den Kontakt mit dem Weltennetz und den Weltlinien der Transmitter, um die Zentrale wissen zu lassen, dass wir noch immer am Leben und auf der Suche sind. Wie viele Entdeckerschiffe sind einfach spurlos verschwunden? Möchtest du auch so abgeschrieben werden?«

Gildoran war schockiert. Darüber sprach man nicht. Plötzlich überlegte er, waren die anderen Schiffe zerstört worden? Oder waren sie so sehr von ihrem Leben draußen im Kosmos überzeugt, so widerwillig, ihre endlose Reise mit gelegentlichen Planetenbesuchen zu unterbrechen, dass sie sich zu den unendlichen Weiten des Alls aufgemacht hatten, jeden Zweck ihrer Reise aufgaben, für immer losgelöst von Planeten und Erdbewohnern blieben, sich in endloser Selbstüberschätzung um die eigene Achse drehten …

Gilrae sagte drängend: »Nein! Wir brauchen Planeten, ebenso wie die Planeten uns brauchen! Wir brauchen Kontakt mit anderen Entdeckern. Wir brauchen den Kontakt mit anderen Planetenbewohnern, wir brauchen Kinder – wir brauchen das, damit wir menschlich bleiben! Damit wir nicht vergessen, *warum* wir Entdecker sind!« Ihre Miene war grimmig und entschlossen. »Ich gebe Befehl an die Brücke, einen Kurs zur nächsten auf den Karten verzeichneten bewohnten Welt zu berechnen. Wir landen dort, überholen das Schiff gründlich und finden heraus, wo die anderen Entdeckerschiffe jetzt sind.«

Sie entließ sie, ohne noch etwas zu sagen, aber Gildoran konnte raten, was in ihr vorging. Grausam unterbesetzt wie sie waren, lag ihre einzige Hoffnung nunmehr darin, ein anderes Entdeckerschiff zu finden und ihre Kräfte zu vereinen.

War dies die letzte Reise der *Wanderfalter* als sie selbst? Waren sie einfach zu wenig Leute, um weiterzumachen? Und was geschah mit einem Entdecker ohne Schiff, wenn seine lange, lange Reise vorbei war?

Wäre es nicht besser, im Kosmos zu sterben, endlos zwischen den Sternen zu kreisen in einem unberührbaren, undurchdringlichen Grab, als ihr Leben an die Erde gebunden, gefesselt an Planetenzeit zu beenden?

Gilrae war wieder Kapitän, und sie hatte die Autorität. Er war im Augenblick nicht im Dienst und hatte keine Lust, in seine Kabine zurückzukehren, die er noch immer mit Gilmerritt teilte – er war nur geblieben, weil er fürchtete, wenn er versuchte, sich zurückzuziehen, würde sie das in tiefe Depression stürzen. Es war auch kein gänzlich unwillkommenes Arrangement. Zwischen ihren depressiven Anwandlungen war Merritt eine angenehme, kameradschaftliche Partnerin, und die starke sexuelle Anziehungskraft hatte nie ganz nachgelassen.

Es gibt niemanden, den ich mehr will als Merritt. Ich nehme an, es ist einfach die Tatsache, dass ich an sie gebunden bin, die mich dagegen aufbegehren lässt.

Er merkte, dass alte Gewohnheit seine Füße zum entlegensten Ende der Wohnquartiere lenkte und dort in einen leeren Raum. Dort, umgeben von Gilramies vertrauten Gegenständen, konnte er entspannen und darauf warten, dass sie von ihrem Dienst kam. Er sagte sich, dass er nicht auf sie warten würde, dass keine Notwendigkeit dazu bestünde, er hatte sie oft genug als Vertraute und Schulter zum Ausweinen benutzt während des schlimmen Jahres seiner Kapitänsgewalt. Aber wie immer entspannte ihn die ruhige Atmosphäre ihres Zimmers so sehr, dass er einschlief, ausgestreckt auf ihrer Couch, und erst das leise Surren der sich öffnenden Tür weckte ihn bei Ramies Rückkehr.

Er fuhr hoch, ein wenig benommen.

»Tut mir Leid, Ramie, ich wollte nicht … ich gehe sofort.«

Sie lachte. »Warum? Du störst mich nicht, und ich habe Merritt auf der Brücke gesehen, also wird sie dich bestimmt nicht vermissen. Was beschäftigt dich, Gildoran?«

»Raes Entscheidung zu landen«, antwortete Gildoran. »Weißt du, vielleicht heben wir dann nie wieder ab. Was sollen wir dann tun? Was würde mit uns geschehen, Ramie, wenn die *Wanderfalter* nie wieder startet?«

Sie setzte sich dicht neben ihn. Sie sah noch immer aus wie ein Kind – schlank, fast ohne Brüste, der Blick aus den großen dunklen Augen ernst und fest. Sie sagte: »Ich wäre natürlich traurig. Aber es wäre nicht das Ende der Welt. Da draußen ist eine große Galaxis. Sicher gibt es einen Ort, wohin ich gehen könnte, und etwas, das ich irgendwo tun könnte.«

»Aber ... ein Erdenwurm zu sein ... nie wieder ein Entdecker zu sein ...«

Ramie meinte: »Es gibt ja noch andere Entdeckerschiffe. Wenn ich so empfinden würde, wäre es der Kosmos – nicht die *Wanderfalter* – der für mich wichtig wäre.« Ihr Lächeln war ein wenig zittrig. »Was mir wehtun würde, wäre dich zu verlieren – euch alle zu verlieren«, verbesserte sie sich rasch. »Aber darüber können wir uns Sorgen machen, wenn es soweit ist. Wahrscheinlicher ist es, dass wir nach einer Landung in der Lage sind, unsere Schiffscomputer und Technologie zu modifizieren, damit wir mit weniger Besatzung auskommen. Schlimmstenfalls können wir warten, bis die Kinder ein wenig älter geworden sind – Gilmarina und Rita werden in etwa zwei Jahren B-Klasse sein – und dann ist alles wieder in Ordnung.«

Etwas verdrießlich erwiderte Gildoran: »Du bist einfach ein geborener Optimist, was?«

Ramie zuckte die Achseln. »Was hast du von mir erwartet? Dass ich dir sage, wie hoffnungslos alles ist? Ich dachte, davon hörst du schon genug von Gilmerritt.«

»Du magst sie wirklich nicht, nicht wahr? Oder ist es noch immer Eifersucht?«

»Es ist nicht so, dass ich sie nicht mag. Ich bewundere sie, dafür, dass sie weitermacht, so gut wie sie es getan hat. Es ist empörend, was sie durchmachen musste. Wenn ich so verkrüppelt wäre, ich glaube nicht, dass ich überhaupt weitermachen könnte«, widersprach Ramie. »Wenn einer überhaupt das Recht hatte, sich zu beschweren, dann sie. Aber für dich war es auch schwer. Und was meine Eifersucht angeht ...« noch ein Achselzucken. »Ich habe mich daran gewöhnt. Vielleicht ist es einfach nur Verstocktheit. Ich will nur das haben, was ich nicht bekommen kann.«

Es ist so seltsam. Ramie steht mir näher als jeder andere Mensch. Warum liebe ich sie nicht so, wie sie es sich wünscht? Warum? Stimmt irgend etwas mit mir nicht? Sie ist sicherlich ebenso begehrenswert wie Gilmerritt. Vielleicht noch mehr. Und trotzdem ... und trotzdem ...

Es vergingen einige Wochen Schiffszeit, ehe das Brückenteam sie zusammenrief, um ihnen zu berichten, dass sie sich in der Umlaufbahn um eine große blauweiße Sonne befanden, die drei bewohnbare Planeten besaß, von denen zumindest einer technologisch kolonisiert worden war.

»Wir haben Transmitter-Strahlen aufgefangen«, erklärte Gilrae. »Wir werden Kontakt aufnehmen und um Landeerlaubnis bitten. Von dort aus können wir per Transmitter zur Zentrale oder nach Host gehen und Zukunftspläne machen.«

Gildoran arbeitete als Funker, als der erste Kontakt hergestellt wurde.

Die Stimme aus dem Lautsprecher klang aufgeregt.

»Das Entdeckerschiff *Wanderfalter*? Wir haben seit zwölf Planetenjahren nichts mehr von Entdeckerschiffen gehört, aber ihr seid herzlich willkommen, um hier zu Reparaturzwecken zu landen. Es ist uns ein Vergnügen, euch unsere Gastfreundschaft anzubieten. Wenn ihr nicht einen Notfall habt und ein paar Stunden warten könnt, wird an euch eine förmliche Einladung vom Ratsherrn ergehen. Ich habe gehört, dass der Ratsherr ein starkes persönliches Interesse an Entdeckerschiffen hat. Wenn ihr nicht warten könnt, bin ich ermächtigt, euch die Landeerlaubnis zu erteilen.«

Gildoran erwiderte, nein, die *Wanderfalter* war zwar knapp an Personal, aber nicht in einer Notlage, und sie würde gerne auf die förmliche Einladung des Ratsherrn warten.

»Was für eine Erleichterung«, sagte Gillori. Sie arbeitete zur Zeit als auszubildende Navigatorin. »Angenommen, wir würden irgendwo landen, wo sie Entdecker hassen, wie auf dieser Welt, wo sie Gilmarin umgebracht haben und beinahe auch dich?«

»Lassellis Welt? In diesem Fall«, mutmaßte Gildoran, »nehme ich an, würden wir einfach zum nächsten Sternensystem weiter fliegen. Aber ich bin auch froh, dass wir einen Platz gefunden haben.« Er lächelte das Mädchen an. Sie war inzwischen wirklich eine junge Frau, dachte er, sie musste etwa neunzehn sein und fähig, jedes wichtige Amt an Bord der *Wanderfalter* auszuüben, mit der Ausnahme von Aufgaben im Transmitter- und Ärzteteam. Beim nächsten Mal, wenn wir einen Jahres-Kapitän auslosen, steht Lori mit auf der Liste. Bei dem Gedanken fühlte sich Gildoran alt.

Es dauerte nicht einmal eine Stunde Schiffszeit, ehe der Planet sich wieder meldete, diesmal, um eine förmliche Einladung des Ratsherrn von Laszlo (so hatte Gildoran den Namen in Universal-Phonetik entziffert) vorzulesen, dass das Entdeckerschiff *Wander-*

falter gerne landen dürfe. Mehrere Häfen wurden vorgeschlagen, die über die notwendigen Einrichtungen verfügten, und darüber hinaus eine Einladung für einen förmlichen Empfang für bis zu drei Dutzend Besatzungsmitglieder des Schiffes ausgesprochen. Gildoran gab die übliche höfliche Antwort und unterbrach dann den Kontakt, wobei er leicht grinsend dachte, wenn sie drei Dutzend für einen offiziellen Empfang zusammen kriegen wollten, würden sie die Kinder aus der Kinderstation und die Pu-Bären mitbringen müssen!

Wenigstens hatten sie die Pu-Bären wieder. Zwischen *Höllenwelt* und *Tornado* hatten sie sie nicht gehabt, und nach brutalen, mörderischen Sieben-Stunden-Schichten musste jeder an Bord, vom Kapitän bis hinunter zu den Kindern, noch zusätzliche Schichten bei der Versorgung der Babys und bei dem Regenerations-Tank leisten, um Gilmarina zu überwachen. Zivilisierte Leute konnten ein solches Tempo nicht durchstehen, aber sie hatten es irgendwie geschafft, bis zu *Tornado,* wo die Pu-Bären – ohne darum gebeten worden zu sein – ihren Dienst wieder aufnahmen.

Vielleicht können wir auf dieser Welt ein paar Kinder finden. Obwohl es nicht sicher ist, dass wir noch die Spezialisten haben für die notwendigen DNS-Operationen.

Es war das erste Mal, das er zur Landung des Schiffes auf der Brücke war. Beim letzten Mal, als die Wanderfalter auf der Oberfläche eines Planeten aufgesetzt hatte, war er noch B-Klasse gewesen und hatte Botengänge gemacht. Er war in einer Landefähre zu *Höllenwelt* hinuntergeflogen, aber das war nicht dasselbe. Während er und Lori – unter Gildorrics Anleitung – das enorme Schiff in den Hafen hinunter lenkten, dachte er, dass in wenigen Jahren jeder, der wirklich

Erfahrung darin hatte, ein Entdeckerschiff zu landen, tot war oder sich in den Schweber-Status zurückgezogen haben würde. Man kann auf einem fremden Planeten nicht alles mit Computern machen. Computer auf Planeten scheren sich nicht darum, Daten für eine Sternenschiff-Landung zu speichern. Die Entdeckerschiffe sind die einzigen Schiffe, die es gibt – die kolonisierten Welten benutzen den Transmitter, sie brauchen keine Programme für die Landung eines Sternenschiffs.

Ramie, die dienstfrei hatte, hatte Rita und Gilmarina mit auf die Brücke gebracht, um bei der Landung zuzusehen, etwas, was sie vielleicht viele Jahre nicht mehr zu Gesicht bekommen würden. Es traf ihn tief zu sehen, wie sehr Gilmarina Ramie glich, jetzt, wo ihre Haut und ihr Haar völlig weiß waren. Sie hatten die gleichen dunklen Augen mit der Lidfalte, die sie leicht schräg wirken ließen, das gleiche runde, glatte Gesicht, den zarten Knochenbau und die schmalen Hände. Ramie kam an Gildorans Seite und sagte: »Weißt du noch, was der gute alte Gilharrad über Planeten gesagt hat – dass die besten Welten durch PSI und Vorahnungen gefunden werden? Ich weiß nicht warum, aber ich habe ein gutes Gefühl bei diesem hier. Ich glaube, hier finden wir, was wir suchen.«

Er lächelte die junge Frau an und sagte: »Hoffentlich hast du Recht. Jedenfalls heißen sie uns willkommen. Alles andere müssen wir abwarten.«

Kapitel 2

Nachdem sie gelandet, die Treppen aufgebaut und die Türen entriegelt waren, entdeckten sie, dass sich der Landeplatz in weit offenem, flachen Gelände befand, in der Ferne umgab sie ein niedriger Ring aus Höhenzügen, nicht besonders hoch, aber rotfelsig und an den Kuppen abgeflacht. Die Sonne schien strahlend blauweiß, und überall wuchs dichtes, üppiges Grün.

»Ich hatte eher eine Wüste erwartet«, bemerkte Gildoran, und Merritt erwiderte: »Keine Chance. Der ungeheure Anteil an Ultraviolett in den blau-weißen Sternen sorgt für ein üppiges Pflanzenwachstum.«

Es erinnerte Gildoran an etwas. Einen seltsamen Ort vor langer Zeit. Der letzte Planet, den er gesehen hatte, war *Höllenwelt* gewesen, und das war es bestimmt nicht. Die Bevölkerung von Laszlo war, wie auf allen Welten im Transmitter-Netz, ungeheuer vielfältig, es gab alle Arten von Typen und Größen und Farben, aber der vorherrschende Typus, und demnach wahrscheinlich der der Einheimischen oder der ersten Kolonisten, gehörte zu einer einzigen Rasse, großgewachsen, ungewöhnlich dunkelhäutig, die meisten gut über einen Meter achtzig groß, selbst die Frauen …

Lassellis Welt! Laszlo.

War der Name nur ein Zufall?

Er konnte es nicht glauben. Eingehüllt in das königliche Willkommen, das die Einwohner von Laszlo der *Wanderfalter* und ihrer Besatzung bereiteten, schien es nicht weiter wichtig. Wenn Lassellis Welt und Laszlo dieselbe Welt waren, dann hatte sich zumindest das politische Klima verändert, und sie waren hier in

Sicherheit. Sicherheit? Die Laszlaner konnten gar nicht genug für sie tun!

Die ersten paar Tage lang tat niemand viel anderes als sich auszuruhen. Die lange, personalknappe Reise hatte von allen ihren Tribut verlangt. Gildoran wurde von einer ungewöhnlichen Müdigkeit ergriffen, und die Anstrengung durch die Schwerkraft war größer, als er es in Erinnerung hatte. Die Schwerkraft im Schiff, obwohl gerade hoch genug, um Orientierung zu ermöglichen und Schwindel zu vermeiden, war etwas gänzlich anderes.

Ein paar Tage später kam Gilrae in sein Quartier und sagte: »Irgendjemand muss die Reise nach Host machen und herausfinden, was aus dem Rest der Entdeckerflotte geworden ist. Ich habe nicht das Herz, es von jemand anderem zu verlangen. Willst du mit mir kommen, Gildoran?«

»Du reist per Transmitter?«

Rae sagte gereizt: »Bestimmt nicht mit der *Wanderfalter*.«

»Schon gut, ich komme mit.« Es war lange her, dachte Gildoran, seit er einen Transmittersprung gemacht hatte. Nicht mehr seit dem Sprung mit Ramie – wie lange war das her? Wie alt war Gilmarina jetzt? Dreizehn. Dreizehn Jahre Schiffszeit. Es war sieben Jahre her, seit er einen Fuß auf einen Planeten gesetzt hatte, und das waren die wenigen katastrophalen Tage auf der *Höllenwelt* gewesen. Dem Fiasko auf *Tornado* war er nur entgangen, weil er an jenem Tag Dienst auf der Kinderstation hatte.

Während sie durch den weiten Talkessel wanderten, spürte er die wohltuende Wärme der großen Sonne auf seinem Rücken.

Fühlt sich gut an, auf festem Boden zu sein. Diese Sonne zu spüren. Ich frage mich, wie wir im All überhaupt über-

leben ohne Sonne oder Wind oder das Gefühl der Schwerkraft … Der Mensch ist nicht geschaffen, um im All zu leben.

Er befahl sich streng, nicht sentimental zu werden. Für ihn war Schwerkraft nicht einmal eine Prägung in der Kindheit. Er war für ein Entdeckerschiff ausgewählt worden, als er noch kaum einen Monat alt war, und die Umstrukturierung der Zellinformation seines Körpers, seiner innersten Zellen, war genau darauf zugeschnitten – auf ein Leben im All. Er war kein Planetenbewohner, kein Erdenwurm, die Unterschiede reichten bis tief in die Zellen, bis in die Atome. Und doch … und doch, diese Sonne, der kühle, scharfe Wind, der ihm über die Wangen strich …

Er fragte Gilrae: »Ist es ein gutes Gefühl, wieder auf festem Boden zu stehen? Oder sind Planeten noch immer nichts weiter als – wie hat Gilharrad sie genannt – Unterbrechungen, Löcher im Kosmos?«

»Der liebe, alte Gilharrad«, antwortete sie mit einem zärtlichen Lächeln. »Nein, es ist ein gutes Gefühl, aber vor allem, weil ich jetzt weiß, dass ihr alle in Sicherheit seid.«

»Wenn wir schon einen Planeten finden mussten, auf dem wir landen und dauerhaft bleiben können, hätten wir keinen besseren finden können«, sagte er. Dann fragte er sich, warum er das gesagt hatte, als sie ihn erstaunt ansah. Hatte er das wirklich gemeint, wollte er für immer hierbleiben?

Irgendwo gibt es einen Planeten, der deinen Namen trägt …

Er hatte das unangenehme Gefühl, dass Gilrae seinen Gedankengängen folgen konnte, aber sie verkniff sich jeden Kommentar und fragte nur, als sie sich dem Transmitter-Terminal näherten: »Warst du je auf Host? Ich wünschte, wir hätten direkt dorthin fliegen können. Aber es ist fast fünfzig Lichtjahre von hier entfernt, Ich glaube nicht, dass die *Wanderfalter* das geschafft hätte.«

»Wenn ich je dort war, dann war ich noch zu jung, um mich daran zu erinnern«, antwortete Gildoran.

»Es ist die Heimatwelt der Entdecker«, erklärte Gilrae, »soweit man bei uns überhaupt von einer Heimatwelt sprechen kann. Unsere gesamten gespeicherten Daten befinden sich dort. Ich habe ein Transkript des Logbuchs der *Wanderfalter* bei mir, für das Große Archiv.« Als sie in eine Transmitterkabine traten, sagte sie: »Es ist gut, dass wir gelandet sind. Unsere Transmitter sind veraltet. Ich muss Gilmarti herüber schicken, damit sie sich mit den neuen Modellen vertraut macht. Es scheint, dass die alte Vier-Lichtjahres-Grenze ausgedehnt wurde. Diese hier können zwölf Lichtjahre überbrücken, ohne Schäden oder Orientierungslosigkeit zu verursachen.«

Sie tippte eine Reihe von Koordinaten ein, und es gab ein kurzes, scharfes Gefühl von wirbelnder Dunkelheit, ein kleines elektrisches *Klick,* und die Konsole vor ihnen hatte sich von blau zu grün verändert. Nachdem sie das Manöver zweimal wiederholt hatten, standen sie auf Host.

Es war ein kleiner Planet, so klein, dass Gildoran vermeinte, die rasche Rotation spüren und sehen zu können, die schnelle Bewegung des kleinen Planetoiden um seine schwache, weit entfernte Sonne. Oder war das nur eine Illusion, hervorgerufen durch das rasche Vorbeigleiten von Himmelskörpern, die entweder Monde oder künstliche Satelliten sein konnten? Es war kalt, selbst in den dicken, warmen Reisemänteln, mit denen sie sich auf Laszlo versorgt hatten.

Als sie das Transmitter-Terminal verließen – es war nur klein, Host hatte offensichtlich wenig Durchgangsverkehr –, trat eine Reihe verschiedenster Humanoiden vor den Entdeckern zurück.

Gezeichnet. Fremd. Du würdest es nur bemerken, wenn sie es nicht täten.

Aber dann sah er den Ausdruck auf ihren Gesichtern. Nicht Angst oder Hass, dieses Mal – Respekt, der an Ehrfurcht grenzte. Und dann sagte die große, in eine Art Uniform gekleidete Frau an der Spitze der Reihe in klarer, tragender, vielleicht mechanisch verstärkter Stimme: »Bitte stellen Sie sich in einer ordentlichen Reihe auf, dann beginnen wir unsere Tour mit einem Rundgang durch das Entdeckermuseum ...«, und er verstand.

Gilrae zog eine Augenbraue hoch und meinte: »Das ist neu. Als ich das letzte Mal hier war, mussten wir darum kämpfen, dass unsere Zuteilung nicht aufgehoben wurde. Seit Jahrhunderten – schon bevor ich geboren wurde – gab es eine kleine Prämie von der Zentrale für das Auffinden neuer Planeten. Aber ich erinnere mich, dass die Zentrale damals versuchte, uns das Budget zu kürzen – sie sagten, wenn wir nicht genügend Finderlohn erwirtschafteten, um unsere Schiffe zu unterhalten, müssten wir eben aufhören. Zwei oder drei Schiffe gingen tatsächlich pleite und mussten aufhören.« Sie lächelte etwas zittrig. »Ich war schon darauf vorbereitet, dass wir diesmal nach der Landung gänzlich abgelehnt würden und dass Host den Laden aufgegeben hätte. Es gab mal Gerüchte – ich weiß nicht genau, vor wie vielen Jahrhunderten Planetenzeit – dass für die absehbare Zukunft genügend Planeten entdeckt worden waren und dass die Entdecker nur noch ein Luxus waren, den sich die zivilisierte Galaxis nicht mehr leisten konnte – Geld und Energie in die Erforschung des Universums zu stopfen. Es wäre Zeit, dass wir uns niederließen, hieß es, und lernten, auf den Welten zu leben, die wir schon hatten.«

Sie hielt einen Moment vor einem kleinen gemeißelten Gedenkstein inne. Zwei Gestalten, die in ein alabasterweißes Metall eingeritzt waren, blass und hochgewachsen und offensichtlich vom Entdecker-Typ, standen triumphierend auf einem kleinen jadegrünen Planeten. Es war das erste Mal, dass Gildoran eine öffentliche Inschrift in der Sprache der Entdecker sah, die sie untereinander benutzten. Darunter stand eine Übersetzung in Universal. Die Inschriften lauteten:

DER BESATZUNG DER *SEEWOLF*,
VERLORENGEGANGEN IN EINER NOVA
IN DER NÄHE DES ORIONNEBELS.
Streben, Suchen, Finden, und niemals Aufgeben.

»Das ist auch neu«, sagte Rae, »oder besser gesagt, neu seit meinem letzten Besuch. Ich habe keine Ahnung, wie lang es nach Planetenzeit her ist, seit ich das letzte Mal hier war.«

An der Tür eines kleinen Gebäudes stand, wieder in der Sprache der Entdecker: *Zutritt nur für autorisiertes und Schiffspersonal.* Gilrae drückte ihre IdentiCard gegen die Sensorplatte an der Tür, und sie öffnete sich.

Vor einem Computer saß ein großer, blasser Entdecker, er drehte sich um, als sie hereinkamen. »Gilrae von der *Wanderfalter*«, begrüßte er sie herzlich. »Wir haben gehört, dass ihr gelandet seid. Wir hatten schon Angst, ihr wärt im All verlorengegangen.«

»Sarndall von der *Nebel*«, erwiderte Gilrae und umarmte den fremden Mann freundschaftlich. Sie stellte Gildoran vor, der sich merkwürdig unbehaglich fühlte. Es war das erste Mal, dass er jemanden traf, der offensichtlich einer von ihnen war, ein Entdecker, und trotzdem nicht zu ihnen gehörte. Er wusste nicht, wie er mit einem Fremden umgehen sollte, der doch wieder kein Fremder war.

Gilrae fragte: »Wo ist die *Nebel* jetzt, Dall? Oder sollte ich lieber nicht fragen?«

»Gelandet und ausgemustert«, antwortete Sarndall. »Nacheinander sind uns drei Gruppen von Kindern gestorben, und wir wurden zu wenige, um weiterzumachen, wir verloren unsere Pu-Bären in einer Epidemie, sieben von ihnen starben in einer einzigen Nacht. Wir hatten nicht mehr den Mut, es noch einmal zu versuchen. Glücklicherweise fanden die meisten von uns hier auf Host eine Beschäftigung.«

»Sind alle Nachrichten so schlecht?«

»Nicht alle, aber viel Gutes gibt es nicht zu berichten. Hast du den Gedenkstein für die *Seewolf* gesehen? Aber die *Gute Fee* ist gerade gelandet, und sie haben vier neue Planeten erschlossen und acht gesunde Vierjährige an Bord. Und wie steht es bei euch, Rae?«

»Nicht gut«, antwortete Gilrae und gab dem alten Entdecker die Abschrift des Logbuchs. »Die Einzelheiten kannst du hier drin finden.« Sie gab ihm einen kurzen Bericht von den Katastrophen auf *Höllenwelt* und *Tornado.*

»Tödliche Schallwellen von Pflanzen, was? Das ist mal was Neues«, meinte Sarndall. »Ich nehme das in die Gefahrenliste mit auf. Wir haben diese Geschichte mit dem kalten Tod in diesem Sektor schon einmal angetroffen, glaube ich, vielleicht sollte man die Schiffe warnen, sich von diesem Raumsektor für ein paar tausend Jahre fernzuhalten, bis die Krankheit alle denkbaren Wirte erschöpft hat und ausstirbt. Natürlich treffen die Computerheinis letztendlich die Entscheidung, aber man sollte vielleicht darüber nachdenken. Also erschließt ihr momentan keinen Planeten?«

»Nein, wir mussten notlanden. Wir sind auf Laszlo.«

»Ein guter Ort für Entdecker«, meinte Sarndall. »Witzige Sache mit Laszlo. Sechzig Planetenjahre standen sie auf der Warnliste. Vor etwa hundertneunzehn Jahren bekamen wir einen Bericht über einen Entdecker, der dort gehetzt und umgebracht wurde, also ließen wir Warnungen ausgeben. Dann, vor ungefähr dreißig Jahren, wählten sie eine neue Regierung – Präsident, König, ich habe vergessen, wie albern sie ihren Anführer nennen –«

»Ratsherr«, murmelte Gildoran.

»Ja, etwas in der Art. Jedenfalls war sein erster offizieller Akt, sich mit Host in Verbindung zu setzen und Laszlo offiziell für Entdecker zu öffnen. Sie haben dort ein paar spezielle Projekte, die dich interessieren könnten, nehme ich an.«

»Ich denke, wir werden das schon erfahren«, antwortete Gilrae. »Wir sind dort zu einem offiziellen Empfang eingeladen. Bis zu drei Dutzend von uns. Wir müssen jeden bis zu den Pu-Bären mitnehmen, um auf diese Zahl zu kommen!«

»Ist es so schlimm?«, wollte Sarndall wissen.

»Wir denken daran, uns aufzulösen«, sagte Rae offen. »So schlimm.«

In Sarndalls Augen glitzerte plötzlich Gier. »Tut das nicht«, bat er. »Wenn es ein Personalproblem ist, lasst uns mit einsteigen. Wir sind neunundzwanzig, und wir würden alles tun, um wieder hinaus in den Kosmos zu können …«

»Das ist eine Idee«, meinte Gilrae, »aber natürlich liegt die Entscheidung nicht bei mir. Das müsste die ganze Besatzung entscheiden.«

Als sie Host wieder verließen und hinter den Touristen darauf warteten, dass die einzige Transmitterkabine wieder frei wurde, sagte Gildoran: Das könnte die Lösung unseres Personalproblems sein, Rae.«

»Vielleicht.« Doch Rae sah ernst aus. »Es funktioniert fast nie«, zweifelte sie. »Man hat es schon versucht. Aber es bringt zwei Fraktionen an Bord des Schiffes mit sich: wir und sie. Wir wären keine Familie mehr. Keine einheitliche Besatzung, bei der für jedes Mitglied die *Wanderfalter* das Zuhause, die Heimat darstellt, sondern zwei Besatzungen. Und jede versucht, das Schiff auf ihre Weise zu führen. Als letzter Ausweg mag das immer noch besser sein, als den Dienst zu quittieren. Aber nicht viel besser.«

Auch Gildoran hatte die Fremdheit empfunden, mit einem Entdecker zusammen zu sein, der gleichzeitig einer von ihnen war und auch wieder nicht. Sein Leben lang, seit er sprechen konnte, war jeder Entdecker, den er kannte, Mitglied seiner eigenen Besatzung gewesen – sein Schiffskamerad, sein Spielgefährte, seine Familie, die geliebt, beschützt, verteidigt wurde gegen den gesamten Kosmos, gegen jedes andere Wesen im Kosmos. Jeder, der nicht zur *Wanderfalter* gehörte, war ein Fremder, der nie verstehen konnte ... Selbst die, die man zu lieben glaubt, wie Janni, kannten einen nicht wirklich und wollten es auch gar nicht.

Außer diesem einen Jungen – wie hieß er noch? Merrik – auf Lassellis Welt. Er war plötzlich ein Freund geworden – und dann hatte er wieder Abschied nehmen müssen.

Und dann stellte er sich mit einem Mal die vertrauten Gänge, Räume und Decks der *Wanderfalter* voller Fremder vor. Entdecker, ja. Teile der Besatzung. Aber nicht – oh, nein, niemals – Brüder, Kameraden. Niemals gekannt, geliebt. Zu ihnen gehörig und wieder nicht. Fremde und doch keine Fremden. Gildoran schauderte.

Möge der Kosmos das verhüten!

Er sah Rae zu, wie sie die Koordinaten für Laszlo einprogrammierte, und eine Erinnerung durchzuckte ihn, die Erinnerung an fremde Koordinaten, die in einem Überlastsignal erschienen ... ein unvergesslicher Tag in seiner Jugend.

Laszlo. Lassellis Welt. Fremd und doch dieselbe, wenn auch kaum wiederzuerkennen. Als sie in den sengenden blauweißen Sonnenschein hinaustraten, windig, mit farblosen Wolken und schwachen Blitzen in der oberen Atmosphäre, hörte er sich sagen: »Wieder zu Hause.« Er verbesserte sich rasch, wieder bei der *Wanderfalter*, die schließlich sein Zuhause war, aber das war es nicht, was er gemeint hatte, und in Raes erstauntem Blick, der seinem begegnete, stand das auch.

Er fragte: »Wusstest du, dass das Lassellis Welt ist, Rae?«

»Ja. Aber ich wusste nicht, dass du es auch wusstest.«

»Gilmarin wurde hier getötet.«

Und das nenne ich Zuhause!

»Ich weiß«, antwortete Rae ruhig. »Und ich bin hier geboren. Niemand außer Gilharrad wusste das, und er ist tot. Er verlor seinen Finger, als er mich von hier raubte – mich und drei andere. Und ich denke, das – die Erinnerung daran – war der Grund für den Aufstand, bei dem Gilmarin umkam.« Sie zog ihren Reisemantel enger um sich. »Der Ort verursacht mir eine Gänsehaut. Macht es dir etwas aus, wenn wir direkt zurück zur *Wanderfalter* gehen?«

Kapitel 3

Während der nächsten paar Tage erkundete Gildoran mit Gilmarina den Planeten. Zum ersten Mal kostete das Mädchen ungehindert Sonnenschein und Freiheit. Ramie oder gelegentlich Gilmerritt begleiteten sie manchmal auf diesen Ausflügen, und wenn er Familien sah, die sich in den grünen Parks von Laszlo vergnügten, merkte er, dass eine Familie weniger eine biologische als eine funktionale Einheit war. In jeder Hinsicht, die von Bedeutung war, waren er und Ramie Gilmarinas Eltern.

Gilmerritt zögerte zuerst damit, sich auf dem Planeten zu zeigen. In dieser Zeit war eine Missbildung wie ihre verkrüppelte Hand wahrhaft erstaunlich, und manchmal starrten Leute sie an. Sie war erschreckend empfindlich darin, und Gildoran nahm es ihr nicht übel.

Eines Nachts brachte er in den Räumen, die sie auf der *Wanderfalter* miteinander teilten, das Thema zur Sprache. »Es gibt jetzt keinen Grund mehr, warum du nicht jederzeit in einen Regenerations-Tank gehen könntest, Merritt. Es gibt hier ein ausgezeichnetes Regenerationszentrum . Und wir bleiben mindestens ein Jahr hier und warten, bis die Kinder älter werden. Wir würden dich auf keinen Fall zurücklassen.«

»Ich weiß«, sagte Merritt, »ich habe mir das Regenerationszentrum neulich angesehen.«

»Sollen wir dann bald die nötigen Vereinbarungen treffen?«

Merritt schüttelte den Kopf. »Noch nicht«, sagte sie, »ich habe noch so viel zu tun. Ich möchte ein paar Forschungsarbeiten hier durchführen.«

Er sah sie erstaunt an. Sie fragte ernsthaft: »Stört es

dich, Gildoran? Erstens, ich ... möchte nicht so lang von dir getrennt sein. Und außerdem ... es gibt noch etwas Bestimmtes, das ich tun muss. Aber macht es dir wirklich nichts aus? Schämst du dich ... wenn du mit ... dem hier ... gesehen wirst?« Sie hob die schwarze, nutzlose Klaue.

Gildoran zog sie an sich. »Liebling, so etwas darfst du nicht einmal denken. Ich würde dich auch lieben, wenn du gar keine Hände hättest. Aber ...« Er schüttelte etwas verblüfft den Kopf. »Du hast dir so lange nichts sehnlicher gewünscht ...«

»Manchmal verlieren die Menschen den Sinn für Perspektive«, erwiderte Merritt langsam. »Im Augenblick denke ich, dass es Wichtigeres gibt. Macht es dir etwas aus, Doran?«

Er hielt sie fest an sich gedrückt: »Du musst tun, was dir am besten erscheint, Liebes.« Hier auf dieser neuen Welt, wo alles neu und frisch und irgendwie echter wirkte als in ihrer isolierten Welt zwischen den Sternen, wurde er sich wieder bewusst, wie tief und innig er sie liebte, wie er sie vermissen würde, wenn sie so lange nicht bei ihm wäre. Er war fast selbstsüchtig froh, dass sie sich nicht zu trennen brauchten. Trotzdem fragte er sich, was für sie so wichtig sein konnte, dass sie die Regeneration ihrer verkrüppelten Hand dafür noch weiter hinauszögern wollte. Sie machte keine Anstalten, es ihm zu sagen, und er fragte auch nicht. Er sah sie über technologischen und medizinischen Zeitschriften brüten, und sie verbrachte viel Zeit im Regenerationszentrum, aber er wusste nicht warum. Sie hatte schon immer viel gelesen und ihre Spezialgebiete studiert – er vermutete, dass sie im Laufe der Zeit vom Biologen- zum Ärzteteam gewechselt wäre – aber bevor sie hier gelandet waren, hatte er immer das Gefühl gehabt, dass ihre

Besessenheit für Regenerations-Techniken zumindest teilweise daher rührte, dass sie ihm Schuldgefühle für die Verzögerung der Heilung ihrer Hand vermitteln wollte. Jetzt wusste er, dass es das nicht sein konnte – aber was dann?

Er beschuldigte sie einmal halb im Scherz: »Ich nehme an, dass du eines Tages Gilbans Posten haben willst. Chefmedizinerin Gilmerritt?« Sie lachte und stritt es nicht ab, aber das war alles.

Sie nahm auch an der Konferenz teil, auf der sich die Leitenden Offiziere trafen, um darüber zu diskutieren, ob noch weitere Kinder aufgenommen werden sollten. Die Pu-Bären, die keine Kleinen mehr auf der Kinderstation hatten, waren alle dafür. Gilmerritt war die erste, die sich dagegen aussprach.

»Ich denke, wir müssen noch warten«, sagte sie. »Wir werden mindestens ein Jahr hier sein, vielleicht noch länger. Wir können die DNS-Modifizierungen erst kurz nach dem Start vornehmen. Mit den Techniken, die wir zur Zeit anwenden, muss das Kind in der Schwerelosigkeit und im Weltraum aufwachsen, um die volle Mutation zum Entdecker zu entwickeln. Wenn wir jetzt neugeborene oder frisch ausgebrütete Säuglinge annehmen, werden sie zu alt für die DNS-Veränderungen sein, wenn wir wieder aufbrechen.«

Gilrae warf einen Blick auf den Chefarzt: »Gilban?«

»Was unsere gegenwärtige Technologie angeht, hat Merritt Recht«, sagte er. »Ich hörte auf Host, dass die *Nebel,* wegen extremer Personalknappheit, eine Gruppe von Fünfjährigen an Bord nahm, in der Hoffnung, die Zeit zu verkürzen, bis sie alt genug wären, um auf dem Schiff mitzuarbeiten. Kein einziger hat überlebt.«

Gilrae sagte ruhig: »Wir müssen nicht warten. Ich

habe versprochen, es euch vorzuschlagen. Die Besatzung der *Nebel* möchte sich uns gerne anschließen – und sie sind neunundzwanzig. Damit kämen wir auf eine Besatzung von über sechzig. Wir könnten nächsten Monat wieder starten, wenn wir wollten – mit einer Reihe von Kindern für die Kinderstation – und zum ersten Mal seit Jahren wieder voll funktionstüchtig sein.«

Auf das Stimmengemurmel, das sich daraufhin sofort erhob, halb zustimmend, halb ablehnend, hob sie die Hand. »Wir müssen es nicht jetzt entscheiden«, sagte sie. »Wir müssen darüber abstimmen. Denkt über die Sache nach. Wir werden eine weitere Konferenz einberufen und uns dann entscheiden. Aber vergesst nicht, bevor ihr euch entscheidet, dass die Alternative wahrscheinlich heißt, uns aufzulösen. Heute Abend findet der offizielle Empfang des Ratsherrn statt. Die Teilnahme ist keine Pflicht, aber die Laszlaner waren sehr freundlich zu uns, also bleibt bitte nicht ohne guten Grund fern.«

Ramie holte ihn im Flur ein. »Doran, hast du das von der *Nebel* gehört? Du sahst nicht gerade überrascht aus, als Rae davon anfing.«

»Ich hörte auf Host davon«, sagte Gildoran.

»Das könnte die Antwort sein«, meinte Ramie. »Auf diese Weise könnten wir alle zusammenbleiben.«

»Aber Fremde – auf der *Wanderfalter* …«

»Sie wären doch keine Fremden. Es sind Entdecker. Wie wir.«

»Es wäre einfacher, wenn sie wirklich Fremde wären«, erwiderte Gildoran hilflos. »Wir könnten lernen, uns ihnen anzupassen – und sie sich an uns – wie wir es tun, wenn wir auf einem Planeten sind. Aber die Besatzung eines anderen Entdeckerschiffes – mit ihren eigenen Traditionen – wie wir und doch nicht wie wir – ich glaube ehrlich nicht, dass das klappen würde, Ramie.«

»Nein, nicht wenn es uns in feindliche Parteien spalten würde«, stimmte Ramie zu. »Ich verstehe deinen Einwand. Ich habe oft gedacht, die beste Lösung wäre es, wenn wir erwachsene Freiwillige anheuern könnten, wann immer wir sie brauchten. Dann wäre der Unterschied zwischen Entdeckern und Planetenbewohnern nicht mehr so groß. Wir wären für sie keine Sonderlinge mehr, und sie wären für uns keine fremden Rassen. Es wäre kein größerer Unterschied als der Wechsel von der Kinderstation zum Transmitter-Team. Wir wären einfach alle Menschen.« Sie überlegte einen Augenblick, ihr hübsches blasses Gesicht wirkte nachdenklich. »Vielleicht könnten wir das mit einer anderen Entdeckerbesatzung schaffen. Aber es wäre schwer, weil wir von ihnen erwarten würden, dass sie genau wie wir wären. Und das könnten sie nicht sein.« Sie seufzte und schüttelte den Kopf. »Na, vielleicht findet sich die richtige Lösung noch.«

»Wenn wir uns mit der *Nebel* zusammenschließen müssen«, meinte Gildoran schroff, »dann werde ich ein Erdenwurm! Es ist besser, hier unter Fremden zu leben, von denen ich weiß, dass es Fremde sind, als zu versuchen, unter Fremden zu leben und so zu tun, als wären es keine.«

Ramie sah ihn verblüfft und schockiert an. »Könntest du uns das antun, Gildoran?«

Er wandte sich ab und sagte heiser: »Ich wäre nicht der erste, und ich werde auch nicht der letzte sein.«

Als er sich widerwillig für den offiziellen Empfang beim Ratsherrn umzog, dachte er darüber nach.

Vielleicht wäre ich der letzte. Was sagten sie auf Host – dass sie vielleicht die Entdeckerschiffe ganz streichen wollten? Na, der Kosmos wird bestimmt auch prima ohne sie auskommen, wenigstens für die nächsten paar Millionen Jahre. Bis dahin haben sie vielleicht etwas Besseres.

Gilmerritt, in einem schmalen grünen Kleid in der Farbe ihrer Augen, trat hinter ihn. »Du gehst zum Empfang beim Ratsherrn?«

»Ich glaube nicht, dass ich mich davor drücken kann«, antwortete Gildoran. »Rae hat alle gebeten zu kommen. Und du?«

»Ich würde lieber nicht. Aber ich gehe, wenn du gehst«, antwortete sie. »Wer ist der Ratsherr?«

»Woher soll ich das wissen? Irgendein wichtiger Politiker, nehme ich an, der eine Schwäche für Entdecker hat. Ich weiß nicht, ob er uns verklärt oder ob er einfach nur wissen will, ob wir wirklich die Kinder töten und fressen, die wir stehlen oder kaufen.«

Gilmerritt verzog angewidert das Gesicht. »Gibt es denn noch immer Leute, die das wirklich glauben?«

»Merritt, es gibt Leute, die alles glauben«, erwiderte Gildoran.

»Dann sollten wir vielleicht lieber Gilmarina mitnehmen. Um das Gegenteil zu beweisen«, meinte Gilmerritt, und Gildoran zuckte die Achseln. »Wenn sie möchte, von mir aus gern. Aber es ist eine Schande. Sie ist wirklich noch zu jung, um sich solche elenden offiziellen Anlässe aufhalsen zu lassen.«

Gildoran fand Gilmarina mit Rae zusammen, die in einem der Freizeiträume eine große elektronische Harfe spielte. Marina war vor kurzem offiziell aus der Kinderstation entlassen worden und hatte nun ein eigenes Zimmer, das sie sich mit Gilrita teilte.

Die Kinderstation ist jetzt leer. Seltsam, wie tot das Schiff wirkt ohne kleine Kinder an Bord. Und die Kinder sind die einzige Zukunft, die wir haben.

Gildoran stand still da und lauschte dem komplizierten Duett, das die Frau und das Mädchen spielten.

Es war Gilrae, die ihn zuerst sah und mitten in einem Arpeggio abbrach.

»Wie ich sehe, hast du dich für den Empfang beim Ratsherrn umgezogen. Sollen wir dann alle zusammen gehen?«

Gilmarina sah erstaunt und erfreut aus. »Darf ich wirklich mit, Rae?«

»Natürlich, Liebes, wenn du gern möchtest«, antwortete Rae, und Gilmarina lächelte. Sie hatte tiefe Grübchen in beiden Wangen. »Dann ziehe ich mich besser um! Es wäre wohl kaum dem Protokoll entsprechend, in Schiffsuniform aufzutauchen!«

Gilmerritt lachte. »Ich bezweifle, dass die Laszlaner den Unterschied bemerken werden«, sagte sie, »sie erwarten sicher nicht, dass wir ihre Kleidervorschriften kennen oder uns danach richten. Kleidervorschriften folgen ohnehin oft unterbewussten Vorstellungen. Auf Transmitter-Welten wird wohl heutzutage kaum noch viel Wert darauf gelegt. Aber es muss eine Vollzeitbeschäftigung gewesen sein, immer richtig angezogen zu sein, in den Tagen, als das noch als wichtig galt.«

»Das war es«, bestätigte Gilrae. »Meine Zwanziger habe ich damit verbracht, bei der Erschließung einer Welt zu helfen, die zu einem Erholungsort wurde, und es hat mir Spaß gemacht, dort etwas über die Psychologie der richtigen Kleidung zu lernen, und das mit den anderen Welten zu vergleichen, die ich besuchte. Auf einer Vergnügungswelt ist es natürlich eine bewusste Sache – und ziemlich künstlich.«

»Ist es nicht überall künstlich?«, fragte Merritt. »Außer vielleicht auf Welten mit extremem Klima, wo man in der falschen Kleidung entweder erfriert oder einen Sonnenstich bekommt?«

»Ich weiß nicht«, meinte Gilrae. »Es ist eine Frage

von subtilen Signalen, die man empfängt und sendet, und wenn du für eine Gesellschaft die falschen sendest, kannst du Schwierigkeiten bekommen.«

»Deswegen hat man wohl die Reisemäntel erfunden«, vermutete Gildoran. »Stellt euch vor, eine ganz normale Frau auf einem Planeten geht aus zum Einkaufen, ein paar Lichtjahre entfernt, um mal etwas anderes zum Anziehen zu finden, und muss plötzlich feststellen, dass ihr normales Hauskleid hier sexuelle Avancen zur Folge hat.«

Gilmerritt zuckte die Achseln. »Das passiert sicherlich«, sagte sie, »aber wenn sie nicht gerade schrecklich neurotisch ist, macht es ihr bestimmt nichts aus. Sie kann ja immer nein sagen oder so tun, als ob sie die Sprache nicht versteht.«

Gilmarina kam in eng anliegenden Hosen und einer kurzen, leuchtenden Tunika in strahlendem Rot zurück, das helle Haar mit einem glitzernden Tuch zusammengebunden.

Sie ist eine Frau, und eine hübsche dazu. Aber für mich ist sie noch immer ein Kind. Und wird es auch immer bleiben.

Die Frauen bewunderten Gilmarinas Kleidung, dann gingen sie alle zum Transmitter hinunter. Gildoran trug seine normale Ausgehuniform, in Silber und Blau – der Ratsherr – zum Teufel mit ihm! – wollte sie ja nicht als einfache Gäste, sondern speziell als Entdecker, warum also nicht? Rae trug, wie es einer Rangälteren geziemte, ein pastellfarbenes Gewand mit künstlichen Schneeflocken im weißen Haar. Gilmerritt in ihrem grünen Kleid und Gilmarina in ihrer leuchtenden Tunika waren hübsche Frauen, die von irgendeiner der Millionen Welten stammen konnten.

»Ich nehme an, Kleidung wird in wenigen Jahren

überhaupt nicht mehr von Belang sein«, sagte Gilrae, als sie die Transmitterkoordinaten für die Residenz des Ratsherrn eingaben. »Kein lebender Mensch könnte sich all die unterschwelligen Kodes für mehr als ein oder zwei Planeten merken – vielleicht vier oder fünf, wenn jemand daraus ein lebenslanges Studium oder ein Fachgebiet machen wollte.«

»Und was für eine Zeitverschwendung das wäre«, lachte Gilmerritt, als die kurze, flackernde Dunkelheit sie verschlang.

Gehen wir alle zusammen durch den Transmitter? Werden wir irgendwie miteinander vermischt, vermengen sich unsere Atome zwischen den Terminals? Woher wissen wir, dass jeder von uns sein eigen Fleisch und Blut zurückbekommt? Bin ich Teil eines jeden, mit dem ich jemals in einer Transmitterkabine war?

Er überlegte kurz, ob er sich für ihre nächste Reise zum Transmitter-Team melden sollte. Doch die Möglichkeit, dass die *Wanderfalter* vielleicht nie mehr eine Reise antrat, versetzte ihn wieder in eine schwarze Depression, die ihn einhüllte wie eine Decke.

»Du siehst nicht gerade sehr festlich aus, Gildoran.« Gilrae hakte sich bei ihm unter. »Wir gehen auf eine Party. Sei fröhlich!«

Er fühlte sich überhaupt nicht festlich gestimmt. Aber um Gilraes willen setzte er ein Lächeln auf wie eine Maske.

»Ich tue mein Bestes«, sagte er. »Ich nehme an, das da drüben muss die Residenz des Ratsherrn sein, mit all den Lichtern und den Ballons. Ich bin froh, dass es nicht weit ist – das muss hier die Polarregion sein!«

Sie überquerten den gepflasterten Platz durch leise fallenden Schnee und betraten die strahlend erhellte offizielle Residenz.

Kapitel 4

Was Gilrae über Kleidung gesagt hatte, konnte ebenso gut für Unterhaltungsangebote zutreffen, dachte Gildoran, als sie in der äußeren, mit Marmor ausgelegten Halle der Residenz innehielten, um sich ihre Reisemäntel von lautlos dahingleitenden Servomechs abnehmen zu lassen. Was an einigen Orten als förmlich galt, galt an anderen als lässig informell. Ein offizieller Empfang auf der einen Welt konnte bedeuten, dass man still in einer Reihe stand und den Ansprachen von Würdenträgern lauschte, auf einer anderen Welt vielleicht, dass man sich auf Kissen fläzte und Trinklieder sang. Es war schon Jahre her, seit Gildoran an einer formellen Veranstaltung teilgenommen hatte – oder sich überhaupt in größeren Gruppen von Menschen bewegt hatte, abgesehen von seinen Schiffskameraden.

Die förmlichste Angelegenheit, die ich seit dreizehn Jahren erlebt habe, ist die jährliche Wahl des Kapitäns.

Er murmelte etwas darüber zu Rae, als sie unter Reihen von Kristallüstern dahinschritten, und sie nickte. »Eines Tages – irgendwann in den nächsten Jahrtausenden«, sagte sie, »wird die eine oder andere Gruppe versuchen, Richtlinien für intergalaktische Etikette zu schaffen. Ich glaube, so etwas gibt es sogar schon, aber nur in hohen diplomatischen, interplanetarischen politischen Kreisen. Wenn sich Sitten die ganze soziale Leiter hinunter vereinheitlichen, dann beginnt die Dekadenz.« Sie kicherte leicht. »Doch so lange die Entdecker neue Welten erschließen, kann die Dekadenz bis ins Unendliche hinausgeschoben werden. Vielleicht sind wir die Hefe, die die ganze Galaxis aufgehen lässt.«

»Bürger von Laszlo und geehrte Gäste«, verkündete die unnatürlich sanfte, mechanische Stimme eines Servomechs. »Die Schiffsoffiziere des Entdeckerschiffes *Wanderfalter*. Gildoran, Gilrae, Gilmarina, Gilmerritt.«

Eine dicke kleine Frau, die in ihrer Nähe stand, murmelte hörbar: »Ach, sie sind die Entdecker! Ratsherr Marik ist reineweg närrisch mit dem Thema, weißt du!« Sie lächelte Gildoran reizend an und fragte: »Könnten Sie mir erklären, warum Ihre Namen alle so ähnlich sind?«

Gildoran fand nicht, dass sich ihre Namen besonders ähnelten, aber er antwortete höflich und erklärte, dass jedes Entdeckerschiff eine besondere verschlüsselte Identifikation besaß, die in einer Silbe – im Falle der Wanderfalter war es ›Gil‹ – zusammengefasst und jedem Menschen auf diesem Schiff als erste Silbe seines Namens gegeben wurde, sodass anhand des Namens jeder Entdecker durch das Schiff, von dem er stammte, identifiziert werden konnte.

»Und wie viele Schiffe gibt es in der Flotte?«, fragte die Frau.

»Ich weiß es wirklich nicht genau. Vielleicht kann Gilrae es Ihnen sagen«, antwortete Gildoran und vermied es, die andere Frau dabei anzusehen.

Ein Mann in der Menge sagte: »Die Schiffe haben so seltsame und romantische Namen. Woher kommen sie?«

»Die Schiffe? Die meisten wurden auf Host gebaut«, antwortete Gildoran.

»Nein, die Namen! Woher kommen die Namen?«

»Es sind Namen von Schiffen, die von Entdeckern auf der Ursprungswelt der Menschheit gesegelt wurden«, erwiderte Gildoran, »zumindest behaupten das die Legenden. Schiffe waren ursprünglich ein Verkehrsmittel zu Lande, glaube ich, und in jenen Tagen zogen die Entdecker aus, um alles über ihre eigene Welt zu erkunden, ehe sie ins Weltall aufbrachen. Die Namen von einigen dieser Schiffe wurden in Legenden bewahrt, jedenfalls nach dem, was wir wissen. Aber natürlich, nach so vielen Jahren, wer kann das schon genau sagen?«

Ein Servomech glitt zu ihm heran und forderte seine Aufmerksamkeit durch ein diskretes Zupfen an seinem Jackenärmel.

»Gildoran von der *Wanderfalter*? Ratsherr Marik wünscht Sie persönlich zu sprechen, wenn Sie so gut sein wollen«, murmelte er.

Ungefähr das letzte, was Gildoran wollte, war mit einem hochgestellten politischen Großkopf zu reden, der eine romantische Schwäche für Entdecker hatte, aber ihm fiel keine höfliche Ausrede ein. Er folgte dem Servomech zum erhöhten, thronartigen Stuhl des Ratsherrn.

»Du erinnerst dich nicht an mich, Gildoran, oder? Nein, wie könntest du auch, nach – wie viele Jahre ist es jetzt her? Mehr als hundert für mich. Du sagtest, du würdest nicht zurückkommen, weil ich dich bestimmt hassen würde ...«

Irgendetwas in der Stimme brachte eine Saite der Erinnerung in Gildoran zum Schwingen. Er sagte: »Merrik!«, mit einem seltsamen Gefühl der Wärme.

War es das, weshalb sich diese Welt wie Zuhause anfühlte, weil ich hier einen Freund gefunden habe, den ich nie vergessen würde?

»Du erschießt also keine ausgerissenen Schlangen im Naturpark mehr, was?«

Der alte Mann kicherte. »Dann erinnerst du dich doch. Was dich angeht – es stimmt, du siehst nicht einen Tag älter aus. Nein, das nehme ich zurück«, sagte er, während er das Gesicht des anderen musterte. »Was ist passiert? Soweit ich weiß, hat dein Schiff Schwierigkeiten. Aber es ist schön, dich als Gast hier zu haben.«

Mit dem eigenartigen Gefühl, dass jetzt alle Dinge ihren Platz fanden, setzte sich Gildoran neben den Ratsherrn und begann ihm zu erzählen, was der *Wanderfalter* im Laufe der Jahre zugestoßen war.

Sollte ich mich entscheiden, als Erdenwurm hierzubleiben, würde ich wenigstens mit einem Freund beginnen. Also nicht ganz als Fremder. Und immerhin ein Freund in hoher Position. Sicher könnte ich etwas finden, was das Bleiben lohnt.

Marik hörte Gildorans Erzählung schweigend und fasziniert zu. Endlich, als er von der Wahl erfahren hatte, die ihnen bevorstand – sich entweder mit einem anderen Entdeckerschiff zusammenzuschließen oder sich aufzulösen –, sagte er ernsthaft: »Aber das ist ja schrecklich! Nicht, dass ihr hier nicht willkommen seid, ihr alle. Aber jedes Entdeckerschiff, das wir verlieren …«

»Selbst die Zentrale scheint zu glauben, dass wir ein Luxus sind, auf den die Galaxis verzichten kann«, erwiderte Gildoran.

»Die Zentrale spielt gerne Gott«, fand Marik, »aber diese Sache ist zu groß für Politik auf dieser Ebene. Ich glaube nicht, dass du weißt, was Entdecker für uns bedeuten, Gildoran. Ihr seid dem Problem zu nah – wie heißt das Sprichwort noch – ihr seht den Wald vor lauter Bäumen nicht?«

Gildoran meinte: »Ich bin neugierig zu erfahren, was deiner Ansicht nach die Entdecker bedeuten. Für die meisten Menschen auf den meisten Planeten sind wir entweder Spinner oder gefährliche Fremde, eine Legende, die die Menschen hassen.«

»Ihr seid unser Sicherheitsventil«, erklärte Marik.

»Unsere ständige Grenzerweiterung, unser endloses offenes Ende. Solange die Entdecker noch neue Welten finden und erschließen, können wir alle unterschiedlich sein, unsere Individualität behalten. Sobald die Entdeckung neuer Welten endet, sobald alles bekannt ist, beginnen wir zu stagnieren, beginnen wir zu sterben. Es ist wie bei einer unfruchtbar gewordenen Rasse, wenn nichts Neues mehr beginnt, fängt diese Rasse oder diese Welt an zu sterben. Wenn das Leben einfach immer nur das Bekannte wiederholt, wenn nichts Neues in die Gleichung eintritt, dann haben wir zuerst einen Verlust an neuen Ideen, dann allgemein von Kreativität, dann allgemeine Dekadenz. Das ist, historisch betrachtet, jedem neuen Planeten widerfahren, der gänzlich erforscht und kartiert war. Von diesem Augenblick an beginnt er zu sterben und dekadent zu werden. Der Mensch kann, psychologisch gesehen, nicht ohne Grenzen leben. Und selbst wenn wir nicht alle auf Entdeckungsreisen gehen können, können wir doch psychologisch überleben, im Wissen, dass neue Welten gefunden werden, dass irgend jemand hingehen und sie finden kann.«

Das erinnerte ihn ein wenig an das, was Gilrae gesagt hatte – dass die Vereinheitlichung von Verhalten der Anfang vom Untergang war. Dennoch fragte er bitter: »Warum verbannen uns so viele Völker dann von ihren Planeten? Warum verwehren sie uns ihre Kinder?«

»Weil sie nicht verstehen«, sagte Marik ruhig. »Ich habe mein Leben damit verbracht, Gildoran, zu gewährleisten, dass Laszlo es versteht. Ich glaube, ihr werdet feststellen, dass ihr hier so viele Kinder haben könnt, wie ihr wollt.« Er lächelte verschmitzt und sagte: »Ich selbst wäre glücklich, wenn ich wüsste, dass jemand von meinem Blut die Sterne erforscht, tausend Jahre, nachdem meine alten Knochen zu Staub zerfallen sind. Und ich bin sicher, es gibt Millionen, die genauso empfinden wie ich. Hier und anderswo.«

Das wäre vielleicht eine Antwort, dachte Gildoran, als die Besatzung der *Wanderfalter* die Residenz sehr viel später in dieser Nacht verließ und zum Transmitter-Terminal ging. Eine Welt, auf der die Entdecker keine Außenseiter und verhasste Fremdlinge waren, sondern eine Heimatwelt der Entdecker, wohin sie immer kommen konnten, wenn sie eine neue Welt erschlossen hatten, wohin sie gehen konnten, um ihre Kinder zu holen, anstatt sie kaufen oder stehlen zu müssen, wo jede Familie auf diesem Planeten ein Kind auf den Entdeckerschiffen hatte – und wenn die Zentrale sich entschloss, Host zu schließen und die Unterstützung der Entdecker einzustellen, könnte Laszlo ihr Heimathafen sein …

Doch als sie in den Transmitter traten, drehte er sich um und sagte zu Gilrae: »Bring die Mädels nach Hause, ja? Ich gehe noch für eine Weile spazieren.«

»Ich komme mit dir«, sagte Gilmerritt, »es sei denn, du möchtest lieber allein sein.«

»Ich glaube schon. Danke, Liebes, aber geh du mit Gilmarina nach Hause. Wir sehen uns morgen.«

Er trat in die Kabine und drückte die Koordinaten für den HauptTransmitter-Terminal auf Laszlo. Hier, in diesem Terminal, waren er und Ramie beinahe umgebracht worden.

Jetzt waren sie geehrte Gäste.

Er ging nach draußen, in die kühle, weiche Nachtluft. Laszlo befand sich an zentraler Stelle in der Galaxis, und die Nacht strahlte mit Tausenden und Abertausenden von nahen, leuchtenden Sternen. Es kam ihm so vor, als ob von der Oberfläche dieser Welt betrachtet die Sterne heller strahlten als irgendwo im All, dass die sanften Winde und Wolken seinen Körper mit einer Wärme berührten, die er nie gekannt hatte.

Ich will diese Welt nicht wieder verlassen. Egal, wie viele Welten ich noch sehe, es wird nie wieder eine Welt geben, die die meine ist, in diesem seltsamen, unerklärlichen Sinne. Wenn ich Laszlo verlasse, werde ich mich selbst mitsamt den Wurzeln ausreißen und nie wieder ganz werden.

Die ganze Nacht und den ganzen folgenden Tag ging Gildoran von Transmitter zu Transmitter, sprang über den Planeten, von der Tag- auf die Nachtseite, wanderte durch Sonnenschein und Regen, durch Parks und Wüsten, schöne Flecken und stinkende Elendsviertel und versuchte, einen Teil von Laszlo zu finden, den er ernsthaft hinter sich lassen konnte.

Es war schon wieder Nacht, als er auf die *Wanderfalter* zurückkehrte, schlaflos, hungrig, mit schmerzenden Augen und schwerem Herzen. Als er an Bord ging und seine IdentiCard gegen die Schleuse drückte, sagte der Computer: »Gildoran, bitte melde dich sofort im Erholungszentrum A. Der Rat des Schiffes wird gleich zusammentreten, und Gilrae versucht seit Stunden, dich aufzuspüren.«

Als er dort ankam, hatte er halb erwartet, die ganze Schiffsbesatzung dort vorzufinden, und war erstaunt, nur Gilrae anzutreffen.

Sie hob die Augen mit einem so erleichterten Blick, dass er für einen Augenblick dachte, sie würde in Tränen ausbrechen.

»Gildoran«, sagte sie. »Ich hatte schon Angst, du hättest uns endgültig verlassen …«

»Wenn ich ginge, dann würde ich es sagen.«

»Aber du denkst daran, uns zu verlassen, nicht wahr?«, fragte Rae müde.

»So würde ich das nicht ausdrücken. Aber ich bin mir unsicher über das, was uns bevorsteht. Und es macht mir Unbehagen.«

Woher wusste sie das?

Als ob Gilrae seine Gedanken lesen konnte, wie sie es so oft tat, hob sie den Blick und sagte: »Die Menschen bekommen einen ganz besonderen Blick, wenn eine Welt sie fesselt. Du hast ihn. Ich kann mir zwar nicht vorstellen, warum – eine Welt wie diese verursacht mir eine Gänsehaut. Aber man versteht es wohl nur, wenn es einem widerfahren ist. Den Blick habe ich bei Giltallen gesehen, Monate, bevor er uns verlassen hat. Und jetzt du …« Ihr Gesicht verzog sich, als ob sie weinen wollte.

»Weine nicht, Rae. Ich bin ja hier.«

»Aber wie lange noch?«

Er hätte ihr gern rasch ein Versprechen gegeben, aber als er ihrem Blick begegnete, wusste er, dass er bei ihr nicht anders als völlig aufrichtig sein konnte. Er sagte: »Es hängt vor allem davon ab, was beim Schiffsrat passiert, Rae. Ich kann nicht damit leben, dass wir uns mit der *Nebel* zusammentun.«

»Ramie hat mir erzählt, dass du so empfindest«, sagte Rae leise. »Kannst du sie alle so wenig leiden?«

»Das hat nichts mit nicht leiden können zu tun. Ich *kenne* sie nicht«, antwortete Gildoran. »Besser eine fremde Welt als meine eigene Welt, die mir plötzlich fremd wird …«

»Selbst wenn der Preis dafür ist, uns alle zu verlassen?«, fragte Rae. »Ich kann mir nicht vorstellen, wie Ramie – oder Gilmarina – ohne dich zurechtkommen sollen. Und was mich angeht …« Sie lehnte sich mit einem Seufzer an ihn. »Aber ich muss dir ja sicherlich nicht sagen, was du mir bedeutest, Doran, ich weiß genau, dass du das weißt. Und ich weiß, du tust das nicht, um uns Ärger zu machen. Ich weiß, wie du dich fühlen musst. Ich weiß es nur zu gut ...«

Er hielt sie in den Armen und wusste, dass Rae ihm mehr bedeutete als irgendein anderer lebender Mensch. Aber sie verstand, und er wusste, sie würde sich ihm nicht in den Weg stellen, was er auch tat.

Er ließ sie los, als die anderen Besatzungsmitglieder der *Wanderfalter* allmählich einer nach dem anderen eintrafen. Ramie warf ihm einen bitteren Blick zu, als sie eintrat. Sie sagte: »Also bist du doch wieder zurückgekommen? Bist du gekommen, um uns zu erpressen, damit alles nach deinen Wünschen läuft? Du weißt, wir können dich nicht verlieren und trotzdem weitermachen.«

Gildoran sagte leise: »Das ist nicht fair, Ramie. Jeder von uns hat das Recht, sich frei zu entscheiden. Du wirst dich für deinen Weg entscheiden, gleichgültig, was ich tue. Ich könnte ja auch versuchen, dich dazu zu überreden, bei mir zu bleiben, weißt du.«

Ramie fuhr auf: »Und wenn – wäre das nicht auch eine Art von Erpressung? Zu versuchen, mich auf deinen Weg zu bringen, nur weil du weißt, wie lange ich dich schon liebe? Ja, ich liebe dich. Niemand anders hat mir je etwas bedeutet. Es hat nie einen anderen für mich gegeben, und es wird auch nie einen geben.

»Wer versucht jetzt hier wen zu erpressen?«, brauste Gildoran auf. Er wusste nicht, ob der wilde Gefühlsausbruch, den er empfand, Liebe, Begehren oder purer Hass war. »Du hättest jeden haben können!«

»Das musst du mir nicht unter die Nase reiben. Ich weiß, dass du dir nichts aus mir machst!« Ramie brüllte beinahe.

Gilrae sagte erschöpft: »Ramie. Doran. Das ... das gehört sich nicht.«

»Wir sind nicht auf der Kinderstation, und wir zanken uns nicht wie Kinder«, erwiderte Ramie heftig und wandte sich der älteren Frau zu. »Du hast kein Recht dazu, Rae! Du hast leicht reden, du weißt genau, dass jeder Mann auf der *Wanderfalter* zuerst dich liebt und danach nie wieder eine andere …«

»Ramie! Ramie!«, unterbrach Gilrae sie, ehrlich schockiert. »Wie kannst du so etwas sagen?«

»Frag doch Gildoran, ob es nicht stimmt! Frag ihn, ob er je wirklich eine andere geliebt hat …«

Gildoran stand wütend auf und fuhr zu den beiden Frauen herum. Er sagte brutal: »Zum Teufel mit allen Weibern! Ich wünschte, ich wäre nie zurückgekommen, um mir das hier anzuhören! Ihr seid wie ein Rudel Schakale!«

Ramie stand ihm gegenüber, zornig, Tränen rannen ihr über die Wangen. Gilrae verbarg den Kopf in den Händen, ihre Schultern bebten. Gildoran erschrak, aber nach einer Minute erkannte er schockiert, dass sie lachte.

Ramie sah ebenfalls schockiert aus, als Gilrae den Kopf hob und sie sah, dass die andere lachte. Gilrae sagte: »Ich werde wirklich langsam alt. Ich finde das Ganze nur komisch. Aber, ihr beide …« sie streckte die Hände nach ihnen aus und Gildoran sah entsetzt, dass – auch wenn sie lachte – ihre faltigen Hände zitterten.

»Doran. Ramie. Was immer mit euch geschieht, geht nicht so da hinein. Entscheidet nicht in einem Sturm von Gefühlen. Vielleicht ist es das letzte, das uns jemals allen zusammen als Einheit widerfährt. Nach dem heutigen Tag wird es zu spät sein, und es hat möglicherweise Einfluss auf die Entdecker – nicht nur die *Wanderfalter*, sondern auf alle, die es noch gibt. Ihr könnt nicht zulassen, dass ein …

Gefühlsausbruch uns alle vernichtet. Denkt darüber nach und versucht zu entscheiden … Sie brach ab. »Ich will nicht sagen, entscheidet *ohne Gefühle*. Es ist eine gefühlsmäßige Entscheidung. Das weiß ich, vielleicht mehr als irgendeiner von euch. Gott weiß, dass ich selbst starke Gefühle dabei entwickle. Aber versucht zu entscheiden, was ihr wirklich wollt – was ihr wollen werdet, nicht nur heute, sondern in vielen Monaten. In Jahren. Und entscheidet so, dass es nicht zu spät sein wird.

Die anderen Besatzungsmitglieder kamen nun herein und nahmen ihre Plätze ein. Gildoran glitt in einen Sessel und stellte plötzlich fest, dass er an genau derselben Stelle saß wie vor sieben oder acht Jahren, als er zum Kapitän gewählt worden war. Es schien ein ganzes Menschenleben her zu sein. Es *war* ein Menschenleben her. Ramie wollte sich schon neben ihn setzen, warf ihm dann aber einen wütenden Blick zu und setzte sich woanders hin. Hatte Rae auch versucht, sie aufzuspüren?

Rae erläuterte kurz die Entscheidung, vor der sie standen. Sie waren zu wenige, um die *Wanderfalter* noch weitere dreizehn oder vierzehn Jahre Schiffszeit zu bedienen, bis eine neue Schar von Kindern aufgewachsen war, um ihnen zu helfen. Die Entscheidung musste entweder lauten, die *Wanderfalter* auszumustern und die Besatzung aufzulösen oder sich mit der Besatzung der *Nebel* zusammenzutun, um eine neue Besatzung aus zweien zu schaffen.

»Jeder von euch hat eine Stimme, vom ältesten Schweber bis zum jüngsten Kind«, erklärte Rae. »Es ist auch eure Zukunft. Die Mehrheit entscheidet. Ich sollte noch hinzufügen, wie die Mehrheit auch entscheidet, für Auflösung oder den Zusammenschluss mit der *Nebel*, die Abstimmung ist für die Minderheit bindend. Wir stimmen vom ältesten zum jüngsten Mitglied ab. Gildorric?«

»Zusammengehen mit der *Nebel*«, sagte der alte Mann knapp, »ich würde in Planetenschwerkraft keine drei Jahre überleben. Ich hoffe nur, ich lebe lang genug, damit wir wieder von dem Planeten loskommen.«

»Gilmarti?«

»Auflösung«, antwortete sie. »Besser ein Erdenwurm als sich mit einer anderen Besatzung zu mischen.«

»Gilban?«

Der Chefmediziner runzelte die Stirn und sagte: »Enthaltung. Ich gehe mit der Mehrheit, wie immer die Entscheidung auch ausfällt.«

Die Abstimmung ging weiter. Gildoran versuchte mitzuzählen, schaffte es aber nicht. Als Gilramies Name aufgerufen wurde, sagte sie: »Mit der *Nebel* zusammengehen. Vielleicht kommt einmal die Zeit, dass wir uns wieder trennen können, wenn es eines Tages genug von uns gibt. Aber es heißt, die Entdecker am Leben zu erhalten.«

Gildoran wusste, dass er als nächster dran war. Gilraes Gesicht war eingefallen, fast verzweifelt, als sie sagte: »Gildoran.«

Mein Leben liegt hier.

Der Ruf einer Welt, einer Welt, die ich mir zu eigen gemacht habe. Und doch … wie könnte ich mich von Ramie trennen, selbst wenn wir uns nur noch streiten? Sie ist Teil meines Lebens. Von Merritt, die so sehr mein ist, die mich so sehr gebraucht hat – von Marina, der ich das Leben schenkte …

»Gildoran?«

Die Wanderfalter *Tag für Tag, Jahr für Jahr, Welt für Welt, jahrhundertelang mit Fremden zu teilen … Fremden, die versuchen, Teil von uns zu sein …*

Er sah Ramies weißes Gesicht, verzerrt vor Qual. Er öffnete den Mund, um zu sagen: »Auflösen«, und die Worte wollten nicht kommen. Endlich sagte er, mühsam die Silben durch seine trockene Kehle kämpfend: »Enthaltung. Ich schließe mich der Mehrheit an. Es ist eine Frage des kleineren Übels, so oder so.«

Raes Brust hob sich, als ob sie mühsam nach Luft rang.

Er wollte etwas sagen, in eine Flut von Erklärungen ausbrechen, doch Rae hatte schon den nächsten Namen aufgerufen.

»Gilbarni?«

»Mit der *Nebel* zusammengehen«, sagte der Junge. »Entdecker sind Entdecker. Kein Planet lohnt es zu bleiben.«

So habe ich auch einmal empfunden …

»Gillori?«

Loris rundes Gesicht war blass und ängstlich. Sie sagte: »Ich stimme für Auflösung.«

»Gilrita?«

Das andere der ›Babys‹ sagte, kaum hörbar: »Ich stimme für die *Nebel*. Wir könnten ein paar neue Freunde gebrauchen.«

»Gilmarina?«

Gilmarina murmelte: »Ich …« sie sah Gildoran flehend an und sagte dann leise: »Ich enthalte mich. Ich weiß wirklich nicht genug darüber, um abzustimmen. Ich schließe mich der Mehrheit an.«

Gilrae beugte sich über die Stimmzettel. Gildoran wartete, er konnte kaum atmen. Die nächsten Augenblicke würden über ihrer aller Schicksal entscheiden. Einige hatten vielleicht genau mitzählen können. Er beneidete sie. Sie wussten es schon, ohne diese mörderische Spannung … er wünschte, er hätte den Mut aufzustehen und hinauszugehen, in den Sonnenschein von Laszlo, in die Welt, von der er geschworen hatte, sie sei die seine, die Welt mit seinem Namen darauf, seine besondere Insel …

Gilmerritt stand auf und sagte: »Rae, das war nicht nötig. Wenn ich etwas sagen darf …«

Jemand rief: »Das Ergebnis der Abstimmung!«

Gilmerritt erwiderte: »Ich habe mitgezählt. Es waren zehn Stimmen für den Zusammenschluss mit der *Nebel*, zehn für die Ausmusterung und drei Enthaltungen. Es gibt keine Abstimmung, und wir brauchen auch keine.« Ihr Gesicht war blass. Sie hob ihre nutzlose, klauenartige Hand. »Ich befasse mich mit Regenerations- und DNS-Techniken«, begann sie. »Aus offenkundigen Gründen. Unsere Techniken sind veraltet. Mit den neuen medizinischen Techniken, die den Laszlanern zur Verfügung stehen«, erklärte sie, »gibt es keinen Grund, weshalb wir keine erwachsenen Freiwilligen anheuern könnten. Ich will jetzt nicht ins Detail gehen«, setzte sie hinzu. »Niemand außer Gilban und Gilnosta würde es verstehen. Aber allgemein ausgedrückt handelt es sich um eine Knochenmarksregeneration mit Transplantaten und DNS-Transfusionen. Das bedeutet, dass jeder bis zu einem bestimmten Alter – und zwar das Alter, in dem das Knochenwachstum abgeschlossen ist und die Epiphyse versiegelt – auf einem Entdeckerschiff anheuern kann. Es besteht keine Notwendigkeit mehr, Kinder als Babys aufzunehmen – auch wenn wir das vielleicht noch immer möchten, weil es zu unseren größten Freuden gehört, sie aufwachsen zu sehen als Teil unserer Welt – aber der erwachsene Freiwillige kann, mit ein paar kleinen chirurgischen Modifikationen und gelegentlich ein paar Wochen in einem Regenerations-Tank problemlos die Reise in den interstellaren Raum überleben. Vielleicht überlegen wir trotzdem, ob wir – für eine gewisse Zeit – uns mit der *Nebel* zusammentun, aber es ist keine Frage von zwei verschiedenen Fraktionen mehr. Wir werden alle verschieden sein – und gleich«, schloss sie. »Es wird einige Zeit dauern, bis wir den Neuen alles an Bord beigebracht haben. Aber schon jetzt, hier auf Laszlo, hat Ratsherr Marik drei Dutzend Freiwillige für uns gefunden. Wir können hingehen, wo immer wir wollen«, fügte sie hinzu, »und wir werden immer einen Heimathafen hier auf Laszlo haben. Welche neue Welt wir auch finden, wir kommen hierher zurück, um neue Besatzungsmitglieder oder Kinder aufzunehmen, zu einer Welt, die immer unsere Heimatwelt sein wird.« Ihre letzten Worte gingen in lautem Jubel unter.

Kapitel 5

»Nach diesem Jahr«, sagte Gilrae, »bewerbe ich mich um den Schweber-Status. Aber ob ich ihn nun bekomme oder nicht, ich bin fertig. Dies ist meine letzte Amtszeit als Kapitän.«

Rami lachte und sagte: »Das habe ich doch schon mal gehört.«

Rae erwiderte: »Warte ab, bis du ein- oder zweimal Kapitän warst und wie du dich dann fühlst.«

Gilmerritt meinte: »Ich kann mit meiner Zeit Besseres anfangen. Wo wir gerade davon sprechen, ich gehe besser mal ins Hospitaldeck und sorge dafür, dass alle Tanks bereit sind für den Null-Grav-Betriebszustand. Wie machen sich die Freiwilligen auf der Brücke, Rae?«

Rae drehte sich um. »So gut wie jeder andere

B-Klasse-Dienstgrad«, antwortete sie. »Nach sechs Monaten Intensivschulung, was hattest du erwartet?« Sie lächelte Gilmarina liebevoll an, die über die Kommunikationskonsolen gebeugt war und angespannt und ein wenig ängstlich aussah. Sie sagte: »Mach mir eine schiffsweite Schaltung, Marina. Achtung, an alle, hier spricht der Kapitän. Die *Wanderfalter* wird in fünfundvierzig Minuten Universalzeit von Laszlo starten. In dreißig Sekunden hören wir ein Universal-Zeit-Signal ...«

Gildoran prüfte automatisch seinen Chronometer, als das Ticken und Piepen des Signals ertönte.

Als es geendet hatte, fuhr Rae fort: »Die *Wanderfalter* wird in genau achtunddreißig Minuten und zwanzig Sekunden von Laszlo abheben. Alle Besucher müssen das Schiff jetzt verlassen. Besatzung auf die Startpositionen, bitte. Interne Schaltung, Morgan, bitte.«

Morgan, Laszlanerin im Dienstrang B, sagte: »Schon geschehen, Kapitän.«

Gildoran sah sich auf der Brücke um, die von vier Besatzungsmitgliedern der *Wanderfalter*, dreien von der *Nebel* und sechs Laszlanern bemannt war. Es war seltsam, dunkle Haare und pigmentierte Haut auf der Brücke zu sehen, und das ein paar Minuten vor dem Start. Gilrae nahm Berichte aus der Kinderstation entgegen, fragte nach dem Befinden der zwölf Laszlo-Babies, die dort von den Pu-Bären umsorgt wurden.

Gilrae legte ihren Kommunikator beiseite und sagte: »Ihr drei geht besser auf die Startpositionen.« Sie stand auf und umarmte Gilmerritt kurz. »Ich werde dich eine Weile nicht sehen, Merritt, wenn ich dienstfrei habe, bist du wohl schon im Tank.«

Merritt nickte. »Ich habe angeboten zu bleiben und die Medi-Robots zu überwachen. Aber fünf der

B-Klasse-Laszlaner sind DNS-Techniker und Chirurgen, also brauchen sie mich nicht.« Sie küsste die ältere Frau auf die Wange. »Wir sehen uns nächstes Jahr, wo immer – und wann immer – wir dann sind.«

Gilmarina warf Gilrae einen kurzen, um Erlaubnis bittenden Blick zu, dann verließ sie ihre Konsolen und warf sich in Gilmerritts Arme. »Viel Glück, Liebe. Ich weiß genau, wenn du nicht gewesen wärst, wäre ich viel schlimmer dran – Gilban sagte, mein Fuß war schlimmer als deine Hand. Wenn ich deinen Platz hätte übernehmen können, hätte ich es getan, um dir eine Chance zu geben ...«

Gildoran fragte: »Brauchst du mich auf der Brücke, Rae?«

»Nein, wirklich nicht. Beim Kosmos! Es ist eine solche Erleichterung, nicht mehr unterbesetzt zu sein«, erwiderte Rae. »Bring Merritt hinunter und deck sie gut zu, wenn du möchtest.«

Auf dem Weg zum Hospitaldeck sagte Gildoran: »Es ist merkwürdig, Leute auf der Brücke zu sehen, die gar nicht *aussehen* wie Entdecker.«

Merritt lächelte leicht. »Gib ihnen vier Jahre im All«, sagte sie. »Dann sind sie so blass wie wir alle. Auf jeden Fall stören uns ja die Babies mit den dunklen Haaren und der dunklen Haut nicht, und wenn es hin und wieder einen Freiwilligen gibt, der nicht völlig ausbleicht, dann werden wir uns schon daran gewöhnen. Vielleicht ist es sogar eine angenehme Abwechslung. Hat Rae nicht einmal gesagt, dass Vereinheitlichung der Anfang vom Untergang ist? Selbst die Entdecker könnten dekadent werden, denke ich, wenn alles zu lange Zeit zu glatt liefe.«

»Das kann ich mir kaum vorstellen!«, lachte er. »Was machen wir nur ohne Rae, wenn sie ihre Drohung wahr macht und zum Schweber wird?«

Wieder lächelte Gilmerritt. »Bis dahin ist noch viel Zeit«, meinte sie. »Rae ist für uns alle der gute Geist der *Wanderfalter*, und ich glaube, das weiß sie auch. Und wenn sie uns wirklich verlässt, um Schweber zu werden – dann wird es jemand anders sein. Vielleicht du.« Sie hakte ihn unter, als sie das Hospitaldeck betraten.

Gilban wartete auf sie, währen die Medizinstudenten von Laszlo alles bereitstellten. Gildoran sah die vertraute, schlanke Gestalt, die dabei half, alles zu überwachen, das helle Haar, die seltsam schrägstehenden Augen.

»Ramie, das ist ja ein neues Arbeitsfeld für dich«, stellte Gildoran fest.

»Ich wollte eine Abwechslung«, antwortete Ramie. »Also werde ich mich um dich kümmern, Merritt. Bist du bereit?«

»In ein paar Minuten.« Ohne jede Verlegenheit begann Gilmerritt sich auszuziehen, bereit für den Regenerations-Tank. Rami nahm einen Rasierapparat und schor Gilmerritts schweres Haar. »So ist es einfacher, für dich zu sorgen«, erklärte sie, »und wenn du so weit bist, wieder herauszukommen, ist es schon wieder nachgewachsen.«

Gilmerritt senkte den Blick. »Sieh mich nicht an, Gildoran.«

Gildoran nahm sie in seine Arme. »Sei nicht albern, Liebes«, sagt er. »Glaubst du, es macht mir etwas aus, wie du aussiehst, nach all den Jahren? Mach schnell und werd wieder gesund, Liebling.« Er nahm sanft die hässlich deformierte Klauenhand, streichelte sie und legte seine Lippen darauf.

Kosmos! Ich werde sie so vermissen …

Sie klammerte sich einen Moment an ihm fest und sagte: »Sei nicht einsam. Das ist nicht fair. Du weißt, dass ich nichts weiß oder fühle. Wag es nicht, mich zu vermissen, wenn ich dich nicht vermissen kann.« Sie griff nach Ramies Hand und schaute mit ihren großen grünen Augen ernsthaft zu ihr auf. »Ramie. Lass nicht zu, dass Gildoran mich vermisst. Oder einsam ist. Versprich es mir.«

Ramie küsste Gilmerritt rasch auf die Stirn und sagte: »Ich verspreche es. Ich passe auch auf ihn gut auf.«

Merritt legte sich nieder, Ramie deckte sie mit einem Laken zu, und Gildoran hielt ihre Hand, als die erste Nadel in ihr Handgelenk stach, die sie in den vorläufigen Schlaf versetzen würde, während ihre Körpertemperatur abgesenkt wurde. Später würde die nutzlose Hand amputiert und das Gelenk in eine Regenerationslösung gelegt werden, sodass in einem Jahr, wenn sie aus dem Tank auftauchte, nur eine Erinnerung an lange Träume zurückblieb – und eine Hand, die identisch war mit der, mit der sie geboren wurde.

Die interne Schiffsschaltung verkündete mit Raes Stimme: »Die *Wanderfalter* startet von dem Planeten in genau vier Minuten und achtzehn Sekunden. Bereitschaft für 30-Sekunden-Countdown. Vier Minuten ... drei Minuten, dreißig Sekunden ...«

Ein erstes Dröhnen, durchsetzt mit statischem Knistern, begann die *Wanderfalter* zu erschüttern, die Böden und Wände begannen zu beben. Ramie sagte: »Wir schnallen uns besser an, Doran.«

Alle anderen auf der Krankenstation waren bereits in Startsesseln festgezurrt. Die beiden Entdecker gingen zu nebeneinanderliegenden Sesseln und schnallten sich die Sicherheitsgurte um Taille und Schultern. Durch den wachsenden Lärm des Starts und der Antriebe, die anliefen, hörte Gildoran noch Merritts

Abschiedsworte: »Ramie. Lass nicht zu, dass Gildoran mich vermisst. Oder einsam ist. Versprich es mir.« Und Ramie hatte es versprochen.

Gildoran streckte seine Hand aus und fühlte, wie sich Ramies schlanke Finger um die seinen schlossen. Ja, sie gehörten zusammen. Auch Merritt wusste das. Er wusste nicht, wie es ausgehen würde. Es würde nicht dieselbe Art von Beziehung sein, wie er sie mit Merritt hatte. Es spielte keine Rolle. Was es auch war, es würde für sie beide das Richtige sein.

»Dreißig Sekunden … zwanzig … zehn … sieben, sechs, fünf …«

Mit einem Schaudern, einem Kreischen und einem ungeheuren Dröhnen hob sich die *Wanderfalter* von der Oberfläche ihrer Heimatwelt, um einen neuen Abschnitt ihrer endlosen Reise durch den Kosmos anzutreten.

ENDE

Die Falken von Narabedla

Zwei Männer, ein Körper –
zwei Epochen im Wettstreit

Er erwachte in einer seltsamen Umgebung, bewacht von zwei Fremden. Der eine war ein uralter Mann, der andere eine schlanke, geschlechtslose Gestalt und vollständig unter blauen Schleiern verborgen.

Die beiden nannten ihn Adric, ein Name, auf den er instinktiv reagierte, obwohl er gleichzeitig wusste, dass er Mike Kenscott war, Radiotechniker in einem Forschungszentrum der Regierung. Seine üppige dunkelrote Kleidung war ihm fremd, und die Landschaft, die er durch das Fenster sah, versetzte ihm einen Schock – Berge, in rosiges Licht getaucht, dessen Quelle nicht eine, sondern zwei strahlende Sonnen waren.

Panik ergriff ihn. Wer waren diese Leute? In welcher Welt befand er sich? Und, vor allem, wer war er?

Vorwort

Als ich etwa acht Jahre alt war, entdeckte ich auf dem etwas unheimlichen Speicher des alten Bauernhauses, in dem ich aufwuchs, einen Karton, bis zum Rand vollgestopft mit alten Heftchenromanen – *Argosy, Blue Book, Weird Tales* und so weiter. Ich las stundenlang darin, lag in dem staubigen Sonnenlicht bäuchlings auf dem Boden, den Geruch nach Mörtel in der Nase, über mir ein quietschendes altes Victrola, das Carusoplatten spielte. Manchmal war ich so in eine Geschichte versunken, dass das Victrola ablief und seltsame Geräusche von sich gab, bis ich mich endlich aufrappelte und es geistesabwesend mit einer Hand wieder aufzog.

In meinen späten Teenagerjahren entdeckte ich die Science Fiction-Romane und ihre Mischung aus meiner geliebten Fantasie mit Wissenschaft und Abenteuer – die großen Namen von Kuttner, Hamilton, Brackett. Nur zu rasch, angespornt von einer Zeit des wissenschaftlichen Fortschritts, verschwand die Abenteuer-Fantasy, und es folgte eine Zeit des faden Realismus: die ›Ich-hab-Sand-in-meinem-Raumanzug‹-Schule. Ich habe nichts gegen sorgfältig konstruierte, realistische Science-Fiction. Manchmal schreibe ich so etwas sogar gern. Aber ich empfinde auch Sehnsucht nach den alten Tagen, nach dem Glitzern fremder Sonnen auf Welten, die nie waren und nie sein werden. Und es scheint, dass ich damit nicht allein stehe. Abenteuer-Fantasy, Schwert-und-Magie – wie man es auch nennt, es kommt wieder in Mode, vielleicht in einer etwas weiterentwickelten Form, aber im Grunde mit derselben Anziehungskraft, dem Glanz einer dunklen Welt, dem Flügelschlag eines Falken – wie vielleicht der Falken von Narabedla …

M.Z.B.

Kapitel 1

Irgendwo zwischen den schroffen Felsen über uns schrie ein großer Vogel.

Ich wandte mich an Andy, der knietief in dem eisigen Bach neben mir stand. »Da hast du deinen Adler. Wahrscheinlich riecht er den Puma, den ich gestern geschossen hab.« Ich begann mein Seil aufzurollen, denn ich wusste schon jetzt, was mein Bruder als nächstes tun würde. »Hol die Kamera, vielleicht bekommen wir ein Bild.«

Wir kauerten uns zusammen ins Gebüsch und beobachteten den großen Raubvogel, der sich in einer langsamen Spirale zu dem toten Puma herabsinken ließ. Andy zitterte vor Aufregung, die Kamera an die Brust gedrückt. »Himmel«, flüsterte er fast andächtig, »mindestens zwei Meter Flügelspannweite, vielleicht noch mehr ...«

Wieder schrie der Vogel misstrauisch, den Kopf in den Wind gelegt. Wir befanden uns auf der windabgewandten Seite, der Aasgeruch verbarg unsere Witterung vor ihm. Der Adler sah und roch uns nicht, er stieß herab und ließ sich auf dem Kopf des Pumas nieder. Andys Kamera klickte zweimal. Der Adler hieb mit dem Schnabel in seine Beute.

Ein rotglühender Draht flammte durch mein Hirn. Der Vogel – der Vogel – ich sprang aus der Deckung und rannte über die gut drei Meter breite Lichtung, die uns von dem angreifenden Adler trennte. Meine Hand schloß sich automatisch um das Jagdmesser an meinem Gürtel. Andys überraschter und entsetzter Aufschrei klang in meinen Ohren weit entfernt, als der Adler sich mit wütenden Flügelschlägen erhob – und dann voller Zorn auf mich herabstieß, dass mir die Flügelspitzen um die Ohren schlugen. Ich hörte und spürte, wie der bösartige Schnabel zustieß und stach blindlings mit meinem Messer nach oben, hieb um mich, hörte den Schmerzensschrei des Vogels und spürte das Schlagen der breiten Flügel.

Dann wirbelte glutroter Dunst um mich herum …

So etwas war schon einmal geschehen. Ich hatte schon einmal so gekämpft, um mein Leben, mein Leben …

Dann war der kreischende Adler fort, ein verschwindender Schatten mit einem letzten Schrei, und Andy packte mich hart an der Schulter und schüttelte mich grob. Seine Stimme, wütend und verängstigt, war kaum wiederzuerkennen. »Mike! Mike, du verdammter Idiot, alles in Ordnung? Bist du verrückt geworden?!«

Ich blinzelte und rieb mir die Augen. Meine Hand war rot vom Blut. Ich stand auf der Lichtung, das Messer in meiner Hand war ebenfalls blutig. Vogelblut. Ich hörte mich dämlich fragen: »Was ist passiert?«

Das Gesicht meines Bruders wurde durch den roten Dunst langsam klar, er sah mich finster an. »Das möchte ich gern von dir wissen! Mike, was zum Teufel hast du dir dabei gedacht? Du hast mir selbst gesagt, dass ein Adler auch einen Menschen angreift, wenn er sich gestört fühlt. Ich hatte ihn genau vor der Kamera, als du wie ein Verrückter da rausgesprungen kamst und dich mit deinem Messer auf ihn gestürzt hast. Du musst den Verstand verloren haben!«

Ich ließ das Messer fallen. »Ja«, antwortete ich schwerfällig. »Ich fürchte, ich habe deine Aufnahme ruiniert, Andy. Es tut mir Leid. Ich wollte nicht …« Hilflos brach ich ab. Ich kam mir vor wie ein Schwachkopf. Seine Hand lag noch immer auf meiner Schulter. Es ließ sie fallen und kniete sich ins Gras, um die Kamera aufzuheben. »Schon gut, Mike«, sagte er mit müder Stimme. »Du hast mir nur eine Heidenangst eingejagt.«

Er stand rasch auf und sah mir ins Gesicht. »Nur – verdammt Mike, du benimmst dich jetzt schon seit einer Woche so verrückt. Die verdammte Kamera ist mir egal, aber wenn du anfängst, dich mit bloßen Händen auf Adler zu stürzen –.« Abrupt warf er die Kamera von sich, machte kehrt und begann bergab in Richtung Hütte zu laufen.

Ich wollte ihm schon folgen, blieb dann aber stehen und bückte mich, um die Bruchstücke von Andys heiß geliebter Kamera aufzusammeln. Er musste den Adler damit getroffen haben. Gut für mich. Selbst ein Falke kann ziemlich bösartig sein, und ein Adler erst recht ... Warum um alles in der Welt hatte ich so etwas getan? Ich hatte Andy immer wieder gewarnt, sich von großen Vögeln fernzuhalten.

Jetzt, da die Dringlichkeit des Handelns von mir abgefallen war, kam ich mir dumm vor und fühlte mich leicht benommen. Ich wunderte mich nicht, dass Andy mich für verrückt hielt. Ich dachte die meiste Zeit dasselbe. Ich verstaute die kaputte Kamera in meiner Angeltasche und versprach im Geiste, Andy eine bessere zu kaufen, las die zurückgebliebenen Leinen und Ruten auf und säuberte unseren Tagesfang. Es war dunkel, ehe ich zur Hütte aufbrach, ich konnte das Summen des elektrischen Dynamos hören, den ich gebaut hatte, und sah das elektrische Licht über der Dämmerung der Sierras. Der Duft von gebratenem Speck begrüßte mich, als ich in den Schein der nackten Birne trat. Andy hatte nicht auf den Fisch gewartet. Er stand am Kocher und wandte mir stur den Rücken zu. Er drehte sich nicht um.

»Andy ...«, begann ich.

»Schon gut, Mike. Setz dich und iss dein Abendbrot.«

»Andy – ich kaufe dir eine neue Kamera.«

»Ich sagte doch, schon gut. Und jetzt iss, verdammt noch mal.«

Er schwieg eine ganze Weile, doch als ich mich mit meinem zweiten Becher Kaffee zurücklehnte, stand er auf und begann, ruhelos durch den Raum zu laufen.

»Mike, du bist hergekommen, weil du Ruhe brauchst«, begann er schließlich. »Warum kannst du deine ewige Arbeit nicht für eine Weile vergessen und dich einfach entspannen?« Er blickte voller Abscheu über seine Schulter auf den Arbeitstisch, wo das Licht ein wirres Durcheinander von Drähten und Magneten und Spulen beleuchtete. »Willst du aus dieser Hütte eine Zweigstelle der General Electric machen?«

»Ich kann jetzt nicht aufhören«, entgegnete ich heftig, »ich bin einer Sache auf der Spur, vielleicht etwas Großem, und wenn ich jetzt aufhöre, finde ich es nie!«

»Muss wirklich wichtig sein«, sagte Andy mürrisch, »wenn es dazu führt, dass du dich wie ein Kandidat für die Klapsmühle benimmst.«

Ich zuckte die Achseln, ohne etwas zu sagen. Das hatten wir schon öfter durchgesprochen. Ich hatte es gewusst, als sie mich aus dem Forschungslabor rauswarfen, kurz vor dem großen Knall. Wütend dachte ich: *Vielleicht steuere ich geradewegs auf den nächsten zu.* Aber es war mir egal.

»Setz dich, Andy«, bat ich. »Du weißt nicht, was da unten passiert ist. Nein, es ist keineswegs ein Militärgeheimnis oder so was. Wir hatten keinen Sonderstatus mehr, lange bevor ich rausflog.« Ich nahm einen Schluck Kaffee, ohne darauf zu achten, dass er mir den Gaumen verbrannte. Ich sagte mit der alten Bitterkeit: »Außer mir.«

Ich hatte in einem Radiotechniklabor der Regierung gearbeitet, an einem neuen Kommunikationsverfahren. Da ich es nie fertiggestellt habe, kann ich mir die Einzelheiten hier sparen. Es reicht zu sagen, dass es in Zukunft Radar ebenso überflüssig gemacht hätte wie Pferdekutschen.

Ich hatte einen speziellen Ultraschall-Kondensator gebaut und Probleme mit ein paar Magnetspulen gehabt, die sich nicht anständig aufwickelten. Als das Ding in die Luft ging, hatte ich seit drei Nächten nicht mehr geschlafen, aber das war nicht der Grund. Das war dort normal. *Ich* war damals normal, nichts weiter als ein Kommunikationsspezialist, etwas eigenbrötlerisch, was meine Bastelei an meinen Forschungsprojekten anbetraf, aber ohne jede Spur von den verrückten unpraktischen Vorstellungen, die mich später meinen Job gekostet hatten. Sie nannten es Überarbeitung. Aber ich wusste, dass sie glaubten, die Explosion hätte mein Hirn geschädigt. Ich machte ihnen keinen Vorwurf. Manchmal glaubte ich das ja selbst. Oder ich hätte es zumindest gerne geglaubt.

Alles fing eines Tages im Labor an, mit einem Schatten vor der Sonne und einem nicht aufzufindenden Kurzschluss irgendwo, der mir einen Schlag nach dem anderen versetzte, bis ich ganz benommen war. Als ich es endlich in Ordnung hatte – und ich fand nie heraus, wieso es gerade an dieser Stelle zu einem Kurzschluss gekommen war – war der Oszillator außer Kontrolle geraten. Das dachte ich jedenfalls. Ich bekam eine ganze Reihe von Wellen niedriger Frequenz, die anders waren als alles, was ich je zuvor gesehen hatte. Dann war da noch so etwas wie eine Stimme, die aus einem sehr alten, schlampig zusammengebauten Kristallempfänger kam – nur gab es im ganzen Labor keinen Radioempfänger oder Lautsprecher, und niemand außer mir hörte die Stimme. Ich war mir selbst nicht sicher, denn gerade in diesem Augenblick spielten alle Instrumente verrückt, und vierzig Sekunden später krachte ein Teil der Decke auf den Fußboden, und der Fußboden hob sich dem Dach entgegen. Sie fanden mich, wie sie mir erzählten, halb zerquetscht unter einem Balken. Jedenfalls wachte ich im Krankenhaus auf mit vier gebrochenen Rippen und fühlte mich, als ob ich unter Hochspannung stünde.

In dem Bericht las sich das so, dass ich von einem Blitz getroffen worden sei. Irgendetwas mussten sie ja schreiben.

Ich brauchte lange, um wieder auf die Beine zu kommen. Die Rippen und so heilten schnell – schneller, als es den Ärzten gefiel. Gegen das Krankenhaus hatte ich nichts, außer dass ich wochenlang nicht gehen konnte, ohne zu zittern, oder mir eine Zigarette anzünden, ohne mich zu verbrennen. Was mir zu schaffen machte, waren die Dinge an die ich mich erinnerte, *ehe* ich aufwachte.

Delirium. Damit erklärten sie es mir. Aber Aussehen und Art meiner Verletzungen am ganzen Körper passten irgendwie nicht. Elektrizität – selbst ein wildgewordener Blitz – hinterlässt nicht solche Verbrennungen. Und in dieser Ecke der Welt werden Menschen nicht gebrandmarkt.

Doch bevor ich die Spuren jemandem außerhalb des Krankenhauses zeigen konnte, waren sie verschwunden. Nicht verheilt, einfach verschwunden. Ich erinnere mich noch an den Gesichtsausdruck des Internisten, als ich ihm die Stellen zeigte, an denen die Verbrennungen gewesen waren. Er dachte nicht, dass ich verrückt sei. Er dachte, *er* sei verrückt.

Auch ein Psychiater schlich um mich herum und gab leise, beruhigende Erklärungsversuche über psychosomatische Medizin und hysterische Stigmata von sich, aber auch das war in erster Linie für die Akte bestimmt.

Ich wusste, dass das Labor nicht von einem Blitz getroffen worden war. Der Major wusste es auch. Das fand ich an dem Tag heraus, als ich mich zurück zur Arbeit meldete. Die ganze Zeit über, während wir uns unterhielten, machte sein Stift dicke Kreise auf den Seiten seines Terminkalenders, und er sprach, ohne den Kopf zu heben oder mich anzusehen.

»Das weiß ich alles, Kenscott. In der Umgebung wurden keine elektrischen Stürme gemeldet, keine Störung der Radiowellen im Umkreis von tausend Meilen. Aber«, sein Kinn wirkte stur, »das Labor wurde zertrümmert, und Sie wurden verletzt. Irgendetwas müssen wir ja in die Akte schreiben.«

Das alles konnte ich verstehen. Was mir missfiel, war die Art und Weise, wie ich behandelt wurde, als ich wieder zu arbeiten begann. Ich wurde in eine andere Abteilung zu einem anderen Projekt versetzt. Meine Bitte, diese merkwürdigen Wellen niedriger Frequenz erforschen zu dürfen, wurde abgelehnt. Meine privaten Aufzeichnungen wurden aus meinem Notizbuch gerissen, als ich beim Mittagessen saß, und ich sah sie nie wieder. Und sobald sie konnten, versetzten sie mich nach Fairbanks, Alaska, und das war das Ende der Geschichte.

Der Major sagte mir alles, was ich wissen musste, am Tag bevor ich das Flugzeug nach Alaska bestieg. Seine finstere Miene sagte mehr als seine Worte, und diese sagten schon genug.

»Ich würde es auf sich beruhen lassen, Kenscott. Hat keinen Sinn, noch mehr Staub aufzuwirbeln. Wir können nicht in allem herumpfuschen. Beim nächsten Mal bläst es Ihnen vielleicht den Kopf von den Schultern, statt Ihnen nur eine Dosis Hochspannung durch den Körper zu jagen. Wir haben alles getan bis auf Kopfstehen, um herauszufinden, wo diese freie Energie hergekommen und wohin sie verschwunden ist.«

»Dann geben Sie also zu, dass da irgend etwas war!« Das war mehr, als ich von sonst jemandem, der an dem Projekt beteiligt war, zu hören bekommen hatte.

»Inoffiziell, ja.« Der Major blickte finster drein, ohne mich anzuschauen. Dann kam alles in einem einzigen Wortschwall heraus. »Es läuft darauf hinaus, dass es in Erscheinung tritt, wenn Sie in der Nähe sind, und es tritt nicht in Erscheinung, wenn Sie nicht in der Nähe sind, und wir wissen nicht, ob es Schabernack ist oder ein Poltergeist oder etwas mit übersinnlicher Wahrnehmung zu tun hat, aber wir haben genug davon, was es auch ist. Wir haben diesen ganzen Forschungszweig stillgelegt, Kenscott. Und wenn ich Sie wäre, würde ich mich glücklich schätzen und über die Sache den Mund halten.«

»Es war schließlich keine Botschaft vom Mars«, sagte ich ohne zu lächeln, und er hielt es auch nicht für komisch. Aber in seinem Gesicht spiegelte sich Erleichterung, als ich sein Büro verließ und ging, um meinen Schreibtisch zu räumen.

Ich kam in Alaska ganz gut zurecht, eine Zeitlang. Man teilte mir Schreibkram zu, routinemäßige Inspektionsarbeiten, und ignorierte mich, wenn ich versuchte, wieder an die praktische Seite der Arbeit zu kommen. Und dann verfrachteten sie mich zurück in die Staaten mit einem Entlassungsschreiben und der Empfehlung für eine lange Ruhepause. Ich versuchte das Andy zu erklären:

»Sie nannten es Überarbeitung. Sie sagten, ich brauche Ruhe. Vielleicht. Der Schock hat etwas Seltsames mit mir gemacht – mich aufgerissen – wie die Elektroschockbehandlungen, die sie an schizophrenen Patienten vornehmen. Ich scheine eine Menge Dinge zu wissen, die ich nie gelernt habe. Normale Radioarbeit bedeutet nicht mehr viel für mich. Das alles ergibt keinen Sinn. Und hin und wieder fängt etwas an, doch logisch zu sein, und dann wieder nicht. Als die Menschen im Westen von Fliegenden Untertassen redeten, was immer das auch war, und als es all das Gerede über atomare Verstrahlung gab, die das Wetter verändern würde, und die Experimente, um Wolken zu präparieren, all diese unausgegorenen Dinge schienen für eine Weile verständlich. Nur ich erwartete, dass das alles vor sich geht, ohne –«, ich machte eine hilflose Handbewegung bei dem Versuch, einen zufälligen Eindruck in Worte zu fassen, »ohne dass Menschen in Flugzeugen dort oben herumsausen und irgendetwas daran *tun* müssten. Und als wir hier herauf kamen–« Ich hielt inne und versuchte noch wirrere Eindrücke zusammenzufassen. Er würde mir ohnehin nicht glauben, aber ich wollte, dass er es tat. Ein Baum schlug gegen das Hüttenfenster, und ich fuhr zusammen.

»Es fing an dem Tag an, als wir in die Berge kamen. Energie aus dem Nichts, die mir überallhin folgte. Sie kann mich nicht umhauen. Ist dir aufgefallen, dass ich immer dich die Lampen an- und ausschalten lasse? An dem Tag, als wir hier ankamen, verursachte ich einen elektrischen Kurzschluss mit meinem Rasierapparat.« Ich fuhr mir mit der Hand über mein stoppeliges Kinn, »und ich habe fünf Sicherungen durchgeknallt bei dem Versuch, eine zu wechseln. Erinnerst du dich?«

»Ja, ich erinnere mich. Wir mussten in die Stadt fahren, um neue zu kaufen.« Mein Bruder blickte mich unbehaglich an. »Mike, hör mal, du machst doch Spaß, oder?«

»Ich wünschte, ja«, antwortete ich. »Diese Energie fließt einfach in mich hinein, ohne dass etwas geschieht. Ich bin immun.« Ich zuckte die Achseln, stand auf, ging zum Radio, nahm den Stecker und steckte ihn in die Steckdose. Dann schaltete ich ein. »Sieh mal.«

Die Anzeige flackerte auf und wurde dunkel, wirre statische Geräusche kamen aus dem Lautsprecher. Ich zog meine Hand fort.

»Stell es lauter«, bat Andy unbehaglich.

»Ist schon.« Meine Hand drehte am Knopf.

»Versuch es mit einem anderen Sender«, befahl der Kleine. Ich drückte nacheinander jeden Knopf, es knackte und zischte, die Anzeigen leuchteten auf und erloschen wie geheimnisvolle kleine Blitze. Ich sagte: »Und heute Mittag war der Empfang einwandfrei, du hast dir die Pressekonferenz des Präsidenten angehört.« Ich nahm meine Hand wieder weg. »Gut, jetzt versuch du es.«

Andy runzelte die Stirn, kam jedoch herüber und drückte den Einschaltknopf wieder. Das schwache Licht der Anzeige glühte beständig, und die sanfte Stimme von Milton Cross erfüllte den Raum:

»... Orchester mit der Fünften Sinfonie von Beethoven ...«

Und dann donnerten die majestätischen Akkorde der Sinfonie durch die Hütte:

»Ta-ta-da-*damm* ..... ta-ta-da-DAM!«

Mein Bruder starrte mich an, als die Holzblasinstrumente sich den Blechbläsern anschlossen. Mit dem Radio war alles in Ordnung. Ich lauschte der Musik.

»Mike. Was hast du damit gemacht?«

»Ich wünschte, ich wüsste es.« Ich streckte die Hand aus und berührte kurz den Lautstärkeregler.

Beethoven erstarb in statischem Gebrumm wildgewordener Trommeln.

Ich fluchte, und Andy sog die Luft zwischen den Zähnen ein und zog sich misstrauisch zurück. Er starrte das Radio an, dann mich, dann berührte er den Regler. Wieder erklangen die Töne der ›Schicksalssinfonie‹ und hüllten uns ein. Ich schauderte.

Andy sagte zitternd. »Vielleicht lässt du es besser in Ruhe.«

Der Junge ging früh zu Bett, aber ich blieb im Wohnzimmer, rauchte rastlos und wünschte, ich könnte etwas zu trinken bekommen, ohne dafür erst achtzig Meilen über schlechte Bergstraßen fahren zu müssen. Keiner von uns hatte daran gedacht, das Radio auszuschalten, das jetzt irgendein endloses, stampfendes Jazz-Stück von sich gab. Ich blätterte ruhelos meine Notizen durch, ohne sie wirklich zu sehen.

Ein Blitz, der kein Blitz war. Narben auf meinem Körper – seltsame schwärende Wunden, die der Psychiater mir als psychosomatisch verkaufen wollte. Der Schrei eines Adlers, der über mir kreiste – *und wütend mit den Klauen auf meine Augen zielte, entschlossen, mich zu töten – und ich verdiente diesen Tod.*

An was hatte ich mich erinnert, genau in diesem Augenblick, als ich mit meinem Jagdmesser auf den Adler losging?

Ich legte den Kopf in die Hände, schloss die Augen und versuchte, meine Gedanken von oberflächlichen Dingen zu befreien und mich zu erinnern … zu erinnern …

Fantasie? War es meine Fantasie, die mich eine seltsame, in einen Umhang gehüllte Gestalt sehen ließ, und zwischen dieser Gestalt und mir, eine Frau? Eine goldene Frau …

Goldenes Haar, goldbraun wie ein Tiger, es fiel ihr wie Seide um die Schultern, ihre Augen waren golden, weit geöffnet und auf mich geheftet wie die Augen einer Raubkatze. Sie hielt etwas in den Händen.

Vision, Traum, Fantasie – abrupt war sie weg, als Andys Stimme schläfrig aus dem Alkoven klang:

»Willst du denn die ganze Nacht lesen, Mike?«

»Wenn mir danach zumute ist«, erwiderte ich gereizt und begann wieder auf und ab zu gehen.

»Michael! Um Himmels willen, hör damit auf und lass wenigstens mich schlafen«, explodierte Andy. Ich ließ mich wieder in den Sessel fallen. »Tut mir Leid, Andy.«

Wo war der nicht fassbare Teil von mir gewesen, in jenen Stunden und Tagen, während ich eingeklemmt unter einem herabgestürzten Deckenbalken im Labor lag und dann unter Morphium im Krankenhaus? Woher hatten diese Narben gestammt – und wohin waren sie verschwunden?

Wichtiger noch, was hatte ausgerechnet ein Radiolabor derart in die Luft fliegen lassen? Strom kann Feuer auslösen, und zu starke Radiowellen können Verbrennungen hervorrufen. Menschen können durch Stromschläge das Bewusstsein verlieren oder gar sterben. Aber Elektrizität *explodiert* nicht einfach.

Und was für einen verrückten Blitz trug ich in mir, der mich immun gegen normalen Strom machte? Ich hatte Andy nichts davon erzählt, wie ich absichtlich den Dynamo im Keller kurzgeschlossen und den ganzen Strom durch meinen Körper hatte fließen lassen. Ich war immer noch am Leben. Es wäre eine höllische Art gewesen, Selbstmord zu begehen, aber dazu war es nicht gekommen.

Ich fluchte und schloss das Fenster. Ich würde zu Bett gehen. Andy hatte recht. Entweder war ich verrückt, oder es stimmte etwas nicht mit mir, von dem normale Ärzte nichts verstanden. Hier zu sitzen und vor mich hin zu grübeln half mir auch nicht weiter. Wenn es nicht aufhörte, würde ich den ersten Zug nach Hause nehmen und einen anderen Psychiater aufsuchen – und wenn das nicht half, vielleicht einen guten Elektriker! Aber jetzt wollte ich ins Bett.

Automatisch streckte ich die Hand aus und schaltete das Licht aus.

»Verdammt!« dachte ich ungläubig. Ich hatte schon wieder den Dynamo kurzgeschlossen. Das Radio brach ab, als ob das ganze Orchester tot umgefallen wäre, jede Lichtquelle in der Hütte ging aus, aber meine Hand auf dem Schalter knisterte in einem phosphoreszierenden Glühen, während die gesamte Stromversorgung des Hauses durch meinen Körper floss. Ich bebte vor Schock und hörte meine eigenen Zähne klappern.

Und irgendeine Klappe in meinem Kopf öffnete sich. Ich hörte plötzlich eine aufgeregte Stimme, die rief: »Rhys! *Rhys*! Das ist der Mann!«

Kapitel 2

»Du bist verrückt«, sagte der Mann mit der müden Stimme.

Ich schwebte. Körperlos taumelte ich über dem gewaltigen Abgrund eines höhlenartigen Raums, eine

Schlucht, ungeheuer, grenzenlos. Undeutlich konnte ich über der summenden Ferne zwei Stimmen hören. Die eine war alt und sehr müde.

»Du bist verrückt. Sie werden es wissen. Narayan wird es wissen.«

»Narayan ist ein Narr«, sagte die zweite Stimme. Etwas an dieser Stimme war beängstigend vertraut. Ich hatte sie schon einmal gehört. Aber wo?

»Narayan ist der Träumer«, antwortete die müde Stimme, »er ist der Träumer, und wo der Träumer auch wandelt, sie werden es wissen. Aber mach, was du willst. Ich bin alt, es spielt keine Rolle. Ich gebe dir dies aus freien Stücken, um dich zu verschonen, und um Gamine das Kommende zu ersparen.«

»Gamine – «, die zweite Stimme brach ab. Nach langem Schweigen fuhr sie fort: »Du bist alt und ebenfalls ein Narr, Rhys. Was bedeutet mir Gamine schon?«

Körperlos, blind, schwebte und schwankte ich im Klang der Stimmen. Das Summen, wie von Millionen Hochspannungsdrähten, sang um mich herum, und ich fühlte mich wie im Sog eines riesenhaften Magneten, der mich sicher im Nichts festhielt und mich in ein Kraftfeld unter mir – über mir – irgendwo zog. Weit unter mir verklangen die Stimmen, und als ob ihr Klang einen unsichtbaren, nicht wahrnehmbaren Halt wegnahm, schwebte ich frei – fiel – stürzte schwindelerregend abwärts, Hals über Kopf in den Abgrund …

Und doch, hinter all diesem, war ich mir bewusst, reglos, mit der Hand am Lichtschalter in der Hütte zu stehen – und gleichzeitig fiel ich durch das Nichts …

Meine Füße trafen mit einem Ruck auf den harten Boden auf. Plötzlich wurde ich wieder ins volle Bewusstsein gerissen. Ein kalter Wind blies mir ins

Gesicht: Die Wände der Hütte waren den Sternen gewichen. Ich stand vor einem vergitterten Fenster auf der höchsten Spitze eines hohen Turmes, im Licht einer eigenartigen Bläue, die einen Bogen durch die Nacht zog. Ich erhaschte einen kurzen Blick auf ein verblüfftes Gesicht, ein hageres, müdes altes Gesicht unter einer hohen, spitzen Kapuze. Genau in diesem Augenblick gaben meine Knie nach, und ich fiel und stieß mir den Kopf an den Gitterstäben des Fensters.

Ich lag irgendwo im Dunkeln. Ich war mir meiner nicht als Mike Kenscott bewusst, statt dessen war ich erfüllt von einer albtraumhaften Angst und Dringlichkeit. Da war etwas, das ich unbedingt tun musste, jemanden warnen … und ich hatte entsetzliche Angst.

Ich regte mich, und die Dunkelheit wurde dünner und blasser, ich konnte schwach Gestalten und Umrisse erkennen. Ich stand auf, mit der flüssigen Bewegung eines Traums, schritt durch eine fremdartige Bogentür in einen schwach erhellten Korridor, der blau fluoreszierend leuchtete. Mein Atem klang laut in der Stille, doch ich hörte keine Schritte. Ich wusste, dass ich sehr leise sein und mich am Rand des Korridors halten musste, und gleichzeitig befahl mir innerer Zorn und Stolz, furchtlos auszuschreiten.

Der Gang war lang, dennoch spürte ich keine Ermüdung. Zweimal kam ich an seltsamen Gestalten vorbei, ohne Neugier über ihr seltsam gewandetes und vermummtes Äußeres zu empfinden. Irgendwoher wusste ich, dass sie mich nicht sehen konnten. Ich blieb vor einer verriegelten Tür stehen, und der verängstigte Teil meines Ichs hielt inne und empfand Panik wie in einem Albtraum. Dann fühlte ich, wie ich die Hände hob und merkwürdige Gesten machte. Die Tür glitt lautlos zurück, und ich schritt hindurch.

Der Raum war dunkel und leer, ein großes Fenster blickte in die sternenklare Nacht hinaus. Hier und dort an den Wänden hingen seltsam schlaffe, geflügelte Formen. Ohne zu zögern, ging ich zur Wand und nahm eins der Dinger herunter ...

Ein Umhang? Ein toter Vogel? Ich fühlte Federn, Federkiele, schlaff und leblos, eine seltsame Furcht ergriff mich. Ein winziger, gut verborgener Teil von mir schrie: *Was tue ich hier?* Aber ohne zu zögern, zog ich mir das dunkle Federding über den Kopf ...

Es war ein seltsamer, zeitloser Augenblick, als ich körperlos dahinschwebte, nichts weiter als ein Bewusstseinspunkt im Raum. Dann fand ich tastend meinen Körper wieder, bewegte die Beine vorsichtig zu einer tiefen Hocke, streckte die Hände aus, um mich abzustützen, sank tiefer und legte mich hin. Ich spürte einen merkwürdigen Sog an meinem Körper, ein fürchterliches Zerren, als ob mein Innerstes versuchte, hinaus zu gelangen, sich aus dem Gewirr schwerer Kleidung zu befreien. Ich wusste irgendwie, dass ich es noch nicht wagte, diesem Kampf um Freiheit nachzugeben. Vorsichtig, schmerzlich, ließ ich mich auf die Couch nieder, streckte mich gerade aus, holte tief Luft ...

Und plötzlich war ich auf und davon, stieg mit lautem Flügelschlagen aufwärts, flog mit dem Rhythmus von Flügeln. Meine Arme – meine Arme waren große Flügel, und um mich herum war nichts als leerer Himmel und kalter frischer Wind.

Fliegen! Der älteste Traum der Menschheit – aber dies war kein Traum! Ich spürte die kalten Stiche des Windes, voller Feuchtigkeit. Obwohl es so dunkel war, wanderte mein Blick von der schwindelnden

Höhe hinab, und unter mir sah ich eine ausgedehnte bewaldete Landschaft. Das Mondlicht filterte die Farben heraus, aber weit, weit unter mir sah ich einen Turm und die gähnende Öffnung des Fensters, aus dem ich gekommen war.

Eine albtraumhafte Hast überfiel mich. Ich fühlte, wie sich mein Vogelkörper pfeilgerade streckte, spürte, wie die Flügelspitzen regelmäßig zu schlagen begannen. Ich flog ostwärts, über das Waldland hinweg und sah unter mir nur wenige Straßen und Pfade, einzelne Häuser und Ackerland, spürte den Wind im Gesicht.

Es kam mir vor, als flöge ich stundenlang, aber ich spürte keine Müdigkeit, und die Zeit schien seltsam entrückt, es konnten Minuten oder Tage vergangen sein. Ich überquerte das Waldgebiet, flog über Berge und Täler, bis schließlich tief unter mir eine Reihe von Zelten und Behausungen wie dunkle Schatten im verblassenden Mondlicht erschienen.

Ich legte mich gegen den Wind in die Kurve und begann, in langsamen Spiralen zu sinken. Der auffrischende Wind in meinen Augen, das zunehmende Licht sagten mir, dass die Morgendämmerung nahte. Der Vogelkörper schien unermüdlich, das Herz schlug so stark wie eine gefühllose Maschine, aber ich – mein körperloses Ich – empfand Furcht und Erschöpfung und Angst. Ich wusste, dass der Morgen für mich Gefahr barg, aber ich wusste nicht warum.

Abwärts, abwärts. Ein roter Strich aus Licht vor dem Horizont wurde kräftiger, verlieh dem grünen Grasland unter mir Farbe. Jetzt konnte ich die Zelte und die Männer, die dazwischen umhergingen, deutlich erkennen.

Zu spät! Ich schrie auf und hörte meine Stimme als hohen, unheimlichen Schrei eines Falken, man hatte mich gesehen. Unter mir scharten sich die Männer zu Gruppen zusammen, schrien und deuteten nach oben.

»Da ist einer ihrer verfluchten Spione!«

Ich sah einen großen Mann, der in der Dämmerung formlos wirkte. Er kniete nieder, vor sich so etwas wie eine Armbrust. Plötzlich machte meine Angst Wut Platz. Er wagte es! Kreisend stieß ich mit einer Geschwindigkeit, die mich in Erstaunen versetzte, die die Welt unter mir verschwimmen ließ, abwärts. Die Männer liefen schreiend auseinander, und ich hörte mein lautloses Lachen in einem weiteren unheimlichen Vogelschrei explodieren ...

Ein Pfeil sang schrill an mir vorbei, dann noch einer. Rasch und automatisch wich ich ihnen aus, aber Angst und Fragen wuchsen in mir. Was machte ich hier? Warum war ich hergekommen? Warum schossen sie auf mich, wenn ich doch gekommen war, um zu warnen ... zu warnen ...

Zu warnen – wen?

Ich sah, wie der Bolzen der Armbrust auf mich zuschoss, schlug verzweifelt mit den Flügeln auf eine Seite – zu spät! Ich wappnete mich für den Schock.

Der Pfeil drang in meine Brust. Merkwürdigerweise fühlte ich keinen Schmerz, nur ein seltsames Druckgefühl, ein kitzelndes Knacken und einen schmerzhaften Schock. Ich merkte, wie meine Flügel schlaff wurden, hörte die Männer unten voll Freude und Triumph aufschreien. Ich fiel ...

Ohne Gefühl dafür, wieviel Zeit vergangen war, lag ich auf einem schmalen hohen Bett, in einem Zimmer mit vielen Türen und Riegeln. Ich konnte den Rahmen eines geschnitzten Spiegels sehen und die Oberkante einer Art Kommode. Es war nicht das Zimmer, in dem ich die schlaffen Federgestalten gefunden – oder geträumt? – hatte. Strahlendes Sonnenlicht fiel herein, und auf einer Bank am Rande meines Gesichtsfeldes, saßen zwei Gestalten.

Die eine war ein alter Mann, ein sehr, sehr alter grauer Mann mit spitzer, hoher Kapuze, unter der er müde hervorschaute wie ein tibetanischer Lama. Ganz kurz hatte ich das Gesicht unter der Kapuze gesehen, die alte müde Stimme gehört, in dem Augenblick, ehe ich in diesen merkwürdigen Traum? vom Fliegen stürzte.

Die andere Gestalt war schlanker und jünger, verhüllt in einen seidenen, silberblauen Schleier, der dort, wo das Gesicht sein sollte, etwas durchscheinend war, und wo ein Schimmer blassen Fleisches durch das seidene Saphirblau des Schleiers zu erkennen war. Die Gestalt war die eines schlanken Knaben oder eines noch nicht gereiften Mädchens, sie saß aufrecht, reglos, und lange Zeit beobachtete ich sie neugierig durch halbgeschlossene Lider. Aber als ich endlich blinzeln musste, stand sie auf und ging durch eine der zahlreichen Türen, fast sofort kündigte ein leises Rascheln von Stoff ihre Rückkehr an.

Ich setzte mich auf, aber ich erreichte mit meinen Füßen den Boden nicht ganz. Das Bett, auf dem ich lag, war höher als ein Krankenhausbett. Die blaugewandete Gestalt reichte mir einen Henkelbecher, ähnlich einer Trinklerntasse für Kleinkinder, ich nahm sie zögernd an.

»Weder Drogen noch Gift«, sagte die Blaue spöttisch, und die Stimme verriet ebenso wenig wie der verhüllte Körper. Eine geschlechtslose Stimme, ein weicher Alt, die Stimme einer Frau oder eines Knaben. »Trink, und sei froh, dass es nicht Karamys Gebräu ist.«

Ich probierte die Flüssigkeit. Sie war von undefinierbarem Grün und hatte einen leicht stechenden Geschmack, den ich nicht identifizieren konnte, obwohl er mich an Anis und Knoblauch erinnerte. Der Trank schien die letzten Spuren des Schocks von mir zu nehmen. Ich reichte den Becher leer zurück und sah den alten Mann in dem Lama-Kostüm scharf an, der sich bis jetzt überhaupt nicht gerührt oder auch nur die Augen gehoben hatte, um mich anzusehen.

»Bist du – Rhys?«, fragte ich. »Wo zum Kuckuck bin ich denn jetzt gelandet?« Wenigstens wollte ich das sagen. Man stelle sich mein Erstaunen vor, als ich mich selbst in einer Sprache fragen hörte, die ich noch nie gehört hatte, aber dennoch problemlos verstand. »In welche der neun Höllen Zandrus bin ich jetzt geschickt worden?«

Gleichzeitig wurde mir bewusst, was ich trug. Ich wäre nicht erstaunt gewesen, Federn zu sehen – wenn ich noch immer träumte – aber es waren keine da. Ich trug etwas, das aussah wie ein altmodisches Nachthemd, das bis über die Hüften reichte und tiefrot war. »Roter Flanell, also wirklich!«, dachte ich mit Entsetzen und bezwang meinen Impuls, aus dem Bett zu springen. Ich wusste nicht, wie ich hergekommen war oder wer mir das Ding angezogen hatte, aber ich würde bestimmt nicht in einem roten Nachthemd herumlaufen!

»Vielleicht hättet ihr die Güte mir zu erklären, wo ich bin«, beharrte ich, »und wie ich hergekommen bin.«

Die Müdigkeit schien zu Rhys' Stimme dazuzugehören. »Adric«, antwortete er erschöpft, »versuch, dich zu erinnern. Du bist in deinem eigenen Turm. Und du warst wieder in Gewahrsam. Es tut mir Leid.« Seine Stimme klang leer. Prickelnde Schauer rannen mir über den Rücken. Trotz der seltsamen Umstände hatten mich die Worte *in Gewahrsam* tief getroffen. Ich war ein Irrer und irgendwo eingesperrt!

Der Blaue fiel ein, mit seiner glatten, geschlechtslosen, leicht sarkastischen Stimme: »Solange Karamy die Schlüssel zu seiner Erinnerung hat, Rhys, kannst du ihm das Dutzende von Malen immer wieder erklären. Er wird uns nie wieder von Nutzen sein. Diesmal hat Karamy gewonnen. Adric, versuch dich zu erinnern. Du bist zu Hause, in Narabedla.«

Es klang wie Bedlam, und es sah auch so aus. Ich schüttelte den Kopf. Nachthemd oder nicht Nachthemd, ich wollte das auf eigenen Füßen durchstehen.

Ich fühlte mich besser, als ich stand. Ich ging zu Rhys und legte ihm meine zusammengeballten Fäuste auf die Schultern. »Erklär mir das! Wer soll ich sein? Wo bin ich? Du hast mich Adric genannt. Ich heiße genauso wenig Adric wie du!«

»Adric, das ist nicht gerade amüsant!« Die Stimme des Blauen klang scharf vor Ärger. »Benutz das, was Karamy dir an Verstand gelassen hat! Du hast genug *Sharig*-Antiserum bekommen, um einen *Tharl* zu heilen! Also, wer bist du?«

Die Worte waren praktisch bedeutungslos. Ich starrte ihn an, hilflos, und löste meine Hände von dem alten Mann. »Adric«, antwortete ich verwirrt. Nein. Ich war Mike Kenscott. Halt daran fest. Michael Warren Kenscott. Hütte in den Sierras. Angelurlaub mit meinem Bruder Andy. *Andy*! Zweimal zwei ist vier. Der Kreisumfang ist gleich pi mal Durchmesser. A zum Quadrat ist gleich – *aufhören*! Mike Kenscott. Dienstnummer bei der Armee 13-48746. Ich legte die Hände an meinen dröhnenden Schädel.

»Ich bin verrückt. Oder ihr seid es. Oder wir sind alle gesund, und dieser ganze Unsinn hier ist wirklich.«

»Es ist wirklich«, sagte Rhys. In seiner müden Stimme lag Mitleid. »Er war sehr weit draußen auf der Zeit-Ellipse, Gamine, ich habe noch nie so weit weg suchen müssen. Adric, du musst versuchen zu verstehen. Das war Karamys Werk. Sie hat dich auf eine Zeitlinie hinaus geschickt, sehr, sehr weit in die Vergangenheit. In eine Zeit, in der die Welt noch anders war. Sie hoffte, du würdest verändert zurückkommen, oder wahnsinnig. Oder vielleicht wollte sie dich auch einfach nur bestrafen.«

»Mich wofür bestrafen? Wer ist –«

Die müden, schlaffen Schultern zuckten hoch und sackten wieder herab.

»Wie kann ich sagen, was zwischen dir und Karamy ist? Muss ich mich auch noch darum kümmern?« Seine Augen waren trübe, abwesend. »Ich habe getan, was ich konnte. Jetzt muss ich in meinen eigenen Turm zurück – oder sterben. Ich habe meinen Ausgang längst überschritten. Gamine, wirst du es ihm erklären?«

»Ja.« Ein Hauch von Gefühl schwang in der neutralen Stimme des Blauen mit – Gamine? »Geh jetzt, Uralter.«

Rhys verließ den Raum schweigend, ohne sich umzudrehen, ohne ein Wort des Abschieds. Gamine wandte sich ungeduldig wieder mir zu. »So vergeuden wir nur Zeit. Du Idiot, schau dich doch an.«

Ich ging zu dem Spiegel, der an einer der Türen hing. Über dem tiefroten Nachthemd suchte ich nach meinem vertrauten Gesicht, doch der Anblick raubte mir fast den Verstand. Aus dem Spiegel sah mir das bekümmerte Gesicht eines Mannes entgegen – aber das Gesicht eines Fremden.

Ich hielt mich mit einer Hand am Rahmen des Spiegels fest. Der Mann im Spiegel tat dasselbe, als ob er in panischer Angst versuchte, aus dem Spiegel zu klettern. Das Gesicht, das nicht das meine war, war hager wie das eines Adlers, mit dunklem Schnurrbart und scharfen grünen Augen. Der Körper, der zu diesem Gesicht gehörte, war schlank und groß, mit kräftigen Muskeln und nicht ganz menschlich. Ich kniff die Augen zusammen. Das konnte doch nicht sein!

Ich schlug die Augen wieder auf. Der Mann in dem roten Nachthemd, das ich trug, war noch immer im Spiegel zu sehen, und er sah aus, als hätte er Todesangst. Hatte er auch.

Ich wandte mich vom Spiegel ab, ging zu einem der vergitterten Fenster, um auf die vertraute Landschaft der Sierra Madre zu blicken, über hundert Kilometer entfernt. Ich konnte mich nicht irren. Ich *kannte* diese Berge.

Aber zwischen mir und den Bergen lag ein dicht bewaldeter Landstrich, wie ich ihn noch nie im Leben gesehen hatte. *Oder hatte ich das in meinem Traum vom Fliegen gesehen?*

Traum?

Wie ich jetzt sah, waren die Fenster nicht vergittert, sondern die verzierten schmiedeeisernen Stangen öffneten sich bei Berührung auf einen hohen blau gefliesten Balkon. Ich stand fast auf der Spitze eines hohen Turms, in der Ferne konnte ich gerade so die Rundung eines weiteren erkennen, kaum mehr als ein Schatten. Die ganze Landschaft unter mir war in seltsam rosarotes Licht getaucht, über einem schweren, Wolken verhangenen Himmel konnte ich undeutlich die Scheibe einer wässrigen roten Sonne erkennen. Und dann – nein, ich träumte nicht, ich sah es wirklich – dahinter, höher am Himmel und blass durch die Wolken, eine zweite Sonne, so blendend blau-weiß strahlend, dass ich selbst bei dieser dicken Wolkendecke die Augen zukneifen und den Blick abwenden musste.

Das war Beweis genug für mich. Verzweifelt wandte ich mich an Gamine. »Wo bin ich hier? Wo – wann bin ich? Zwei Sonnen – aber ich kenne diese Berge.«

Das verschleierte Gesicht wandte sich mir zu, die Neigung des verhüllten Kopfes war fragend. Was ich für einen Schleier gehalten hatte, war keiner, es war eher ein schimmernder Schutzschild, der um die Züge gewickelt war, so dass Gamine gesichtslos war, eine unsichtbare Person, die zwar Substanz hatte, aber keine erkennbaren Merkmale. Ja, so konnte man es ausdrücken, als ob eine unsichtbare Person die merkwürdige seidene Hülle tragen würde. Doch das unsichtbare Fleisch war durchaus solide, Finger wie warmer Stahl gruben sich in meine Schulter.

»Du warst so weit zurück – zurück in den Tagen vor der zweiten Sonne? Adric, sag mir, gab es wirklich nur eine Sonne, vor der großen Katastrophe?«

»Warte«, bat ich. »Du meinst, ich bin durch die Zeit gereist?«

Langsam wich die Erregung aus Gamines Stimme. »Spielt keine Rolle. Es ist sowieso unwahrscheinlich, dass du dich an genug erinnern würdest – nein, Adric, nicht richtig gereist. Du wurdest auf der Zeitellipse ausgesandt; du musst mit jemandem in dieser Anderen Zeit Kontakt aufgenommen haben. Vielleicht dauerte dieser Kontakt so lange, dass du das Gefühl hast, du wärst jemand anderes.«

»Aber ich bin nicht Adric!«, tobte ich. Plötzlich fielen mir die Worte wieder ein, die ich gehört hatte, als sich mein Geist plötzlich geöffnet hatte: *Das ist der Mann*. Die Stimme von Rhys, wie ich jetzt wusste, hatte ihn Adric genannt.

»Adric hat mich hergeschickt, irgendwie! Vielleicht ist das sein Körper, aber –«

Ich sah, wie es hinter dem Schimmer in Gamines unsichtbaren Zügen zuckte. »Es konnte nie bewiesen werden, dass sich der Geist auf diese Weise austauschen lässt. Adrics Körper – Adrics Gehirn. Die Hirnwindungen, die Gedächtnisspuren, die Gewohnheitsmuster – alles das ist Teil des physischen Hirns. Du wärst immer noch Adric. Die Idee, dass du jemand anderes bist, ist nur eine Illusion des bewussten Verstandes. Das wird sich wieder verlieren. Du bist einfach zu lange geblieben, Adric.«

Ich schüttelte verwirrt den Kopf. Ich war Mike Kenscott. Ich klammerte mich verzweifelt daran. »Ich glaube es immer noch nicht. Wo bin ich?«

Gamine machte eine ungeduldige Bewegung. »Ach, na schön. Du bist Adric von Narabedla, und – wenn du wieder du selbst bist – Herr des Roten Turmes.«

»Und wer bist du?«

»Du erinnerst dich nicht an mich?«

»Nein.«

»Ich bin Gamine. Ich bin ein Zaubersänger – unter anderem.«

Ich deutete mit dem Ellbogen auf das Fenster. »Das sind meine Berge da draußen«, sagte ich heiser, »aber ich bin nicht Adric, wer immer das auch ist. Ich heiße Mike Kenscott, und dein ganzer Hokuspokus beeindruckt mich nicht. Nimm diesen Schleier ab, damit ich dein Gesicht sehen kann.

»Ich wünschte, du meintest das wirklich.« Kummer mischte sich in Gamines sanften Alt. »Wenn ich das zu glauben wagte –«

Aus dem Nichts flammte plötzlich Wut in mir hoch. Ohne es zu wollen, machte ich einen Schritt nach vorn und hörte meine Stimme schreien:

»Was bedeutet es dir schon, was ich meine? Welches Recht hast du, für diesen alten Narren Rhys zu spionieren? Scher dich an deinen Platz, Zaubersänger, ehe du herausfindest, dass Karamy noch nicht über alle Magie in Narabedla verfügt!«

Ich brach entsetzt ab. Was sagte ich da? Schlimmer noch, was meinte ich damit? Gamine drehte sich um, die geschlechtslose Stimme klang lediglich amüsiert. »Adric hat gesprochen. Wer immer in deiner Seele sitzt, Adric, du bist derselbe und noch immer hoffnungslos verderbt!« Das irisierende Gewand raschelte über den Boden, als Gamine zur Tür ging. »Karamy dankt ihrem Sklaven!«

Die Tür fiel zu.

Allein gelassen, warf ich mich auf das hohe Bett, konzentrierte mich stur auf Mike Kenscott und versuchte, das vage, verschwommene Rätsel auszublenden: Adric, der in mein Bewusstsein stieß. Ich hatte Adrics Worte gesprochen. Zumindest waren es nicht meine eigenen Worte. Aber ich war nicht Adric! Ich wollte das nicht sein! Ich wagte nicht zum Fenster zu gehen und zu den furchteinflößenden zwei Sonnen hinauszuschauen, nicht einmal, um wieder die vertrauten, beruhigenden Umrisse der Berge zu sehen, damit ich nicht anfing zu glauben …

Aber beharrlich kehrten die Erinnerungen Adrics zurück – ein Schuldgefühl wegen einer Pflicht, um die ich mich gedrückt hatte, ein verängstigtes Gesicht – ein richtiges Gesicht, nicht nur ein verschwommenes Nichts – unter Gamines blauem Schleier. Die Erinnerung an seltsame Jagden und einen großen Vogel, der am Knauf eines hohen Sattels saß. Ein Vogel, der eine Haube trug wie ein Falke, in Dunkelrot …

Beim Gedanken an Kleider wurde mir bewusst, dass ich immer noch das … Nachthemd? trug. Ich bewegte mich rasch, ohne groß darüber nachzudenken, ging zu einer Tür und schob sie auf. Ich zog ein paar Kleidungsstücke heraus und streifte sie rasch über. Sie passten mir problemlos, auch wenn sie sehr merkwürdig waren – Strumpfhosen, hohe Gamaschen, eine spitzenbesetzte Tunika und Überbluse – solange ich nicht darüber nachdachte, was ich da tat. Jedes Kleidungsstück in dem Schrank hatte die gleiche Farbe, ein tiefes Rot, wenn auch einige mit dunklem Pelz besetzt und andere mit Gold- oder Silberfäden bestickt waren. Ein Ausdruck, den Gamine verwendet hatte, kam an die Oberfläche gesprungen wie ein fliegender Fisch: Herr des Roten Turmes. So sah ich auch aus.

In dem Schrank befanden sich auch Messer und Schwerter. Ich nahm eins heraus, um es anzuschauen, und ehe ich gemerkt hatte, was ich tat, hatte ich es mir um die Hüften geschnallt. Ich starrte es an und beschloß, es dort zu lassen. Es passte genau zum Rest des Kostüms. Es fühlte sich auch richtig an. Ich trat einen Schritt zurück, um besser sehen zu können, als eine andere Tür lautlos zurückglitt und ein Mann erschien, der mich ansah.

Er war jung, und er hätte auf eine etwas feminine Art gut ausgesehen, hätte sein Gesicht nicht diesen arroganten Ausdruck gezeigt. Er war schlank, katzenhaft, und es war leicht zu erkennen, dass er mit Adric und mir verwandt war, noch bevor Gewohnheit und Erinnerung ihm einen Namen und eine Identität verliehen.

»Evarin«, sagte ich.

Er kam näher, wobei er sich so leise bewegte, dass ich einen unbehaglichen Augenblick lang überlegte, ob er wohl Pfoten wie eine Katze hatte. Er war von Kopf bis Fuß in Dunkelgrün gekleidet. Seine Kleider waren in Schnitt und Material denen ähnlich, die ich trug. Sein Gesicht hatte etwas Flackerndes, als ob er von einem Augenblick auf den anderen eine unsichtbare Barriere um sich errichten könnte, so wie die, die Gamine umgab. Er sah nicht so menschlich aus wie ich – und Adric.

»Ich habe Gamine gesehen«, sagte er. »Mir wurde gesagt, du seist wach und geistig so gesund wie eh und je. Und wir von Narabedla sind nicht so stark, dass wir es uns leisten können, auch nur ein zerbrochenes Werkzeug wie dich zu vergeuden. Also willkommen daheim, Bruder!«

Zorn – Adrics Zorn – kochte in mir hoch, und es war eine äußerst beunruhigende Erfahrung zu spüren, wie ich vor Wut über einen Mann kochte, den ich bewusst noch nie zuvor gesehen hatte. Ich fühlte, wie ich vortrat, wie meine Hand sich um den Griff meines Schwertes schloss. Evarin wich geschmeidig zurück.

»Ich bin nicht Gamine«, warnte er, »und man springt mit mir nicht so um wie mit Gamine. Hüte dich!« Er machte keine Anstalten, das Messer an seinem Gürtel zu ziehen.

»Hüte dich selbst«, murmelte ich, da ich nicht wusste, was ich sonst hätte sagen sollen. Evarin verzog seine dünnen Lippen zu einem Lächeln. »Warum? Du bist auf die Zeitellipse hinausgeschickt worden, bis du nur noch ein Schatten deiner selbst warst. Aber ich bin nicht hergekommen, um mit dir zu streiten, und all das ist nicht entscheidend. Karamy sagt, du sollst freigelassen werden, also sind die Siegel von allen Türen entfernt worden, und der Rote Turm ist nicht mehr länger dein Gefängnis. Du kannst kommen und gehen, wie es dir passt – auf Karamys Geheiß.« Seine Lippen verzogen sich zu einem höhnischen Grinsen. »Wenn du *das* Freiheit nennst.«

Ich sagte langsam: »Du hältst mich nicht für verrückt?«

»Abgesehen davon, was Karamy anbelangt, warst du es auch nie«, antwortete Evarin. »Was bedeutet mir das schon? Ich habe alles, was ich mir wünschen kann. Der Träumer verschafft mir gute Jagden, genügend Sklaven, die alles für mich tun, und was den Rest angeht – ich bin der Spielzeugmacher. Ich brauche nicht viel mehr. Aber du –« seine Stimme hob sich plötzlich vor Verachtung, »du, der du so mächtig warst – jetzt reist du auf Karamys Geheiß durch die Zeit, und dein Träumer wartet auf die Ankunft seiner Macht, damit er uns eines Tages alle zerstören kann!«

Ich starrte Evarin düster an, die Worte bedeuteten mir nichts, irgendein Unsinn wieder über Karamy und Träumer, und doch schienen sie in mir eine fast persönliche Scham zu wecken. Waren Gefühle doch nur eine Gewohnheit der mechanischen Synapsen des Gehirns? Hatten sie keine Verbindung zu der Person, die ich war, Mike Kenscott? Oder war ich verrückt – weil ich die Gefühle einer Person namens Adric empfand, Scham und Bedauern und Furcht über Dinge, die ich nie getan oder auch nur geträumt hatte?

Evarin beobachtete mich, und sein Gesicht verlor etwas von seiner Bitterkeit. Er wirkte nicht viel älter als ein Knabe. Er sagte leise. »Wenn der Falke ausgeflogen ist, kann man ihn nicht zurückrufen. Ich kam nur, um dir zu sagen, dass du frei bist.« Er wandte sich ab, hob kurz die schmalen Schultern, die irgendwie missgestaltet wirkten, und ging zu dem hohen vergitterten Fenster. »Wie schon gesagt, wenn du das Freiheit nennst.«

Ich folgte ihm zum Fenster. Der Nebel löste sich auf, die beiden Sonnen strahlten mit blendender Helligkeit, und ich musste meine Augen vom Himmel abwenden. Als ich weit nach links schaute, konnte ich eine Reihe von regenbogenfarbigen Türmen sehen, die sich hoch und schlank, aber dennoch massiv in die Höhe reckten, gekrönt von schlanken Spitzen. Der nächste schien aus einem blauen Stein zu sein, einem Stein, der im Licht wie Lapislazuli glitzerte, einer zeigte ein Smaragdgrün, wieder andere waren golden, flammend orange oder violett. Sie bildeten einen Halbkreis um einen bewaldeten Park, und der vertraute Umriss der Berge dahinter brachte andere Erinnerungen zum Vorschein. Der blendend helle Himmel wies keine Spur von Blau auf, sondern war farblos wie Sonnenlicht, das auf Eis glitzert. Abrupt wandte ich all dem den Rücken zu.

Evarin murmelte: »Narabedla. Die letzte der Regenbogenstädte. Adric, wie lange noch?«

Ich versuchte, einen Sinn in den Namen zu entdecken, die er genannt hatte. »Karamy –«, begann ich zögernd, doch Evarin hielt das für eine Frage.

»Karamy kann warten. Es wäre besser für dich, wenn sie für immer warten würde«, sagte er mit diesem lautlosen Lachen. »Komm mit mir, oder Gamine kommt zurück. Du willst doch Gamine nicht sehen, oder?« Er klang eifrig, und ich schüttelte den Kopf. Nein. Eindeutig wollte ich dieses hinterlistige Gespenst nicht wieder sehen.

Er sah erleichtert aus. »Dann komm. Wie ich Gamine kenne, bist du ziemlich durcheinander – Gedächtnisverlust. Ich werde es dir erklären. Schließlich –«, seine Stimme klang spöttisch, »ist das doch das Mindeste, was ich für meinen einzigen Bruder tun kann?«

Er stieß die Tür auf und bedeutete mir voranzugehen. Instinktiv wich ich zurück, wobei ich mir einredete, das läge nur daran, dass ich den Weg nicht kannte. Er lachte lautlos und ging an mir vorbei, ich folgte ihm und schob die Tür zu.

Wir stiegen Treppen und noch mehr Treppen hinab, und ich ging an Evarins Seite und fragte mich in einem Teil meiner Gedanken an der Oberfläche, warum ich keine Panik mehr verspürte. Ich war ein Fremder in einer unglaublichen Welt, trug die Kleider eines anderen, wurde mit dessen Namen angesprochen, von seinen Freunden herumgeführt oder seinen Feinden – woher sollte ich das wissen? Und doch besaß ich die phantastische Ruhe, mit der Menschen in einem Traum unglaubliche Dinge tun. Ich machte lediglich einen Schritt nach dem anderen, überließ mich meinen – Gamine hatte sie Gewohnheiten genannt, Erinnerungsmustern, die in meinen Hirnwindungen eingebettet waren. Muster. Ich hatte Adrics Körper und vermutlich auch sein Hirn. Es schien zu wissen, was es tun sollte. Nur ein äußeres Ich, ein externes Ego, war immer noch ein seltsamer, verwirrter Mike Kenscott.

Der unterbewusste Adric leitete mich. Ich überließ ihm die Führung. Ich spürte, dass es klug war, in Evarins Nähe sehr viel Adric zu sein, wenn er auch einen recht freundlichen Eindruck machte.

Wir traten in einen Fahrstuhl, der nach unten fuhr und dann mit einer Geschwindigkeit um Ecken bog, die mich gegen die Wand drückte, dann begann er langsam aufwärts zu fahren. Ich hatte längst jede Orientierung verloren. Abrupt öffneten sich die Türen der Kabine, und wir gingen einen langen, schwach beleuchteten Korridor entlang.

Der Korridor aus meinem Traum?

Von irgendwoher hörten wir jemanden singen, eine Stimme zwischen einer geübten Knaben- und einer ausgereiften Sopranstimme. Gamines Stimme. Ich verstand kein Wort, aber Evarin blieb stehen und fluchte.

Ich glaubte, die entfernte Stimme sänge meinen Namen, aber ich war mir nicht sicher. »Was ist los, Evarin?«

Er stieß ein paar Worte aus, die ich nicht verstand. »Komm mit. Der Zaubersänger singt nur den alten Rhys wieder in den Schlaf. Diesmal hast du ihn aufgeweckt, nicht wahr? Ich frage mich, wieso Gamine das zuließ. Er ist seinem letzten Schlaf sehr nahe, der alte Rhys. Ich glaube, du wirst ihn bald dorthin schicken.«

Ohne mir eine Chance zu lassen, darauf zu antworten – ich hätte ohnehin keine Antwort gehabt –, zog Evarin mich in einen weiteren Fahrstuhl, der unverzüglich mit uns in die Höhe stieg. Endlich traten wir hinaus in ein Zimmer hoch oben in einem anderen Turm, ein Zimmer, das verschwenderisch, ja prunkvoll ausgestattet war. Evarin warf sich auf einen Diwan und bedeutete mir, seinem Beispiel zu folgen.

»Jetzt erzähl mir, an welchen Punkt der Zeit hat dich Karamy dieses Mal geschickt?«

»Karamy?«, fragte ich zögernd.

Evarins rauhes Lachen ertönte wieder. »Bist du tatsächlich so verwirrt, wie du klingst? Ach, was für ein übler Scherz wäre das für Karamy, wenn dem wirklich so wäre! Die Hexe des Goldenen Turms zerstört deine Erinnerung – sogar deine Erinnerung an *sie*!« Er warf den Kopf zurück und schüttelte sich vor Lachen.

Dann war er plötzlich still und sagte merkwürdig vertrauensvoll: »Meine einzige Forderung an den Träumer ist Freiheit von den Zaubern dieser Hexe. Wir in der Regenbogen-Stadt sollten zumindest einander die Freiheit lassen. Eines Tages – eines Tages werde ich ein Spielzeug für sie machen, und dann wird sie entdecken, dass man mit dem Spielzeugmacher von Narabedla rechnen muss. Ich verlange wenig von den Träumern, weiß Zandru, ich habe keine Lust, ihren Preis zu bezahlen. Aber Karamy ist es egal, was sie bezahlt, und so –« er breitete die Hände aus, »hat sie Macht über jeden, außer über mich. Sie hatte die Macht, dich zurück auf die Zeitellipse zu schicken. Ich frage mich nur, wer hat dich zurückgebracht?«

Es fing an, einen unheimlichen Sinn zu ergeben. Irgendwie hatte Adric den Zorn Karamys heraufbeschworen, die eine ›Hexe des Goldenen Turmes‹ war, was immer auch *das* heißen mochte, und sie hatte ihn aus seinem Körper fortgeschickt. Irgendjemand hatte versucht, ihn zurückzuholen, und dabei *mich* erwischt. Aber das wollte ich Evarin nicht sagen. Irgendetwas tief in mir wusste, dass ein Eingeständnis von Schwäche oder Furcht eine Katastrophe wäre. Ich schüttelte nur den Kopf.

»Wie auch immer, ich bin zurück«, sagte ich. »Wenn ich mich auch nicht an viel erinnere.«

»Du erinnerst dich an mich«, sagte Evarin. »Ich frage mich, wieso sie dir das gelassen hat? Karamy hat mir nie getraut.«

Und sie hatte Recht, ihm nicht zu trauen. Der Gedanke kam aus dem Fundus an Wissen, das ich nicht nach Belieben anzapfen konnte, das sich aber trotzdem hier und da Bahn brach. »Nur deinen Namen. Sonst nichts.«

Weil Evarin, wie ich wusste, niemals zehn Minuten lang derselbe war. Er konnte in einer Minute Freundschaft zeigen und es auch so meinen, zehn Minuten später und noch immer in Freundschaft und ohne Bosheit, würde er mir die Haut vom Leibe ziehen und es für einen hervorragenden Spaß halten. Er schien meinen Gedanken zu folgen und lachte.

»Trotzdem, du kennst meinen Namen, und das ist schon etwas – schließlich sind wir Brüder, Adric! Erzähl mir, was du vergessen hast.«

Konnte ich ihm meine schreckliche Verwirrung anvertrauen? Wieweit konnte ich als Adric – und für ihn musste ich Adric *sein*, denn darin lag meine einzige Sicherheit, in seinem misstrauischen Respekt für Adric und was Adric tun würde – wieweit konnte ich als Adric kommen, ohne etwas zu wissen? Und wie viele Fragen durfte ich zu stellen wagen, ohne meine Hilflosigkeit zu offenbaren?

»Ich bin zu lange außerhalb meines Körpers gewesen«, sagte ich schließlich. »Ich erinnere mich nicht.« Eines wenigstens musste ich wissen: »Was sind die Träumer?«

Es war die falsche Frage. Ich wusste es in dem Moment, als sie mir über die Lippen kam. Sein Blick veränderte sich, er fühlte sich jetzt sicherer.

»Zandru, Adric, du bist wirklich weit fort gewesen«, sagte er. »Du musst bis vor die Katastrophe zurückgereist sein.«

Das war ich, was immer auch die Katastrophe war. Aber ich nickte nur.

»Nun, nach der Katastrophe bauten unsere Vorfahren die Regenbogenstädte und schlossen den Pakt, der die Maschinen tötete. In den Regenbogenstädten lebten und herrschten wir, denen man Macht anvertrauen konnte, wie wir immer gelebt und geherrscht hatten, doch der Pakt stellte sicher, dass die niederen Schichten niemals mehr in der Lage waren, sich uns zu widersetzen. Oh, es gab natürlich auch ein paar Idealisten, die sagten, wir würden sie auf die Stufe der Barbarei zurückwerfen. Sie haben nichts begriffen!« Evarin klang leidenschaftlich erregt. »Es war nur so, dass wir ihnen Sicherheit gaben – Sicherheit vor Kräften, die sie nur missbrauchten! Sie leben einfach, wie gewöhnliche Menschen leben sollten, und sie können nicht mit Künsten und Kräften herumpfuschen, die über ihr Verständnis gehen!«

Er sah mich herausfordernd an, aber ich sagte nichts. Evarin stand auf und begann, rastlos auf und ab zu gehen.

»Was die Träumer sind? Das weiß niemand, sie wissen es selbst nicht. Früher einmal waren sie Menschen. Wenigstens werden sie in normale Familien hineingeboren. Mendel möge wissen, was sie hervorgebracht hat. Aber einmal in zehntausend Jahren wird solch ein seltsames Wesen geboren – ein Träumer.«

»Mutationen?« Ich sagte das Wort nur für mich, Evarin hörte es nicht. Er fuhr fort:

»Manche behaupten, sie wurden durch die Katastrophe selbst geschaffen, andere, dass sie die Seelen der toten Maschinen sind. Sie sind gleichzeitig menschlich und nicht menschlich. Sie sind Telepathen. Sie haben Macht, sie können alles kontrollieren: Dinge, Gedanken, Menschen. Sie können Illusionen um Menschen und Dinge erschaffen – sie zweifelten unsere Herrschaft an.«

Er setzte sich wieder, brütend, still. »Vor einem Dutzend Generationen gelang es einem unserer Leute hier in Regenbogen-Stadt, die Träumer zu binden. Wir konnten sie nicht töten – sie haben einen Selbstschutz, wenn ich auch nicht weiß wie –, denn eine auf sie gerichtete Waffe geht fehl, der Hieb geht nach hinten los. Aber er lernte, sie zu binden, im Schlaf, und sie für uns harmlos zu machen. Das hätte genügen können. Doch dann entdeckten wir, dass wenn sie schliefen – und träumten – sie gezwungen werden konnten, ihre Macht abzugeben. An uns. So dass wir ihre Macht kontrollieren, ihre Magie ausüben konnten.« In seinen

Augen blitzte Entsetzen auf, als er sagte: »Für einen Preis. Den Preis, den du kennst.«

Ich schwieg. Ich kannte den Preis *nicht*. Ich wollte, dass Evarin weitersprach.

Er schauderte leicht, schüttelte den Kopf, und das Entsetzen schwand.

»Und so hat jeder von uns in der Regenbogen-Stadt einen Träumer, der seine Macht aufgibt – für den entsprechenden Preis – damit sein Meister tun kann, was ihm gefällt. Und nach vielen Jahren, wenn der Träumer alt und schwach wird, schwinden seine Kräfte, und man kann ihn töten. Wenn sie älter und schwächer werden, ist es sogar sicher, wenn man sie erwachen lässt, aber niemals zu sehr oder zu lange.«

Er lachte bitter. Aus dem Nichts malte sich Wut in seinem Gesicht ab.

»Und du hast einen Träumer verloren!«, schrie er. »Einen Träumer, der noch kaum im Besitz seiner Kräfte war! Er ist noch harmlos, aber er ist erwacht, und er geht umher! Und eines Tages wird die Macht über ihn kommen, und er wird uns alle vernichten!«

Evarins schmale Züge zeigten jetzt Verzweiflung, keine Arroganz mehr, sondern Angst und Schmerz. »Ein Träumer«, seufzte er, »und du warst schon eins mit ihm geworden! Kannst du jetzt verstehen, warum wir dir nicht trauen, Bruder?«

Ohne zu antworten, stand ich auf und ging zum Fenster. Dieses Turmzimmer blickte nicht auf den gepflegten kleinen Park hinaus, sondern auf eine ausgedehnte Wildnis. Weit entfernt stiegen seltsame Rauchspiralen in den abnorm hellen Sonnenschein hinauf, doch über den Niederungen lag dichter, watteartiger Nebel. Seen schimmerten, Wälder, nackte Höhenzüge. Ein Vogel kreiste lautlos am Himmel und wiegte sich im Wind.

»Da unten«, sagte Evarin leise, und trat neben mich ans Fenster, »da unten geht der Träumer und wartet darauf, uns zu vernichten. Da unten –«

Aber ich hörte den Rest nicht mehr, denn meine Gedanken vervollständigten den Satz.

Da unten ist meine verlorene Erinnerung. Da unten ist mein Leben. Irgendwo da unten hatte ich meine Seele gelassen.

Kapitel 3

Ich wandte mich vom Fenster ab. »Rhys ist ein Träumer«, stellte ich mit allmählich einsetzender Gewissheit fest. »Was ist Gamine?«

Evarin nickte, ohne die Frage zu beachten. »Rhys ist ein Träumer, ja«, antwortete er. »Er ist jetzt alt, so alt, dass er bald sterblich ist. Also ist er wach und wandelt umher. Aber einst war er einer von uns, der einzige Träumer, der jemals in der Regenbogen-Stadt geboren wurde. Er wird seinen Verwandten nichts zuleide tun, er ist von unserem Blute.« Evarin räusperte sich. »Und so nimmt Gamine alles an Wissen, was dieser uralte Geist geben kann. Und bezahlt nicht dafür.«

»Aber Gamine?«

Evarin zögerte noch immer. »Karamy hasst Gamine«, sagte er schließlich, »und so sieht niemand je Gamines Gesicht. Ich stelle keine Fragen, und ich rate dir, auch keine zu stellen, es sei denn, du fragst Karamy.« Ein Lächeln zuckte um seinen beweglichen Mund. »Frag Karamy«, wiederholte er fröhlich. »Sie wird es dir sagen!«

Karamy. Sie war jetzt schon oft erwähnt worden,

diese Hexe vom Goldenen Turm. Vielleicht lag die Erinnerung an sie in demselben tiefen Brunnen, aus dem Evarins Name und Identität aufgestiegen waren, als er vor mir stand. Aber es schien sicher zu fragen: »Warum hasst Karamy Gamine?«

»Mein Bruder, wenn du das nicht beantworten kannst, wer dann? Gamine und ich mögen uns nicht besonders, aber in einem stimmen wir überein: dass Karamys Verbrauch an Sklaven monströs ist und dass du ein Narr, wenn nicht Schlimmeres bist, wenn du für ihre Bedürfnisse bezahlst. Karamy ist die Macht in ihren Händen viel zu wichtig, um sie in deine zu legen. Sie hat bislang jeden Kampf zwischen euch beiden gewonnen – oder warum warst du in deinem eigenen Turm eingesperrt?«

»Aber jetzt bin ich frei«, entgegnete ich.

Er betrachtete mich neugierig. »Ja. Möglicherweise bist du stärker, als ich dachte. Wenn dem so ist, könnten wir uns verbünden, du und ich, wenn du denkst, Karamy ist zu stark für einen von uns allein.« Evarins Schritte waren lautlos, als er an meine Seite kam. »Sieh mal, ich habe ein Spielzeug für dich gemacht.«

Er drückte mir etwas Kleines, Hartes in die Hand, einen in silbrige Seide gewickelten Gegenstand. Ich hob neugierig die Hand und wickelte ihn aus. Die Seide war glatt und farblos mit einem bläulichen Schimmer, wie Gamines Schleier, anders als jeder Stoff, den ich bisher gesehen hatte.

Evarin wich langsam vor mir zurück. Eine Sekunde lang konnte ich nichts weiter sehen als eine Art verschwommener Unsichtbarkeit, ähnlich wie Gamines Gesicht hinter dem Schleier, dann wurde eine Art Spiegelfläche sichtbar. Sie schien aber nichts zu reflektieren, sondern war eher eine kalt glänzende Fläche, die von innen her wolkig, glitzernd wirkte. Ich bückte mich, um das Schattenmuster zu untersuchen, das sich auf dem Spiegel bewegte. Von dem Spiegel ging ein seltsamer Sog aus, eine Kälte, die träge durch meine Hand kroch, eine vertraute, *beruhigende* Kälte. Ich beugte mich weiter vor –

Eine schwache Bewegung lenkte mich ab. Evarin beobachtete mich, begierig, angespannt, eifrig. Plötzlich durchzuckte mich die Erkenntnis. Evarins tödliche Spielzeuge! Ich warf das Ding zu Boden und trat wild danach. Die verschwommene Unsichtbarkeit wankte. Ich sah einen winzigen, juwelenbesetzten Mechanismus, ehe das Ding wieder zu grauem Eis wurde. Evarin hatte sich durch das halbe Zimmer zurückgezogen. Ich machte einen Satz und packte ihn am Hals.

»So schlecht ist mein Gedächtnis auch wieder nicht«, knirschte ich. »Verdammt, ich binde dir das Ding um die Kehle!«

Evarins Mund zuckte, plötzlich verzerrte sich sein Gesicht, wurde verschwommen, und ich fühlte, wie seine Substanz mir zwischen den Fingern zerrann. Ich wich gerade noch rechtzeitig zurück, als er sich wieder materialisierte, ganz und tödlich und viel zu nah.

»Ich passe auf«, stieß er hervor. »Mein Träumer erwacht nicht!«

Er bückte sich nach dem heruntergefallenen Spielzeug. Ich trat es aus seiner Reichweite und hob es dann auf. »Das behalte ich«, sagte ich und wickelte die isolierende Seide wieder darum, ehe ich es in meine Tasche stopfte. Evarin starrte mich finster und hilflos an. Plötzlich wich die Wut in seinem Gesicht boshaftem Gelächter, er rieb sich die geprellte Schulter und lachte und lachte. »Nun, einen Versuch war es wert!«

»Ja«, antwortete ich, ohne zu lachen, »aber das Ding

bleibt in meiner Tasche, und du bleibst jetzt jedenfalls mal eine Weile stabil. Spielzeugmacher! Verdammter Irrer!« Ich stürmte aus dem Zimmer und knallte die Tür hinter mir zu.

Jetzt, da Adric wieder die Kontrolle hatte, fiel es mir nicht schwer herauszufinden, wohin ich gehen wollte. Ein blinder Instinkt führte mich durch das Labyrinth aus Aufzügen, Korridoren und Treppenhäusern. Ich kam an Dienstbotenzimmern vorbei, Küchen, Räumen voller Gegenstände, die ich mit einem kurzen Blick als vertraut und ohne weiteres Interesse abtat. Ich hätte mich hoffnungslos verirrt, wenn ich darüber nachgedacht hätte, wo ich wohl hinging, aber schließlich stand ich im Freien, im Halbkreis der Regenbogentürme.

Vom Himmel schickten die beiden Sonnen, die rote und die weiße, ein seltsames Licht mit doppelten Schatten durch die ordentlich gestutzten Bäume. Ein kleiner Tagesmond, kleiner als jeder Mond, den ich bisher gesehen hatte, spähte über die Schulter des violetten Turms. Das Gras unter meinen Füßen war nichts weiter als Gras, doch die leuchtendbunten Blumen in mathematisch abgezirkelten Beeten waren mir fremd, zu groß, zu fleischig, zu leuchtend. Die Wege waren von schmalen Gräben gesäumt, damit die Fußgänger nicht in die Beete traten, und wanden sich über diesen seltsamen Rasen. Ich nahm das alles ohne bewussten Gedanken hin, doch ein Erinnerungsfetzen ließ mich die Gräben sorgfältig meiden. Wie ich mich entsann, gab es einen ganz praktischen Grund für sie.

Leise, schrille Musik zerrte wie Sirenengesang an meinen Ohren, wortlos, wie Gamines sanfter Gesang. Verblüfft erkannte ich, dass die Blumen sangen. Die singenden Blumen in Karamys Garten – Adric erinnerte sich an ihren Lotus-Gesang. Ein Willkommens-Lied? Oder bedeutete es Gefahr?

Ich war nicht allein im Garten. Männer in gegürteten Kilts im selben grellen Rot-Gold wie die Blumen gingen rastlos hin und her, unruhig wie angekettete Flammen. Einen Augenblick lang gewann die alte Eitelkeit in mir wieder Oberhand. Trotz all ihrer Sklaven huldigte Karamy dem Herrn des Roten Turmes! Und würde das auch weiterhin tun!

Die Männer gingen schweigend an mir vorbei. Sie trugen Schwerter, doch die Schwerter waren stumpf, wie Kinderspielzeuge. Sie waren ein Regiment von Zombies, von wandelnden Leichen. Auch als sie im Vorübergehen salutierten, geschah dies abgehackt, mechanisch.

Plötzlich sangen die Blumen einen hohen Ton, ich spürte mehr, als ich es hörte, wie die leere Parade endete. In einem grotesken Ballett formierten sie sich zu ziellosen Reihen, die nirgendwo hingingen. Sie waren Spielzeugsoldaten, alle gleich.

Und zwischen den Rücken der Spielzeugsoldaten und den Blumenmustern sah ich einen Mann rennen. Ein anderes Ich, aus einer anderen Welt, dachte kurz an die Spielkarten, die in Alices Wunderland-Garten vor ihrer Königin platt auf dem Gesicht lagen. Wunderland. Ich hörte mich selbst sagen, mit halb-bewusstem Spaß: »Sie sehen alle gleich aus, bis man sie umdreht.«

Der laufende Mann zwischen den von Gräben gesäumten Beeten war keine Attrappe aus einem Kartenspiel. Er trug dunkle Hosen und ein dunkles Hemd, und er bewegte sich rasch und leichtfüßig. Ich hörte wieder die hohen, schrillen Töne von den Blumen – den Blumen? Ich merkte, dass der Mann eine Pfeife zwischen den Zähnen hatte, und diese gab, eingehüllt in das Lied der Blumen, diesen schrillen Ton von sich. Er winkte mir im Laufen zu, sprang über einen Graben und blieb neben mir stehen.

»Adric!«, rief er leise. »Das ist Karamys Gebiet. Hör dir nur die Blumen an! Ich hatte Angst, ich müsste ganz in den Turm hinein, um dich zu finden, und Narayan konnte mich nicht so weit beschützen!«

Er hob die Hand mit der Pfeife und blies einen leisen, fließenden Triller, der sich mit den schnurrenden Blumentönen mischte. Dann holte er tief Luft und sagte nüchtern: »Aldones! Bin ich froh, dich zu sehen! Narayan sagte, er wüsste, dass du frei bist, aber keiner von uns konnte das glauben. Er ist draußen vor dem Tor. Er hat mich geschickt, um dir zu helfen. Komm!«

Der Anblick des Mannes berührte einen weiteren dieser lebendigen Drähte in meinem Hirn. *Narayan*. Der Name schlug einen anderen Draht an, eine dumpfe Note von Angst, Furcht, Gefahr.

Aber ich war direkt von Evarin gekommen. Ich kannte den Mann. Ich wusste, welche Reaktion er erwartete, aber dieser kurze Blick in den ... Spiegel? des Spielzeugmachers hatte eine Kette von Handlungen in Gang gesetzt, die ich nicht kontrollieren konnte. Ich versuchte, meine Hand in freundlichem Gruß auszustrecken und fühlte meine Finger statt dessen zu meinem Entsetzen am Schwertgriff. Ich bemühte mich erfolglos, das Schwert festzuhalten, das ohne meinen Willen aus der Scheide fuhr.

Der Mann wich zurück, in seinen Augen spiegelte sich Entsetzen. »Adric – nein – das Zeichen –«, er hielt eine Hand hoch, abwehrend, dann schrie er vor Schmerz auf, krümmte sich und umklammerte seine verletzten Finger. Ich hörte meine eigene Stimme, wild, unmenschlich, in der das dünne Lachen Evarins durchklang:

»Zeichen? *Da* ist ein Zeichen für dich!«

Er machte einen Satz, so dass er außer meiner Reichweite war, doch sein Gesicht, verzerrt vor Schmerz, zeigte vor allem Bestürzung. »Adric – Narayan hat uns geschworen, dass du wieder … dass du wieder du selbst bist.«

Ich zwang mein Schwert zurück in die Scheide. Es schien nicht zu wollen, ich musste mich abmühen, als ob es lebendig wäre, wie eine zuckende Schlange. Ich starrte ohne zu begreifen auf die Wunde, die ich ihm nicht hatte zufügen wollen, auf die Köpfe der Blumen hinter ihm. Ich konnte diesen Mann nicht töten, der den Namen Narayans im Munde führte.

Die Blumen zitterten, rührten sich, schossen lange, seilartige Ranken auf die blutende Hand des Mannes. Übelkeit schnürte mir die Kehle zu.

»Lauf!«, drängte ich, »lauf, sonst kann ich nicht –« Die Blumen klangen schrill. Der Mann warf den Kopf zurück, die Augen vor Angst weit aufgerissen, und schrie.

»Karamy! Aieee!« Er taumelte rücklings, schwankte am Rand des kleinen Grabens. Ich rief ihm noch eine Warnung zu, unzusammenhängend, zu spät. Er trat auf die Blumen und stolperte über den Graben. Die zuckenden Blumenköpfe schossen schulterhoch. Sie kreischten in wildem Triumphgeheul ihres Blumengesangs, und er fiel der Länge nach zwischen sie. Ich hörte ihn einmal aufschreien, heiser, hoffnungslos. Ich wandte den Blick ab. Es gab ein wildes Schlagen, Peitschen, ein entsetzlicher Schrei hallte von den Mauern der umgebenden Türme wider und erstarb. Die Blumen schienen geradezu zu schnurren.

Dann wurden die Blumen wieder still und wiegten sich unschuldig hinter ihren Gräben.

Karamy, Gold und Feuer, kam über den gewundenen Pfad zwischen den Bäumen. Und innerhalb einer Sekunde vergaß ich den Mann, der in dem Beet mit den grauenhaften Blumen lag.

Sie war ganz und gar golden. Von der leuchtenden Krone ihres Haars bis zu den Spitzen ihrer in Sandalen steckenden Füße schimmerte sie wie gehämmerte Bronze, an ihren Schläfen war Bernstein, ein Stab aus Bernstein drehte sich in ihrer Hand, und ihr Lächeln war ein Traum ...

Eine Vision, eine Fantasie, die ich in meiner anderen Welt gesehen hatte ...

Große Schönheit hat eine betäubende Wirkung. Sie lähmt andere Gefühle. Und so starrte ich die goldene Hexe an, den schimmernden Bernsteinstab, der mein Gesicht nachzuzeichnen schien. Aber alte Gewohnheit ließ mich den Blick abwenden.

Karamy lächelte und blickte mit ihren Katzenaugen auf die leblose Gestalt in den Blumen. »So? Ich dachte doch, ich hätte etwas gehört. Ich frage mich nur, wie er so weit kommen konnte?« Ohne mich aus den Augen zu lassen, wirbelte sie den leuchtenden Stab, der Gesang der Blumen begann erneut, ein sanftes Klagen, und zwei der Zombie-Wächter bewegten sich lautlos durch den Garten. Auf die schweigende Bewegung des Bernsteinstabes hin hoben sie den Leichnam auf und trugen ihn davon. Die Musik erstarb. Karamys Blick war auf den Boden geheftet. Als ich ihrem Blick folgte, sah ich etwas dort liegen. Eine Pfeife.

Karamy berührte sie mit der Fußspitze. »Schlau«, sagte sie verächtlich, »aber nicht schlau genug.«

Dann hob sie eifrig ihr Gesicht dem meinen entgegen und streckte ihre zartgliedrigen Hände aus.

»Adric! Adric! Sobald du frei bist, verfolgen sie dich wieder! Das willst du doch nicht, oder?«

Ich antwortete nicht. Eine Erinnerung Adrics durchzuckte mich und gab dem Mann, den ich an die Blumen verraten hatte, einen Namen.

Karamy stellte sich vor mich, sodass ich sie ansehen musste. Die liebliche, träge Stimme murmelte den Namen, den ich allmählich kannte.

»Adric, du bist zornig«, liebkoste mich die sanfte Stimme. »Ich weiß, es war grausam, Evarin in deine Nähe zu lassen, aber was hätte dich sonst genügend in Wut versetzt, um dich wieder zu dir selbst werden zu lassen? Adric, wir brauchen dich, Narabedla braucht dich. Wir fühlten uns verraten, als du fortgingst, um dich allein mit dem alten Rhys und den Sternen einzuschließen! Aber jetzt bist du zurückgekehrt.« Ihre Hände ergriffen meine Schultern, sie klammerte sich an mich. »Hast du mich denn auch vergessen? Oder bist du noch immer mein Geliebter?«

Das klang unaufrichtig! Unecht, machte ich mir klar. Ein Teil von mir wollte sich von ihr losreißen, sie eine verlogene, mörderische Teufelin nennen, um wenigstens so viel klarzustellen. Aber ich erwarb rasch eine doppelte Schlauheit. Die tierische Schlauheit von Adrics alter Gewohnheit – und eine verzweifelte, gefangene Schlauheit meiner selbst, geboren aus Angst – einer Angst vor dieser fremden Welt mit ihren schrecklichen Gefahren, die an jeder Ecke lauerten, mit ihrer Magie in Spiegeln und Blumen. Und woher sollte ich wissen, was ich, ich selbst, im nächsten Augenblick tun würde? An meinen Händen klebte jetzt schon Blut. Und wenn Adric ein Pfand zwischen zwei sich bekriegenden Mächten in dieser Welt war, woher sollte ich wissen, was ich tun sollte? Ich konnte nichts weiter tun, als auf der Oberfläche zu schwimmen, meinen Vorahnungen zu trauen und sehen, wohin sie mich führten.

Ich sagte: »Wer könnte dich vergessen, Karamy?«

Sie war sehr weich und süß und mehr als begehrenswert in meinen Armen, und ich hielt sie fest an mich gepresst, während ich mit einer Erinnerung kämpfte, die sich nicht ganz einstellen wollte.

Karamy ließ die Arme sinken. Der Mantel träger Verführung fiel mit ihnen herab. »Du bist noch immer wütend, weil ich dich auf die Zeitellipse geschickt habe! Du weißt noch nicht, dass es zu deinem eigenen Besten war! Du hast deine Lektion noch nicht gelernt!«

Ich gab zurück: »Wenn ich eine zahme Katze wäre, hättest du dann Verwendung für mich?«, und zog sie wieder an mich. Dieses Gespräch war gefährlich für mich; mir fiel nur eine Möglichkeit ein, es zu beenden. Es schien ihr zu gefallen, doch obwohl ihre Lippen unter den meinen nachgiebig waren, war ich auf der Hut. Täuschte ich sie nun, oder spielte sie nur mein eigenes Spiel noch ein wenig besser?

Und meine Gedanken waren nicht ganz bei dem, was ich tat. Ich dachte noch immer an die fleischigen, tödlichen, sich wiegenden Blumen.

»Jetzt können wir Pläne schmieden«, sagte sie etwas später. »Erstens, Gamine.« Sie sah mich scharf an, doch ich schaute ausdruckslos, und sie fuhr fort: »Gamine ist immer mit dem alten Träumer zusammen, sie lässt ihn viel zu lange wach. Er ist alt, und er ist von unserer Art, aber trotzdem wird er zu stark. Wir müssen Rhys von Narabedla fortschicken. Gamine kann bleiben oder ihm ins Exil folgen, doch Rhys muss gehen.«

»Rhys muss gehen«, pflichtete ich ihr bei.

»Man sollte ihn töten, aber Gamine wird das niemals tun«, sagte Karamy mit einem Achselzucken, das Rhys abtat, »und solange Gamine an Rhys gebunden ist, sucht Gamine wenigstens nicht die Verbindung mit einem stärkeren Träumer. Evarin –«, sie schnippte mit ihren ringgeschmückten Fingern. »Sein Träumer schläft fest! Evarin hat sogar Angst vor seiner eigenen Macht! Und was seine Spielzeuge angeht, nun, auch sie können uns dienen. Mein Träumer wird stark, aber er dient mir!« Das schöne Gesicht wirkte unbarmherzig und wild.

»Dein Träumer wandert frei im Wald umher! Nur du kannst ihn wieder binden! Du mit meiner Hilfe, Adric vom Roten Turm!« Ihre Augen loderten. »Ja, und mein Träumer soll bis dahin auch dir dienen! Ich werde dafür bezahlen, dass du Macht in die Hände bekommst!«

Genau die Formulierung, die Evarin benutzt hatte! Ein kurzer Schauer überlief mich. Doch Karamys glühendes Gesicht verbrannte den Stachel der Furcht.

»Du bist zu uns zurückgekommen, Adric, und wir brauchen dich! Heute abend, heute abend gehe ich zur Festung der Träumer, und du kommst mit mir. Und danach gehst du in den Wald, wo der Träumer herumgeht, und du wirst diese Gefahr für die Regenbogen-Stadt für immer beenden! Und dann«, ihre funkelnden Augen loderten, eine Flamme, glühende Kohle, »dann wird niemand mehr unsere Macht herausfordern, nicht in ganz Narabedla, nicht auf der ganzen Welt!«

Gegen meinen Willen fühlte ich, wie die Flamme, die sie nährte, langsam höherschlug. Macht, unbegrenzte Macht, und eine schöne Frau mit Zauberkräften. Adrics Ehrgeiz brannte wie ein Feuer in mir, und es zog mich mit sich fort.

Hexe – goldene Hexe! Ich wusste jetzt, wie die Träumer bezahlt werden mussten – ich kannte den Preis, für den sie ihre magischen Kräfte in die Hände der

Herren des Regenbogens legten. Der kleine Teil von mir, der noch immer Mike Kenscott war, schauderte vor Angst und Abscheu, der Rest von mir akzeptierte die Erinnerung achselzuckend, und dieser Teil, der Adric-Teil von mir, sagte:

»Ich gehe. Ich brauche Macht so dringend, dass ich sie selbst aus deinen Händen nehme, Karamy. Und danach gehe ich in den Wald, wo der Träumer ist, und bringe ihn zu dir zurück.«

Doch im selben Augenblick, als ich Karamy in meine Arme zog und ihren Kopf mit meinem Mund grob zurückbog, spürte ich ein eisiges Prickeln der Warnung im Rücken, und meine Augen verengten sich über ihrem goldenen Kopf.

Ich sagte schmeichelnd: »Und dann, Karamy –«, doch nur in Gedanken beendete ich den Satz:

Und dann, Goldene Hexe – dann finde ich auch einen Weg, mit dir fertigzuwerden!

Kapitel 4

Anschließend, als ich den Weg zurück zum Roten Turm gefunden hatte, suchte ich stundenlang nach einem Hinweis auf Adrics geheimnisvolle Vergangenheit. Dieser Adric war mir ein Rätsel, dieser seltsame Mitbewohner, der nach Belieben in meiner Erinnerung ein- und ausging.

Was war Identität überhaupt? War es das Bewusstsein des Selbst? Ich *fühlte* mich wie ich selbst – wie Mike Kenscott. Ich konnte mich an ein ganzes Leben als Mike Kenscott erinnern, Kindheit, Schule, Armee, Beruf, Mädchen. Und trotzdem, und trotzdem, bei

Evarin, bei Karamy, bei dem seltsamen Mann, den ich an die Blumen verraten hatte, hatte ich auf eine Art und Weise gehandelt, gesprochen und gedacht, die Mike Kenscott nie hätte akzeptieren können.

Ich wollte nicht darüber nachdenken. Wenn ich erst anfing, darüber nachzugrübeln, würde ich wieder in Panik geraten. Grimmig durchstöberte ich die Zimmer nach Hinweisen. Ich fand viele merkwürdige Dinge, aber nichts Wichtiges. Wer immer auch Adrics Erinnerung genommen hatte (Karamy? Aber wieso?), hatte sichergestellt, dass nichts in seiner Umgebung dieses Rätsel klären konnte.

Ich wusste nur eins: Adric war bei den Narabedlanern gefürchtet, unbeliebt und genoss kein Vertrauen, außer vielleicht bei Evarin, wenn er in der Stimmung war. Und alle Narabedlaner außer Gamine hatten etwas zu gewinnen, wenn sie Freundschaft zu Adric vortäuschten. Ich konnte noch nicht ganz einordnen, ob Karamys Haltung Liebe war, die Verachtung vortäuschte, um Adric ihrem Willen gefügig zu machen, oder ob es Verachtung war, die Liebe vortäuschte aus demselben Grund. Ich traute ihr nicht, und ich war froh, dass Adric es offensichtlich ebenfalls nicht tat.

Der Name *Narayan* hing mir wie eine Klette im Gedächtnis. Freund oder Feind?

Die weiße Sonne war untergegangen, und die rote Sonne begann gerade zu sinken, als ein Diener leise an der Tür klopfte und etwas zu essen brachte. Er war keiner der Zombies aus Karamys Garten, sondern sprach mit Ehrerbietung, die an Angst grenzte. Ich überlegte kurz, ob ich den Mann ausfragen sollte, doch dann entschied ich, dass es zu gefährlich war. Es wäre töricht, irgendjemanden in diesem Kaninchenbau voller Feinde ahnen zu lassen, wie schwach, verwirrt und unsicher ich war. Sie glaubten, dass Adric wieder ganz er selbst war, und wenn sie genügend Angst vor Adric hatten, hielt sie mir das vielleicht eine Weile vom Leibe!

Der Mann zögerte, bevor er rückwärts hinausging. »Die Dame Cynara wünscht dich zu besuchen, Herr Adric«, murmelte er schließlich. »Darf ich sie hereinführen?«

Wer zum Teufel war die Dame Cynara? Adrics Frau? Seine Konkubine? Noch einer dieser Narabedlaner, Freund oder Feind, Bewohner eines Regenbogen-Turms? Wer sie auch sein mochte, ich hatte schon genug Sorgen. Ich sagte knapp: »Nein«, und der Mann murmelte etwas und ging davon.

Ich saß an dem vergitterten Fenster von Adrics hohem Turm und versuchte, Erinnerungen von dem fremden Verstand, in dem ich gefangen war, herbeizuzwingen. Und ob es nun schiere Willenskraft war oder das Ergebnis des flüchtigen Blicks in Evarins Spiegel, oder ob ich, wie Gamine beharrte, wirklich Adric war und Mike Kenscott nur eine Illusion aus Karamys Magie, die Erinnerungen schoben sich langsam wieder in meinen Kopf.

In den frühen Tagen …

In den frühen Tagen, ehe diese Unklarheit über mich gekommen war, war Adric vom Roten Turm ein mächtiger Mann in der Regenbogen-Stadt gewesen. Die Erinnerungen an jene Zeit waren keine Erinnerungen, auf die ich, als Mike Kenscott Wert gelegt hätte, aber als Adric fand ich sie höchst angenehm.

Wir waren eine uralte Rasse, die Herren der Regenbogen-Stadt. Unsere Art hatte die Macht über das ganze Land ausgeübt, doch wir waren auch eine schrumpfende, eine aussterbende Rasse. Immer weniger Kinder des Regenbogens wurden Narabedlas

Macht geboren. Und von diesen waren einige Schwächlinge, unfähig, an der ungeheuren Macht der gefangenen Träumer teilzuhaben, und Adric hatte in seinem überbordenden Ehrgeiz einen Schlag gegen sie geführt und so die ganze Herrschaft in seine Hände bekommen. Wie Könige es in allen Ländern von Anbeginn der Zeiten getan haben, löschte er langsam und methodisch all jene aus, die seine Macht in Frage stellen konnten. Und jetzt blickte ganz Narabedla auf den Herrn des Roten Turmes und seine Herrschaft, und in der Regenbogen-Stadt lebten nur Evarin, der mit Spaß und Unfug herumspielte, und Gamine – hatte Adric je die Wahrheit über Gamine gekannt? – der nur die Weisheit liebte, sowie eine knappe Handvoll anderer, die Adric als unumschränkten Herrscher akzeptierten.

Und Karamy! Karamy, die gekommen war, um seine Macht herauszufordern – und geblieben war, um sie zu teilen!

Ich hatte Macht gewollt und hatte sie gehabt, unbegrenzt, von einem frisch gebundenen Träumer, der sich nur wenig im Schlaf regte. Über Narabedla hinaus schickte die Hälfte der bekannten Welt Tribute an den Herrn des Roten Turmes.

Einige Erinnerungen waren Triumphe. Andere erschienen Adrics zynischem Geist spaßig. Manche waren unvorstellbar schrecklich, denn Adric hatte die Kosten seiner Siege nicht gezählt, und selbst er schauderte bei dem Preis, den die Träumer gefordert hatten.

Dann war mit diesem eigenwilligen und wilden Mann etwas geschehen. Ich hatte keine Ahnung, was. Flüchtige Bilder kamen durch das Grau – ein blondes, jungenhaftes Gesicht, erhoben in ungläubigem Schrecken oder Freude: eine fliehende Gestalt, verschleiert, die sich in die Gänge meiner Erinnerung zurückzog und ihr Gesicht abwandte, wenn ich der zu folgen versuchte.

Was immer auch geschehen war, es war passiert, als Adric, wenn auch nur vorübergehend, seiner Eroberungen überdrüssig war, als ihm übel war vor lauter Blut und vor Entsetzen über den Preis seiner Macht. Denn diese magische Macht – erkauft mit dem Geist der Träumer, der Mutanten, die in erzwungenem Schlaf oder ausgesetzter Lebenstätigkeit lagen – verlangte nach Energie, kinetischer Energie, die nur aus einer einzigen Quelle gespeist werden konnte. Adric hatte die Träumer großzügig aus dieser Quelle genährt. Eine Zeitlang.

Eines Tages hatte ich aus einer Laune heraus eine junge Frau erlöst, die für dieses Schicksal ausersehen war.

Dann verschwamm alles, und alle Erinnerungen waren ausgelöscht. Ich konnte nachdenken, mir das Hirn zermartern, aber an mehr konnte ich mich nicht entsinnen. Ich konnte das Wissen über die weiteren Ereignisse nicht herbeizwingen.

Danach war Adrics Herrschaft zerbrochen wie ein Gewölbe, dessen Fundament bröckelt. Seine Armeen zersprengt, hatte er sich eingeschlossen oder war eingesperrt worden in den Roten Turm, seiner Erinnerungen beraubt. Freiwillig oder unfreiwillig trudelte er entlang einer Zeitlinie, vorwärts oder vielleicht rückwärts, ob durch Zeit oder Raum, ich konnte es mir nicht vorstellen, bis er irgendwo im Abgrund anderer Welten den Mann berührt hatte, der sich selbst als Mike Kenscott kannte.

Und dann war Adric vielleicht entkommen. Er hatte Mike Kenscott in sein Netz gezogen und die beiden ausgetauscht. Es war ein vollkommenes Entkommen aus einem Leben, das Adric zu hassen begonnen hatte, ein Leben mit zu vielen Konflikten, als dass es auszuhalten wäre.

Aber ich war Adric …

Auch dafür gab es eine Erklärung. Der physische Körper konnte den Austausch nicht mitmachen. Ich hatte Adrics Körper, seine Gehirnwindungen, die synaptischen Verknüpfungen, die aus Gewohnheit entstehen. Seine Erinnerungsspeicher. Nur das Ego, die übergeordnete bewusste Identität – die Seele, wenn man so will – war die von Mike Kenscott. In Adrics Körper und Hirn herrschten die alten Muster und Gewohnheiten, und in dieser Hinsicht *war* ich Adric.

Und in meiner eigenen Zeit lebte Adric vermutlich in meinem Körper, lebte Mike Kenscotts Leben, tat so, als wäre er Mike Kenscott und machte dieselben komischen Fehler, die ich hier beging. Und nach einer Weile würden selbst diese nachlassen. Ich saß in der Falle. Wenn ich Adrics Leben führte, würde Adric in mir immer stärker, bis – er? – die andere Identität vollständig übernahm? Und er mit meinem Körper, irgendwo in der anderen Welt, würde er *ich* werden?

Andy, dachte ich in einem Anfall von Angst, *was wird er mit Andy machen?*

Nichts. Er konnte Andy nichts zuleide tun, nicht nach meinem Verhaltensmuster, ebensowenig, wie ich Evarin hassen konnte. Oder doch? Ich hatte heute mein Schwert gegenüber einem Mann gezogen, der mich Freund genannt hatte, und ihn Karamys grauenhaften Blumen überantwortet.

Ich musste zurück! Gott, ich musste zurück! Aber wie? Wie war ich hierher gekommen?

Schon einmal hatte sich für kurze Zeit das Leben Adrics und meins auf dieser – wie hatte Gamine es genannt? – Zeit-Ellipse berührt. An dem Tag, an dem alle glaubten, das Labor sei von einem Blitz getroffen worden. Achtzehn Stunden lang, während ich unter dem Deckenbalken eingeklemmt lag, und später unter Medikamenten im Krankenhaus, hatten er und ich irgendwie einen Teil des Lebens geteilt. Aber es war kein vollständiges Entkommen gewesen. Irgend etwas hatte ihn zurück in seine eigene Welt getrieben oder gezogen.

Und er hatte es wieder versucht oder war erneut ausgeschickt worden. Und dieses Mal schien er erfolgreich gewesen zu sein. War er in meiner Jagdhütte in den Bergen, nahm den Fisch fürs Abendessen aus und stöberte neugierig durch meine elektrische Ausrüstung? Ich hoffte boshaft, dass er sich ein paar verdammt starke Schläge dabei geholt hatte.

Irgendetwas von Adric war nach unserem ersten Kontakt bei mir geblieben. Die seltsamen Aussetzer, der Tag, an dem ich mich mit meinem Messer auf einen Adler gestürzt hatte.

Als die rote Sonne wie ein ersterbender Funke über den Sierras glühte, kam einer von Karamys Spielzeugsoldaten mit einer Aufforderung an mich. Flach, mechanisch, waren die Worte eine schlichte Bitte um meine Anwesenheit, doch sie ließen mich schaudern. Ich hatte geglaubt, dass diese – Zombies? – nicht sprechen konnten. Ich starrte ihn an. Er war groß und kräftig, mit einem schlichten, runden, sommersprossigen Gesicht, das vor Gesundheit strahlte, Arme und Brustkasten strotzten vor Muskeln. Doch die Augen blickten ziellos, die Mundwinkel hingen schlaff herunter, und als ich ihn fragte, wohin ich gehen sollte, starrte er einfach nur vor sich hin und wiederholte im selben ausdruckslosen Ton:

»Die Anwesenheit des Herrn Adric ist erwünscht.«

Er stand reglos da, unbeweglich bis auf das

langsame Heben und Senken seines Atems, und endlich dämmerte es mir, dass dieses Wesen keinen freien Willen hatte, es einfach auf meinen Befehl wartete. Ich wollte ihm sagen, es solle weggehen, aber ich war mir nicht sicher, ob ich ohne einen Führer den Weg finden würde.

Automatisch ging ich zum Schrank, holte einen roten, dick mit Pelz gefütterten Umhang heraus und warf ihn mir lässig um die Schultern. Dann winkte ich dem schweigenden Wächter, und er machte kehrt, sein langsamer, gleichmäßiger Schritt hallte auf den Stufen wider. Ich folgte ihm durch ein Labyrinth von Treppen und Aufzugschächten, bis wir schließlich in einen langen Flur kamen.

Ich schritt ihn hinunter, hörte meine eigenen Schritte hallen. Ein zweiter Rhythmus schloss sich meinen Schritten an, fast unmerklich, und Gamine stahl sich aus der Dunkelheit, noch immer leuchtend verschleiert, ein lautloser Geist hinter mir. Später bemerkte ich, wie Evarin auf Katzenpfoten hinter uns her tappte. Andere kamen aus dunklen Gängen, um die schweigende Parade zu vergrößern, ein Mädchen in einem mit schmalen Flügeln besetzten Umhang in flammendem Orange, ein zwergenhafter Mann, der in einem purpurnen Umhang und dunklem Pelz herumhuschte.

Der Flur begann sich aufwärts zu neigen, zu einem Lichtschimmer am Ende hin. Ohne es zu merken, war ich in einen eleganten, ausgreifenden Schritt gefallen, jetzt fegte ich den Sklaven-Soldaten beiseite, der die Reihe anführte und übernahm selbst die Führung. Die anderen hinter mir formierten sich, als ob ich sie darum gebeten hätte. Das Mädchen mit dem geflügelten Umhang, Evarin in Blattgrün, der Zwerg in seiner Narrenkappe, Gamine in Schleiern. Ohne Vorwarnung kamen wir in einen ausgedehnten Hof, einen umschlossenen Platz von eindrucksvoller Pracht.

Die rote Sonne glühte über uns wie ein Gasfeuer. Auf drei Seiten des Hofes erhoben sich hohe Säulen, und am gegenüberliegenden Ende erstreckte sich ein Bogengang, der zu einer baumgesäumten Zufahrt in den Wald führte. Zwischen zwei Säulen wartete Karamy, schlank, schimmernd, golden, ihre Katzenaugen funkelten hungrig vor Ungeduld.

»Du kommst spät!«

»Jetzt bin ich bereit«, erwiderte ich. Ich war mir nicht sicher, wozu.

Karamy gab den Narabedlanern, die hinter mir herkamen, ungeduldig ein Zeichen. »Adric ist wieder bei uns! Eure Pflicht und Treue gilt Adric, Kinder des Regenbogens!«

Ich stand stumm an ihrer Seite und wartete, die Garde schweigender Männer hinter uns.

»Lord Idris!«, rief Karamy. Der Zwerg kam nach vorn und verbeugte sich schwerfällig vor mir. »Willkommen daheim, Herr!«

Evarins Miene war verschlagen und boshaft, doch seine Stimme schnurrte seidenweich. »Es ist mir ein Vergnügen, dir wieder zu folgen, mein Bruder.«

Das Mädchen in Orange sagte nichts, doch ihr Knicks war wie das Flattern einer Motte an einer Flamme. »Adric –«, murmelte sie. Sie war scheu, die Flügel ihres Umhangs hoben sich und schlugen, als würden sie selbst fliegen wollen, ihr dunkles Haar wogte sanft, als ob es ebenfalls Flügel hätte. Ich berührte leicht ihre Finger, aber unter dem schwelenden Blick Karamys ließ ich sie los.

»Du reitest mit uns, Cynara?« Karamy klang misslaunig. Das Mädchen in dem geflügelten Umhang hob das Gesicht, sprach aber nicht. Gamines Stimme, leise, singend, beruhigend, summte einen Augenblick, fast wortlos, im Zwielicht. Dann glitt Gamine nach vorn und murmelte: »Es ist mein Wille, Karamy. Willst du mein Recht in Frage stellen?«

Einen Augenblick lang war die Spannung fast sichtbar, wie ein Schimmern der Luft, dann machte Karamy eine lässige Geste.

»Was interessieren mich deine Zauber oder du selbst, Gamine? Komm und geh, wie es dir beliebt, bring mit, wen immer du willst. Wir sprechen jetzt nicht über Rechte.«

Ich hatte mich gefragt, als ich die Narabedlaner so versammelt sah, ob der alte Rhys sich uns auch anschließen würde, doch offenbar wurde er nicht erwartet. Von irgendwoher brachten die schweigenden Männer Pferde. Pferde hier in dieser Albtraum-Welt? Sie sahen wie ganz gewöhnliche Pferde aus. Ich hatte in meinem ganzen Leben noch nicht auf einem Pferd gesessen. Ich schwang mich mit gut koordinierten Bewegungen in den hohen, seltsam gehörnten Sattel.

Trotz der stampfenden Pferde, dem Lärm des Aufbruchs, behielt der Hof irgendwie eine Grabesstille bei. Karamy hielt sich dicht bei mir, als wir alle aufgesessen waren, reckte sie den Bernsteinstab in die Höhe. Die letzten Strahlen der Sonne fingen sich in seinem Prisma und warfen einen reinen Lichtstrahl entlang der dunkler werdenden Allee. Beim Anblick dieses Strahls empfand ich ein merkwürdiges Gefühl, vertraut und fremd zugleich. Ich reckte den Arm hoch über den Kopf.

»Auf!«, schrie ich. »Auf zur Festung der Träumer!«

Die Allee mit dem Säulengang aus Bäumen zog sich kilometerlang dahin. Hinter uns trommelten die Hufe von Karamys Leibwache, aber über dem Lärm konnte ich noch immer den süßen, schwebenden Klang von

Gamines Gesang hören, der im selben Rhythmus wie der Weg an- und abstieg. Der Wind ließ Karamys goldenes Haar wie einen Heiligenschein um ihren Kopf wehen.

Ich warf einen Blick über die Schulter zurück auf die Regenbogen-Türme, die jetzt nur mehr schwarze Silhouetten vor den noch finstereren, dahinter liegenden Bergen waren. Am rosafarbenen Himmel wurde die Sichel des kleinen Mondes heller, weiter unten zum Horizont hin sah ich eine größere, fast volle Scheibe über die Bäume steigen. Kalte Luft brannte mir auf den Wangen, schneidender Frost biss sich in meine Knochen. Ich fühlte die Funken, die die Hufe aus dem gefrorenen Boden schlugen.

Frost! Aber in Karamys Garten hatten die Blumen in tropischer Fülle geglüht!

Und einen Augenblick lang war es Mike Kenscott, ganz und gar Mike Kenscott, der sich voll Übelkeit, verwirrt und in Panik umschaute, der die wirbelnde Kälte spürte und eine noch größere Kälte, die von der goldenen Zauberin an seiner Seite ausging. Es war Mike Kenscotts Wille, der an den Zügeln des großen Wallachs riss, um diese Farce hier und jetzt zu beenden.

»Was ist los?«, rief Karamy über das Hufgedonner hinweg.

Und ich hörte meine eigene Stimme, die sich über den Rhythmus des Galopps hob und rief: »Nichts«, und meinem Pferd einen Befehl zurief.

Guter Gott! Ich war Mike Kenscott, aber ein Gefangener in einem Körper, der mir nicht gehorchen wollte, in einem Verstand, der auf Gedanken und Gewohnheiten beharrte, die ich nicht teilen konnte, einer Seele, die mich zur Vernichtung führen würde! Ich war Mike Kenscott, und ich war gefangen auf einem albtraumhaften Ritt durch die Hölle!

Kapitel 5

Ich hatte auch früher schon mal Angst gehabt. Jetzt war ich in Panik, wurde regelrecht geschüttelt von einer nervenzerfetzenden allumfassenden Furcht. Ich bin kein Feigling. Ich habe einen Radar-Sender auf Okinawa installiert, nur dreißig Meter von einem Nest von Japsen entfernt. Das war etwas Wirkliches. Dem konnte ich mich stellen. Aber unter zwei Sonnen und einem Paar fremder Monde, umringt von seltsamen Wesen, die nach meinem Dafürhalten nicht menschlich waren – na schön, ich war ein Feigling. Ich setzte mich im Sattel zurecht und versuchte mit jeder Faser, mich zur Ruhe zu bringen. Wenn das hier ein Albtraum war, also gut, ich hatte schon viel Schönes erlebt.

Aber es war keiner, und das wusste ich. Der Frost, der im Gesicht schmerzte, der Klang beschlagener Hufe auf Stein, die lebhaften Farben um mich herum – Träume finden gewöhnlich nicht in Farbe statt. All diese Dinge sagten mir, dass ich wach war, hellwach. Und ich ritt wie der Teufel hindurch, die Knie an den Sattel gepresst und lenkte das Pferd mit meinen Schenkeln, und dabei hatte ich noch nie auf einem Pferd gesessen. Wir ritten und ritten …

Wir waren schon einige Meilen geritten und hatten zweimal Pause gemacht, um die Pferde Atem schöpfen zu lassen, doch wir waren noch immer auf der großen Allee. Der rosa Sonnenuntergang war verblasst, das Land lag unter dem blauen, fluoreszierenden Schein des Mondes. Ich sah durch die dunklen Blätter nach oben, wohl in der vagen Hoffnung, mich an den Sternen zu orientieren. Aber der Blick nach Norden war durch die Berge versperrt, und außer dem Großen Wagen konnte ich kein Sternbild vom anderen unterscheiden.

Ich war von Karamys Seite zurückgefallen, bis ich zwischen Gamine und dem Mädchen in dem Flammenkleid ritt. Der Zaubersänger grüßte mich mit einem angedeuteten Nicken, doch das Mädchen in dem geflügelten Umhang schlug ihre Kapuze zurück, und ich sah dunkle Augen, die mich aus einem reinen, lieblichen jungen Gesicht beobachteten. Vor der strahlenden Unschuld dieser Augen wollte ich herausschreien, dass ich nicht Adric war, der Hexenmeister von Narabedla, sondern einfach ein armer Bursche namens Mike, einfach nur – ich!

Aber Gamine ergriff das Wort. Obwohl die klangvolle Stimme sich nicht hob, trug sie mühelos bis zu meinen Ohren. »Du scheinst wieder ganz du selbst zu sein.«

Ich wusste nicht, was ich sagen sollte. Ich schüttelte den Kopf.

Seltsamerweise schien in der neutralen Stimme Mitleid mitzuschwingen. »Falls unsere Erinnerung uns im Stich lässt, wirst zumindest du dich erinnern – vielleicht sogar zu sehr – in der Festung der Träumer.«

»Gamine«, fragte ich, »wer ist *Narayan*?«

Ich sah, wie das blaue Gewand ein wenig zitterte, und ein neugieriger Ausdruck huschte über das Gesicht des Mädchens mit dem Flügelumhang. Doch Gamines Stimme war völlig unbewegt.

»Ich habe nie jemanden mit diesem Namen gesehen. Vielleicht könnte Cynara dir eine Antwort geben, wenn du sie fragst.«

Ich warf einen Blick auf das Mädchen – Cynara? Aber ich stellte die Frage nicht, denn der Name Cynara hatte plötzlich wieder eine Saite in meinem – oder Adrics – Hirn angeschlagen. Cynara. Narayan.

Narayan und Cynara. Wenn ich mich nur erinnern könnte!

Was hätte Cynara gesagt, wenn ich zugelassen hätte, dass der Diener sie hereinführte zu mir, im Roten Turm? War es zu spät, um es herauszufinden?

Ich sah wieder das Mädchen an, und irgend etwas in mir sagte *Nein!* Verdammt noch mal, ich hatte von Adrics Erinnerungen genug!

Cynara hatte ihr dunkles Pony auf gleiche Höhe mit mir gebracht. Sie ritt im Damensitz, leicht, hoch aufgerichtet und schlank, als ob sie dafür geboren sei. Unter dem flammenden Umhang war sie klein und schlank und reizend menschlich, das einzige normale, menschliche Ding, das ich in dieser Welt gesehen hatte! Ich hätte am liebsten alles herausgeschrieen, ihr erzählt –

»Hab keine Angst«, sagte Cynara, und ihre Stimme war leise und süß und so gedämpft, dass ich sie kaum verstehen konnte, ihre Lippen bewegten sich kaum. »Du musst nicht gehen. Es ist alles arrangiert.«

»Was –« platzte ich heraus, doch sie schüttelte rasch den Kopf mit einem warnenden Blick auf Evarin, der uns überholte.

Karamy drehte sich im Sattel um und winkte mich mit einer königlichen Geste zu sich. Einen Moment lang begehrte ich auf, dann gab ich meinem Pferd die Sporen und ritt zu Karamy zurück.

Der Weg führte seit einiger Zeit bergan, jetzt erreichten wir den Kamm einer kleinen Anhöhe, und abrupt hörten die Bäume auf. Wir ließen unsere Pferde im Schritt weitergehen.

Wir standen auf einem Vorsprung zu einem ausgedehnten Talkessel, der vielleicht fünfzig Kilometer breit und bis zum Rand mit dichtem Wald bewachsen war. Weit unten, am Grunde dieses Tales, lag ein gerodetes Stück Land, und darauf erhob sich ein großer Turm. Kein schlanker, märchenhafter Turm, kein Turm wie in der Regenbogen-Stadt. Dies hier war ein massiger Bergfried, der seine mächtigen Schultern in den monderhellten Himmel reckte, uralt, schrecklich.

Die Festung der Träumer!

Irgendetwas in mir murmelte: »Dies ist der Wald, in dem der Träumer wandelt«, oder waren die gemurmelten Worte von Karamy gekommen, die an meiner Seite war? Sie ritt ungeduldig, ihr Gesicht war angespannt, die schlanken Hände umklammerten die Zügel. Ein Teil von mir kannte den Grund für ihre Begierde, und ein Teil von mir wunderte sich darüber. In dieser ganzen Zeit war ich Mike Kenscott, aber ein hilfloser Mike Kenscott, der sich selbst zusah, ohne zu wissen, was er als nächstes tun oder sagen würde! Wie diese verwirrenden Albträume, in denen man gleichzeitig Akteur und Zuschauer bei einer Art Mummenschanz ist, sah ich mich selbst Dinge tun und sagen, als ob ich ein Zwilling wäre. Genau genommen *war* ich das wohl auch …

Karamy drehte sich im Sattel zu mir um.

»Du traust mir nicht!«, sagte sie heftig. »Das fühle ich. Was ist los?«

»Habe ich denn Grund, dir zu trauen?« Ich war mir nicht sicher, ob ich selbst sprach oder Adric, und beobachtete mich neugierig.

Ich hatte erwartet, dass ihr Zorn wieder aufflackerte, statt dessen glitt ein zauberhaftes Katzenlächeln über ihre Züge, und ihre goldenen Augen schienen im Licht zu glänzen. Sie murmelte: »Vielleicht nicht«, und ihr Lachen klang wie ein goldenes Glöckchen.

Dann wurde ihr Gesicht wieder angespannt und ungeduldig.

»Adric, wenn du mal nachdenken würdest, dann würdest du erkennen, dass ich dich brauche, dass Narabedla deine Stärke braucht. Hör zu, Adric, alles hat sich geändert. Die Leute sind rebellisch, sogar aufständisch. *Ich* kann keine Armeen gegen sie führen. Ich bitte dich, mussten wir jemals zuvor unter Bewachung reiten, hier in unserem eigenen Wald?«

Ich hörte Evarins heiseres Lachen hinter mir. »Du würdest Adric also all seine Macht nehmen und dich dann hinterher beschweren, dass es keine starke Hand mehr gibt?«

»Und wenig genug Bestrafung«, sagte die raue Stimme des Zwerges Idris, der sein Pferd auf gleiche Höhe mit uns brachte. Er sah mich finster an. »Ich hasse dich als Verräter, Adric, dich, der du einen Träumer befreit und all das auf uns losgelassen hast! Ich war für deinen Tod!«

»Aber wie du siehst, war es nicht nötig, dass er stirbt«, erwiderte Karamy und sah mich an, als erwarte sie Unterstützung von mir. »Sicher siehst du jetzt ein, Adric, dass ich das, was ich getan habe, nur tat, um dich wieder zu Verstand zu bringen – um zu retten, was ich konnte.«

»Sie hat Recht«, stimmte Evarin mit ein. »Wir können unsere privaten Streitigkeiten später beilegen, Adric, aber jetzt haben wir es mit einer Rebellion zu tun und mit einem Träumer auf freiem Fuß. Wenn die Regenbogen-Stadt überhaupt überleben soll, dann müssen wir die Vergangenheit vergessen. Was Adric in einem Anfall von Wahnsinn vielleicht getan hat, kann er jetzt wieder ungeschehen machen. Wenn du keinen Frieden schaffen kannst, dann wenigstens einen Waffenstillstand!«

»Adric«, murmelte Karamy, »bring mich dorthin, wo der Träumer wandelt.«

Ich wusste, mit plötzlicher Gewissheit, dass ich – aufgrund eines besonderen Bandes zwischen dem befreiten Träumer und mir selbst – dies tun konnte. Aber etwas warnte mich, so dass ich nur sagte: »Das Band ist gerissen, Karamy. Hast nicht du selbst es zerschnitten? So viel habe ich nicht vergessen«, und zur Belohnung sah ich, wie sich Unsicherheit in ihre Katzenaugen stahl. Dieser Schuss hatte also gesessen, Karamy *hatte* versucht, das Band zu zerschneiden, und es war ihr gelungen, jedenfalls glaubte sie das. Jetzt, da sie glaubte, dass Adric das Band nur zu ihren Gunsten einsetzen würde, hatte sie einen Versuch gewagt und geraten.

Aber diese Frau war eine Meisterin der subtilen Anspielungen.

Sie murmelte: »Das Band kann neu geschmiedet werden, das schwöre ich.«

Ah, aber ich wusste, wie weit ich Karamys Schwüren glauben durfte. »Dann schmiede es«, sagte ich unumwunden, »aber rechne nicht damit, dass ich rückgängig mache, was du getan hast.«

Wir waren in das bewaldete Tal hinabgestiegen und ritten durch dichte Wälder, über eine Straße, die sich in vielen Kurven und scharfen Biegungen dahinschlängelte. Adric kannte diese Gegend, sein Wissen ließ Mike Kenscott schaudern. Er hatte hier gejagt, und nicht etwa vierbeiniges Wild. Als ob Karamy meine Gedanken gelesen hätte, hörte ich ihr leises Lachen.

»So. Mein Handgelenk sehnt sich nach den Krallen eines Falken! Wir werden wieder hier jagen, du und ich!« Die Worte lösten in mir eine bebende Erregung aus, einen heimtückischen Kitzel.

Hinter mir nahm Gamines Gesang eine neue Tonart an. Die Worte waren noch immer unverständlich, doch der Ton allein schon war Warnung genug. Ein Muskel in meinem Nacken begann heftig zu zucken.

Ohne Vorwarnung machte die Straße eine Kehre zu einer S-Kurve. Karamy und ich gaben unseren Pferden die Sporen und bogen in einem schnellen Rennen um die erste Kurve, kamen um die zweite und saßen bereits in der Falle, ehe wir es recht merkten.

Erst durch das gequälte Wiehern meines Pferdes und den Ruck, mit dem sich mein Körper automatisch von dem zu Boden gehenden Tier unter mir abstieß, merkte ich, dass wir direkt in eine Straßensperre hineingeritten waren. Ich schrie und fluchte, brüllte Karamy zu, zurückzukommen, zurück, doch ihr Gewicht trug sie weiter, ich sah ihren leichten Körper aus dem Sattel fliegen und verschwinden. Als die anderen um die Kurve kamen, waren sie praktisch direkt bei der Barriere, und alles war ein Durcheinander, reiterlose Pferde, die sich zwischen Flüchen und dem Schreien der Frauen und trampelnden Füßen drängten. Ich war in einem Augenblick aus dem Sattel und riss Gamines Pferd von den starren Spitzen weg, die unsichtbar an der dunklen Barriere auf der Straße befestigt waren, und rief nach Evarin und Idris. Evarin sprang an meine Seite, und ich riss wie von Sinnen an dem Hindernis. Idris kam herangeritten. »Geh drum herum«, rief er. Ich stürzte mich durch das Unterholz am Straßenrand, zweimal verfing ich mich in langen Ranken. Auf der anderen Seite des Hindernisses lag die Straße offen und leer. Karamy lag reglos in einem Haufen zerknitterter Seide.

»Gamine, Evarin«, rief ich, »hier ist niemand! Karamy ist verletzt!«

Kopf und Schultern von Idris' Pferd schoben sich durch das dichte Gestrüpp. »Ist sie tot?«

Ich bückte mich und drückte eine Hand auf ihre

Brust. »Nur betäubt. Ihr Herz schlägt. Steig ab«, befahl ich, und Idris kletterte wie ein Affe aus dem Sattel. Ich hob die Frau hoch, trotzdem regte sie sich nicht und schlug auch nicht die Augen auf. Idris berührte mich am Arm.

»Leg sie quer über meinen Sattel.«

Sie war ein schlaffes, totes Gewicht in meinen Armen, und als ich sie über den Sattel legte, rührte sie sich und stöhnte. Plötzlich schrie Idris hinter mir auf.

»Was ist?«, fragte ich scharf.

»Ich hörte –«

Ich erfuhr nie, was Idris gehört hatte. Sein Kopf verschwand wie von einer Riesenhand gepackt, ein grober Griff schlang sich mir um den Hals, würgende Finger klammerten sich um meine Kehle, tausend Raketen zündeten in meinem Kopf, und ich lag der Länge nach im Gebüsch, mit dem Gesicht im Dreck, ein Elefant saß auf meiner Brust und drohte mir mit seinen Händen die Luft abzuschnüren. Mein letzter zusammenhängender Gedanke, ehe mir die Luft ausging, war:

»Ich wache auf!«

Kapitel 6

Aber das tat ich nicht. Als ich zu mir kam – es konnten nur ein paar Sekunden gewesen sein, die ich bewusstlos war – hörte ich Evarin knurrend Flüche ausstoßen, und Idris bellte unzusammenhängend vor Wut. Ich hörte Karamy meinen Namen kreischen und versuchte zu antworten, doch die stählernen Finger umklammerten meine Kehle, und mit dem Gewicht, das auf mir lastete, hatte ich keine Chance. Der Sturz oder etwas anderes hatte Adric aus mir herausgeschleudert, ich war zwar durcheinander, aber ich war *ich*, ich war wieder ein unschuldiger Zuschauer.

Ich konnte Evarin und Idris auf der Straße gerade noch erkennen, die misstrauische Blicke in das dichte Unterholz warfen. Über mir konnte ich das Gesicht des Mannes sehen, der mich mit seinem Körper am Boden festhielt. Er hatte die Figur eines Nilpferdes und ein passendes Gesicht. Ich wand mich, doch das drohende Gesicht kam näher, und ich ließ davon ab. Der Mann hätte mich wie ein Streichholz entzweibrechen können.

Um mich herum im Dickicht waren Dutzende kauernder Gestalten, fantastische Heckenschützen, die Waffen über ihre Schultern geschlungen hatten, Waffen, die sowohl Armbrüste als auch Desintegratoren sein konnten – oder beides. »Willkommen in der Zukunft«, dachte ich erschöpft. Ich fühlte mich wieder etwas benommen, und der Schwergewichtler auf meinem Bauch machte es auch nicht besser.

Gerade als ich dachte, ich platze, bewegte er sich, dicke Finger stopften einen Knebel in meinen aufgerissenen Mund, dann war das unerträgliche Gewicht auf meiner Brust fort, und ich sog erleichtert Luft ein. Der Dicke machte sich vorsichtig davon, aber an meinen Rippen kitzelte mich eine Stahlspitze. Die Drohung bedurfte keiner Worte.

Ich konnte die Narabedlaner sehen, die sich auf der Straße eng zusammengeschart hatten. Die Schützen um mich hatten ihre Waffen noch immer schussbereit, doch der dicke Mann befahl im Flüsterton: »Nicht schießen. Sie haben sicherlich berittene Wachen hinter sich.«

Die Stimmen erstarben zu einem heiseren Murmeln, und ich lag bewegungslos und versuchte, ein paar von Adrics Erinnerungen auszugraben, die mir vielleicht helfen konnten. Aber das einzige, was mir einfiel, war eine Erinnerung an meine eigenen Tage als Football-Spieler und eine Attacke von einem Halfback der Pennsylvania State University, die mich drei Meter weit weg katapultierte. Adric war weg, einfach weg.

Die Narabedlaner sprachen leise miteinander. Gamine war der Mittelpunkt, um den sie sich scharten. Ich fragte mich, warum mich das überraschte, dann verblasste auch die Überraschung. Evarin zog sein Schwert, doch nicht einmal er machte einen Schritt auf das schützende Dickicht. Cynara hielt Idris am Arm, und ich hörte sie aufschreien: »Nein, nein! Wenn ihr etwas unternehmt, töten sie ihn!«

Zwischen zwei Atemzügen hatte sich die Straße mit berittenen Männern gefüllt. Ich hatte keine Ahnung, wer sie waren, man riss mich auf die Füße und zerrte mich weg. Hinter mir hörte ich Rufen und Klirren von Stahl, und ich sah etwas Flammendrotes aufblitzen. Schwarze Punkte tanzten vor meinen Augen, während ich zwischen zweien meiner Häscher davonstolperte. Ich fühlte, wie mein Schwert aus der Scheide gezogen wurde. *Na schön,* dachte ich mit einer Grimasse, *ich kann sowieso nicht damit umgehen, jetzt, wo Adric die Party verlassen hat!*

Unter dem Druck eines Messers in meinen Rippen kletterte ich unbeholfen in einen Sattel, mit gefesselten Händen, und spürte, wie sich das Pferd in Bewegung setzte. Ich hatte keine Chance zu entkommen, außerdem konnte die Traufe auch nicht viel schlimmer werden als der Regen!

Hinter uns verstummten die Geräusche und Schritte. Das Pferd galoppierte sicheren Fußes mit mir durch die Dunkelheit. Ich hielt mich mit beiden Händen fest, nur Adrics gewohnheitsmäßige Muskelreflexe hielten mich davon ab, schmachvoll zu Boden zu rutschen. Ich glaube nicht, dass ich noch weitere zusammenhängende Gedanken hatte, bis der Rhythmus sich änderte und wir aus dem Wald in das volle Mondlicht und den Schein von offenen Feuern kamen.

Ich hob den Kopf, immer noch mit einer Hand den Sattelknauf umklammernd, und sah mich um. Wir waren auf einer Lichtung, von Bäumen umringt wie ein Druiden-Tempel, erhellt von Wachfeuern und Fackeln, die auf langen Stäben steckten. Überall standen Zelte, die dem Platz ein unordentliches, zigeunerhaftes Aussehen verliehen. Im Hintergrund stand ein weißes Haus mit flachem Dach und breiten Türen.

Ich schluckte hart und schwankte im Sattel. *Das war der Ort meines Traumes, wohin ich als seltsamer Vogel geflogen war, wo mich ein Pfeil getroffen hatte.* Ich spürte einen seltsamen, bohrenden Schmerz in meiner Brust und packte den Sattelknauf fester.

Männer und Frauen kamen überall aus den Zelten. Alle redeten durcheinander, aber ich hörte den Namen »Adric!« wie ein Lauffeuer herumgehen, und immer wieder wurde auch ein anderer Name wiederholt:

»Narayan! Narayan!«

Ein schlanker junger Mann, blond, in grobes Braun gekleidet, kam aus einem der größeren Zelte und ging geradewegs auf mich zu. Die Menge wich zurück, um ihn durchzulassen. Als er noch zwanzig Meter von mir entfernt war, gab er einem der Männer ein Zeichen, der mir sofort den Knebel aus dem Mund nahm, mir die Hände losband und mir aus dem Sattel half. Ich hielt mich erschöpft am Steigbügel fest.

»Gab's Ärger, Raif?«, fragte der junge Mann.

Mein riesenhafter Häscher schüttelte den Kopf. »Scheint, wir haben sie ohne jede Magie geschnappt! Sie wollten zur Festung, aber wir halten sie jetzt schon eine ganze Weile davon ab. Die Hexe hat aber ein paar Dutzend ihrer Wachen mitgebracht.«

Der blonde junge Mann schüttelte ernst den Kopf. »Zumindest seid ihr sicher entkommen? Ihr habt nicht versucht zu kämpfen.«

»Befehl ist Befehl«, sagte der große Mann mürrisch. »Du hast gesagt, schnappe Adric und mach dich wieder davon. Nun, hier ist er und hier sind wir, und die anderen –« Er fluchte schockierend, und der blonde junge Mann lachte.

»Du bekommst bald genug Gelegenheit zum Kämpfen!«

Er kam näher, bis er mich beinahe berühren konnte, und studierte gelassen mein Gesicht. Schließlich hob er den Kopf und wandte sich an den dicken Raif.

»Das ist nicht Adric«, sagte er, »den hier kenne ich überhaupt nicht.«

Ich hätte erleichtert sein sollen. Ich weiß nicht, warum ich es nicht war. Hier war endlich jemand, der den Unterschied erkannte. Statt dessen war meine erste Reaktion Verblüffung und Verärgerung. Woher wollte er das wissen? Ich war so verlegen, als hätte man mich in gestohlenen Kleidern erwischt. Mein fleischiger Häscher war ebenso zornig wie ich.

»Was soll das heißen, das ist nicht Adric?«, fragte er. »Hast du keine Augen im Kopf? Wir haben ihn direkt aus ihrer verfluchten Kolonne herausgeholt! Wenn das nicht Adric ist, wer ist es dann?«

»Ich wünschte, ich wüsste es«, murmelte Narayan leise. Seine Augen waren noch immer auf mein Gesicht gerichtet, mit einer Ruhe, die mich aus der

Fassung brachte. Er war groß und aufrecht, mit hellblondem Haar, das um die Schultern herum eckig geschnitten war wie bei einem Troubadour aus einer provençalischen Ballade, und grauen Augen, die ernst, aber freundlich blickten. Mir gefiel sein Aussehen, obwohl auch eine Spur dieser unheimlichen Ruhe an ihm war, die der alte Rhys aufwies. Einen Augenblick lang war ich halb entschlossen, diesem Mann mit den ernsten Augen meine Geschichte zu erzählen. Er hätte sie bestimmt geglaubt.

Doch als er mich ansah, malte sich Zweifel in seinem Gesicht, und dann seufzte er und schaute die umstehenden Männer an, ehe er sich wieder mir zuwandte.

»Adric?«, fragte er, »erinnerst du dich noch an mich? Oder hat Karamy dir auch das genommen?«

Ich seufzte. Ich wagte nicht, die Wahrheit zu sagen, und mir war zu kalt und ich war zu erschöpft und desorientiert, um überzeugend zu lügen. Doch ich musste lügen und es gut machen, ohne auch nur zu wissen, warum dieser Mann – Narayan? – zweimal einen Angriff auf die Machthaber der Regenbogen-Stadt riskiert hatte, um Adric herauszuholen.

Nun, ich hatte eine Entschuldigung in Adrics vermutetem Gedächtnisverlust. Alles, an das ich mich nicht erinnerte, jeder Fehler, den ich machte – »Du bist Narayan?«, fragte ich.

Der dicke Mann, der mich noch immer am Ellenbogen hielt, warf Narayan einen finsteren Blick zu. »Lass ihn nicht damit durchkommen«, grollte er. »Sag mal, ist Brennan heute nachmittag zurückgekommen? Er kennt sich in der Regenbogen-Stadt aus, er ist vorsichtig! Frag Adric, was mit Brennan passiert ist, er soll es dir sagen!«

Wieder erhob sich das Stimmengewirr um uns, aber

Narayan antwortete sanft, ohne je den Blick von meinem Gesicht zu nehmen: »Gefahr besteht immer, Raif. Beschuldige niemanden ungerechtfertigt. Und selbst Adric trifft keine Schuld, wenn Karamy ihn mit ihren Zaubern festhält.«

»Verräter!«, schnaubte Raif und spie aus. Das erinnerte mich geisterhaft an Idris – dieselben Worte, dieselbe Geste. Die umstehenden Männer flüsterten miteinander und warfen mir unbehagliche Blicke zu. Ich fühlte, wie sich mein Körper spannte, meine Fäuste sich als erste Anzeichen der inzwischen vertrauten, mörderischen Wut Adrics ballten. *Oh Gott, nein! Nicht schon wieder!* Ich dachte an Brennan, das Gesicht vertrauensvoll in Freundschaft zu mir erhoben, spürte wieder den ausholenden Schlag meines Schwertes, hörte seinen Todesschrei …

Zitternd klammerte ich mich an den Sattelknauf und versuchte verzweifelt mich zu beherrschen. *Von allen Menschen, die ich in diesem Irrenhaus von einer Welt hätte sein können, musste ausgerechnet Adric den Preis davontragen,* dachte ich mit einer seltsamen Entrückung, *keine Seite traut ihm weiter, als sie ihn werfen kann, und ich kann es ihnen nicht übelnehmen.*

Ich ließ den Sattelknauf los und trat benommen nach vorn. »Du kannst ja versuchen, mich zu fragen«, sagte ich mit müdem Zorn.

»Dann, wenn du nicht Adric bist, wer zur Hölle bist du dann?«, fauchte der dicke Raif, »und was hast du mit Brennan gemacht?«

Ich schüttelte den Kopf, Erschöpfung überwältigte mich. Ich weiß nicht, was ich gesagt hätte, aber Narayan trat auf mich zu und sagte rasch: »Nicht hier, Raif.« Er packte meinen Arm mit festem Griff. »Geht zurück, ihr alle. Kommt mit.«

Die Männer brummelten, aber sie machten einen

Weg für uns frei und traten misstrauisch zurück, als Narayan mich zu dem Fachwerkhaus am Rande der Lichtung führte. Raif und ein weiterer Mann folgten uns, die übrigen begannen sich in ihre Zelte oder um die Feuer zu zerstreuen. Ein paar scharten sich noch immer wie Bienen brummend um die Tür, als wir die Stufen hinaufgingen.

Drinnen, in einem großen vertäfelten Raum, brannte ein Feuer. Flammen loderten aus einem großen Haufen Holzscheite und brachten Wärme und Licht in die Schatten. Ich ging dankbar zum Feuer, ich war steif vom Reiten und durchgefroren und erstarrt vor Kälte.

Aus einem hölzernen Sessel nahe beim Feuer erhob sich eine schlanke Gestalt, die Gestalt eines schmalen, dunklen Mädchens in einem Umhang, der den Feuerschein einfing wie Flammen.

»Cynara!«

»Adric«, sagte sie halblaut und streckte mir beide Hände entgegen. Ich nahm sie, einerseits, weil sie es zu erwarten schien, andererseits weil das Mädchen das einzig Wahre in diesem ganzen unglaublichen Albtraum zu sein schien. *Etwas Reales, etwas, an dem man sich festhalten kann –*

Dann schlang sie mir die Arme um den Hals und hielt mich dicht an sich gedrückt, nicht leidenschaftlich oder sinnlich, sondern merkwürdigerweise, als ob sie mich *beschützen* würde.

Also hatte sie davon gewusst. Aber was machte sie hier?

Narayan nahm das Mädchen bei den Schultern und zog sie sanft von mir, sie schrak ein wenig zusammen bei dem Zorn in seinen Augen.

»Cynara«, sagte er, »was machst du hier?«

»Ich – ich bin im Dunkeln davongehuscht. Ich

glaube, Gamine weiß es, aber sie werden mich hier nie finden.«

Er blickte kopfschüttelnd auf sie hinunter. Schließlich sagte er: »Kleine Schwester, du musst zurück nach Narabedla gehen. Ich würde dich nicht schicken, wenn es einen anderen Weg gäbe, aber es gibt keinen. Wir haben alle zuviel riskiert, um dich hier zu behalten.« Er winkte dem dritten Mann, der mit uns hereingekommen war. »Kerrel, bring Cynara zurück zur Straße, aber lass dich nicht erwischen. Cynara, du kannst ihnen sagen, du hättest dich im Wald verirrt oder dass du gefangen wurdest und entkommen konntest.«

»Ich gehe nicht zurück«, erwiderte sie. Ihre Lippen zitterten. »Jetzt, wo Adric wieder da ist, wozu soll das gut sein? Sicher kann es doch jetzt zu Ende sein.«

Sie umklammerte meine Hand, doch ich schüttelte nur hilflos den Kopf. Ich verstand kein Wort, aber ich spürte ihre Angst. Ich legte meinen Arm um sie und spürte, wie sie zitterte. Narayan sah von Cynara zu mir, und schließlich seufzte er.

»Vielleicht hast du recht. Jetzt ist die Zeit, wo wir alles riskieren müssen, alles gewinnen oder alles verlieren.« Er wandte sich an die Männer. »Ich rede mit Adric. Allein.«

Raif presste widerborstig die dicken Lippen zusammen. Er sah aus, als ob er im Kampf ein sehr unangenehmer Gegner war.

»Wenn er Adric ist, und wenn er unter Karamys Teufelssprüchen steht, dann – «

»Ich habe es schon mit Adric aufgenommen, und mit Karamy auch«, sagte Narayan mit einem freundlichen Grinsen. »Geh raus, Raif, du bist weder mein Leibwächter noch meine Gouvernante.«

Der dicke Mann nahm seinen Hinauswurf nur

widerwillig hin, und Narayan kam an meine Seite. Cynara ließ meine Hand los und zog sich in den Sessel am Feuer zurück. Es tat mir Leid, ihren Halt zu verlieren.

Sie wenigstens vertraute Adric …

In Narayans Lächeln lag aufrichtige Freundlichkeit. »Also«, sagte er, »dann wollen wir uns mal unterhalten, du und ich. Du kannst mich nicht töten, ebenso wenig wie ich dich töten kann, also können wir genauso gut ehrlich miteinander sein. Warum hast du uns wieder verlassen, Adric? Und was hat Karamy dir diesmal angetan?«

Der Raum drehte sich um mich. Ich streckte eine Hand aus, um mein Gleichgewicht wiederzufinden, und als der Schwindel nachließ, lagen Narayans Arme um meine Schultern, und er hielt mich mit einer Kraft fest, die bei seinem zarten Körperbau erstaunlich war. Er führte mich zu einem Stuhl. »Man hat dich ziemlich hart angefasst«, sagte er. »Die Männer hatten, nun ja, ihre Befehle. Aber vielleicht haben sie sie auch mit zuviel Eifer ausgeführt. Und wie ich Karamy kenne, hat sie dich lange, lange Zeit schwer unter Drogen gesetzt.« Seine Augen musterten mich intensiv. »Du siehst nicht sehr glücklich darüber aus, dass du wieder hier bist, aber wenigstens bist du nicht kämpfend gekommen. Vielleicht können wir reden. Vielleicht solltest du etwas trinken. Und wann hast du zuletzt etwas gegessen?«

Ich rieb mir die Stirn.

»Ich kann mich nicht erinnern«, sagte ich aufrichtig. Adrics Diener hatten etwas zu essen gebracht, aber ich hatte es nicht angerührt.

»Das dachte ich mir. Du siehst halb verhungert aus«, sagte Narayan. »Das tut das *sharig* dir an, wie ich leider nur zu gut weiß.« Er ging in das benachbarte Zimmer, in der Annahme, dass ich ihm folgen würde und mich auskannte.

Nach den verrückt möblierten Räumen in der Regenbogen-Stadt war ich etwas erstaunt, als sich das nächste Zimmer als ganz gewöhnliche und funktionale Küche herausstellte, die mit Gegenständen ausgestattet war, nicht unähnlich denen in meiner eigenen Welt. *Na ja, wie viele Möglichkeiten gibt es auch schon, einen Herd zu entwerfen? Oder einen Tisch?*

Aus einem verhältnismäßig wenig erstaunlichen Eisschrank (der allerdings eine ovale Tür hatte) holte er verschiedene kalte Lebensmittel und goss eine Flüssigkeit in einen seltsam geformten Henkelbecher, bedeutete mir, mich zu setzen, und stellte die Sachen auf den Tisch. »Hier, iss das«, forderte er mich auf. »Ich kenne ihre verdammten Drogen, du wirst vernünftiger reden, wenn du etwas gegessen hast, und wir haben viel Zeit zum Reden, die ganze Nacht, wenn wir wollen.« Er sah, wie ich dem Becher einen Blick zuwarf, lachte kurz auf und goss sich etwas aus derselben Flasche ein. Dann setzte er sich mir gegenüber und trank langsam. »Fang schon an. Selbst wenn ich dich gern vergiften würde, würde ich es nicht tun, bevor ich weiß, was Karamy vorhat«, lachte er leise.

Ich lachte ebenfalls. Gift? Wenn jeder von ihnen mir ein Messer hätte zwischen die Rippen stoßen können im Verlauf der vergangenen drei Stunden? Ich fing an zu essen. Ich hatte gar keinen Hunger empfunden, aber schon beim ersten Bissen merkte ich, wie ausgehungert ich war. Ich hatte vor achtundvierzig Stunden das letzte Mal etwas zwischen die Zähne bekommen (und das war in einer anderen Welt gewesen). Nach dem Hunger, den ich verspürte, hatte Adric offenbar noch länger gefastet. Ich aß alles auf dem Teller auf, Narayan nippte an seinem Getränk und sah mir zu, und als ich schließlich den leeren Teller von mir schob, stellte er seinen Becher ab und fragte: »Also, was ist geschehen? Du bist Adric – und du bist es *nicht*.«

Ich fühlte mich besser und stärker als jemals, seit Adric mit Rhys' Hilfe (aber warum? Warum?) mich in diese Welt katapultiert hatte. Narayan wirkte freundlich, aber das hatte Evarin auch getan. Jetzt musste ich überzeugend reden, vor diesen prüfenden grauen Augen.

»Ich bin nicht sicher«, antwortete ich schließlich. »Ich kann mich nicht an viel erinnern, nur dass ich heute Morgen im Roten Turm zu mir kam. Ich glaube wenigstens, es war heute Morgen. Ich war befreit worden. Karamy wollte mich zur Festung der Träumer mitnehmen, und dann kamen deine Männer. Ich wusste nicht, ob ich gefangen genommen oder gerettet wurde. Ich weiß es immer noch nicht.«

Ich starrte Narayan mit beabsichtigter Direktheit an, und er starrte zurück, ich fühlte, wie er mit sich selber stritt, was er sagen oder tun sollte. Offensichtlich war ein geistig gesunder, redegewandter und möglicherweise untreuer Adric etwas anderes als ein Mann, der zu verwirrt, erschüttert und mit Drogen voll war, um etwas anderes als die Wahrheit zu sagen.

Endlich sagte Narayan: »Ich weiß nicht recht, was ich sagen oder tun soll, Adric. Es gab einmal eine Zeit, da konnte ich deine Gedanken lesen. Aber jetzt nicht. Das Band zwischen uns ist nicht mehr so stark, wie es einmal war. Das weißt du.«

Ich nickte. Adrics Gedanken schienen zurückzuströmen, hinterlistig, als ob Narayan den Schlüssel hätte, um sie freizulassen. *Narr, mich nicht zu befragen, als er mich in seiner Macht hatte! Weichei! Schlapper Idiot!*

Ich klammerte mich mit beiden Händen an mein

Bewusstsein als Mike Kenscott. Welches verrückte Drama wurde jetzt wieder im Schlachtfeld meiner Gedanken aufgerollt?

»Was hat Karamy getan?«, fragte Narayan.

Meine Stimme war ebenso ruhig wie seine. »Karamy hat mich auf der Zeitellipse ausgeschickt.« Soviel wusste ich von Rhys und Gamine. »Sie hoffte, ich würde verändert zurückkommen oder verrückt oder vielleicht auch gar nicht. Ich glaube – ich glaube, sie wollte, dass ich dich noch einmal verrate.«

»Adric!« Narayan packte meinen Arm oberhalb vom Ellenbogen, bis ich aufschrie vor Schmerz über den stählernern Griff und mich ihm entwand, um die schmerzende Stelle zu reiben.

»Entschuldigung«, murmelte Narayan und blickte auf seine Hände. »Ich hatte vergessen, dass ich –« er schluckte und starrte mich an. »Aber warum sagst du das – mich wieder verraten? Was für ein Verrat? Adric, es war deine Hand, die mich befreite! Bei Zandrus Höllen, Adric«, flehte er, »Adric, *wie viel hast du vergessen? Was glaubst du denn, wer oder was ich bin?*«

Kapitel 7

Das Feuer im Nachbarzimmer war zu glühender Asche heruntergebrannt. Ohne einen Blick in meine Richtung zu werfen, versorgte Narayan das Feuer, setzte sich, die Beine der Wärme entgegengestreckt, das Kinn in die Hände gestützt, abwartend. Ich konnte nicht stillstehen, wanderte rastlos durch das Zimmer, redete abgehackt in halben Sätzen, ohne zu wissen, wie viel davon Erinnerung war und wie viel ich aus dem Puzzle dieser seltsamen, albtraumhaften Welt zusammensetzen konnte.

»Du bist – du warst – der Träumer«, sagte ich. »Ich erinnere mich – an dich gebunden zu sein, und später, ich erinnere mich, dass ich dich später befreit habe. Ohne zu wissen, was das bedeuten könnte, ohne zu wissen, ob du mich als Opfer erschlagen ließest.«

»Nein.« Narayan war so reglos wie Gamines Schleier. »Nein, Adric, das niemals. Wir können einander nicht töten, du und ich. Ich könnte den Befehl geben, dich zu töten, nehme ich an, aber ich – ich würde das niemals tun, es sei denn, es gäbe keinen anderen Weg. Ich habe immer gehofft, es gäbe eine andere Möglichkeit, für mich, für dich.«

Ich versuchte, meine Worte sorgfältig zwischen den beiden Persönlichkeiten auszubalancieren, die in meinem Kopf miteinander stritten. Wenigstens konnte ich allmählich Adrics Geschichte mit einer gewissen Logik und leidlich zusammenhängend rekonstruieren, nicht nur isolierte Fetzen, wie ich sie mir vorher zusammengereimt hatte.

»Adric hat dich befreit«, begann ich. »Ich bin nicht sicher, ob es um deinetwillen geschah oder ob er ... gegen die anderen in der Regenbogen-Stadt um die Macht kämpfen wollte.« Ja, das war es, was einfach nicht zusammenpasste: Dass Adric, dieser harsche und grausame Mann, einen Träumer befreit haben sollte, gegen sein eigenes Volk und seine eigene Macht gearbeitet haben sollte. Warum, warum? Wenn ich das wüsste, hätte ich den Schlüssel zu allem.

Aber ich wusste es nicht. Ich seufzte und fuhr fort:

»Karamy hat dir Adric durch Verrat genommen«, fuhr ich fort. »Sie schickte ihn, halb wahnsinnig, zurück in den Roten Turm. Karamys Magie hat ihn seiner Erinnerung beraubt, das Band zwischen dir und Adric zerschnitten.«

»Nicht ganz«, erwiderte Narayan. Er starrte ins Feuer. »Ich wusste, wann du wach wurdest. Aber ich konnte nicht selbst kommen, nicht in die Regenbogen-Stadt, um dich zu retten. Du weißt, was dort aufbewahrt wird.«

Wusste ich nicht, aber das schien im Moment eher unwichtig zu sein.

»Karamy hat Adric Erinnerung und Macht genommen, ließ ihn in der Hoffnung nach Narabedla bringen, dass er wieder der alte Adric sein würde, wenn sie ihn endlich zurückkehren ließe. Karamy brauchte seine Macht mehr, als sie sie fürchtete. Aber es war nicht Karamy –«, die Stimme, die nicht ganz die meine war, zitterte plötzlich aufgrund meiner Erschöpfung und des blanken Entsetzens, das ich mühsam in Schach zu halten versuchte, »es war nicht Karamy, die *mich* hierher geschickt hat. Ich bin nicht Adric, du hattest vollkommen recht, ich bin nicht mehr Adric als du! Ich stecke in Adrics Körper, ja, ich habe – ich habe ein paar seiner Erinnerungen, seiner Gedanken, manchmal bewegt er mich wie eine Marionette, aber sie –« Plötzlich brach meine Stimme, ich wusste, ich hörte mich an wie ein hysterischer Teenager, aber ich konnte nicht aufhören, nachdem es sich einmal Bahn gebrochen hatte. »Ich bin nicht Adric! Ich bin es nicht, und ich gehöre überhaupt nicht hierher!«

Narayan sprang auf, und ich hörte seine eiligen Schritte hinter mir, dann lagen seine stählernen Hände schwer auf meinen Schultern und drehten mich zu ihm herum. »Schon gut«, sagte er, »ganz ruhig. Es ist alles gut.«

Ich atmete tief ein und aus, beschämt. Narayan sah mich an, sein Blick war noch immer skeptisch, aber er seufzte. Ich konnte seine Gedanken erraten, *hatte er mich dazu gebracht, aufrichtig zu sein, oder war das noch Adrics Verrat?*

Ich fühlte eine leichte Hand, wie die Berührung eines Blattes, auf meinem Arm, dann hielt Cynara meine Hand und sah mich prüfend an. »Ich habe es gewusst«, flüsterte sie, »ich konnte nicht sicher sein, aber einmal sah ich deine Augen, die mich aus Adrics Gesicht anschauten.«

Ich sah, wie sich der Zweifel auf Narayans Gesicht zerstreute. Langsam nickte er. »Ich habe gespürt, dass du nicht der Adric bist, den ich kannte«, sagte er. »Aber ich konnte nicht glauben, dass Adric, als es darauf ankam, mir das antun würde. Ich nehme an, für ihn war es der einfachste Weg. Ein perfekter Ausweg.«

Er sank wieder auf die Bank und legte den Kopf in die Hände. »Ein perfekter Weg hinaus«, wiederholte er, und seine Stimme klang plötzlich alt und müde. »Seine Erinnerung löst sich auf, oder er tritt in eine andere Welt ein und lässt einen anderen an seiner Stelle zurück. Eine andere Persönlichkeit. Und kümmert sich einfach nicht darum, was geschehen ist.«

Ich schüttelte den Kopf, ich fühlte noch immer das innerliche Zittern. »Aber was sollte Adric mit *meinem* Leben wollen?« Er war ein Herrscher, ein mächtiger Zauberer, konnte *er* in die Welt von Mike Kenscott treten, als Radiotechniker, gewöhnlicher Bürger einer gewöhnlichen Welt?

»Es war ein Weg, dem Ärger zu entkommen, den er verursacht hat«, sagte Cynara bitter. »Also war alles umsonst! Wir haben Adric nicht, statt dessen haben wir einen unschuldigen Außenseiter mit hineingezogen!«

Nach langem Schweigen blickte Narayan auf. »Das

stimmt, du bist ein Außenseiter«, sagte er langsam. »Du schuldest uns nichts. Aber meine Männer glauben, dass du Adric bist, und sie glauben, du seist aus Karamys Händen gerettet und zu uns zurückgebracht worden. Ich wäre nie imstande, sie von etwas anderem zu überzeugen. Glaubst du, *du* könntest das, in Adrics Körper?«

Cynara antwortete, während sie meine Hand auf diese nahe, beschützende Art drückte. »Sie würden glauben, das sei wieder Karamys Magie. Wie … wie ihre Zombies. Sie … sie würden ihn in Stücke reißen, Narayan!«

Narayan meinte besorgt: »Du schuldest uns nichts. Aber würde es dir etwas ausmachen, noch eine kleine Weile so zu tun, als seist du Adric? Sonst –« Er brach ab.

Ich merkte, dass er nicht gerne drohte, aber ich konnte seine Lage verstehen. Ich war einfach ein Außenseiter, der die Dinge dadurch erschwerte, dass er gleichzeitig Adric war.

Mir schien also nichts anderes übrig zu bleiben. Ich empfand gewiss keinerlei Loyalität für die Narabedlaner oder die Regenbogen-Stadt, und es war mir auch einerlei, was mit ihnen geschah. Narayan sah im Vergleich dazu recht anständig aus. Selbst wenn er einen ziemlich verzweifelten Versuch unternahm, die Regierung gewaltsam zu stürzen, konnte ich ihm keinen Vorwurf machen.

Genau genommen hatte ich nichts dagegen zu helfen! Ich hatte selbst ein paar Rechnungen mit der Regenbogen-Stadt zu begleichen …

Und selbst wenn man all diese Prinzipien beiseite schob, sah es aus, als wäre es die einzige Möglichkeit, meine Haut zu retten – selbst wenn es Adrics Haut war.

»Also gut«, sagte ich, »ich will es versuchen, aber worum geht es hier eigentlich?«

»Stimmt, das kannst du ja nicht wissen. Du hast zwar ein paar von Adrics Erinnerungen, aber nicht alle. Erinnerst du dich an mich?«

»Nicht ganz«, antwortete ich. Ich erinnerte mich – auf diese merkwürdige Adric-Art – an manches. Narayan war vor etwa dreißig Jahren in eine respektable ländliche Familie hineingeboren worden, die entsetzt war, als sie feststellte, dass sie einem der Träumer-Mutanten das Leben geschenkt hatte und nur zu froh war, ihn den Machthabenden der Regenbogen-Stadt zu übergeben. Noch als Kind hatte man ihn in den erzwungenen Ruhezustand in der Festung der Träumer versetzt, und dort hatte er geschlafen …

Cynara fragte: »Erinnerst du dich an den alten Träumer, der den Roten Turm gerettet hat?«

Ich erinnerte mich auch daran – oder Adric tat es. Er war alt und schwach geworden, sterblich. Er konnte Adrics himmelstürmendem Ehrgeiz nicht mehr die Macht geben, die Adric sich wünschte. Und schließlich war er eliminiert worden. Ich senkte den Kopf.

»Ich schlief in der Festung der Träumer«, berichtete Narayan ruhig. »Ich wurde geweckt und an dich gebunden und erhielt ein Opfer. Ich lernte, meine Macht zu gebrauchen und sie Adric zu übergeben.« Tiefes Entsetzen spiegelte sich in den grauen Augen. Ich erkannte, dass Narayan in seiner eigenen privaten Hölle lebte mit der Erinnerung an das, was er unter dem Banne Narabedlas getan hatte. »Adric war stark.«

Ja. Adric hatte die sich entwickelnden Kräfte des jungen Träumers in Anspruch genommen, ohne nach den Kosten zu fragen. Wen sollte es wundern, wenn die Erinnerung Narayan verrückt machte? Endlich schien der junge Träumer seinen lautlosen Kampf um Selbstkontrolle gewonnen zu haben und fuhr leise fort:

»Nun, eines Tages hast du – oder besser Adric – mich befreit. Ich war mir nie sicher, weshalb. Ich nehme an, es geschah in einem Augenblick der Reue.« Cynara regte sich, doch Narayan fuhr fort, ohne sie zu beachten.

»Ich fand meine Schwester wieder, Cynara.« Und jetzt hob er seine Augen zu dem Mädchen, legte seine Hand auf ihre Schulter. Sie lächelte, und wieder sah ich die merkwürdige Fürsorge in diesem Lächeln, während Narayan leise fortfuhr: »Ich war wie ein Kind. Ich musste wieder lernen zu leben, die einfachsten Dinge zu tun. Einfach nur zu leben hat monatelang alle meine Kraft beansprucht. Ich war völlig machtlos, weil man mir beigebracht hatte, meine Kräfte nur durch das Opfer zu benutzen. Und ich musste lernen – ohne das zu leben. Es war nicht einfach.«

»Wieso?«, fragte ich, ohne nachzudenken.

Narayans Blick hielt mich fest, doch seine Antwort ergänzte das letzte Glied in der Kette der Erinnerung. »Um die Macht zu benutzen«, sagte er.

Draußen vor der Tür hörte ich die Geräusche des Lagers, das Licht der Wachfeuer kroch durch die Ritzen. Das Feuer war wieder heruntergebrannt, und Narayans Gesicht lag im Schatten, er bewegte sich rastlos im schwachen Feuerschein. »Ich habe mir diese Macht ein wenig nutzbar gemacht«, sagte er. »Ich kann sie ein bisschen einsetzen. Für einfache Dinge und um mich zu schützen.«

Ich fing ganz allmählich an zu begreifen. In meiner eigenen Welt hatte ich von sogenannten PSI-Kräften gehört, von außersinnlicher Wahrnehmung, von

Medien, die bei Séancen Dinge tun konnten, die von Menschen, die sie nicht verstanden, magisch genannt wurden. Ich hatte auch gehört, dass diese wilden Talente körperlich anstrengend waren, physische Energie kosteten; manches Medium brach nach einer Séance zusammen – ich hatte immer geglaubt, das sei nichts weiter als Täuschung. Offensichtlich hatten die Narabedlaner einen Weg gefunden, diese PSI-Kräfte für sich nutzbar zu machen, sie zu kontrollieren, die Energie bereitzustellen, um sie ungeheuer zu erweitern, in dem sie die Träumer mit der Lebensenergie von lebendigen Menschen nährten …

Ich schauderte, zitterte bis ins Mark hinein. Ich fühlte mich schwach und blass und fiel entnervt in den Sessel.

Cynara hielt mich fest.

»Nein«, sagte Narayan finster und beobachtete mich dabei, »es ist nicht schön. Aber wenn ich noch Zweifel daran gehabt hätte, dass du nicht Adric bist, wären sie jetzt zerstreut. Du hast es wirklich nicht gewusst, oder?«

Ich schüttelte den Kopf, noch ganz elend vor Entsetzen.

»Nun, ich lernte, ohne das zu leben«, sagte Narayan. Sein Gesicht war wieder ruhig und beherrscht. »Dann wurde Cynara zum Opfer ausersehen.« Sein Blick ruhte zärtlich auf dem Mädchen. »Adric befreite sie, löste sie aus und schenkte ihr die Freiheit der Regenbogen-Stadt. Das konnte er tun, weil Evarin schwach war und es Gamine nicht scherte. Selbst die Herren des Regenbogens haben in ihrem Gefolge viele Bürgerliche. Nicht als Spione, das niemals. Aber als Verbindungsglied zwischen uns, Adric und mir. Dann war da noch Rhys, der alte Träumer.«

Rhys. Der einzige Träumer-Mutant, der jemals in der Regenbogen-Stadt geboren worden war.

»Ja. Gamine ist an Rhys gebunden, ist aber zu sorglos und lässt ihn für lange Zeiträume aufwachen, und Rhys und ich haben miteinander Kontakt aufgenommen. Ich weiß nicht, wie ich das jemand anderem erklären soll, aber wir können in Gedanken miteinander sprechen.«

»Auch noch Telepathie?«, murmelte ich.

»Nur zu einem anderen Träumer. Er half mir zu lernen, meine Kräfte zu nutzen. Aber er wird seine Hand nicht gegen Narabedla erheben. Er ist auch von ihrem Blut.«

Ich hörte Gesprächsfetzen aus einem unendlichen Abgrund aus Zeit und Raum, in den ich über die Zeit-Ellipse in einem elektrischen Koma gerissen worden war. *Sie werden es wissen, Narayan wird es wissen.* Und Adric: *Was habe ich mit Narayan zu schaffen?* Adric hatte ein kompliziertes Doppelspiel mit Narayan gespielt, und ich machte den Mund auf, um das auszusprechen, doch der Träumer redete noch immer, und ich vergaß die Worte, während ich an Rhys dachte.

Vielleicht war das der Grund, warum Rhys Adric geholfen hatte, einen Weg aus dieser Welt hinaus zu finden: weil es auch Rhys half, einen Ausweg aus einem unerträglichen Konflikt zu finden. Wenn Adric fort war, musste sich Rhys nicht zwischen seinem Volk in Narabedla und seinem Wunsch, die Träumer in Freiheit zu sehen, entscheiden. Wenn Adric fort war, konnte der uralte Mann seine letzten Jahre vielleicht in einer Welt verbringen, die in einem zerbrechlichen Frieden lebte.

»Ich hatte vergessen, wir alle hatten vergessen, dass Adric auch Narabedlaner war. Bis er verschwand, bis

Karamy ihre Hand ausstreckte und ihn zurückholte.« Narayans Stimme klang düster. Diese beiden Männer waren Freunde gewesen.

»Adric war fort, und die Hand Narabedlas lag schwer auf uns. Ohne Adric, der sie führte, sahen wir eine Chance für eine Rebellion. Ich habe gearbeitet, geplant – du hast es gesehen.« Er biss sich auf die Lippen. »Dann wusste ich, dass Adric frei war, und ich schickte Brennan, um herauszufinden, warum er nicht zu uns zurückkehrte. Brennan kam nicht zurück.«

Ich senkte den Kopf und erzählte ihm unglücklich, was Brennan zugestoßen war.

Narayans Gesicht sah im Feuerschein abgehärmt aus. »Er war ein tapferer Mann«, erwiderte Narayan schließlich. »Er wusste, worauf er sich einließ, und wagte es trotzdem. Ich mache dir keinen Vorwurf. Nach dem Wechsel hast du eine Zeitlang Adrics Leben weitergeführt, fast wie ein Reflex, hast seine Gedanken gedacht und bist seinen Gewohnheiten nachgegangen. Aber jetzt wird er in dir wohl schwächer, nehme ich an. *Hoffe* ich. Wer bist du in deiner eigenen Welt?«

Er glaubte, Adric würde schwächer in mir. Ich hatte befürchtet, dass Adric stärker und stärker würde, bis er mich gänzlich verdrängt hatte. Hatte Narayan Recht? War Adric endgültig weg? »Ich heiße Mike Kenscott«, antwortete ich schließlich. »Michael.«

»Michael.« Cynara probierte das seltsame Wort neugierig aus. Ihre Hand lag vergessen noch immer in der meinen. »Und was bist du? Ein großer Magier?«

Ich lachte müde, brach aber ab, als ich in das schöne Gesicht sah. »Nein, Mädchen«, sagte ich leise, »in meiner Welt gibt es keine Magie.« *Magie*? Darüber musste ich nachdenken.

»Es muss sehr seltsam sein«, murmelte sie, »seltsam

und ein wenig beängstigend, die Welten zu wechseln. Ich erinnere mich noch, wie Narayan aus der Festung der Träumer kam, und ein ganzes Leben zu lernen hatte.«

War es nur Mitleid in ihren dunklen Augen, Mitleid mit einem Mann, der dieselbe Orientierungslosigkeit erlebte wie der Bruder, den sie umsorgt und beschützt hatte? Oder war es mehr? »Michael«, wiederholte sie leise.

Narayan durchbrach sanft unsere Versunkenheit. »Die Männer werden dich Adric nennen müssen, sie werden glauben, dass Adric zu uns zurückgekommen ist. Später, vielleicht –« Er zuckte die Achseln. Ich sagte nichts. Ich hatte noch immer Angst, dass Adric noch einmal wiederkehren würde, aber ich mochte diesen Mann. Und Cynara, die meine Hand umklammerte, der einzige Mensch auf dieser Welt, der mich als *mich selbst* erkannt und akzeptiert hatte, nicht als Schatten Adrics.

Narayan schaltete das Licht ein. »Es ist schon sehr spät«, sagte er, »und du musst sehr erschöpft sein. Wir haben sogar den Narabedlanern in jüngster Zeit beigebracht, sich bei Nacht aus den Wäldern fernzuhalten, also sind wir hier sicher genug, auch wenn sie auf die Idee kommen sollten, Adric zurückzuholen. Und jedenfalls können sie nicht viel ausrichten, bis sie an der Festung der Träumer waren. Wenn wir sie von der Quelle ihrer Magie abschneiden könnten –« er lächelte, und mit einer plötzlichen, jungenhaften Freundschaftlichkeit streckte er mir seine Hand entgegen. »Na, morgen sehen wir schon, was kommt! Michael –« er zögerte, dann sagte er, fast widerwillig: »Ich bin froh, dass du nicht Adric bist. Mit ihm wäre jetzt vielleicht schwer auszukommen.«

Als ob das Licht ein Signal gewesen wäre – soweit

ich wusste, war es das auch –, kam Raif ohne anzuklopfen herein. Narayan begegnete seinem feindlichen Blick auf mich. »Schon gut, Raif«, sagte er. »Adric ist zu uns zurückgekommen.«

Das elefantenhafte Gesicht verzog sich zu einem plötzlichen Grinsen. »Tut mir Leid, dass ich dich so grob angefasst habe, Adric. Aber ich hatte meine Befehle, und ich war nicht sicher.«

»Ich hätte das gleiche getan«, erwiderte ich und ergriff die Hand, die er mir entgegenstreckte.

»Such ihm einen Schlafplatz«, schlug Narayan vor, und ohne mich noch einmal zu Cynara umzudrehen, folgte ich Raif eine kurze Treppe hinauf zu einem leeren Zimmer. Ein Bett stand darin, sauber, aber zerknittert. Raif sagte: »Kerrel steht Wache an der Straße, er wird erst gegen Mittag zurück sein. Du kannst hier schlafen.«

Ich streifte meine Stiefel ab und kroch zwischen die Decken, auf einmal zu müde, um zu sprechen. Seit zwei Tagen hatte ich nicht mehr geschlafen, und die meiste Zeit davon unter erschöpfendem körperlichen und geistigen Stress, in zwei Welten. Ich sah, wie Raif wachsam die Hand um seine Waffe schloss und spürte, Narayan mochte sagen, was er wollte, Raif war nicht bereit, irgendwelche Risiken mit Adric einzugehen. Ich machte ihm keinen Vorwurf. Er hatte schon Grips, dieser zu groß geratene Offizier Narayans.

Schläfrig sagte ich: »Du kannst das ruhig wegstecken, Freund Elefant. Ich werde mich nicht mehr vom Fleck rühren, ehe ich nicht lange und tief –«

Ich konnte nicht einmal den Satz beenden. Ich schlief ein.

Ich hatte stundenlang geschlafen. Ich erwachte aus wirren Träumen – ein großer, kreisender Vogel, ein Messer, Andys Gesicht, das verschwommene Blau von Gamines Schleiern, der erbarmungswürdige Schrei einer gequälten Frau –, bis ich eine sanfte Stimme hörte und fühlte, wie mich kleine Hände aufrichteten. Als ich die Augen aufschlug, sah ich Cynaras schöne dunkle Augen, die mich ansahen.

»Michael! Wach auf! Karamy und Evarin reiten heute, sie machen Jagd auf Adric! Auf dich!«

Ich setzte mich auf, noch etwas benommen, noch zu verschlafen, um klar denken zu können. Ich begriff ihre Aufregung nicht, noch was sie gesagt hatte. Doch ich legte für einen Augenblick beruhigend meinen Arm um sie. Dann, als ich rasche Schritte auf der Treppe hörte, ließ ich sie los, bückte mich und begann, meine Stiefel anzuziehen.

Narayan stieß die Tür auf, während er gleichzeitig eine braune Tunika über den Kopf zog. »Wie ich sehe, hat Cynara es dir schon erzählt«, sagte er. »Ich hatte recht. Wir müssen jetzt schnell sein. Wenn ihre Jagd zu erfolgreich ist …«

Er fingerte an den Bändern seines Hemdes herum. Eine tödliche Müdigkeit lag in seinem Blick. Seine Augen wirkten stumpf, fast blind. Er begegnete meinem fragenden Blick und lächelte müde.

»Die Träumer regen sich«, erklärte er. »Ich bin noch nicht frei von diesem Bedürfnis, noch nicht ganz. Deshalb muss ich vorsichtig sein.«

Cynara schauderte und schlang ihrem Bruder die Arme um den Hals, um ihn in einer wilden, beschützenden Umarmung zu halten. Doch er war schon wieder tief in Gedanken und löste sich geduldig aus ihren Armen. »Darum kümmern wir uns, wenn die Zeit kommt, kleine Schwester. So, Karamy und Evarin sind auf der Jagd, und Idris höchstwahrscheinlich auch.« Er zog die Augenbrauen zusammen. »Alle außer Gamine«, überlegte er. »Wenn ich nur zu Rhys durchkäme.« Mit einer ungeduldigen Handbewegung wischte er diesen Gedanken beiseite. »Ich wage es nicht. Nicht, wenn sie sich *so* regen.«

Ich verstand. Narayan empfand immer noch den schrecklichen Hunger der schlafenden Träumer in der Festung. Nun, das war nur folgerichtig.

Was mich anbetraf, ich fühlte mich frisch und kräftig, und mein Verstand arbeitete wieder, wenn auch manchmal etwas verschwommen. Wie war ich hierher gekommen, ins Haus des befreiten Träumers? Was war vergangene Nacht eigentlich geschehen? Ich hatte geglaubt, Narayan würde mir nie wieder vertrauen, aber jetzt, wo ich ihn am meisten brauchte, hatte ich wieder sein volles Vertrauen.

Sanfter Narr!

Ja, das war jedenfalls besser als jeder von Karamys Plänen! Irgendwie hatte Karamy an meinem Gedächtnis herumgepfuscht, doch wenigstens hatte es mir vergangene Nacht zum Nutzen gereicht, in eine andere Identität zu schlüpfen, um Narayans Vertrauen zu gewinnen!

Und Karamy besaß die Kühnheit, Evarins Höllenvögel nach mir auszuschicken? Nach *mir*, Adric vom Roten Turm? Nun, sie würde eine Lektion erhalten, die sie nie vergessen würde – genauso wie der verdammte Spielzeugmacher – und auch dieser wandelnde Zombie hier, der mich dämlich mit einem albernen freundschaftlichen Lächeln ansah. Bei den Göttern des Regenbogens, was für verrückte Sachen hatte ich bloß letzte Nacht gesagt und getan?

»Lass sie nur kommen, mit Vögeln und allem«, sagte ich. »Es hat eine ganze Weile kein Opfer gegeben. Sie haben keine andere Energiequelle.« Ich lachte lautlos bei dem Gedanken. *Fehlt dir heute deine Magie, Karamy? Bist du gezwungen, den albernen Tand des Spielzeugmachers zu benutzen?* »Wir greifen sie heute abend an der Festung der Träumer an.«

Aber was du nicht weißt, Narayan, setzte ich in Gedanken mit heimlicher Befriedigung hinzu, *ist, dass du dort zu ihnen stoßen wirst! Wenn ich deine Kräfte zu meiner Rache eingesetzt habe gegen die, die sich gegen mich verbündeten, dann wirst du zurück an deinen Platz gehen, Träumer! Bis dahin, plane ruhig, mich und die meinen zu zerstören! Träum weiter – träum deine Tagträume, bis ich sie zerschlage ...*

Es kam dem sanften Narren nie in den Sinn zu fragen, ob der Adric von vergangener Nacht auch der Adric dieses Morgens war. Wir gingen die Treppe hinunter und frühstückten rasch. Cynara sah den geflügelten, flammenfarbigen Umhang, den sie in der Regenbogen-Stadt getragen hatte, auf der Bank liegen, schnappte ihn wütend und stopfte ihn in den Kamin. In ihrem schlichten grauen Kleid kam ihre scheue Schönheit noch mehr zur Geltung als zuvor. Cynara war nicht Karamy, aber sie war ein hübsches Ding, und schließlich trug es dazu bei, dass Nayaran mir vertraute, als Cynara sich auf meine Sessellehne setzte und mit ihren zierlichen Fingern über die Prellungen in meinem Gesicht fuhr.

»Deine Schläger hätten ihn fast umgebracht, Narayan!«

»Ach, ich bin nicht verletzt.« Ich ließ meine Stimme für ihre Ohren sanft klingen. Aber ich starrte finster in meinen Teller, schob das Essen von mir und marschierte ins Lager hinaus. Narayan stieß einen Ruf aus, sprang so hastig auf, dass sein Stuhl umkippte und rannte hinter mir her, um mit mir zusammen die

Treppen hinunterzugehen. »Warte, warte! Vergiss nicht, dass du für sie immer noch ein Verräter bist«, befahl er.

Ich antwortete in bescheidenem, törichten Ton: »Das hatte ich vergessen.«

»Ich kenne die Wahrheit, und sie werden mir glauben«, sagte Narayan mit seinem freundlichen Lächeln. Er nahm meinen Arm, und so wanderten wir zwischen den Zelten umher. Narayans Miene war fast streitlustig. Ich sah die Gesichter der Männer, die aus ihren notdürftigen Unterkünften kamen, sah Misstrauen und Wachsamkeit erst Toleranz, dann Akzeptanz und Entspannung weichen, als sie uns Arm in Arm gehen sahen. Endlich rief Narayan Raif und bat ihn: »Pass auf ihn auf, ja? Vielleicht wissen es noch nicht alle.«

»Wir haben nicht viel Zeit für solchen Unsinn«, sagte ich. »Wenn sie auf der Jagd sind. Raif, such mir zwölf Männer, die keine Angst haben, sich der Regenbogen-Stadt zu nähern.«

Raif warf einen Blick auf Narayan, der überrascht wirkte. Dann sagte Narayan: »Ich erteile jeden Befehl, den du willst, Adric«, und ich musste mir ein Grinsen verkneifen. Es würde nicht mehr lange dauern, und ich würde den Platz zurückerobern, den mich meine Dummheit gekostet hatte! Der Idiot, dessen Körper ich für kurze Zeit geteilt hatte, hätte es beinahe verhindert, aber in gewisser Weise hatte selbst er mir geholfen, denn er hatte Narayans Vertrauen gewonnen, wie ich es nie geschafft hätte. Na, dieser nichtsnutzige Tölpel sollte meinen heraufziehenden Triumph nicht teilen! Ebenso wenig wie Narayan.

Als ich die Hand in die Tasche steckte, fühlte ich etwas Hartes, Glattes. Evarins Zauberspiegel, keine wahre Magie, sondern ein Produkt seiner kindischen

Basteleien. Trotzdem konnte es vielleicht von Nutzen sein. Narayan sah mir neugierig über die Schulter, als ich es herauszog. »Was ist das?«

»Eins von Evarins Spielzeugen. Vielleicht finde ich eine Verwendung dafür«, sagte ich und warf es ihm lässig zu. »Schau es dir ruhig an.« Ich hielt den Atem an. Narayan nahm es für einen Augenblick in die Hand, neugierig, aber er schlug die Seide nicht zurück. »Mach schon«, drängte ich, »wickle es aus.«

Vielleicht klang das zu eifrig, abrupt reichte Narayan es mir zurück. »Hier. Du solltest es besser behalten. Ich weiß zu wenig über Evarin.«

Ich hätte wissen müssen, dass es nicht ganz so einfach sein würde. Ich tat gleichgültig und steckte das Spielzeug zurück in meine Tasche. Es spielte keine Rolle, so oder so, Narayan würde verlieren. Denn Evarin und Karamy ritten heute auf die Jagd, und ich wusste, was ihre Beute sein würde.

Kapitel 8

Ich zog meinen Umhang fester um mich, vor Aufregung hatte ich eine Gänsehaut und kniete zwischen Raif und Kerrel auf der Baumplattform. Direkt unter mir klammerte sich Narayan an einen tieferen Ast. Ich hörte das Klingen ferner Hufe auf gefrorenem Boden und lächelte.

Ich kannte jede Einzelheit dieser Jagd. Evarin würde vielleicht feststellen, dass seine Vögel ihm heute nicht so gut gehorchten! Ein Fetzen von mir erinnerte sich an eine andere Welt, in der ein benommenes, verwirrtes anderes Selbst sich mit seinem

Taschenmesser auf einen Vogel gestürzt hatte, und ich gönnte mir einen Augenblick, um bei dieser Erinnerung zu lachen.

Kühn kalkulierte ich die Möglichkeiten. Irgendwo musste es eine Falle geben. Aber wo? Narayan selbst? Nein, er war mein einziger Schutz, bis ich mich von diesem Gesindel befreien konnte. Außerdem behauptete er, er habe gelernt, seine Kräfte zu benutzen – ohne Hilfe. Wenn er sie freiließ, auf so kurze Entfernung, konnte er mir das Leben aussaugen, wie eine Spinne eine gefangene Fliege aussaugt.

Also Kerrel oder Raif. Ich hegte sowieso einen Groll gegen den Dicken.

Ich zupfte Raif am Ärmel. »Warte hier auf mich«, sagte ich verschmitzt und tat so, als ob ich die Plattform verlassen wollte. Raif marschierte lächelnd in die Falle. »Hiergeblieben, Adric! Narayan hat Befehl gegeben, dass du dich nicht in Gefahr begeben darfst! Schließlich bist du es, hinter dem sie her sind!«

Gut, gut! Ich musste dem Mann nicht einmal befehlen, in den Tod zu gehen, er ging freiwillig. »Ich möchte einen Späher ausschicken«, gab ich nach, »der uns benachrichtigt, wenn sie kommen.« *Als ob wir das nicht wüssten!*

»Ich gehe.« Raif beugte sich an mir vorbei und tippte Narayan auf die Schulter. Er erklärte im Flüsterton – wir flüsterten alle, obwohl es nicht notwendig war – und Narayan nickte. »Aber lass dich nicht sehen.«

Ich musste mir das Lachen verbeißen. Als ob das eine Rolle spielte!

Der Mann schwang sich auf den Weg hinunter. Ich hörte seine schweren Schritte, die leiser wurden, schließlich in der Ferne erstarben. Ich spürte es, wie ein greifbares Prickeln der Nerven, als er außerhalb von Narayans Wahrnehmung war. *Ja, wir waren noch immer verbunden, wie durch ein unsichtbares Netz! Wenn ich nur seine Gedanken lesen könnte … aber nein. Dann könnte er ja auch meine lesen!*

Ein lauter, bestialischer Schrei zerriss die Luft, ein Schrei, der aus der Hölle zu kommen schien, ein Schrei, den kein menschliches Wesen ausstoßen konnte. Aber ich wusste, was da geschrien hatte. Das war's mit dem Dicken! Narayan zitterte am ganzen Körper, sein Gesicht war kreidebleich. »Raif!« Er sagte es wie ein Stoßgebet.

Halb krochen, halb sprangen wir auf die Straße. Seite an Seite rannten wir den Weg entlang.

Das Kreischen eines Vogels warnte mich. Ich sah auf und warf mich rasch zur Seite. Über mir kreiste ein großer roter Falke mit breiten Flügeln und stieß auf mich herab. Narayans Schrei durchschnitt die Luft, ich duckte mich und schützte mein Gesicht mit einer Falte meines Umhangs. Ich riss das Messer aus meinem Gürtel und stieß nach oben, einen Arm über meine Augen haltend. Der Vogel zauderte, hing reglos in der Luft und beobachtete mich aus lebhaften grünen Augen, die jeder Bewegung folgten. Der Putz des Falken war grün, was sich leuchtend von den dunkelroten Federn abhob.

Ich wusste, wer diesen Vogel hatte fliegen lassen!

Der Falke kreiste, legte sich wie ein Flugzeug in die Kurve und stieß wieder vor. Falke? Diese Vögel waren aus keinem Ei geschlüpft, und ich wusste, wer diese roten Flügelspitzen geformt hatte!

Hinter meinem Arm hervor sah ich Narayan den pistolenähnlichen Elektroschocker ziehen, und schrie warnend:

»Lass fallen. Rasch!«

Der Vogel, der in diesem Augenblick über Evarins

Kräfte verfügte, konnte Schüsse ebenso leicht abwenden wie Evarin selbst, er konnte die Energie absorbieren und sich damit gleichsam wieder aufladen. Und wenn der Falke mir auch nur einen Tropfen Blut entriss, war ich Sklave desjenigen, der ihn hatte fliegen lassen.

Ich stieß mit dem Messer aufwärts zwischen die Flügel des Vogels. Männer sprangen auf uns zu, kampfbereit mit Messern. Der Vogel kreischte wild, flog ein Stück höher und verharrte dort, um uns aus seltsam intelligenten grünen Augen zu beobachten. Ein weiterer und noch ein Falke kamen über den Weg, und ein dünnes, unheimliches Kreischen hallte durch die Luft. Ich hörte ein ganz zartes Klingeln wie von Glöckchen. Die drei Vögel mit ihrem goldenen und grünen Putz in ihrem königlichen Purpurstaat schwangen sich über uns auf, drei Paare glitzernder Edelsteinaugen in einer Reihe. Weit hinter uns, vor dem sich verdunkelnden Himmel am Horizont beschien die untergehende rote Sonne drei Gestalten auf Pferden, die reglos warteten: Evarin, Idris und Karamy, die angespannt ihr Falken-Spiel verfolgten, drei Verräter, die den einen jagten, der ihnen entkommen war.

Für einen kurzen Augenblick wünschte ich, ich stünde auf der anderen Seite dieser Jagd. Wir hatten reichlich Sklaven, doch passive Opfer zu nehmen ist langweilig, und ja, die Falkenjagd war ein guter Sport! Den Körper hinter sich lassen, alle Sinne auf den Vogel übertragen, zu fliegen und sich auf das entsetzte Opfer hinabzustürzen, mit ihm zu spielen, wie ein Adler mit seiner hilflosen Beute! Auf die Augen zu zielen, die empfindlichen Stellen, Blut zu vergießen, das dir Macht über das Opfer gibt, den machtlosen Schrecken des Opfers zu beobachten. Oder manchmal – aber wie selten! – ein reizvoller Kampf gegen ein Opfer, das den Mut der Verzweiflung fand. Ein gefährliches Spiel, denn wenn es den Vogel tötete, war es ein schmerzhafter, scheußlicher Schock. Doch was ist ein Spiel ohne Gefahr? Es gab schließlich noch andere Vögel. Und das Opfer, das einmal deinen Händen entkommen war, konnte jederzeit in Muße wieder gequält werden.

Außerdem hatte ich schon früher gegen die Falken gekämpft, war selbst um einen Wetteinsatz gegen einen anderen geflogen, oder hatte mich, nur mit einem Messer bewaffnet, dem Vogel eines anderen gestellt. Aber das hier war kein Spiel mit meinesgleichen aus Spaß oder als Wette. Dies hier war tödlicher Ernst, sie hatten sich alle gegen mich versammelt, und ich brauchte all meine Fähigkeiten.

Die Falken schwebten reglos, dann schossen sie in gemeinschaftlichem Angriff los. Sie stürzten sich zwischen mein Messer und Narayans, hinter mir erklang ein verängstigter Schrei, und ich wusste, dass zumindest einer der Falken Blut vergossen hatte, dass einer der Männer hinter uns nicht zu uns gehörte! Der getroffene Mann machte kehrt und hastete blindlings über die Lichtung, die Straße entlang. Er stolperte, fuhr zurück, als er den Leichnam eines Mannes sah, der vor seinen Füßen auf der Straße lag. Narayan stieß einen keuchenden, würgenden Laut aus, und ich schoss gerade noch rechtzeitig herum, um zu sehen, wie er seinen Elektroschocker zog und wild hinter der taumelnden Gestalt herschoss, die unser Mann gewesen war.

»Schieß!«, keuchte er. »Larno würde nicht – zu ihnen wollen. Lieber wäre er tot.«

Ich schlug ihm heftig auf die Waffe. »Dummkopf! Sie müssen etwas zum Jagen haben!« Narayan begann zu protestieren, und ich entwand ihm den Schocker. Der Mann war jetzt längst außer Schussweite. Als ich Narayans verzerrtes Gesicht sah, fluchte ich. Dieser schwache Dummkopf würde alles ruinieren! Was bedeutete schon ein Mann mehr oder weniger?

Ich schaute mich um, um mich rasch zu orientieren. Die Vögel hatten sich wieder zurückgezogen, und ich winkte Narayans Männer zu mir. »Nicht auf die Vögel schießen«, warnte ich sie. »Das bringt ihnen nur Energie ein. Sie saugen die Energie aus euren Waffen auf. Benutzt Messer. Schneidet ihnen in die Flügel und versucht, sie unbeweglich zu machen. Passt auf!« Die Falken zogen wie Kugelblitze enge Kreise in farbigem Licht, dann stießen sie herab in einem flatternden Durcheinander aus Schnäbeln und Flügeln. Ich wich zurück, riss meinen Umhang hoch und schlug mit dem beschwerten Saum nach den Vögeln. Unsere Männer, die einen engen Kreis bildeten, bekämpften sie Rücken an Rücken mit ihren Messern und Säumen und scheuchten sie davon. Dreimal hörte ich den unmenschlichen Schrei, dreimal hörte ich die schlurfenden Schritte eines Mannes – der nicht mehr menschlich war – blindlings davonstolpern.

Ich hörte Narayan aufschreien und wirbelte herum. Er rannte auf mich zu und schlug den purpurgeschmückten Vogel zurück, der immer wieder mit schnellen, lebhaften Flügelschlägen herabstieß. Das Kreischen der Falken, das Flattern der Umhänge, der keuchende Atem von Männern, die unter Druck standen, all das verlieh der ganzen Szene etwas albtraumhaft Unwirkliches, in der das einzig Reale Narayan war, der an meiner Seite kämpfte. Als er aufkeuchte, wirbelte ich instinktiv herum, riss meinen Umhang hoch, um meinen Rücken zu schützen, stieß mein Messer vor, um seine Kehle zu decken. Er brachte dem Falken einen langen Schnitt oberhalb des Schnabels bei, wurde mit einem qualvollen Schrei belohnt, der nicht von einem Vogel zu stammen schien, und dem krampfhaften Öffnen und Schließen der Klauen. Sie schossen vor und gruben sich tief in den Arm des Träumers. Der tödliche Schnabel stieß herab, doch ich warf mich ungeschützt und aus dem Gleichgewicht gebracht vor, bereit zuzustoßen.

Im letzten Augenblick ließen Klauen und Schnabel von Narayan ab und wandten sich direkt mir zu, mit mehr als vogelhafter Intelligenz! Und mein Messer war zur Seite gerichtet, um Narayan zu schützen!

Doch Narayan warf sich zur Seite. Sein Messer fiel unbeachtet auf die Straße, während er die Arme vorstieß, den Vogel hinter dem Kopf packte und sich wand, um dem dolchartigen Schnabel zu entgehen. Der Vogel stieß zu und erwischte seinen Umhang am Unterarm.

Aus dem Gleichgewicht gebracht, stolperte ich gegen Narayan, und gemeinsam stürzten wir in einem Gewirr von Umhängen und Messern um uns schlagend zu Boden. Die Flügel schlugen wie ein Zyklon, die grausamen Klauen mit der Kraft von Stahl streiften mein und Narayans Gesicht, doch Narayan hielt unbeirrt fest, um den tödlichen Schnabel von uns fernzuhalten. Ich tastete blindlings, da die schlagenden Flügel mir die Sicht nahmen, nach dem Messer und stach wieder und wieder zu. Dünnes gelbes Blut schoss hervor und bespritzte uns beide mit ätzendem Gift.

Ich entriss den schwächer werdenden Händen des Träumers den kämpfenden Vogel und drehte ihm den Hals um, bis ich es zwischen meinen Fingern knacken hörte. Urplötzlich hörte der wilde Kampf des Vogels auf, er wurde in meinen Händen schlaff. Was ihm auch Leben verliehen hatte, es hatte sich zurückgezogen.

Und hoch auf dem Berg über uns riss die zwergenhafte Gestalt von Idris die Hände hoch und fiel wie ein leerer Sack über dem Sattelknauf in sich zusammen.

Narayan stieß in einem langen Seufzer die Luft aus, während wir unsere Körper und den des toten Falken voneinander entwirrten. Unsere Blicke begegneten sich kurz, als wir uns das Blut abwischten, und er lächelte spontan, wenn auch etwas zittrig. Verdammt, was für eine Vergeudung! Ich mochte diesen Mann! Ich wünschte fast, ich müsste ihn nicht zu schrecklichen, benommenen Träumen zurückschicken.

Er sagte ruhig: »Jetzt steht ein Leben zwischen uns.«

Ich verzog mein Gesicht ebenfalls zu einem Lächeln. »Das war einer von ihnen«, sagte ich heftig und drehte mich um, um die anderen beiden Falken zu beobachten, die in den Kreis der Männer stießen. »Komm«, rief Narayan, und wir stürzten uns in die Bresche. Ich warf mein Messer weg und schnappte mir irgendein Schwert. Ich schwang es ausholend, und irgendwie kam mir das richtig und natürlich vor. Die Männer liefen vor dem Schwert auseinander wie verängstigte Hühner. Die Falken stießen herab. Mich überkam eine grenzenlose Wut, und ich schwang mein Schwert in wilden Kreisen gegen die angreifenden Vögel.

Das Schwert durchschnitt nur leere Luft, und erst da bemerkte ich, dass beide Vögel in Stücke gehauen vor meinen Füßen lagen. Ihr gelbes Blut tränkte die welken Blätter. Narayans Augen drangen durch einen roten Nebel in mein Blickfeld. Sie beobachteten mich, in ihren grauen Tiefen spiegelte sich Angst und

Besorgnis. Ich zwang mich zur Ruhe und ließ das Schwert auf die toten Vögel fallen.

»Das war's«, sagte ich knapp.

Wir zählten unsere Verluste. Drei, vier Männer verloren an die Sklaverei der Vögel. Die meisten der anderen hatten Kratzer von den Klauen davongetragen, und Narayan, der vor Schmerzen keuchte, rieb sich einen Tropfen des gelben Blutes vom Gesicht. »Das Zeug brennt!«, sagte er mit einer Grimasse. Ich lachte angespannt. Das musste er mir nicht sagen. Wir hatten beide Verbrennungen davongetragen, so tief wie von rotglühendem Eisen, mit denen wir uns morgen beschäftigen konnten. Das Zeug, das Evarin als ›Blut‹ für seine Vögel benutzte, war tödlich.

»Du hast mir das Leben gerettet.« Narayans Stimme klang ruhig, und ich biss mir auf die Lippen, um eine mörderische Wut zu unterdrücken. Dummkopf, der ich war, warum hatte ich mich nicht zurückgehalten? Die Träumer sind gegenüber normalen menschlichen Angriffen unverwundbar, doch man kann sie außer Gefecht setzen –

Und trotzdem hatte ich angegriffen, ohne nachzudenken, um Narayan zu retten. Gab es denn ein solches Band zwischen uns? Ich zitterte vor Zweifeln.

»Bist du verletzt?«, fragte Narayan. »Lass mich mal deinen Arm sehen«, doch ich schob ihn weg. Wütend befahl ich mir selbst, nicht solch ein Dummkopf zu sein. Natürlich hatte ich Narayan beschützt. Ich brauchte ihn noch, und ich wollte, dass er stark und unverletzt war, nichts so Rasches und Einfaches wie einen leichten Tod. Er würde lieber sterben, als zurück in die Festung der Träumer zu gehen, da war ich mir sicher. Nun, er würde keine Wahl haben.

»Seht mal!« Einer der Männer starrte zum Himmel, deutete nach oben, sein Gesicht war verzerrt vor

Angst. Noch ein großer Raubvogel segelte mit dem Wind über uns, doch während wir noch aufschauten, machte er kehrt und flog rasch zur Regenbogen-Stadt. Ein Mann spannte seinen Bogen, aber der Vogel war schon zu weit weg und zu hoch, ich konnte kaum noch den hellblauen Schimmer der Glöckchen und des Putzes erkennen. Ein dünnes, zartes Klingen kam von den Glöckchen, wie ein spöttisches Echo der Stimme des Zaubersängers.

Gamine!

Kapitel 9

Zurück in dem fensterlosen Haus nahmen wir eine schnelle Mahlzeit ein, versorgten unsere Kratzer und Verbrennungen und versuchten, weiter zu planen. Die anderen waren auch nicht untätig gewesen, während ich meine ausgesuchte Truppe gegen die Falken geführt hatte. Den ganzen Tag über hatte sich Narayans zusammengewürfelte Armee vergrößert – man konnte das kaum Sammeln nennen – in dem großen Talkessel zwischen der Regenbogen-Stadt und der Festung der Träumer.

Es waren vielleicht viertausend Männer, bewaffnet mit schwerfälligen Pulverwaffen – kaum ein halbes Hundert besaß einen Elektroschocker wie Narayan. Sie trugen abgenutzte Schwerter, die aussahen, als wären sie lange Zeit vergraben gewesen, Mistgabeln, Sicheln und ein paar sogar eisenbeschlagene Holzkeulen. Wenn es sein musste, würde ich meine Verachtung für diesen zusammengewürfelten Haufen von einer Armee verbergen. Und Narayan schlug vor, das machtvolle Narabedla, die magischen Kräfte der Regenbogen-Stadt mit so etwas zu stürmen?

Doch wo ich auch hinsah, überall hörte ich Gesprächsfetzen, Ausrufe und Grüße, sah Mienen, die mir zeigten, wie viel Vertrauen diese verzweifelten Männer zu ihrem Anführer hatten. Waren sie denn alle verrückt oder irregeleitet? *Um so besser*, dachte ich grimmig. *Nimm ihn ihnen weg, und sie huschen wieder in ihre Rattenlöcher!*

Meine Lippen verzogen sich zu einem bitteren Lächeln. Sie vertrauten auch Adric – Adric, der den Träumer befreit hatte. Als ich mich ihnen gezeigt hatte, hallten von ihren Rufen selbst die Bäume wider. Nun – wieder kam unbeabsichtigt das ironische Lächeln – auch das war gut. Wenn Narayan erst wieder ordentlich eingesperrt war, konnte ich die Macht ihres verlorenen Anführers nutzen, um das niederzureißen, was er selbst aufgebaut hatte. Der Gedanke war ausgesprochen erheiternd.

»Worüber lachst du?«, fragte mich Narayan. Wir hockten auf der Treppe zum Haus und beobachteten die Männer im Lager. Seine schläfrigen grauen Augen funkelten, und ohne meine Antwort abzuwarten, fuhr er fort: »Stell dir nur vor! Der Fluch der Träumer-Magie von diesem Land genommen. Die Tyrannei der Regenbogen-Stadt für immer beendet. Stell dir nur vor, was das bedeutet! Es bedeutet Leben und Hoffnung für unzählige Menschen, ohne Angst, ohne Sklaverei, ohne Opfer und Übergriffe, ohne böse Vögel –« er brach ab und breitete die Arme in einer hilflosen Geste aus. »Aber du kannst es dir ja nicht vorstellen. Nicht einmal mit allen Erinnerungen Adrics könntest du es!«

Mir fiel ein, dass er glaubte, ich sei noch immer Michael Kenscott. Schwach, wie im Traum, konnte ich mich an Michaels Loyalität zu Narayan erinnern. *Sie waren von der gleichen Art, Dummköpfe, sanfte Schwächlinge …*

Und noch schwächer erinnerte ich mich daran, diesen Traum geteilt zu haben, als er mir wertvoller erschienen war als das Streben nach Macht. Cynara kam die Stufen herunter und legte mir ihren weichen Arm um die Schultern, und ich zog sie an mich, doch ein Vulkan aus Hass, so groß, dass ich mein Gesicht verbergen musste, loderte in mir auf. Dieser Narayan war mir ebenbürtig – nein, gestand ich mir widerwillig ein, mir überlegen – und dafür hasste ich ihn. Ich hasste ihn, weil er außer durch einen unglücklichen Zufall nicht getötet werden konnte und weil er diesen unverwundbaren Status auf eine Art und Weise riskierte, wie ich es niemals gewagt hätte, nicht einmal in den Tagen, als ich von all seiner Magie beschützt wurde. Ich hasste ihn, weil ich wusste, dass in seinem Traum von Macht niemand leiden würde, und ich hasste ihn, weil ich wusste, was ich mit seiner Macht tun würde, hatte ich ihn erst einmal wieder sicher in der Festung der Träumer, genährt von der Energie, die ihn zwang, mir seine Macht nach und nach zu überlassen. Und vor allem hasste ich ihn, weil ich einmal schwach genug gewesen war, um seinen Traum zu teilen.

»Du hast einmal gesagt, in deiner Welt gäbe es keine Magie, Michael«, unterbrach Narayan meine Gedanken. Ich fuhr auf. Na, soll er sich doch was vormachen! Ich zuckte die Achseln. »Ich nehme an, du würdest die Kräfte meiner Welt schon magisch genug nennen, bevor du sie verstanden hättest«, antwortete ich, um Zeit zu gewinnen.

»Die Falken-Jagd – Adric sagte einmal, wenn der Falke vernichtet würde, würde derjenige, der ihm innewohnt, in einen Schock fallen«, fuhr Narayan nachdenklich fort. »Das bedeutet, dass Idris, Evarin, Karamy, alle drei für eine gewisse Zeit außer Gefecht gesetzt sind. Wenn wir sofort zuschlagen könnten –«

Ich sagte abrupt: »Dein Plan ist gut, Narayan. Er hat nur einen Fehler, er wird nicht funktionieren. Die Regenbogen-Stadt zu stürmen wird zu nichts führen. Es ist nicht einmal ein Anfang. Du kannst Karamys Sklaven zu Hunderten oder Tausenden oder Millionen töten, aber du könntest Karamy nicht töten. Und je mehr Sklaven du tötest, je mehr wird sie suchen und versklaven, um sie zu ersetzen. Du musst in der Festung der Träumer zuschlagen. Das ist der einzige Ort, an dem sie verwundbar sind.«

Er stellte mein Wissen oder Adrics Erinnerungen nicht in Frage. Es war Cynara, die ihn erinnerte: »Narayans Freiheit ist begrenzt, vergiss das nicht. Er kann nicht in die Regenbogen-Stadt hinein oder in die Festung der Träumer, weil Adric, als er ihn befreite, seinen Talisman nicht finden konnte.«

Narayan nickte. »Also habe ich keine Wahl. Ich muss sie auf der Straße zur Festung angreifen und das Risiko eingehen.«

»Wofür hast du deine Armee?«, fragte ich grob, »um Heuhaufen umzuwerfen? Die Armee kann sich um die Wachen und die Sklaven kümmern, aber die Narabedlaner müssen in die Festung der Träumer gebracht werden, es ist die einzige Möglichkeit. Ich gehe für dich in die Regenbogen-Stadt und hole das Ding!«

»Du?« Narayan und Cynara wandten sich mir gleichzeitig zu, und ich musste mich ermahnen, nicht allzu zuversichtlich zu wirken, schließlich war es Kenscotts eingestandene Schwäche gewesen, die dafür gesorgt hatte, dass sie Adric trauten. Doch Cynaras

Augen funkelten. »Ja, und ich gehe mit dir, falls dich dein Gedächtnis im Stich lässt.«

Gut, immer besser. Das passte mir vorzüglich! Die Regenbogen-Stadt war verlassen bis auf den alten Rhys und vielleicht Gamine, der nicht mit den anderen als Falke geflogen war und dem die internen Kämpfe der anderen Narabedlaner vermutlich gleichgültig waren. Doch Narayan blickte zweifelnd drein. »Adric hat das einmal versucht«, sagte er ernst, »und dann hat Karamy ihn wieder gefangen und ihn auf die Zeit-Ellipse hinaus geschickt.«

»Aber Karamy wird dieses Mal nicht da sein, sie und die anderen werden mit deiner Armee beschäftigt sein«, erinnerte ich ihn. So wurde es ausgemacht, und ich lauschte halb verächtlich ihren Plänen und Vorschlägen. Ja, die Narabedlaner waren in der Festung der Träumer verwundbar, aber wenn ich dort war, mit Narayan und Narayans Talisman in den Händen, konnte ich aufhören, mir über Evarin, Idris und die anderen Sorgen zu machen.

Cynara beugte sich leicht vor, um die Kratzer der Vogelklaue quer über meinem Gesicht zu betrachten. »Du bist schon wieder verletzt und hast es mir nicht gesagt«, klagte sie. »Komm sofort mit, damit ich mich darum kümmern kann!«

Ich hätte beinahe gelacht. Ich, Adric vom Roten Turm, wurde von einer kleinen Landpomeranze herumkommandiert! Ich schnaubte, erwiderte aber freundlich:

»Ich werde es schon überleben. Komm und setz dich zu uns.« Ich zog sie neben mich, doch sie lehnte ihren Kopf gegen das Knie ihres Bruders, und ihr Gesicht verriet Sorge.

Sie war ein hübsches Ding, und als ich sie beobachtete, glaubte ich beinahe, dass ich ihr verzeihen könnte, dass sie die Ursache für all meinen Ärger war. Als ich mir das Mädchen aus einer Laune heraus von Karamys Sklaven genommen hatte, war mir nicht bewusst, dass sie Narayans Schwester war. Und dann – und dann – wie ein elektrischer Schlag in meinem Gehirn, der Blitz und dann die Leere. *Was lag dort verborgen? Was hatte ich vergessen?* Ich legte die Hände an die Schläfen, als ob ich so die Erinnerung herbeizwingen könnte, aber es kam nichts außer einem verschwommenen Gesicht – blond wie Narayan, blass vor Angst – und eine Stimme, die Worte sprach, die ich nicht verstehen konnte, die silbern-süße Stimme Gamines. *Wer oder was war Gamine?*

»Michael –« Cynara sah verängstigt aus, und ich riss mich gewaltsam zurück in die Gegenwart. Ich zwang mich zu lächeln.

»Du – du sahst so wild aus, so weit weg«, sagte sie stammelnd, »wie – wie Adric, gar nicht wie *du*.«

Ich streckte die Hand nach ihr aus, aber sie wich mir aus, stand leichtfüßig auf, wie eine Taube, zum Auffliegen bereit. Ich hob ihre schlanken Finger an meine Lippen, ehe ich sie losließ. Die Geste gefiel ihr, so sehr, dass ich ihr mit Verachtung nachsah, als sie davonging. Dummes, schlichtes Mädchen! Das würde ihr so passen!

Die weiße Sonne, glühend am Horizont, war noch immer hell genug, um die rote Sonne zu einem blassen Flecken verschwimmen zu lassen, als wir zur Regenbogen-Stadt aufbrachen. Cynara ritt an meiner Seite, Narayan sollte einen Teil des Weges mit uns kommen. Kerrel hatte die Armee in Sektionen aufgeteilt, um einen Hinterhalt für Karamys Wachen in der Nähe der Festung der Träumer zu legen. Ich hörte zu, wie Narayan ihm Anweisungen erteilte, wie kummervoll seine Stimme klang, als er von Raif sprach.

Doch endlich nahmen wir den Weg in die entgegengesetzte Richtung.

Es war ein gewundener Weg, der durch das bewaldete Land zur Regenbogen-Stadt führte. Cynara ritt neben mir, ihre dunklen Augen strahlten, ihre Wangen glühten vor Kälte, hübsch in ihrem grauen Kleid, aber es stand ihr nicht so gut wie der geflügelte, flammenfarbene Umhang von Narabedla. Cynara war bezaubernd und zeigte ein Vertrauen, das mich lächeln und unbesonnen versprechen ließ: »Wir werden gewinnen.« Mir gefiel der Gedanke, dass ich Cynara über den Niedergang ihres Bruders trösten konnte. Sobald sie sich wieder an die Regenbogen-Stadt gewöhnt hatte, würde sie all das vergessen und eine reizende, schöne Gefährtin sein. Wenn sie mir weiterhin gefiel. Vielleicht war es ja amüsant zu sehen, wie dieses Landmädchen die ganze Macht von Karamy der Goldenen ausübte!

Aber würde sie mich je wieder mit solchem Vertrauen ansehen?

Ich verfluchte wütend meine Einbildungskraft und stieß meinem Pferd die Fersen in die Flanken. Was spielte das für eine Rolle? War ich morbid oder wieder verrückt, dass sowas mich interessierte?

Wir mussten eine Stunde lang in scharfem Tempo reiten, um den Rand des großen Talkessels zu erreichen, wo wir innehielten und auf die dunkle, fast schnurgerade Allee hinunterblickten, die zu den Mauern der Regenbogen-Stadt führte. Ich stieß einen lautlosen Pfiff aus.

»Was wir auch tun, es ist verkehrt«, sagte ich. »Wir würden ein ziemliches Risiko eingehen, auf diesem Weg zum Haupttor zu reiten. Gleichzeitig erwarten sie von uns – falls wir überhaupt kämen – dass wir uns von hinten anschleichen, sie würden nie annehmen, dass wir geradewegs zum Haupteingang marschieren.«

»Der Hirsch ist am sichersten vor der Tür des Jägers«, zitierte Narayan lachend, »aber werden sie nicht vermuten, dass wir dieser Logik folgen?«

Cynara kicherte, brach aber ab, als sie sah, wie ich die Stirn runzelte. »Wenn wir so weitermachen«, erwiderte ich, »sitzen wir noch die ganze Nacht hier.«

Narayan griff nach oben, pflückte eine knisternde Rispe Eisbeeren ab und suchte eine kleine Schote aus. Er hielt sie zwischen Daumen und Zeigefinger. »Wir losen. Zwei Samenkörner, wir gehen hinten herum, drei, wir reiten direkt zum Haupttor. Einverstanden?« Ich nickte, und er zerkrümelte die trockene Hülse. Eins, zwei, drei Samenkörner rollten in meine ausgestreckte Hand.

»Schicksal«, meinte Narayan. »Alle bereit?«

Ich schüttelte die Samen in meiner Hand. »Einer für Evarin, einer für Idris und einer für Karamy«, sagte ich verächtlich und warf die kleinen schwarzen Kügelchen auf die Straße. »Genauso werden wir auch sie zersprengen.«

Wir hatten Glück. Die Zufahrt war verlassen, falls Wachen aufgestellt waren, dann auf den geheimen Wegen, die Adric kannte. Wir ritten geradewegs auf die Türme zu, und kurz vor Einbruch der Dämmerung hielten wir die Pferde an und pflockten sie eine halbe Meile vor der Regenbogen-Stadt an, um von dort aus vorsichtig zu Fuß weiterzugehen. Dieses Vorgehen gefiel mir nicht. »Ich gehe alleine 'rein«, erklärte ich. »Wenn mir irgendetwas zustößt, dürfen sie euch nicht auch noch verlieren.«

»Ich kann nicht hinein«, stimmte Narayan mir zu, »aber ich komme so weit mit, wie es geht. Falls etwas schief geht, bin ich da, um zu helfen.«

Innerlich verdammte ich die Loyalität dieses Mannes, aber ich konnte nichts dagegen einwenden, ohne die Illusion zu zerstören, die ich so mühsam erschaffen hatte. Ich nahm für einen Augenblick seine Hand. »Ich danke dir.«

Er erwiderte genauso abrupt: »Viel Glück.«

Cynara ging mit mir zusammen los, ich blieb stehen und sah sie stirnrunzelnd an.

»Ich komme mit«, erklärte sie hitzig und klammerte sich an meine Hand. »Ich komme mit, und ich lasse mich durch nichts davon abhalten!«

So viel Loyalität? Zu mir?

Trotzdem, vielleicht konnte sie ganz nützlich sein, und wenn auch nur später als Geisel. »Dann komm schon«, willigte ich ein, »aber halte deine fünf Sinne beisammen. Wahrscheinlich lassen sie alle Schlupflöcher bewachen, und ich weiß noch nicht mal, wie wir überhaupt reinkommen sollen.«

»Narayan«, fragte sie, »kannst du uns helfen?«

Das Gesicht des jungen Träumers lag im Schatten, da wir unter der hoch aufragenden Äußeren Mauer standen, trotzdem konnte ich erkennen, dass er sehr blass war. »Vielleicht«, murmelte er. Er schien die Worte nur mühsam formen zu können. »Ich versuche es. Brennan kam über diesen Weg«, er schüttelte den Kopf, als wäre ihm schwindlig.

»Vielleicht versuchst du es wirklich besser«, sagte ich vorsichtig. »Du weißt ja, ich verfüge nicht über Magie.«

Wir gingen langsam weiter, immer im Schatten der Mauer. Narayan ging stolpernd, mit unsicherem Schritt. Dann taumelte er, und rasch packte ich ihn mit der Hand.

»Du solltest besser zurückgehen«, sagte ich schnell. »Wir finden irgendwie schon einen Weg hinein.«

Ich brauchte Narayan stark und gesund, später! Anschließend, wenn er mir gedient hatte –

Cynara sah ihn an, in ihren Augen spiegelte sich Sorge. Er versuchte, beruhigend zu lächeln, erreichte aber lediglich, dass sich seine Gesichtsmuskeln verkrampften. »Ich weiß nicht – genau – warum das passiert«, antwortete er mühsam. »Ich weiß nicht, was gemacht wurde, aber je näher ich der Mauer komme, desto mehr fühle ich meine Kraft – schwinden –«

Ich stützte ihn und führte ihn von der Mauer weg. Nach außen hin war ich ganz Besorgnis, innerlich jubelte ich. Jetzt wusste ich, was ich wissen wollte. In meinem ganzen Leben hatte ich noch nie erlebt, dass ein befreiter Träumer durch Narabedla ging, ausgenommen der alte Rhys, der einer von uns war, und ich wusste nichts Genaues, hatte keine Ahnung gehabt, wie dicht Narayan an die verbotenen Gebiete herankommen konnte.

Vor langen Jahren, vor Generationen, als die Träumer zum ersten Mal die Macht der Regenbogen-Stadt bedrohten, hatte es ebenfalls einen Spielzeugmacher in Narabedla gegeben, und er hatte einen Weg gefunden, die Träumer zu binden. Man konnte sie nicht töten. Aber er hatte eine Gerätschaft gebaut und in der Regenbogen-Stadt errichtet – verschwommene, unklare Erinnerungen an Mike Kenscotts Welt flackerten durch mein Bewusstsein, mit Wörtern wie Schwingungen und Ultraschall –, die für jeden anderen harmlos war und nur auf die Träumer einwirkte, die an Narabedla gebunden waren. Ein ähnliches Gerät in der Festung der Träumer hielt sie in ihrem hypnotischen Schlaf. Jeder der mutierten Träumer wurde im Kindesalter von uns mit diesem Gerät in Kontakt gebracht, wodurch die Verbindung zu einem der Narabedlaner entstand, wie die Narayans zu mir.

Die Wirkung des Geräts konnte für kurze Zeitspannen durch einen Talisman aufgehoben werden. Der Narabedlaner behielt den Talisman (Magie? Schwingungen?), der seinen Träumer aufweckte, und zur Zeit der Opferung wurde der Träumer geweckt, mit der Lebensenergie gefüttert, die seine Kräfte um das Zehnfache verstärkte und diese Kräfte dann an denjenigen übertragen, der das Opfer darbrachte.

Magie?

Narayan fuhr sich mit der Hand über die Augen. »Hier ist es schon wieder besser«, sagte er. »Aber bis du meinen Talisman gefunden hast, kann ich nicht näher herangehen.«

Glaubte er wirklich, ich würde ihn ihm zurückgeben? Ja, ich nahm an, er war wirklich so dumm zu glauben, dass Adric, nachdem er ihm die Freiheit geschenkt hatte, ihn auch von der Regenbogen-Stadt und der Festung der Träumer befreien würde – um uns alle zu vernichten!

Cynara warf einen besorgten Blick zurück auf Narayan, während wir uns wieder dem Außenwall näherten. Doch mein Augenmerk war auf das Problem gerichtet, wie wir hineinkommen sollten. Ich blickte zu der Brüstung der Mauer hoch, die den großen Halbkreis der Türme umschloss, aus denen die Regenbogen-Stadt bestand, deren schillernder Glanz im Licht der untergehenden Sonne zu einem dunklen Glühen verblasste. Alte, vage Erinnerungen nagten an mir, es hatte einmal eine Zeit gegeben, in der diese Burg prallvoll mit Leben war, mit Männern und Frauen, angefüllt bis zum Rand mit fröhlichem Tun, Vergnügen und Glück – nicht das unheimliche, halb verlassene Schlupfloch eines halben Dutzend überlebender Kriegsherren meiner Kaste mit ihrem Zombie-Gefolge von lebenden Toten! Cynaras Hand fühlte sich warm in der meinen an, und ich empfand für einen Augenblick, dass sie beinahe meine Gedanken teilte.

»Es könnte so schön sein.«

»Es wird auch wieder schön«, versprach ich, »aber jetzt müssen wir erst einmal hinein.«

Hinter einer Biegung des Walles lag ein Tor, das nur wenigen bekannt und deshalb möglicherweise unbewacht war. Wir näherten uns vorsichtig, erwarteten jeden Moment einen Ruf zu hören oder von einem Bolzen aus der Dunkelheit getroffen zu werden, stahlen uns näher, im Schatten der Mauer.

Das Tor war offen.

Es schwang, einen Spalt offen, in leise quietschenden Angeln rhythmisch vor und zurück. Dahinter lag Finsternis. Ich schob Cynara mit einem Arm zurück und starrte angestrengt in die einladende Dunkelheit. »Vorsicht«, murmelte ich, »es könnte eine Falle sein.«

Und ich hatte keine Magie! Behutsam, auf Zehenspitzen, schlich ich mich näher.

Noch immer nichts außer dem leisen Quietschen. Ich winkte ihr und trat hindurch. Cynara folgte mir, ihre leichten Schritte klangen in der hallenden Stille laut.

Wir waren in der Regenbogen-Stadt.

Wir befanden uns auf einem säulenumstandenen, langgestreckten Platz, der mit Alabasterplatten gepflastert war. Vor uns erstreckte sich ein langer dunkler Weg, hoch über unseren Köpfen leuchtete ein Fleckchen der untergehenden Sonne. Am einen Ende des Platzes erhob sich eine gebogene, hohe, grünlich schimmernde Mauer, der Grüne Turm, und am anderen Ende reckte sich der Blaue Turm hoch über uns. Die Farben waren aufgrund der Dämmerung nur schwach zu erkennen, und unser Atem schien Echos hervorzurufen. Die Mauern des Platzes verhinderten den Blick auf die anderen Türme, und wie immer, wenn ich mich auf eine Einzelheit zu konzentrieren versuchte, wurde sie undeutlich.

Cynara zuckte zusammen und schrie auf, als ein Schatten über uns fiel. Ich wirbelte herum, mein Atem ging laut, meine Hand zog schon das Schwert aus der Scheide. Ich hörte das zarte Klingeln von Glöckchen. *Gamine!* Ich stieß Cynara hinter mich, doch der Falke machte keine Anstalten anzugreifen, er schwebte mit mechanisch glänzenden Augen über uns, seine Flügelspitzen bewegten sich nur leicht, um seine Position zu halten. Ich umklammerte nervös meinen Schwertgriff, es juckte mich zuzuschlagen, doch der Falke schwebte außer Reichweite, kühl beobachtend, und irgendwie erinnerte mich die Haltung der Flügel an die gelassene, boshafte Distanziertheit Gamines. Dennoch ließ ich meine Hand am Schwert und führte Cynara in den Gang.

Er war breit und hoch, wirkte jedoch nach der Weite des Platzes bedrückend, und ich ging wachsam weiter. Ab und zu warf ich einen Blick über die Schulter zurück, um zu sehen, ob der Falke uns folgte, aber das tat er nicht. Ich sah ihn herabstoßen und wieder davonfliegen, hörte das hohe Kreischen und das Klingen der Glöckchen, als er außer Sicht verschwand.

Ich ging jetzt rasch weiter und fand meinen Weg durch das Labyrinth zum Roten Turm. Cynara eilte neben mir her. Eilig überquerten wir Plätze mit Wasserbecken und Gärten mit Springbrunnen, hielten uns im Schatten der Gebäude, aus Angst, gesehen zu werden. Ich wusste jetzt, wo wir waren. Noch ein Platz, ein weiterer Gang ...

Endlich erhoben sich vor uns die Mauern des Roten Turmes, schimmernd wie glühende Kohle. Ein schwaches, fahlgelbes Licht brannte auf dem Platz vor uns, ich atmete wieder freier. Endlich war ich auf vertrautem Gelände.

Cynara schrie auf, ich fuhr herum, das Schwert bereit. Hinter uns marschierten in einer lückenlosen Reihe von einer Seite des Platzes bis zur anderen etwa ein Dutzend von Karamys Wächtern in Rot und Gold langsam auf uns zu, das fahle Licht funkelte auf den Stahlspitzen der drei Meter langen Spieße, die wie eine Speerwand auf meine Brust zielten. In dem Zwielicht wirkten ihre Gesichter teilnahmslos, ausdruckslos, sie wirkten nicht bedrohlich, schienen weder Kampflust noch Erregung zu zeigen. Sie rückten einfach vor, einen mechanischen Schritt nach dem anderen, mit vorgestreckten Spießen. Cynara wich zurück, ich machte einen Schritt rückwärts und ließ meine Augen die Reihe entlang schweifen. Hoffnungslos. In dieser soliden Phalanx zeigte sich keine Lücke, erbarmungslos rückte sie Meter um Meter vor.

»Rasch«, rief ich, »Cynara! In den Turm!« Ich packte mein Schwert – nicht, dass ich einen von ihnen gegen diese langen Spieße damit hätte erreichen können! Mein Blick schoss von links nach rechts, um eine Fluchtmöglichkeit zu entdecken. Die Stahlspitzen kamen näher, näher …

Dann sprang einer der Zombie-Wächter in die Luft, noch immer grässlich lautlos, griff sich an die Brust, brach zusammen und lag reglos, sein Spieß fiel klirrend zu Boden. Ich warf mein nutzloses Schwert beiseite und schnappte mir den Spieß des Gestürzten. Cynara stand zitternd hinter mir, Narayans langen schwarzen Elektroschocker in den kleinen Händen. Sie versuchte, die Waffe mit beiden Händen ruhig zu halten, und drehte sie heftig, um einen weiteren Schuss abzugeben.

Die Zombie-Wächter waren weder stehengeblieben,

noch zögerten sie, sondern rückten weiter mechanisch einen Schritt um den anderen vor und schlossen die Lücke, die durch ihren toten Kameraden entstanden war. Ich packte den Spieß, schwang ihn und schlug damit zwei der vorrückenden Spieße zur Seite, so dass die Wachen das Gleichgewicht verloren und zurückwichen. Ich stieß einem Mann den Spieß in die Brust, er wand sich grässlich und riss mir dabei halb die Waffe aus den Händen, alles in dieser schrecklichen, schweigsamen Stille, dann starb er ohne einen Laut. Ich zog den Spieß heraus, und sprang die Stufen zum Roten Turm hinauf. Ein weiterer weißer Blitz zuckte an mir vorbei, und noch ein Wächter machte einen Satz, umklammerte lautlos seine Brust und fiel leblos zu Boden.

Immer noch geisterhaft schweigend rannten die übrigen Pikenträger durcheinander. Ich schnappte mir den Elektroschocker von Cynara, tippte rasch mit geübten Fingern auf den Tasten und hielt ihn in die Menge. Die Wächter, die inzwischen die Hälfte der ihren verloren hatten, rannten ziellos hin und her, stießen ihre Piken sinnlos in die Luft, wie auf ein geheimes Signal hin, dann machten sie kehrt und flohen schweigend, bis der Klang ihrer gestiefelten Schritte auf dem Pflaster erstarb.

Ich wischte mir über die Stirn und sah mich nach Cynara um, die blass und zitternd hinter mir stand. Ich hatte nicht gewusst, dass sie die Waffe hatte oder dass sie damit umgehen konnte!

»Sie sind weg«, sagte sie, und ich hörte, wie viel Mühe sie hatte, ihre Stimme unter Kontrolle zu halten, »aber sie kommen vielleicht zurück. Ich halte hier Wache, während du in den Turm gehst.«

Ich nickte keuchend und betrat den Turm. Wahrscheinlich blieb uns nicht viel Zeit. Wenn Karamy diese Falle für mich aufgestellt hatte, gab es vielleicht noch andere. Langsam ging ich die Treppe hinauf, bog vorsichtig um jede Ecke, doch der Turm war still und verlassen.

Rasch durchsuchte ich einen Raum nach dem anderen, aber ohne Erfolg. Beim Auslöschen meiner Erinnerungen hatte Karamy auch darauf geachtet, mir alles zu nehmen, was mir Macht über einen der Träumer verleihen konnte, selbst über den alten Rhys. Und das Ding, das Narayan wieder unter meinen Willen zwingen konnte, ich konnte es nirgends finden.

Ich stieg immer weitere Treppen hinauf, bis ich auf der höchsten Spitze des Turmes stand. Adrics Sternenzimmer, in das ich – war das nicht einmal drei Tage her? – katapultiert worden war. Ich stand an dem hohen Fenster und dachte verschwommen an ein jüngeres Selbst, einen Adric, der hier die Sterne beobachtet hatte, und nicht allein. Ich suchte in den Jahren, tauchte tief in das Meer plötzlicher Erinnerung und kam mit dem Wissen um –

»Kenscott!«, sagte eine Stimme hinter mir, und als ich herumfuhr, stand ich vor einem Mann, den ich noch nie gesehen hatte.

Er hatte das primitive Aussehen eines Menschen aus der langvergessenen Vergangenheit. Ich hatte solche Wesen schon gesehen, als ich im Nirgendwo der Zeit-Ellipse schwamm. Er war hochgewachsen, glattrasiert und sah durchtrainiert aus, seine Augen und Haare hatten eine lächerliche Farbe, nämlich hellbraun. Er sah zornig aus, wenn man bei ihm überhaupt von einem Gesichtsausdruck sprechen konnte.

Dennoch sprach er deutlich und bewusst ruhig.

»Nun, Michael Kenscott«, begann er, »du hast meinen Platz sehr schön übernommen. Ich nehme an, ich sollte dir danken. Du hast Karamy dazu gebracht, mir die Freiheit zu geben, und Narayan dazu, mir sein Vertrauen zu schenken, und mit dem Rest werde ich wohl selbst fertig!« Er lachte. »Genaugenommen bist du so sehr *ich,* dass du nicht mehr zu wissen scheinst, wer du bist! Was für schwächliche Kreaturen ihr Leute doch seid! Aber ich *kann* dich in deinen eigenen Körper zurückzwingen, so wie die Dinge liegen.«

Der Mann war ja verrückt! Jedenfalls hatte er Adric in seinem eigenen Turm beleidigt, und bei Zandrus Wimpern, dafür würde er büßen! Ich warf mich mit einem Wutschrei auf ihn und grub meine Finger in seine Kehle.

Und dann schrie ich in dem erstickenden Griff langer, schlanker Finger, die mich packten, meine Schultern umklammerten, sich in meinen Hals gruben.

Ein qualvoller Ruck ging durch meinen Körper, schmerzhaft und irgendwie vertraut.

Ich stand vor –

Adric!

Kapitel 10

Natürlich begriff ich, obwohl ich benommen und schwankend darum kämpfte, den Todesgriff zu lockern, in dem ich meine eigene Kehle hielt. Ich war wieder zurück, ich war ich, ich war wieder Mike Kenscott.

Adric löste aus freiem Willen seine Hände und trat schwer atmend zurück. »Danke«, sagte er mit dieser heiseren Stimme, die so lange die meine gewesen war. »Ich hätte es selbst kaum besser machen können. Nein, ich will dich nicht erwürgen.«

Mit einer raschen Bewegung nahm er etwas aus einer kleinen Nische in der Wand – zielte, drehte – und feuerte direkt auf mich. Ein weißer Blitz schoss auf mich zu.

Zu meiner Überraschung wärmte mich nur eine angenehme, prickelnde Hitze. Ich besaß noch genug Reaktionsvermögen, um mir mit den Händen an die Brust zu fassen und zu Boden zu sinken. Adric suchte in seinen Taschen herum und zog halb sein Schwert, als wolle er sich vergewissern, dass es wirklich da war, dann zog er den kleinen Spiegel heraus, den ich von Evarin bekommen hatte und der noch immer in die schützende Seide gehüllt war. Ich lugte atemlos durch einen Spalt meiner Lider. Wenn er doch nur hineinschauen würde.

Statt dessen warf er ihn mir mit einem angeekelten Schaudern zu. Es kostete mich ungeheure Mühe, vollkommen still zu liegen und nicht zusammenzuzucken, um dem Wurf auszuweichen. Das Ding traf mich an der Stirn, ich fühlte den Schnitt und das Blut, das mir übers Gesicht lief. Ich hörte Adrics feste Schritte, die sich entfernten, das Krachen einer zufallenden Tür. Er war fort.

Ich bewegte mich. Bis heute weiß ich nicht genau, wie ich dem Tod durch Adrics Waffe entging, aber ich glaube, es lag daran, dass ich in meinem eigenen Körper war – jedoch in *seiner* Welt. Nachdem ich Adric zum ersten Mal berührt hatte, hatte sich meine Reaktion auf irdische Elektrizität völlig verändert. In dieser Welt war ich nicht immun gegenüber ihren Kräften, aber ich konnte sie ohne Schaden absorbieren. Ich wischte mir das Blut von der Stirn und blickte verblüfft auf meine eigenen Hände.

Cynara! Cynara, die am Fuße des Roten Turms wartete, auf *mich* wartete, in Adrics Körper! Ich vergaß, dass ich – von Adrics Erinnerungen getrieben – einen Plan gegen Narayan und Cynara geschmiedet hatte, erinnerte mich voller Angst an das Vertrauen in Cynaras Augen. *Was würde Adric mit ihr und Narayan machen?*

Ich schnappte den Spiegel und stopfte ihn in meine Tasche. Trotz der angstvollen Hast, die mich drängte, lief ich zu dem Schrank, an den ich mich von meinem ersten Tag her erinnerte, und wählte rasch aus den Reihen der Waffen ein kurzes, hässliches Messer. Um das zu benutzen, brauchte ich keine Nachhilfe im Schwertfechten!

Gott sei Dank kannte ich mich hier aus, ich konnte mich an alles erinnern, das ich getan hatte, als ich Adric war! Aber ich konnte mich auch an das ›erinnern‹, was er getan hatte, als er ich war! (Eine unklare, erschreckende Erinnerung an eine Szene mit Andy ließ mir fast das Herz stillstehen, doch dafür hatte ich jetzt keine Zeit.) Das bedeutete, dass Adric sich auch an alles »erinnern« konnte, was ich mit Narayan getan und geplant hatte!

Dieses verrückte Durcheinander von Identitäten! Würde ich mir je wieder sicher sein, wer von uns wer war?

Ich schoss aus dem Turmzimmer und rannte mit klopfendem Herzen die endlosen Treppen hinunter, immer drei Stufen auf einmal nehmend. Die gefallenen Zombie-Wächter lagen noch immer tot im Hof, aber von Cynara oder Adric war keine Spur zu sehen.

»Cynara!«, rief ich ihren Namen.

Ein unheimliches Kreischen antwortete mir, und gefährliche Flügel schlugen plötzlich um meinen Kopf. Ich taumelte, fiel beinahe rücklings hin, als einer der mörderischen Falken, der blaue, mich attackierte. Ich wich an die Wand zurück, doch der

Vogel stürzte sich wieder auf mich. Ich zog mein Messer, aber er verharrte über mir. Plötzlich stürzte er sich erneut auf mich, ich schob mich an der Wand lang, das Messer erhoben. Wieder schwang er sich auf und blieb in der Luft stehen, um mich mit seinen lebendigen Augen zu beobachten. Der verdammte Vogel *trieb* mich zum Blauen Turm!

Und Gamine war nicht mit den anderen als Falke geflogen! Vorsichtig bewegte ich mich auf die blauen Turmwände zu, der Falke folgte mir in sicherem Abstand, außer Reichweite meines Messers. Versuchsweise machte ich einen Schritt zurück in Richtung des Roten Turmes, und sofort schoss der Vogel wieder auf mich zu, die starken Flügel schlugen, der scharfe Schnabel stieß auf mich herab.

Cynara! Was war mit ihr geschehen? Ich versuchte, an dem Vogel vorbeizukommen, doch die Flügel hüllten mich in Finsternis und schlugen gegen mein Gesicht. Außer Atem ließ ich mich weiter und weiter zurück treiben, zu den blauen Mauern von Gamines Turm, wich langsam die Treppe hoch, Stufe um Stufe.

Der Vogel schoss an mir vorbei, blieb im Treppenaufgang schweben. Blindlings stieß ich mit meinem Messer zu und wurde mit einem Spritzer dünnen, ätzenden Blutes belohnt, dennoch stieß der Vogel unbeirrt mit dem Schnabel zu und trieb mich immer höher hinauf.

»Na schön, verdammt noch mal«, knirschte ich, duckte mich unter den schlagenden Flügeln und rannte die Treppen zur Spitze des Blauen Turmes hinauf. Hinter mir schlug der Falke noch einmal mit den Flügeln, dann wurde er auf einmal schlaff und rollte die Stufen hinunter, um weit unten mit einem dumpfen Aufprall aufzuschlagen, leblos.

Ich blieb schwer atmend stehen. Was jetzt? Gamine

war kein Freund von Adric, soviel wusste ich. Meine Erinnerungen Adrics halfen mir hier nicht, Adric hatte eine leere Stelle in seinem Gedächtnis, die Gamine verschwommen, unsichtbar machte, eine Stelle, an der Sehen und Erinnerung aufhörte. Hatte er Gamine jemals gesehen?

Konnte Gamine mir gegen Adric helfen?

Was tat Adric jetzt? Ich hatte ihm gute Dienste geleistet, Narayans Vertrauen gewonnen, und ihn dann wieder in seinem eigenen Körper losgelassen, um Narayan erneut zu verraten und vernichten – die einzige Hoffnung gegen die Regenbogen-Stadt, ausgeliefert in die Hände des Mannes, der ihn zuerst befreit und sich dann gegen ihn gewandt hatte!

Und trotzdem konnte ich Adric nicht völlig hassen. Ich hatte drei Tage und Nächte in Adrics Körper und Hirn gelebt, ich kannte seine Stärken, seine Schwächen, seine Träume und seine Qualen, seine Wünsche und Ängste. Ich konnte ihn nicht völlig verdammen.

Er hatte einmal etwas Gutes getan. Er hatte den Träumer befreit, er hatte Narayans Traum geteilt, Narabedla von der Sklaverei der Regenbogen-Stadt zu befreien, aber warum hatte er sich verändert? Wegen Karamys Teufeleien? Man konnte einen Mann kaum dafür tadeln, dass er Karamys Zauber erlag, der Goldenen Hexe von Narabedla.

Ein Schatten fiel über mich, in Gewand und Schleiern stand Gamine über mir, in der spöttischen Stimme des Zaubersängers lag kalter Hohn. »Wie gefällt dir dieser Körper, Adric? Jetzt bist du wohl am Ende deiner Weisheit! Der Fremde arbeitet mit Narayan in deinem Körper, Adric!« Das kalte, gleichgültige Lachen ließ das Blut in meinen Adern erstarren. »Pass auf und sieh, was *du* tun wirst!«

»Ich bin nicht Adric«, rief ich. »Adric ist wieder in seinem eigenen Körper, er ist zurückgegangen, er wird Narayan und Cynara verraten.«

»Du möchtest wohl, dass ich dir das glaube«, murmelte Gamine. In der klaren, geschlechtslosen Stimme lag Verachtung.

Ich ballte die Fäuste und zitterte vor Wut, weil ich aufgehalten wurde. Cynara war Adric ausgeliefert, ebenso Narayan. Plötzlich fiel mir der einzige Mensch ein, der es sehen würde. Rhys!

»Lass mich zu Rhys«, flehte ich. »Er wird wissen, dass ich die Wahrheit sage!« *Woher wusste ich das?* Gamine lachte, und wütend über das spöttische Lachen, schrie ich: »Verdammt noch mal, lass mich vorbei«, und versuchte Gamine mit meinen Armen aus dem Weg zu stoßen.

Was immer Gamine auch war – Frau, Mann, Kobold, Hexe oder Roboter – es war nicht menschlich. Stahldrähte schienen sich zwischen meinen Händen zu winden. Ich kämpfte hilflos mit diesem mörderischen Griff, dann stieß ich meine Hände, einem Impuls folgend, in die verschwommene Unsichtbarkeit, wo Gamines Gesicht hätte sein sollen.

Gamine schrie auf, es war ein dünner Schrei voller Entsetzen und Verzweiflung. Plötzlich wusste ich, wo ich in jenen zwei Wochen gewesen war, in denen Adric leblos in meinem Körper im Krankenhaus lag, an meiner Stelle, gebrochen und verletzt durch die fremde Kraft. Mein Instinkt, dem ich gelernt hatte zu trauen, warnte mich, mich sofort mit aller Kraft aus Gamines entspanntem Griff zu lösen. Ich stieß mit der Schulter zu und rannte, was ich konnte.

Auf halbem Weg, die letzte Treppe hinauf, hörte ich den Zaubersänger hinter mir. Ich beschleunigte meine Schritte und sprintete zu der schweren Tür am Kopf der Treppe. Ich konnte Rhys Gegenwart hinter dieser Tür *fühlen*! Ich warf mich mit meinem ganzen Gewicht gegen die Tür und drehte wie wild am Knauf.

Die Tür war verschlossen.

Hinter mir hörte ich die leisen, seidenbeschuhten Füße Gamines, und hoffnungslos stellte ich mich mit dem Rücken gegen die Tür, die Hand an Adrics Messer. Wenn es keinen anderen Weg gab –

Plötzlich ging die Tür auf, und ich flog rücklings in den Raum. »Na, Michael Kenscott«, sagte die alte, müde Stimme von Rhys, »du bist ein Dummkopf, aber Gamine ist auch nicht besser. Ich wusste, dass du nicht stark genug warst, um Adric hinauszuwerfen, aber ich musste es wenigstens versuchen. Ja, ich wusste, dass du kommen würdest. Ich weiß auch, wo Adric hingegangen ist. Ich weiß, wo Narayan ist und was sie vorhaben.«

Ich erhob mich wütend vom Fußboden. Die ruhige Stimme des alten Träumers, sein ernstes, faltiges Gesicht unter der spitzen Kapuze, all das machte mich plötzlich wütend. Ich ballte die Fäuste und baute mich vor ihm auf. »Du weißt das alles? Gibt es auch etwas, das du nicht weißt?«

Gamine war hinter mir ins Zimmer gekommen, der alte Träumer sah Gamine über meine Schulter hinweg an und sagte müde: »Ich weiß nicht, ob du sie jetzt aufhalten kannst. Ich habe es zu weit kommen lassen, weil ich Frieden wollte, weil ich noch immer hoffte –« er breitete die Hände in einer seltsamen, hoffnungslosen Geste aus. Der verträumte Ausdruck der sehr Alten oder sehr Jungen lag auf seinem Gesicht. »Ich hoffte – ist egal. Es ist Zeit, Gamine. Du musst mit Narayan zur Festung der Träumer gehen.«

»Nein«, flüsterte Gamine abwehrend. »Narayan kann nicht dorthin gehen! Sein Talisman wurde zerstört! Als Adric ihn befreite, ihn aber immer noch fürchtete, behielt er den Talisman, und Karamy hat ihn ihm abgenommen und zerstört!«

Also das war es, was Adric gesucht hatte, ohne dass ich wusste, warum. Wenn ich den Talisman gefunden und in Narayans Hände gelegt hätte, dann wäre der Träumer in der Tat frei gewesen, frei von der Maschine – meine Ausbildung ließ mich vermuten, dass es sich um elektrische Wellen handelte, die irgendwie auf das Hirn der Träumer einwirkten –, die ihn wieder in seinen Trance-Schlaf versetzen würde, falls er in ihr Spannungsfeld käme. Mit seinem Talisman, der die elektrischen Schwingungen neutralisierte, konnte Narayan gehen, wohin er wollte, sogar in die Regenbogen-Stadt oder die Festung der Träumer.

Doch der Talisman war vernichtet worden. Adric, dessen Gedächtnis durch Karamys Magie getrübt war, wusste das nicht. Ein Teil von Adrics Macht über Narayan existierte nicht mehr. Zumindest konnte Adric nicht den Talisman nehmen und behalten, wie er es vorgehabt hatte, aber für Narayan war die Freiheit und der volle Gebrauch seiner Kräfte für immer versperrt.

Der Talisman – Magie? Ein besonderes Schwingungsfeld, das die Kräfte des Geistes erfasste und konzentrierte? Ich hatte keine Ahnung. Vielleicht war ›Magie‹ nur ein anderes Wort für eine Kraft, die ich nicht verstand. Doch der Talisman war das Band zwischen dem schlafenden Träumer und dem an ihn gebundenen Narabedlaner, durch den der Geist des Träumers von der Energie des Opfers zehrte und diese Macht an seinen Herrn übergab.

Der alte Rhys hatte den Kopf in die Hände gelegt. Jetzt hob er langsam die Augen.

»Wir haben immer noch meinen. Gib ihn ihm, Gamine.«

Als Gamine entsetzt aufschrie, wurde Rhys Stimme plötzlich scharf. »Gib ihn ihm! Ich habe noch immer die Macht, das zu … zu erzwingen, selbst von dir! Was spielt es schon für eine Rolle, was mit mir geschieht? Ich bin alt, Gamine – alt, und jetzt ist Narayans Zeit gekommen, und deine!«

Gamine schluchzte heiser.

Aus der seidenen Umhüllung zog der Zaubersänger einen kleinen juwelenbesetzten Gegenstand. Wie Evarins Spiegel war er in isolierende Seide gewickelt. Gamine löste die Seide.

Der Gegenstand war geformt wie ein kleines Schwert, nicht wie ein Dolch, sondern ein vollkommen proportioniertes Schwert, ein Spielzeug. Der Griff zeigte ein kompliziertes Muster aus blauen Edelsteinen. Es war etwa fünfundzwanzig Zentimeter lang. Kurz flackerte eine Erinnerung auf, die nicht die meine war.

Sie wurden immer in Form einer Waffe gemacht, diese Talismane, Symbole der mächtigsten Waffe, die die Regenbogen-Stadt kannte: die Macht über die Träumer.

Das war Evarins Werk, dieses Spielzeug, Adric hatte gesehen, wie er es herstellte, als Gamine an den alten Träumer gebunden wurde – so alt, dass er ruhig aus der Festung der Träumer befreit werden konnte, durch Blutsbande an Narabedla geschmiedet. Gamine war die Macht gleichgültig gewesen. Gamine hatte nur eines gewollt: zu Füßen des alten Rhys zu sitzen und von seiner Weisheit zu lernen. Und das hatte Rhys die Freiheit der Regenbogen-Stadt verschafft.

»Michael muss es aus deinen Händen entgegennehmen.« Rhys' Stimme klang wieder sanfter. »Solange du es hältst, bin ich noch immer an dich gebunden, Gamine. Die Macht muss als Willensakt übergeben werden. Dann, wenn er dies in seinen Händen hält, wird Narayan frei sein zu gehen, wohin er will, selbst in die Festung der Träumer. Gib es Michael, Gamine.« Rhys setzte sich erschöpft nieder, als ob die Anstrengung des Redens ihn unerträglich ermüdet hätte. Ich stand daneben und hörte ungeduldig zu, doch meine Augen ruhten auf dem kleinen Spielzeug in Gamines Händen. Es glitzerte blau. Es schimmerte. Es pulsierte in einem eigenartigen Rhythmus, beinahe hypnotisch. Rhys beobachtete es ebenfalls, sein müdes Gesicht war angespannt, fast eifrig.

»Gamine. Falls Adric dich gesehen hätte, sich erinnert hätte ... «

»Ich will, dass er sich erinnert!« Gamines leises Klagen klang in dem stillen Zimmer unheimlich, und Rhys seufzte.

»Ich weiß nicht, wo das alles enden soll«, sagte er schließlich. »Ich bin Narabedlaner. Ich kann mein eigenes Volk nicht vernichten. Gamine ist nicht gebunden, ebenso wenig wie du, Michael Kenscott. Ich nehme an, ich bin ein Verräter, aber als ich geboren wurde, war Narabedla eine schöne Stadt und hatte noch nicht so viele Verbrechen auf sich geladen. Ich habe lange genug gelebt, um zu sehen, wie die Macht zu etwas ungeheuer Bösem anwuchs, und ich habe es wachsen lassen. Jetzt muss es ein Ende haben. Geh und warne Narayan.«

Gamine stand dicht neben mir, angespannt, misstrauisch, den verhüllten Blick auf Rhys geheftet. Der alte Mann sagte mich brechender Stimme: »Gib es ihm, Gamine, und lass mich ruhen. Geh weg von mir, Michael. Ich habe das alles hinter mir. Ich will nicht wieder gebunden werden.«

Ich verstand nicht und blieb töricht stehen. Gamine stieß mich ärgerlich an. »Hier rüber, du Dummkopf!«

Ich schwankte, fand mein Gleichgewicht wieder und stellte mich dorthin, wo Gamine hinwies, etwa vier Meter von dem Sofa entfernt, auf dem sich der alte Rhys in die Kissen zurücklehnte. Der alte Mann legte eine Hand auf den Griff den Spielzeugschwertes, das Gamine in der Hand hielt.

»Meine arme Stadt!«, flüsterte er. »Ach! Die Kinder des Regenbogens! Doch einst waren ihre Türme schön unter der Doppelsonne.«

Er nahm seine Hand weg und legte sich in die Kissen. Abrupt schob mir Gamine das kleine Schwert in die Hand. Ich fühlte plötzlich einen stechenden Schmerz, wie von elektrischem Strom, der meinen ganzen Körper zucken ließ, Gamines verhüllte Gestalt bebte im gleichen Rhythmus. Das Spielzeug in meiner Hand war plötzlich schwer, schwer wie Blei, und das zarte Funkeln im Griff war getrübt, schwach, tot. Rhys' spitze Kapuze rutschte tiefer und lag reglos über seinem Gesicht.

Gamine packte mich grob am Arm, und der Stahl dieser unmenschlichen Finger drang mir bis in die Knochen, während ich praktisch aus dem Zimmer gezerrt wurde. Im wispernden Singsang des Zaubersängers klang das Echo eines Schluchzers.

Lebewohl Rhys!

Dann rannten wir beide Seite an Seite die Treppen hinunter. Zusammen flohen wir durch die unterirdischen Gänge der Regenbogen-Stadt. Wir kamen auf dem säulenumstandenen Platz heraus, auf dem sich zwei Nächte zuvor die Kinder des Regenbogens versammelt hatten, um zur Festung der Träumer zu reiten.

Und auf der anderen Seite des Platzes sah ich die Gestalt eines Mannes. Seine braune Tunika war zerrissen, das blasse Gesicht mit Blut oder Dreck verschmiert.

Er bewegte sich langsam, mühsam, als ob er durch Treibsand ginge, fiel auf die Knie, ging zu Boden, richtete sich mühevoll wieder auf, um weiterzukriechen. Er stützte sich auf die Hände und starrte mich an, nahezu ohne zu begreifen, dann tastete er nach – nach einer Waffe, einem Zauber?

Es war keine Zeit für Erklärungen. Ich warf mich in einem Angriff gegen seine Knie, auf den kein Football-Trainer stolz gewesen wäre, aber es erfüllte seinen Zweck. Narayan ging zu Boden, der Länge nach auf den Pflastersteinen und wehrte sich mit dem letzten Quentchen seiner Kraft.

Gütiger Gott! Welche schiere Willenskraft, welche eiserne Stärke hatte ihn dazu gebracht, sich so weit in die Regenbogen-Stadt hineinzuwagen, in den Bereich der schrecklichen Schwingungen, die einen Träumer verzauberten? Seine grauen Augen, verschleiert vor Schmerzen, sahen mich voll Misstrauen und hilflosem Hass an, und er zwang sich langsam, schmerzhaft auf die Knie.

»Narayan, hör mir zu«, drängte ich und packte ihn bei den Schultern. Ich fühlte, wie er sich gegen mich spannte. »Ich bin nicht einer von Karamys Männern!«

»Cynara, er hat Cynara«, murmelte der Träumer benommen. »Cynara – wer bei Zandrus Hölle bist du?« Er war fast bewusstlos und hielt sich nur noch mit eisernem Willen wach.

»Michael Kenscott.« Plötzlich wusste ich, was das Beste war, um meine gute Absicht zu beweisen. Ich zog das Spielzeug hervor, das Gamine mir in die Hand gedrückt hatte. »Ich habe Rhys gesehen. Er schickt dir das.«

Die grauen Augen waren verschleiert, er war kaum

mehr bei Bewusstsein, doch er streckte die Hand aus, um das Ding von mir entgegenzunehmen.

In seiner Hand wurde es lebendig. Das kleine juwelenbesetzte Ding flammte strahlend auf, funkelte in allen Farben des Regenbogens: blau, golden, rot, leuchtend orange, purpur. Narayans blasses, verzerrtes Gesicht glättete sich, die verschleierten Augen wurden klar, und er stand auf, aufrecht und stark, kraftvoll, holte tief Luft vor Erleichterung und Erlösung und atmete langsam wieder aus.

»In meinen eigenen Händen«, murmelte er, fast ungläubig. »Frei! Ich bin frei!« Kopfschüttelnd versuchte er, aus seiner halb-ekstatischen Betrachtung freizukommen, fuhr zusammen und steckte den Talisman in sein Hemd.

»Michael Kenscott«, sagte er und sah mich scharf an. »Ja, ich kann es spüren. Ich wusste, als Adric kam, dass er sich – verändert hatte.«

»Er hat Cynara?«, wollte ich wissen.

Narayan nickte finster. Er sprach mühsam beherrscht.

»Ja. Er hat mich überrascht, niedergeschlagen. Ich kämpfte, doch er zog mich in den Hof, wo ich machtlos war. Ich fühlte, wie meine Kraft mich verließ. Cynara hörte mich aufschreien und kam herbei, dann schleppte er sie davon.«

Er sah an mir vorbei. Die verhüllte Kapuzengestalt Gamines kam lautlos herbei und blieb einen oder zwei Schritte vor Narayan stehen. Meine Nerven spannten sich an, aber Narayans graue Augen wurden nur groß und ernst.

Dann:

»Gamine«, sagte er ganz leise. »Endlich. Angesicht zu Angesicht. Gamine.«

»Rhys ist tot. Doch ich bin hier, Narayan, und die

Zeit ist gekommen.« Gamines leise, zarte Stimme war kaum hörbar.

»Die Zeit ist gekommen.«

Kapitel 11

Ich mischte mich unhöflich ein und schob mich zwischen den Träumer und die verhüllte Gestalt. »Ihr könnt ja gern hier stehenbleiben«, mahnte ich sie, »aber Adric hat Cynara! Was hat er mit ihr vor?« Cynara, das einzig Wirkliche, Menschliche in dieser Welt, der einzige Mensch, der mir vertraut hatte, der sogar Adric bedauert und vertraut hatte! Und Adric hatte mit ihrem Vertrauen gespielt und sie verschleppt, wer weiß wohin!

Narayan sagte gepresst: »Er wird sie zur Festung der Träumer bringen. Das ist genau die Art von Rache, die er sich ausdenkt –« seine Stimme brach.

»Wie viel Vorsprung hat er? Narayan?«

»Ich weiß nicht. Ich bin nicht sicher, wie lange ich bewusstlos war. Egal wie scharf wir reiten, wir kommen zu spät.« Er ballte die Fäuste in hilfloser Wut und Qual. »Wir bräuchten Flügel, um ihn aufzuhalten!«

Gamine schrie leise auf: »Flügel! Aber wir haben doch Flügel! Die Falken, Narayan! Evarin hat die Vögel hiergelassen!«

Narayans Gesicht verzerrte sich, doch er schüttelte entschlossen den Kopf. »Nein, Gamine. Das kann ich nicht. Wenn ich Cynara rette, verliere ich die einzige Chance, die Macht von Narabedla zu zerstören. Dieses Risiko kann ich nicht eingehen. Sie –« Er schluckte. »Sie würde das nicht wollen, wir alle haben zuviel riskiert, als dass ein Leben uns im Weg stehen dürfte.« Er drehte sich grimmig um. »Kommt! Wir reiten zur Festung der Träumer.«

Doch Gamine packte mich mit dieser merkwürdigen Kraft. »Du, Michael«, sagte sie. »Du kannst Adric aufhalten oder verlangsamen! Du kannst auf den Flügeln eines Falken reisen!«

»Was?«

Und abrupt überfiel mich die Erinnerung wieder. Die unheimliche Halb-Erinnerung, die ich für einen Traum gehalten hatte. Adric, halb benommen, ohne zu wissen, ob er nun er selbst war oder jemand anderer, zurück von der Zeit-Ellipse, Mike Kenscott nicht mehr als ein betäubtes Atom in seinem Hirn. Adric, dessen Gedächtnis verloren war, aber der instinktiv wusste, dass er Narayan warnen musste und dem keine andere Möglichkeit einfiel. Er hatte sich in den Raum der Falken gestohlen, er hatte den Vogel übernommen, er war geflogen –

Narayan blinzelte mich mit großen Augen an. »Wir haben einen Falken gesehen«, sagte er leise. »Wir hielten ihn für einen von Evarins Spionen, und Raif hat auf ihn geschossen. Also hat Adric wirklich versucht, mich einmal zu warnen, ehe Karamy ihn wieder unter Kontrolle bekam.« Er sah traurig aus, unglücklich, aber er wandte sich mir zu. »Michael, Gamine hat Recht. Wir werden in der Festung der Träumer gebraucht, Gamine und ich, doch du – du kannst Adric einholen oder wenigstens verlangsamen. Geh als Falke!«

Ich schien bis ins Mark zu gefrieren. Das war verrückt, unmöglich, ein unheimlicher Traum! Und ich war gerade endlich wieder in meinen eigenen Körper zurückgelangt, nach all dieser Zeit, und ich würde ihn verdammt noch mal nicht wieder verlassen! Ich versuchte, Narayan das alles zu erklären, doch er wiederholte nur mit verstörtem Gesicht: »Es ist Cynaras einzige Chance. Michael, ich habe nicht das Recht, das von dir zu verlangen, du schuldest uns nichts. Aber für Cynara –«

Für Cynara. Cynara, die mir vertraut hatte, die gewusst hatte, dass ich nicht Adric war, die mich in Narayans Lager vielleicht sogar gerettet hatte. Der Gedanke ließ mich frieren, aber ich riss mich zusammen und antwortete heiser: »Also schön. Ich versuch's. Was – was muss ich tun?«

Narayan packte meine Hand, dass es wehtat. »Gut«, murmelte er. »Zeig es ihm, Gamine!«

»Rasch! Hier entlang!«

Ich folgte der verhüllten Gestalt einen Gang hinunter, der mir unheimlich vertraut, wenn auch wie im Traum verfremdet war. Eine seltsame, fast heitere Angst ergriff jeden Muskel meines Körpers mit prickelnder Kraft, als sich eine dunkle Tür öffnete und ich die schlaffen Gestalten aus meinem Traum sah.

Langsam, zögernd, mit jeder Bewegung nach dem richtigen Gefühl tastend (damit es der vagen, ungreifbaren Erinnerung an einen Traum glich?), griff ich nach einer der schlaffen Federformen. Es war eine plustrige rote Masse, die sich seltsam warm anfühlte, nicht so kühl neutral wie Stoff oder Federn. Gamine stand daneben, ohne sich einzumischen. Doch als ich das Ding in den Händen hielt, wandte ich mich an die rätselhafte Gestalt, plötzlich nicht mehr sicher.

»Was muss ich jetzt tun? Adric hatte einen Weg, seinen Geist zu übertragen, sein Bewusstsein.« Ich starrte auf das Federding hinunter, das wie ein schlaffes Kissen in meinen Händen lag. »Ich nicht.«

Gamine sagte sehr leise: »Zieh es über deinen Kopf. Wie einen Umhang.«

Ich begann, das Ding auseinander zu falten, hielt aber zitternd inne, als etwas Rasiermesserscharfes eine dünne Blutspur auf meinen Händen hinterließ. Krallen! Ich betrachtete die wunderbar geformten, stählernen Krallen, doch Gamine stieß einen ungeduldigen Laut aus, und ich zog mir das Ding lässig über die Schultern.

Fast im selben Augenblick empfand ich das seltsame, nicht unangenehme Gefühl, an das ich mich erinnerte, als ob mein Kopf sich ausdehnte wie ein großer Gasballon und ich zur Decke hinaufschwebte. Ich fühlte, wie sich die Falkenflügel entfalteten, schlugen –

Schwach hörte ich Gamines Warnschrei, doch die Freude des Fliegens hatte mich schon überwältigt. Ich breitete die Flügel aus. Ich flatterte, ich flog. Meine Augen sahen plötzlich viel schärfer, aus einer anderen Perspektive, das Zimmer wies neue einengende Konturen auf. Gleichgültig sah ich eine schwerfällige zweibeinige Gestalt kraftlos zu Boden sinken, sah eine undeutliche Gestalt das Fenster weit aufreißen, und ich war draußen und fort mit dem böigen Wind, stieg höher und höher in der Ekstase des Fliegens …

Der Himmel war farblos blass, aber nicht leer. Mit seltsamer neuer Wahrnehmung konnte ich die Ströme von Wind und Luft wie geschichtete Bänder erkennen. Ich ritt auf ihnen aufwärts, ließ einen Flügel sinken und ließ mich fallen, spielte fasziniert mit dem Gefühl von Raum und Freiheit.

Mein Leben lang war ich an die Erde gebunden gewesen! Jetzt erlebte ich zum ersten Mal die Freiheit eines Traumes, stieg auf und flog, schwebte reglos auf einem Windhauch, und mit einer sachten Berührung trieb ich davon wie eine leichte Wolke. …

Tief, tief unter mir ragten die Regenbogentürme

scharfgezeichnet und leuchtend auf, wie Spielzeuge. Ein dichter, dunkler Teppich aus Wald, der die Krümmung des Landes unter mir verdüsterte, und weit weg, tief am Horizont, ein dunkler Schatten -

Die Festung der Träumer! Der Anblick brachte mich wieder zu mir, brachte mich aus dem Rausch des Vergessens zurück. Adric bedrohte Cynara, während ich hier auf den Schwingen des Windes spielte, sorglos wie ein Vogel ...

Rasch orientierte ich mich. Ich schwebte in großer Höhe über der Regenbogen-Stadt. Tief unter mir sah ich den Platz und das Tor und drei kleine Gestalten, die berittene Männer sein mochten, die auf der Straße dahineilten. Das war nicht das, was ich wollte. Ich breitete meine Flügel aus, erwischte einen schnellen, blass wahrnehmbaren Luftstrom und eilte nach Osten.

Heute abend lag der Wald verlassen da, obwohl ich mit den übernatürlich scharfen Augen des Falken kleine bewegliche Gestalten von hellen Hirschen und anderen seltsamen Tieren erkennen konnte. Doch Menschen gingen heute abend nicht durch den Wald. Narayans Männer waren alle zu einer wichtigen Aufgabe abgezogen worden.

Ich stieg zu noch größerer Höhe auf. Das Land lag klar und scharf gezeichnet unter mir, jeder Umriss deutlich – ein Blick, wie man ihn durch ein hervorragendes Nachtsichtgerät erhält. Weit weg am Horizont sah ich eine große Anzahl Männer in Bewegung, Narayans Armee in Marsch? Noch weiter weg zogen geschlossene Reihen grimmig dahin, ich erhaschte einen Schimmer von Rot und Gold und wusste, dass Karamys Armee der lebenden Toten bereit war, dem Angriff zu begegnen. Aber was war mit Karamy, Evarin, Idris? War ihre tödliche Kavallerie schon an der

Festung der Träumer, war das erbarmungswürdige Opfer schon auf dem Weg zu seinem Verhängnis? Ich wusste nicht, wie Narayans Kräfte aussehen konnten, jetzt da er frei war, aber konnte er allein, wie groß seine PSI-Kräfte auch waren, es wagen, sich drei Narabedlanern zu stellen, die durch das tödliche Opfer neue Kräfte gewonnen hatten? Karamy, Idris und Evarin wären bis zum Rand gefüllt mit der Kraft ihrer Träumer – die diese in ihrem betäubten Schlaf, genährt mit Lebensenergie, den Narabedlanern übergaben.

Und Adric war unterwegs, um zu ihnen zu stoßen – und er hatte Cynara! Aber wo, wo war er ?

Dankbar für die Teleskop-Sicht des Falken, suchte ich das Land zentimeterweise ab, folgte den Pfaden, die sich wie weiße Bänder durch den Wald schlängelten. Adric würde den kürzesten und geradesten Weg nehmen.

Da, *da*! Weit unter mir hastete ein einzelner Reiter dahin, tief über den Hals seines Tieres geduckt, ein schlaffes, dunkles Bündel quer über dem Sattel. Adric!

Ich hörte meine Verwünschungen wie einen hohen, schrillen Falkenschrei und zwang mich zur Ruhe. Dieser Schrei konnte ihn gewarnt haben! Kreisend ließ ich mich in einer langen Spirale abwärts gleiten und hielt auf den einzelnen Reiter zu. Lautlos, mit leichtem Flügelschlag schwebte ich näher, und seltsame, nichtmenschliche Überlegungen gingen mir durch den Kopf. Ich war mir seines Körpers bewusst als einer saftigen Wärme, empfand die Bewegung seines Pferdes als geschmeidiges Wechselspiel von Muskeln und den bloßen Hals wie einen weißglimmenden Magneten. Schlag hier zu, schlag hier zu! Ich hing reglos über ihm im Wind und bewegte meine Flügel gerade so viel, dass ich mit seinem Pferd Schritt hielt, kreiste den verletzlichen Fleck ein, wo ich zuschlagen konnte, mich in seine breiten Schultern krallen und meinen Schnabel in die Wurzel seines Hirns stoßen konnte.

Aber ich wartete zu lange. Vielleicht raschelten meine Flügel leise, vielleicht erblickte er den vogelförmigen Schatten, jedenfalls fuhr Adric im Sattel hoch und stieß Verwünschungen aus. Er war gewarnt. Vorsichtig zog ich mich etwas zurück, abwartend, dann schoss ich los und zielte auf seine Augen.

Aber er verfügte über blitzschnelle Reflexe, und er war ein alter Hase in diesem Spiel. Die flatternde Ecke eines beschwerten Umhangs traf mich an einem Flügel und brachte mich aus dem Gleichgewicht. Ich musste mit beiden Flügeln schlagen, um nicht wie ein Stein abzustürzen, und als ich wieder richtig in der Luft war, hatte er sein Schwert gezogen und schwang es in diesen großen Bögen, an die ich mich erinnerte.

Ich schlug wütend mit den Flügeln. Ich konnte nicht an ihn heran, ohne zerfetzt zu werden! Grimmig umkreiste ich ihn und suchte eine Lücke.

Über dem Sattel regte sich Cynara und stöhnte. Adric fluchte, sein Blick wanderte rasch von dem Mädchen zu meinem drohenden Schnabel über ihm, und ich jubelte, *wenn Cynara ihren Kopf benutzt, kann sie ihn genügend ablenken …*

Adrics Bewegungsfreiheit mit dem Schwert wurde dadurch beeinträchtigt, dass sich das Mädchen bewegte, er konnte nicht mehr frei ausholen, und ich tauchte hinab, hörte Cynaras Entsetzensschrei. Ich stieß zwischen Adric und dem Mädchen hinab, mit vorgestreckten Klauen, schlug mit den Flügeln und stieß mit dem Schnabel zu. Adric taumelte rückwärts, aus dem Gleichgewicht gebracht, das Pferd stieg auf die Hinterhand, und Cynara rutschte zu Boden, schlug heftig auf und lag still. Ich stieß wieder zu, doch Adric hatte sich gefangen, und schuf mit seinem Schwert einen stählernen Ring zwischen sich und mir.

Ich fluchte und hörte wieder den unheimlichen Falken-Schrei aus Wut und Enttäuschung, den der Wind davontrug. Ich kreiste hinter ihm, doch er drehte sich misstrauisch um und behielt seine Deckung bei. Ich fand plötzlich eine Lücke, schlug zu und wurde mit einem Ausbruch von Beschimpfungen von Adric belohnt. Ich sah einen langen Kratzer auf seinem Unterarm, aber rasch erholte er sich wieder und schwang erneut sein Schwert. Ich verlor das Gleichgewicht, kippte leicht und fühlte, wie ich die Schwungfeder an einem Flügel verlor. Seltsamerweise spürte ich keinen Schmerz, sondern vielmehr einen Anfall von Panik. Ich musste um mein Gleichgewicht kämpfen.

Ich sah, wie Cynara sich langsam aufsetzte. Ihre Augen waren weit aufgerissen vor Entsetzen. Ich kreiste wieder näher, fühlte, wie mein verwundeter Flügel unter der Verkrüppelung litt. Jetzt musste ich alles riskieren! Ich sank wie ein Flugzeug und hielt direkt auf Adrics Gesicht zu. Ich traf ihn unvorbereitet, und er verlor die Balance und fiel nach hinten, ich riss ihm mit meinen Klauen die Wangen auf. Heftig schlug ich mit den Flügeln, um das Gleichgewicht zu halten. Ich senkte meinen Schnabel zum Todesstoß …

Er riß den linken Arm hoch, mit einem wütenden Kreischen sah ich – zu spät! – den spitzen Dolch in seiner Hand. Ich fühlte, wie er durch einen Flügel drang und tief in mein Herz. Ich sah brennendes, gelbes Gift spritzen, hörte Cynaras Schrei, und …

... klammerte mich, elend und zitternd an den Sattel eines galoppierenden Pferdes. Frischer Wind schlug mir ins Gesicht, über mir hingen die Monde an einem tiefblauen Himmel, die Hufe schlugen Funken aus dem gefrorenen Boden.

Ich rang nach Luft, einen Augenblick lang ohne Orientierung, schwankte gefährlich, ohne zu wissen, was passiert war.

Dann kam das Bewusstsein langsam wieder. Ich hatte verloren. Adric hatte den Falken getötet, und ich war wieder in meinem eigenen Körper ...

Und ritt! Narayans blondes Haar glänzte wie Eis im Mondlicht, er ritt an meiner Seite, aufrecht im Sattel, das Gesicht angespannt. An meiner anderen Seite ritt Gamine, verhüllt wie eine Albtraumgestalt, ein Phantom.

»Narayan!«, keuchte ich.

Er drehte sich im Sattel um, und ließ sein Pferd für einen Augenblick verhalten.

»Da bist du wieder! Was ist geschehen? Adric –«

»Ich habe versagt«, sagte ich bitter und erzählte ihnen alles. Narayan sah düster aus, doch er legte seine Hand auf meine Schulter. »Ganz ruhig! Du hast getan, was du konntest, und vielleicht hast du ihn wenigstens lange genug aufgehalten.«

»Aber wie bin ich hergekommen?«

»Wir haben dich mitgenommen«, antwortete Gamine scharf. »Genug geredet! Reitet!«

Es erforderte meine ganze Konzentration, mich auf dem Rücken des Tieres zu halten, aber allmählich fand ich mein Gleichgewicht und entwickelte ein Gefühl fürs Reiten. *So hat doch alles seine guten Seiten,* dachte ich albern.

Weit weg hörte ich plötzlich das Knattern von Feuerwaffen, die Schreie sterbender Menschen, das Klirren von Schwertern und Speeren, den schrillen Schrei eines Falken. Narayan sah gequält aus.

»Kerrel und seine Männer sind auf die Wachen getroffen! Sie greifen an!«

Plötzlich erklang über Gamines Kopf das Gekreisch von Falken. Das allzu vertraute Schlagen von Flügeln klatschte mir auf den Rücken, ich stieß einen Arm hoch, um einen schlangengleichen Hals abzuwehren. Mein verängstigtes Pferd bockte, und ich schwankte im Sattel und wurde beinahe abgeworfen. Ein weiterer Vogel stieß auf Narayan herab, dann noch einer, und dann waren es ganze Schwärme, golden und purpurn und grün, rot, blau, orange, die Luft war voller Flügel. Gamine schrie auf. Ich sah, wie Narayan mit seinem Schwert in die Luft hieb, der verschleierte Zaubersänger duckte sich tief über den Sattel und hieb mit einer Peitsche auf die Zaubervögel ein. Die Peitsche hielt die Vögel in Schach, doch die rasiermesserscharfen Klauen rissen an den blauen Schleiern.

Narayan, in der einen Hand eine Peitsche, in der anderen sein Schwert, schlug in ausholenden Bögen um sich, und ich hörte den Todesschrei eines Vogels, der im Wald widerhallte. Ich zog mein Messer und stieß nach oben.

»Der Spiegel«, schrie Gamine. »Evarins Spiegel! Rasch, sie kommen zu Tausenden!«

Allerdings, sie kamen in Scharen, verdunkelten den Himmel kreischend und kreisend, eine Armee des gespenstischen Todes. Dies waren nicht die Seelen-Falken, wie ich einen geflogen war, kunstvoll mit der Intelligenz und dem ganzen menschlichen Wissen seines Piloten verknüpft, das hier waren Maschinen. Lebendig, ja, und tödlich, aber nicht voller Leben, wie wir es kennen. Nur der Albtraum einer außer Kontrolle geratenen Wissenschaft konnte diese abscheulichen Dinger ersinnen und herstellen, die jetzt die klare Luft erfüllten, mit nadelscharfen Schnäbeln und Klauen nach uns stießen, unter wildem Flügelschlagen. Nur Evarin –

Ich tastete blindlings nach dem Spiegel und streifte ungeschickt die Seide ab. Eine nadelscharfe Kralle ritzte mir das Handgelenk, und aus reinem Instinkt heraus hielt ich den Spiegel hoch und dem Vogel vors Gesicht.

Der Falke blieb mitten in der Luft stehen, flatterte mit den Flügeln, wurde schlaff und fiel zu Boden. Ein kribbelnder Schock lief durch meinen Arm. Ich ließ den Spiegel fallen und machte einen Satz, um ihn wieder aufzufangen. Das Ding war ein perfekter elektrischer Leiter! Er zog Energie ab! Jetzt wusste ich, warum Evarin so eifrig darauf bedacht gewesen war, dass ich – oder Adric – in seine Tiefen schaute!

Die Vögel waren hirnlos, nichts als reine Energie, solange sie nicht von der Persönlichkeit ihrer Besitzer kontrolliert wurden, und dafür hatten die Narabedlaner heute keine Zeit, keine Muße, das Falken-Spiel zu spielen! Evarin hatte sie auf uns losgelassen, in einem letzten verzweifelten Schachzug.

Ich packte den Spiegel und hielt ihn hoch, mit halbem Auge erhaschte ich einen kurzen Blick auf die seltsamen Blitze, die sich darin wanden, doch selbst dieser kurze Blick verkrampfte mir nervös den Magen. Ich schützte mein Gesicht und reckte das Ding hoch. Die Vögel stürzten sich darauf wie Motten auf eine Kerze, Schock um Schock floss durch meinen Arm. Noch drei weitere der grässlichen Falken fielen leblos, ohne Energie zu Boden!

Eine seltsame Heiterkeit gab mir Auftrieb. Die Kraft der Vögel war keine Elektrizität, sondern eine verwandte Energie, die meine Nerven gierig aufsaugten.

Ich stieß den Spiegel in die Luft, wurde erneut mit einer Welle von Kraft belohnt, und wieder stürzten die Vögel, diesmal gleich zu Dutzenden, herab.

Und plötzlich, als ob derjenige, der die Falken-Armee ausgeschickt hatte, die Sinnlosigkeit des Unterfangens erkannt hatte, machten die restlichen kehrt und flohen mit raschen Flügelschlägen zu dem fernen Turm, der sich am Horizont erhob.

Sie wurden zurückgerufen in die Festung der Träumer!

Kapitel 12

Der Kraftfluss hatte mich erneuert, ich hatte das Gefühl, mich allem stellen zu können, was da kommen mochte. Ich stopfte Evarins Spiegel in eine Tasche, rief Narayan etwas zu, und dann waren wir wieder unterwegs, gefolgt von Gamine. Die blauen, hüllenartigen Schleier waren zerfetzt, durch den zerrissenen Stoff konnte ich helles, nacktes Fleisch erkennen.

Der Schlachtenlärm hinter uns wurde deutlicher. Ich konnte einzelne Explosionen unterscheiden, Blitze aus buntem Licht. Ich schauderte, diese schreckliche Falkenarmee konnte gerade auf dem Weg zu Evarin sein. Die Rebellen mochten einige von ihnen töten, doch für jeden toten Falken würde es zwanzig neue Sklaven für Narabedla geben. Was konnten Narayans Leute mit ihren Sensen und Mistgabeln gegen die unglaubliche Kunst eines Spielzeugmachers ausrichten?

Narayans angespanntes Gesicht sah im Mondschein geisterhaft aus. Ich brauchte keine Telepathie, um seine Gedanken lesen zu können. Ein Blutbad unter seinen Männern. Und seine Schwester? Unsere Pferde schienen kaum voranzukommen, sie schienen sich durch einen Sumpf der Reglosigkeit zu schleppen, obwohl sie im Dauergalopp liefen.

Die Kampfgeräusche kamen näher. Alles in mir schrie auf, dass ich ein Dummkopf sei, in vollem Galopp in eine Schlacht zu reiten, die mich persönlich nicht interessierte, in einer Welt, die nicht die meine war. Doch etwas anderes sagte mir, kühl und leider nur zu wahr, dass ich nichts weiter hatte als das, was ich heute vielleicht gewann, weil dies die einzige Welt war, die ich von nun an kennen würde, weil ich meine eigene Welt niemals wiedersehen würde.

Niemals. Und Adric sollte dafür in der Hölle seiner Wahl schmoren!

Aber wir ritten an den Kampfgeräuschen vorbei! Wenn wir vorher schon schnell waren, schienen unsere Pferde jetzt zu fliegen. Hinter uns tobte der Kampf, Männer schrien in Todesqualen, verwundete Pferde wieherten, und ich hörte den dumpfen Knall, wenn Erde aufspritzte und in Feuer explodierte. Bald wurden die Geräusche schwächer, verklangen.

Wir hatten den Wald hinter uns gelassen und ritten nun über eine dunkle, von kleinen Hügeln unterbrochene Ebene. Moos dämpfte das Geklapper der Hufe, hin und wieder huschte ein kleines Pelztier über den Weg, und zweimal scheute mein Pferd, als Nachtvögel unseren Weg kreuzten. Mein Herz setzte beinahe aus, bis ich erkannte, dass es nicht Evarins Falken waren.

Dunkel und schwarz hob sich die Festung der Träumer vor einem baumlosen Horizont ab. Ich duckte mich tief über den Sattel, die Augen auf das ausgedehnte steinerne Gebäude gerichtet, das jetzt nur noch wenige Meilen von uns entfernt war.

Plötzlich spannte sich ein ungeheurer Lichtbogen über der Festung der Träumer. Ein blauer Blitz. Ich hörte Narayan stöhnen wie einen Menschen im Todeskampf. Als ich mich im Sattel umdrehte, sah ich dunkles Entsetzen auf seinem Gesicht, vermischt mit Schmerz, und eine bestürzte Befriedigung.

»Das Opfer, ich kann es noch immer fühlen«, keuchte er abgehackt. »Ich ziehe noch – immer – Kraft daraus, Michael!« Seine Stimme verriet unerträgliche Qual, die Adern in dem schönen Gesicht traten hervor, schwarz und dick vor Anstrengung. »Wenn ich anfange, für *sie* zu – arbeiten – versprich mir – versprich mir – mich zu erschießen.«

»Oh, Gott«, keuchte ich.

»Michael, versprich es! Gamine!«

Gamine kam an seine Seite, ich hörte die leise, neutrale Stimme, süß, fast liebkosend. Wieder spannte sich der riesige blaue Bogen über den Himmel, Narayan gab seinem Pferd die Sporen und raste voraus.

Auf der Ebene tauchte ein Reiter auf, der sich als dunkler Schatten vor dem Himmel abzeichnete. Er ritt tief über den Hals des Tieres gebeugt, sein Pferd lahmte, etwas Dunkles lag über seinem Sattel. Ich fluchte, ich kannte diese schlanke, gebeugte Gestalt, kannte sie ebenso gut wie meine eigene! Ich *hatte* Adric zwar kurzfristig aufgehalten, doch jetzt ritt er zum Opfer, und vor ihm schlaff über dem Sattel lag Cynara!

Der Rest dieses Albtraumritts ist ein weißer Fleck in meinem Gedächtnis. Das nächste, an das ich mich deutlich erinnere, ist der riesige Steinhaufen, die Festung der Träumer, in deren Schatten wir unsere Pferde zügelten. Keine Spur von Adric oder von Cynara, keine Spur überhaupt von Leben, nichts als das strahlende Blitzen, das etwa alle vier Sekunden den Himmel erhellte. Narayans Gesicht war eine weiße Todesmaske, Gamines Atem ging in kurzen Schluchzern. Nur ich allein war frei von der Wirkung, mein Körper prickelte und pulste von der unheimlichen Energie, die in der Nacht freigesetzt wurde.

Wir sprangen von den Pferden. Gamine zupfte vergebens an den zerrissenen Schleiern, und zum ersten Mal ließ die verschwommene Unsichtbarkeit nach, und ich erhaschte einen Blick auf ein Auge, so blau wie die Himmelsblitze, die aufflammten und erstarben.

Vor dem Turm mit seiner gewaltigen Höhe von mehreren hundert Metern kamen wir uns wie Zwerge vor. Gamine umklammerte meinen Arm. »Hör mal!«

Alles, was ich hören konnte, war ein tiefes, nicht unangenehmes Summen, wie das Gesumme großer Bienen oder Hochspannungsdrähte, doch das Geräusch flößte ihnen Entsetzen ein. Narayan tastete in seinem Hemd herum und zog den kleinen Talisman hervor, den Rhys mir gegeben hatte, und bei diesem Anblick entspannte sich sein verstörtes Gesicht. Er packte den Talisman fest, sog langsam und kummervoll die Luft ein und schloss für einen Augenblick die Augen.

Irgendwo über uns ertönte ein schaudernder Schrei. Er zerriss die Starre, die uns gefangen hielt. Narayan steckte das Spielzeug wieder in sein Hemd und begann, um die Festung herum zu laufen, Gamine und ich folgten ihm auf den Fersen. Wir kamen um eine Ecke und befanden uns unter einem steinernen Vorsprung. Niemand musste Anweisungen geben, wie eins kletterten wir auf den Sims und drückten uns dicht aneinander. Ich umfasste den Griff meines Messers im Gürtel, es fühlte sich tröstlich fest an. Das brauchte ich.

Ein Bogenfenster erlaubte uns einen Blick ins Innere der Festung. Unter uns schrie eine Stimme in Verzweiflung und Unglauben auf. »Adric! Adric! Nein, oh nein!«

Die Stimme gehörte Cynara.

Unter unserem vereinten Gewicht zersplitterte das Glas, und wir stürzten hinein. Wir standen auf einem großen Absatz, gut drei Meter über dem Boden der Festung und blickten auf eine Schreckensszene hinunter. Die goldene Karamy, der zwergenhafte Idris und Evarin standen in einem engen Kreis bei einem Ring von Särgen, die kristallen glühten, schillerten und strahlten. Jeder Narabedlaner hielt ein winziges, juwelenbesetztes Schwert in der Hand, ein Spielzeug, und in den Särgen –

Gamine schrie auf: »Die Träumer!«

Erst dann sahen wir, was Adric tat. In der Mitte des Kreises aus Särgen erhob sich eine Empore, einem Altar erschreckend ähnlich, und in einer Reihe traten die geistlosen Sklaven nackt, mit leerem Blick vor diese Empore. Jedesmal, wenn einer vortrat, gab es ein schauderndes Stöhnen, die winzigen Schwerter glitzerten vor Licht, und der Sklave – war nicht mehr!

Und Adric, der Cynara gefangen hielt, schob sie vorwärts, in die Lücke zwischen den Särgen, zu dem blauen Licht, zum Opferstein der Träumer!

Der Anblick ließ mich jede Vorsicht vergessen. Wir sprangen von dem Sims und landeten in einem wüsten Durcheinander von Gliedern. Idris bellte einen Befehl, und die Sklaven schwärmten aus, um uns mit ihren Körpern förmlich zu ersticken. Ich trat und stieß und schlug und kratzte und biss mich an die

Spitze des Haufens, und irgendwie kam ich für eine Sekunde frei.

Dieser Augenblick genügte mir. Ich war auf den Füßen, das Messer in der Hand. Sklaven klammerten sich an meine Fesseln, ich trat wütend um mich, fühlte, wie meine Stiefel nacktes Fleisch trafen, fühlte und hörte das eklige Geräusch, als ein Schädel unter der Wucht meiner Ferse brach. Das Geräusch drehte mir den Magen um, doch ich hatte keine Zeit, heikel zu sein. Blut rann mir in die Augen. Gamine machte sich frei, und gemeinsam bahnten wir uns mit den Ellbogen einen Weg aus dem Gedränge.

Evarin sprang mich an. Ich stieß blindlings mit dem Messer zu, traf seine Schulter und verfehlte seine Kehle nur um Zentimeter. Ich riss ihm den Talisman aus der Hand, als er fiel. Gamine, Narayan und ich standen Rücken an Rücken in dem Kreis der Särge. Evarin stieß ein langgezogenes Heulen aus Schmerz und Angst aus, und die vier Narabedlaner wichen entsetzt zurück.

Denn in den Särgen regte es sich …

Doch Adric war kein Feigling. Er stürzte sich nach vorn, packte Cynara wieder, und mit all der Kraft seiner schlanken Arme warf er das Mädchen direkt auf den blauen Lichtstrahl zu! Narayan und Gamine standen wie erstarrt, doch ich durchbrach den Kreis, schoss vorwärts und durchquerte direkt den blauen Blitzkegel –

unverletzt!

Die verzehrende Energie prickelte nur angenehm durch meinen Körper, während ich Cynara aus der Luft packte und sie von der Kraft wegschleuderte, die für sie das Ende bedeutet hätte. Narayan nahm Cynaras schwankenden Körper aus meinen Armen und zog sie in Sicherheit. Dann spürte ich den Aufprall von Adrics großem, schwerem Körper, der in mich hineindonnerte, fühlte den Schock, als meine Faust sein Kinn zerschmetterte, und hörte ihn grunzen, während wir miteinander ringend immer näher und näher an das Zentrum der blauen Energie gerieten! Einen Augenblick schwankten wir dort, haarscharf am Rand.

Dann krachte Evarin, angespannt und katzenhaft, in meinen Rücken.

Wieder jagte die Hitze Nadeln durch meinen Körper. Adric war weit genug entfernt, doch ein blauer Bogen spannte sich in dem Gewölbe, ein wilder Schrei wie der Todesschrei eines Panthers –

Der Spielzeugmacher war fort!

Innerhalb der Särge flammten blaue Lichter auf, als ob der letzte Energiestoß sie befreit hätte. Rasch rannten Idris und Karamy nach vorn und hielten die Talisman-Spielzeuge vor die Sargdeckel, doch zu spät. Die Spielzeuge in den Händen von Narayan und Gamine spien gleißendes blaues Feuer, und Schritt für Schritt zogen sich die Narabedlaner zurück, weiter, weiter, weiter ...

Plötzlich waren die Särge leer. Wie durch Zauberei scharten sich drei Männer und eine Frau um Narayan und Gamine. In ihren Gesichtern sah ich eine seltsame Ähnlichkeit zu Narayan und dem alten Rhys, und Narayan, umringt von den Träumern, streckte die Hand aus und zog die zerfetzten Schleier von Gamine. Ein triumphierender Gesang kam von den Lippen der Zaubersängerin, als die Schleier fielen und in der Mitte der Mutanten Gamine die Träumerin stand, die sie alle mit ihrer Majestät auf die Plätze verwies, eine Träumerin, die nie geschlafen hatte, niemals gebunden gewesen war. Sie war eine Frau, wie ich schon vermutet hatte, schlank und blond und sehr schön, und ich dachte an Isis und den jungen Osiris, als ihre blauen Augen funkelten und ihr reizvoller Körper sich bog, frei von den verhüllenden Schleiern. Die blauen Blitze wirbelten und verblassten, und die Festung der Träumer war in wabernde, glänzende Regenbögen getaucht.

Karamy und Idris zogen sich schrittweise zurück in die Schatten. Nur Adric behauptete seine Stellung. Er wirkte betäubt, sein Blick war fest auf Gamine gerichtet, doch er wich nicht.

Die Regenbögen erstarben. Die Luft enthielt keine Energie mehr. Die Träumer sahen auf die kauernde Karamy nieder mit ihrem verborgenen Gesicht, auf den gebeugten, krummen Zwerg, auf Cynara, die weiß und strahlend vor Freude kniete, auf Adric, der Gamine anstarrte wie ein Mann, der von einem Zauberbann befreit ist.

Endlich sprach Gamine. »Rhys hatte recht, die Zeit war gekommen. Die Zeit ist da, jetzt. Was tun wir als nächstes?«

Der Kreis der Träumer wandte sich einander zu, aber Gamine schüttelte den Kopf, ihr langes helles Haar spielte elektrisiert um ihr Gesicht. »Nein. Warum sollten sie sterben? Es sind nur ein alter Zwerg und ein Dummkopf, der sich nicht entscheiden konnte.« Ihr Blick streifte erst Idris, dann Adric. »Und Karamy. Sie haben keine Macht, jetzt, da wir frei sind. Sie hatten noch nicht einmal die Macht, mich zu sehen, wie ich war, nicht ganz. Bedauert sie in ihrer Schwäche. Jetzt, da wir frei sind.«

Adric richtete sich auf. Er presste die Lippen fest zusammen und sah Narayan mit einem gleichgültigen, sturen Achselzucken an. Dann wandte er sich wieder an Gamine. »Töte mich, wenn du willst.«

Doch es war Narayan, der antwortete und auf den

Mann in Rot mit einer seltsamen, erstickten Erregung zutrat. »Nein, Adric. Ich möchte, dass du siehst, was du zuvor schon einmal gesehen hast, dass du siehst, was dich fortschickte, dass du das Ding siehst, dass dich in den Wahnsinn getrieben hat. Gamine, Gamine, zeig ihm, was er gesehen hatte.«

Gamine ging langsam zu Karamy.

»Steh auf, Hexe.«

Langsam erhob sich Karamy. In ihren Augen lag keine Hoffnung, in Gamines kein Erbarmen. Die beiden Augenpaare, katzengelb und blau, rangen einen Moment miteinander.

»Und hatte ich Unrecht?«, fragte Karamy schließlich und hob den Kopf. Ihr schönes Gesicht war gelassen und kalt vor Stolz. »Ich wusste, du würdest uns zerstören, Gamine, uns und unsere Welt. Deswegen war ich bereit, bis zum Ende gegen dich zu kämpfen, und wenn es mein Tod sein soll, immer noch. Was ich getan habe, musste getan werden!«

Gamine lächelte leicht.

»Und damit stehst oder fällst oder stirbst du, Karamy?« Sie wandte sich an die anderen. »Karamy ist schön, nicht wahr?«

Ich glaube, keine Frau auf Erden war je so schön oder wird je so schön sein wie Karamy die Goldene. Dort stand sie, stolz und aufrecht, bernstein und golden und tigergelb und richtete ihren Blick auf Adric, und ich sah, wie sich Liebe und Verlangen in seinen Augen abzeichneten. Er starrte und starrte, und Karamy streckte ihm die Arme entgegen, und benommen ging Adric auf sie zu.

»Haltet ihn fest«, befahl Narayan knapp.

Einer der Träumer machte eine seltsame Geste mit der linken Hand, und Adric verharrte im Griff einer unsichtbaren Kraft.

»Das war Karamys Macht«, sagte Gamine in ihrer klaren, klingenden Stimme, »doch seht jetzt Karamy, beraubt der Illusion, die ihr Träumer zu ihrem Schutz errichtete! Seht die Gestalt Karamys, die sie mich tragen ließ! Das!«

Sie streckte die Hand aus und berührte Karamy leicht mit dem kleinen Talisman.

Ein entsetztes Keuchen entrang sich vielen Kehlen. Karamy – Karamy die Goldene, die Herrliche. Es gibt keine Worte für die Art und Weise der Verwandlung, die sich vor unseren Augen vollzog. Mir war entsetzlich übel, ehe die Metamorphose auch nur halb vorüber war, Cynara schluchzte leise und mitleidig, doch Adric, wie erstarrt, konnte den Blick nicht abwenden.

Gamines Lachen – leise und süß und doppelt tödlich gerade wegen seiner Süße – drang an unsere Ohren. »Doch ich sollte dankbar sein«, murmelte sie spöttisch, »denn Karamys Magie verbarg meine wahre Gestalt. Und jetzt bin ich frei, Karamy, frei und eine Träumerin, und du, soll ich dir meine Schleier leihen, Schwester?« Wieder erklang das grausame Lachen. »Nein? Fort mit dir!« Ihre Stimme war wie ein Peitschenschlag, und mit einem zerbrochenen Klagen schlug sich das Wesen, das Karamy gewesen war, einen Arm vor die glotzenden Augenhöhlen und floh davon in die Nacht. Und wir sahen es nie wieder.

Das war das Ende von Karamy der Goldenen, das Ende.

Etwas später merkte ich, dass Adric und ich uns dümmlich anstarrten, verwirrt, aber ohne Feindseligkeit. Cynara kam und legte schützend einen Arm um Adric, und ich wandte mich verlegen ab, denn der Mann schluchzte wie ein Kind.

Ich war verblüfft und verwirrt von der Ungeheuerlichkeit dessen, was ich gesehen und getan hatte, ich zitterte und schauderte vor einer tödlichen Kälte. Ich nehme an, es waren Nachwirkungen.

»Ruhig!« Narayans stählerne Hand auf meiner Schulter hielt mich wieder einmal davon ab, mich zu blamieren.

»Du hast viel für uns getan«, begann er. »Ich wünschte, wir hätten einen Weg, dir zu danken, nicht nur für mich, sondern für Millionen von Menschen. Vielleicht finden wir eines Tages einen Weg, dich zurück in deine eigene Welt zu schicken, aber jetzt, wo Rhys und Karamy weg sind –«

Adric, der überwältigt und eigenartig demütig wirkte, sah mich über Narayans Schulter an. »Es wird einen Weg geben, eines Tages. Es wird Zeit brauchen, ihn zu finden, aber eines Tages …«

Ich wusste, was sie meinten. Die Magie der Träumer konnte nicht mehr auf die alte Weise eingesetzt werden, und jetzt war ihre Macht eine unbekannte Größe. Adric sagte: »In der Zwischenzeit …«

»In der Zwischenzeit scheint ihr mich auf dem Hals zu haben«, vollendete ich den Satz, und spontan grinsten wir einander an. Ich konnte diesen Mann nicht hassen. Wir hatten einander zu gut gekannt. Befreit von seiner Verzauberung …

Er kicherte. »Die Regenbogen-Stadt ist groß genug für uns beide.«

Narayan blickte von Adric zu mir, dann tauchte Gamines angespanntes Gesicht an seiner Seite auf. »Ich kümmere mich um diese Männer«, sagte sie. »Narayan, sie brauchen dich.« Sie winkte den erwachten Träumern, die wie betäubt im Kreis standen. »Wir müssen ihnen sagen, warum sie geweckt wurden und wie. Sklaven müssen befreit werden, Armeen –«

Narayan sah schuldbewusst über seine Schulter. »Das stimmt«, pflichtete er ihr ernsthaft bei, straffte die Schultern und ging zu seinen Leuten. Ich sah ihm nach und hatte dabei das Gefühl, als ob mein einziger Freund hier mich verlassen hatte. Aber das musste so wohl sein. Narayan war nicht von unserer Art. Er war die Sorte Mann, die eine Welt neu ordnen konnte, und der Blick, den er Adric und mir zuwarf, sagte uns, dass wir – wenn wir wollten – unseren Anteil am Neuaufbau haben sollten.

Gamine nahm meine Hand, und ich ließ Adric und Cynara mit einem sehnsüchtigen Blick zurück. Cynara war liebreizend und sehr menschlich, und vermutlich hatte ich gehofft, dass sie mich auf irgendeine Weise dafür entschädigen würde, dass ich in dieser Welt bleiben musste. Doch wenn Adric wieder er selbst war, konnte ich darauf hoffen?

Gamine und ich standen auf den Stufen zur Festung der Träumer, und ihre Stimme klang leise und sehnsüchtig klagend in der Dunkelheit. »Der alte Rhys wusste, dass ich mit den Kräften der Träumer geboren wurde, noch bevor ich an ihn gebunden wurde. Er wusste es und behielt mich in seiner Nähe, verbarg mich und half mir. Eines Tages fand Adric es heraus. Es hat ihn verändert, er – wir befreiten Narayan zusammen. Dann machte Karamy mich zu dem, was ich war, was du gesehen hast. Das verletzte Adric – verletzte irgend etwas tief in seinem Innern. Ich hätte ihn mit der Zeit heilen können, doch Karamy hatte ihn verhext. Sie nahm ihm seine Macht, seine Erinnerung. Vielleicht wird er sich eines Tages erinnern, dass ich war, was ich war.«

»Gamine! Gamine!«, rief Adric von drinnen, und im nächsten Augenblick stürzte er heraus, riss die Träumerin in seine Arme und küsste sie. Sie hing schwankend in seinen Armen und lachte und weinte gleichzeitig. Cynara, die langsam hinerher kam, lächelte voll stiller Zufriedenheit. Über Adrics Schulter begegneten Gamines blaue Augen meinem Blick. Adric erinnerte sich.

Cynaras Stimme klang zärtlich humorvoll, als wir sie zusammen allein ließen, in der Pracht der aufgehenden roten Sonne. »Arme Gamine«, sagte sie, »und armer Adric. Ich habe ein Auge auf ihn gehalten, um ihretwillen und um Narayans. Mir taten sie beide Leid. Michael, ich wusste – ich wusste, dass du nicht Adric warst …«

Sie war sehr schön und sehr menschlich, Cynara, und ich dachte daran, wie ich ihr auf unserem ersten gemeinsamen Ritt in die Augen gesehen hatte und wie ich es gehasst hatte, die Person Adric zu sein, die ich damals war.

»Ich ein Fremder und voll Angst, in einer Welt, die ich nicht erschaffen habe …«

»Aber das hast du getan«, antwortete Cynara leise, und da merkte ich, dass ich die Worte laut gesprochen hatte. Ich sah Adric an, den Gamine umschlungen hielt, wie er im Schein des neuen Tages da stand, der für sie heraufdämmerte. Er hatte seine Welt gefunden.

»Und es ist auch deine Welt«, sagte Cynara, nahm meine Hand und führte mich die Stufen der Festung der Träumer hinab, in den eigenartigen Sonnenaufgang hinaus. Ein Ruf erscholl von den Männern, die sich wartend um den Turm versammelt hatten. Ich hörte ihn, holte tief Luft, dann legte ich meinen Arm um Cynara und rief Adric zu, er solle kommen, um es mit mir gemeinsam zu erleben.

ENDE

Wir schreiben das zweite Jahrhundert der interstellaren Raumfahrt. Das Kolonialreich der Menschen ist in seine Bestandteile zerfallen, nachdem man festgestellt hat, daß überlichtschnelle Reisen das Genmaterial der Menschen verändern und Mutanten erzeugen, Mutanten, die in einem feindlichen Universum ganz auf sich alleine gestellt sind. Doch auf der Welt Guera gibt es neue Hoffnung für alle: Dort hat die Gilde der Interstellaren einen neuen Antrieb entwickelt, den sie alleine mit Hilfe ihrer geheimnisvollen Kräfte zu lenken vermögen – ein Geheimnis, das viele Neider und machthungrige Piraten auf den Plan ruft. Im Mittelpunkt des Interesses steht Jamisia, eine junge Frau, über deren Herkunft nur wenige etwas wissen, auf die jedoch plötzlich alle Jagd machen.

Ein neuer Roman von C.S. Friedman, die in Amerika mit TAD WILLIAMS verglichen wird.

ISBN 3-404-24270-X

BASTEI
LÜBBE

Als der junge Alec von Kerry für ein Verbrechen, das er nicht begangen hat, in den Kerker geworfen wird, glaubt er fest, daß sein Leben nun zu Ende ist. Doch er hat nicht mit seinem Kerkergenossen gerechnet: Sergil von Rhiminee, Spion, Dieb, Schuft und Prinz – er ist vieles, nur eins nicht: berechenbar. Er nimmt Alec in die Lehre, und schon bald verstricken sich die beiden in einer gefährlichen Intrige, die sie mehr als das Leben kosten kann . . .

ISBN 3-404-20327-6

BASTEI LÜBBE

Europa im 5. Jahrhundert christlicher Zeitrechnung. Es ist die Zeit der Völkerwanderung, eine Zeit, in der die Gestalten der Mythologie in das Licht der Geschichte treten. Dies ist die Zeit des tapferen Volkes der Burgunden, deren Schicksal es ist, zwischen den vordringenden Hunnen und dem zerfallenden, doch immer noch mächtigen Römischen Reich zermalmt zu werden.
Und es ist die Geschichte eines Außenseiters: Sigfrid, Gestaltwandler und Wanderer zwischen den Welten. Sein Schicksal wird bestimmt von zwei Frauen: Gudrun, der goldenen Prinzessin der Burgunden, und Brunhild, einer jungen Kriegerin aus dem Hause Attilas und eine Verstoßene der Walkyriun.

ISBN 3-404-20380-1

BASTEI
LÜBBE